Zum Buch:

Edie liebt ihr Leben, in dem die Tage viel zu kurz sind, um alles zu schaffen, was sie erleben will. Doch dann erleidet sie einen Schlaganfall und muss mit so vielem von vorn anfangen. Edie kämpft, denn sie hat ein Ziel: wieder die werden, die sie vorher war. Und dafür reist sie nach Cornwall in das Cottage ihrer Tante, das nur einen Steinwurf von der Küste entfernt liegt. Hier will sie mutig sein und Schritt für Schritt in ihr Leben zurückfinden. Gemeinsam mit Tante Jo und den Nachbarn, die jeden Tag ein bisschen mehr zu guten Freunden werden, renoviert sie das Cottage, bis es in neuem Glanz erstrahlt. Und mit einem Mal ist Edie nicht mehr sicher, ob es für sie wirklich das Schönste ist, in ihr altes Leben zurückzukehren …

Zur Autorin:

Jane Linfoot schreibt romantische Geschichten um lebenslustige Heldinnen mit liebenswerten Ecken und Kanten. Mit ihrer Familie und ihren Haustieren lebt sie in Derbyshire in einem kreativen Chaos. Sie liebt Herzen, Blumen, Happy Ends, alles, was alt ist, und fast alles, was aus Frankreich kommt. Wenn sie nicht gerade Facebook unsicher macht oder shoppt, geht sie spazieren oder arbeitet im Garten.

Jane Linfoot

Das kleine Cottage in Cornwall

Roman

Aus dem Englischen von
Christian Trautmann

HarperCollins

Die Originalausgabe erschien 2019 unter dem Titel
A Cornish Cottage by the Sea bei Harper*Impulse*,
an Imprint of HarperCollins*Publishers*.

1. Auflage 2022

Deutsche Erstausgabe

Umschlaggestaltung von www.bürosüd.de, München
Umschlagabbildung von Gina Smith, DeiMosz, AllaSaa, Maglara,
Daniel J. Rao, Gontar, Daria Minaeva, Michal Ludwiczak, alexandre zveiger,
Tim Berghman, Selin Aydogan, Supachita Krerkkaiwan, Lipik Stock Media,
thepalmsagency / Shutterstock
Gesetzt aus der Stempel Garamond
von GGP Media GmbH, Pößneck
Druck und Bindung von GGP Media GmbH, Pößneck
Printed in Germany
ISBN 978-3-7499-0368-9
www.harpercollins.de

Klimaneutral
Druckprodukt
ClimatePartner.com/15109-2009-1001

MIX
Papier
FSC FSC® C014496

Für Val, mit Liebe

heroisch: heldenhaft oder großartig,
besonders beeindruckend oder bemerkenswert

Leistung: unternommene Anstrengung
und das erzielte Ergebnis

1. Kapitel

Tag 1: Oktober
Fünf Meilen östlich von Salisbury

Heroische Leistung: Der Fallschirmsprung

»Komm schon, Edie, machen wir's.«

Wir poltern durch den Flugzeugrumpf nach hinten, und als ich den Kopf drehe, ist da ein klaffendes Loch, wo vorher die Tür war. Dann erwischt uns der Sog, und wir werden aus dem Flugzeug gesaugt.

Als Nächstes geschieht das Verrückteste, was mir in meinem bisherigen Leben passiert ist. Ohne Vorwarnung rase ich abwärts. Der Luftstrom bringt meine Wangen zum Flattern; er ist so heftig, dass ich kaum atmen kann. Ich schreie nur und falle. Falle und schreie. Irgendwie erinnere ich mich daran, die Arme und Beine auszubreiten. Dann erstarre ich vor Kälte und schreie weiter. Und würge. Das flache Patchworkmuster der Felder unter uns kommt näher und näher. Es dauert ewig. Wir müssen bald stoppen, sonst werden wir definitiv sterben.

Irgendwie drehen wir uns, und ich entdecke den Kameramann einige Meter unter uns, der fast bewegungslos wirkt. Und bizarrerweise winkt er uns zu. Komische Sache mit dem Winken. Ohne nachzudenken winke ich zurück. Dann drehen wir uns erneut, und ich schaue in den Himmel zu Bella. Ihre Wangen sind verzogen, die Haare kleben ihr im Gesicht, und auch sie winkt wie verrückt.

Dann, als es sich schon anfühlt, als würde es nie enden, gibt es einen Ruck, und der Luftstrom reißt ab. Alles verlangsamt sich, und meine Schreie hören auf. Statt zu fallen, hängen wir an Bändern, und über uns bläht sich der hellblaue Fallschirm am Himmel. Ich kann Dans Stimme wieder hören.

»Der Fallschirm ist offen, es dauert nicht mehr lange. Möchtest du ein paar Drehungen und Kurven fliegen auf dem Weg nach unten … oder einfach den Fallschirm still halten?«

Er macht wohl Witze. »Einfach geradewegs hinunter ist gut … trotzdem danke.«

Es ist so entspannt, dass mir sogar Zeit bleibt, mich umzusehen. Weit unten erkenne ich einen winzigen Traktor, der ein rechteckiges Feld umpflügt, und Autos, die über eine sich durch die Landschaft schlängelnde Straße fahren. Da ist der cremefarbene Block des Hauptgebäudes mit dem Logo in verschiedenen Blautönen auf dem Dach. Ich entdecke sogar meinen glänzenden neuen Audi am Ende des Parkplatzes, wo ich ihn abgestellt habe, damit er nicht getroffen wird. Das Sonnenlicht wird vom Fenster auf der Fahrerseite reflektiert – das muss ein gutes Zeichen sein. Tash, ganz die unterstützende Schwester, sitzt in ihrem blauen Regenmantel auf einem Strohballen neben dem Pavillon. Den einen Arm hat sie um ihre Kinder Tiddlywink und Wilf gelegt, mit der anderen Hand hält sie ihr Handy Richtung Himmel.

Der Boden kommt rasch heran, nah genug, um die einzelnen Grashalme unterscheiden zu können sowie einen Baum in einem schrägen Winkel.

Dans Stimme ist wieder da, seine Hand drückt meinen Kopf an seine Brust. »Okay, wir sind fast unten. Heb deine Beine an, wie wir es dir gezeigt haben.«

Einen heftigen Aufprall später taumeln wir vorwärts, während Dan für uns landet. Dann treffen auch meine Beine auf den Boden, und Leute laufen auf uns zu, um uns abzuklatschen und anschließend die zerknüllten Fallschirme und dazugehörigen Seile zu ordnen. Ich stehe schwankend da und höre einen Jubelschrei. Als ich herumwirbele, sehe ich Bella ebenfalls landen. Ein stechender Schmerz macht sich unterhalb meines Ohrs bemerkbar, als ich mir den Nacken verrenke, aber gleich darauf ist er wieder verschwunden, während Dan mich vom Fallschirm ausklinkt.

»Okay? Wie war's?« Er grinst breit, und der Video-Typ kommt angelaufen, um meine Reaktion zu filmen.

»K-k-kalt.« Meine Knie schlottern zwar, aber ich fühle mich total lebendig und Wellen des Glücks durchfluten mich. »U-u-und fantastisch!«

Ein Strom von Gedanken schießt mir durch den Kopf. Ich bin so dankbar, dass ich Dan umarmen könnte. Ich habe das Gefühl, nach diesem Sprung alles zu können. Und ich denke, wie cool es wäre, wenn Colin Firth am Boden gewartet hätte. Oder sogar Marcus. Den streiche ich aber schnell wieder. Und wie toll es ist, am Leben zu sein. Und dass ich das hier wieder tun will.

Dann ist Bella bei mir und schließt mich in die Arme. Als wir uns voneinander lösen, steht Tash im Gras, strahlt und reicht uns beiden einen Plastikbecher.

Ich trinke einen Schluck Champagner und schnappe nach Luft. »Ich kann diesen neuen Job wirklich annehmen und es schaffen. Und in zwei Wochen unterschreibe ich den Mietvertrag für meine neue Wohnung, und es gibt überhaupt keinen Grund zur Sorge. Nach diesem Sprung wird jeder Tag einfach grandios!«

Denn wenn du einen Fallschirmsprung überlebst, *muss* einfach alles danach leicht sein, oder?

2. Kapitel

Vier Monate später …

Man könnte sagen, alles begann am Tag des Fallschirmsprungs. Wie viele Menschen bin ich besessen von Anfängen. Als wäre es für irgendetwas gut zurückblicken, um den genauen Moment zu bestimmen, in dem alles begann. Aber hätte ich nicht mit Marcus Schluss gemacht, hätte ich wohl diesen Sprung nicht gewagt, also hat es vermutlich schon früher angefangen, eben mit der Trennung. Andererseits hätten sich die Dinge mit Marcus nicht so entwickelt, wenn ich den neuen Job nicht bekommen hätte. Daher hat es möglicherweise damit begonnen. Wie dem auch sei, ohne all das wäre ich wohl nicht auf der Reise, auf der ich jetzt bin und die ich mir nicht ausgesucht und schon gar nicht erwartet habe. Und der Rest meines Lebens wird erst beginnen, wenn ich wieder an den Punkt gelangt bin, an dem ich begonnen habe.

Vor hundertneunundzwanzig Tagen hatte ich einen Schlaganfall.

Damals hat es niemand geglaubt. Am Dienstag nach meinem Fallschirmsprung war ich noch berauscht vom Adrenalin. Aber als ich mein Büro bei Zinc Inc in Bath betrat, musste mir mein Boss Jake meinen Morgenkaffee samt Muffin bis zum Schreibtisch tragen, weil ich Nadelstiche im rechten Arm verspürte. Um die Mittagszeit waren meine Finger so taub, dass ich meine Apfeltasche nicht mehr halten konnte. Als ich

Jake erklärte, ich sähe einen Regenbogen um seinen Kopf, brachte er mich sofort in die Notaufnahme.

Zuerst dachte man, ich hätte mich im Schlaf verlegen und schickte mich wieder nach Hause. Es dauerte Tage, bis sie einen Pfropfen in einer Ader in meinem Hals entdeckten, der sich zu meinem Gehirn bewegt und die Blutzufuhr blockiert hatte. Schuld daran war nicht direkt mein Fallschirmsprung einige Tage zuvor. Sie meinten, es könnte passiert sein, als ich ruckartig den Kopf bewegte, um Bella zuzuwinken. Oder weil ich zu lange in den Himmel gestarrt habe, bevor es losging. Oder weil ich über den Champagner-Eimer gestolpert bin.

Damals war mir das nicht klar, aber im Gehirn gibt es eine Million kleiner Dinge, deren Namen mir jetzt nicht einfallen, die lauter unterschiedliche Signale an alle möglichen Bereiche des Körpers senden. Wenn die Blutzufuhr in ein bestimmtes Hirnareal unterbunden ist, funktioniert auch der Körper nicht mehr. Genau das ist mir passiert.

Man sollte meinen, wenn die Wissenschaft weit genug ist, um Roboter auf dem Mars landen zu lassen, sollten Ärzte alles darüber wissen, wie der menschliche Körper funktioniert. Aber das Gehirn ist so kompliziert, dass es noch vieles gibt, was selbst die Ärzte nicht verstehen.

Einiges weiß ich allerdings. Ich kann mich glücklich schätzen, denn es hätte viel schlimmer kommen können. Ich kann laufen und sprechen, und dafür bin ich unendlich dankbar. Die Aussichten für die Genesung sind gut – die meisten jungen Menschen kehren nach einem Schlaganfall in ihren Beruf zurück. Und an diese Hoffnung klammere ich mich.

Mein Schlaganfall hat mir Dinge genommen. Momentan habe ich Probleme mit Worten. Ich kann nicht lesen. Mein Sprechvermögen bleibt hinter meinen Gedanken zurück, und viele Worte, die ich vorher kannte, sind nicht mehr da.

Auch meine Sinneswahrnehmung ist beeinträchtigt. Manches nehme ich verstärkt wahr, anderes überhaupt nicht mehr. Außerdem hatte ich schon einen Krampfanfall, deshalb kann ich – im Moment – nicht Auto fahren.

In den vergangenen vier Monaten habe ich jede mögliche Therapie gemacht und sämtliche zur Wahl stehenden Medikamente genommen. Mein Zustand hat sich schon deutlich verbessert, und jetzt liegt es bei mir. Mein Wagen steht zu Hause in der Garage. Jake, mein Boss, zahlt mir einen geringen Betrag, bis ich mich weit genug erholt habe, um wieder zu arbeiten. Ich muss nur meinen Weg dorthin zurückfinden, wo ich vorher war, Schritt für Schritt. Es geht vielleicht nur langsam voran, und ich werde Geduld brauchen. Aber ich denke, wenn ich aus einem Flugzeug springen kann, bin ich zu so ziemlich allem fähig. Wenn ich mich darauf konzentriere, bekomme ich auch das hier hin. Ich will wieder der Mensch sein, der ich vorher war. Und nun werde ich für eine Weile nach Cornwall fahren, weil es die beste Chance bietet, mein Leben wieder auf die Reihe zu bekommen.

Man darf gespannt sein …

3. Kapitel

Tag 133: Mittwoch, 14. März
St. Aidan, Cornwall

Heroische Leistung: Cornwall finden

»Periwinkle Cottage, das erste auf der linken Seite in der Saltings Lane – das ist es!«

Ich blicke auf ein weitläufiges Steincottage mit einem glänzenden Schieferdach und himmelwärts ragenden Schornsteinen, nur eine windige Wiese weit vom Rand der Klippe entfernt. Die Veranda, vor der wir gehalten haben, sieht genauso aus wie auf den Fotos, die Mum mir gezeigt hat. Seit wir Bath heute Morgen verlassen haben, sage ich mir die Adresse im Stillen auf, und mein benebelter Kopf fühlt sich an, als hätte ich einen Kontinent durchquert, nicht bloß ein paar Countys. Jedenfalls ist es die weiteste Fahrt, die ich seit einer ganzen Weile gemacht habe, aber es war wichtig, sie durchzuhalten. Dank Dads Freund Hal, einem Uber-Fahrer, bleibt mir die Peinlichkeit erspart, mit über dreißig von meinen Eltern gebracht zu werden. Zum ersten Mal seit Ewigkeiten fühle ich mich fast wieder wie eine richtige Erwachsene.

Während wir die Küste entlang nach St. Aidan hineinfuhren, betrachtete ich den Strand und die Lichterketten, die zwischen den blau gestrichenen Laternenpfählen gespannt waren. Gischt traf auf die Frontscheibe des Taxis, und ich sah die an den Hängen verstreut stehenden, rosa und weiß verputzten Cottages an. Die ganze Zeit verspürte ich dabei ein Kribbeln im Bauch. Wir kamen an den hübschen Häusern am Hafenbecken vorbei, den am Kai schaukelnden Booten und den gegen den Winterwind geschützten Ständen der Muschelverkäufer. Dann ging es hinauf über die gewundenen Kopfsteinpflasterstraßen, in denen es dicht an dicht Patisserien, Cafés und Läden mit Surfboards und neonbunten T-Shirts gibt. Sogar eine Hochzeitsboutique der gehobenen Preisklasse findet sich dort. Wir kamen an Häusern vorbei mit kleinen Fenstern und bunt gestrichenen Haustüren, und hinter jeder Kurve bot sich eine neue Aussicht aufs Meer zwischen den Hausdächern. Dann waren wir oben auf dem Hügel und sahen von Steinmäuerchen begrenzte Weiden, und die schmale Straße wurde zu einem unbefestigten Weg. Das erste Cottage auf der linken Seite war es also. Jetzt, wo ich tatsächlich hier bin, wird das Kribbeln in meinem Bauch richtig heftig.

Während ich aussteige und die Wagentür mühsam schließe, entgeht mir nicht, dass die von meiner Mum versprochene kornische Sonne fehlt. Ich betrachte staunend die Weite des Meeres jenseits der Klippe, aber statt blau und funkelnd ist das Wasser noch dunkler als der Gewitterhimmel. Im Augenblick ist es mir jedoch völlig egal, ob es hier aussieht wie auf einer Ansichtskarte. Was zählt, ist, dass ich da bin und es geschafft habe. Das erste Mal seit meinem Sprung aus dem Flugzeug ein Erfolgserlebnis. Das muss ein gutes Zeichen sein.

»Ich komme klar mit dem Gepäck. Danke für alles, Hal.«

Ich weiß, er hat es eilig, zu seinem nächsten Auftrag zu kommen, daher klettere ich über alte Farbtöpfe und Trittleitern auf der Veranda, läute die Schiffsglocke neben der Tür und warte.

Idealerweise hätte ich gern rasch mein Gepäck aus dem Weg, damit niemand sieht, wie viel Zeug ich mitgeschleppt habe, aber auch, damit Mums Rollreisetaschen nicht auffallen. Als Marcus und ich uns getrennt haben, hat er sämtliche

Designerkoffer behalten, wahrscheinlich weil sie alle ihm gehörten. Schrulliges, neonbuntes Gepäck mag ja ganz nett sein für Leute im Alter meiner Eltern, aber mir ist es entsetzlich peinlich. Nicht dass ich zu diesen Markenfetischistinnen gehöre, aber eine Frau hat eben gewisse Standards.

Hal sitzt schon wieder im Wagen, und ich stehe hier neben meinem Gepäck, deshalb ziehe ich erneut am Glockenband und winke Hal zum Abschied zu. Als er auf die Straße abbiegt, erinnere ich mich daran, dass meine Mum die Mittagsschläfchen meiner Tante erwähnt hat, und meinte, dass ich einfach hineingehen solle, falls niemand aufmacht. Also drehe ich den Türknopf, aber die Tür lässt sich nicht öffnen, deshalb läute ich noch einmal, lauter und kräftiger als zuvor. Hal meinte, wir lägen gut in der Zeit; vielleicht ist meine Tante losgegangen, um etwas zum Nachmittagstee zu besorgen. Da ich weiß, wie gern die Leute in meiner Familie plaudern, könnte es sein, dass ich den ganzen Tag hier stehe.

Aber ich bin in Fahrt. Dies ist die neue, mutige kornische Version von mir, und ich werde mich nicht von einer Kleinigkeit wie einer verschlossenen Tür aufhalten lassen. Als meine Mum von der berühmten wohltuenden Seeluft in St. Aidan sprach, hat sie irgendwie vergessen zu erwähnen, dass die mir kräftig ins Gesicht pusten würde. Ich fasse mir in die Haare, um wenigstens den Rest meiner Frisur zu retten, trete hinaus in den Wind und betrachte das langgezogene Cottage. Ich lasse den Blick über die vielen salzbespritzten Fenster gleiten, auf der Suche nach einem Lichtschein in der Spätnachmittagsdämmerung. Auf den Fensterbänken stehen weder Blumen noch sonstige Pflanzen, und die meisten Jalousien sind heruntergelassen. Ich halte bei einem schmalen Schiebefenster inne, dessen Rahmen in der Mitte nicht ganz aufeinanderliegen. Ein sicheres Zeichen dafür, dass es nicht verschlossen ist, und als ich eine der Trittleitern auf der Veranda berühre, steht meine

Entscheidung fest. Ich kann hier warten, bis ich ins Meer geweht werde – was vermutlich innerhalb der nächsten Sekunden passieren wird bei diesem Sturm –, oder ich steige durch das Fenster ein und das Teewasser kocht, wenn der Kuchen kommt. Es hieß, ich solle ruhig hineingehen, und genau das werde ich tun. Nur dass ich durch ein Fenster im ersten Stock klettere, statt unten durch die Haustür zu marschieren. Solange ich mir die Schuhe ausziehe, sobald ich drin bin, wird meine Tante nichts zu beanstanden haben.

Das Fenster befindet sich auf halber Höhe, es ist also gar nicht so hoch, und die Leiter ist leicht und verstellbar. Ein paar Sekunden später bin ich schon oben und finde es vor, wie ich vermutet habe – nicht eingehakt, es lässt sich hochschieben. Ich ziehe mich hinauf und denke, dass ich meiner Tante unbedingt sagen muss, sie soll in Zukunft besser darauf achten, dass ihre Fenster verschlossen sind. Aber dann geschieht etwas anderes.

Man kennt ja diese Momente, in denen man eine Jeans im Laden aussucht, die gerade passend aussieht. In der Umkleidekabine stellt man jedoch fest, dass sie viel kleiner ist, als man beim ersten Hinschauen gedacht hat. Wie man es auch versucht und zerrt, man bekommt sie kaum bis über die Knie. Das passiert mir mit dem Fenster. Als ich hineinzukriechen versuche, sieht die Lücke groß genug aus, aber plötzlich stecke ich an der Hüfte fest. Über mir ist Platz, also liegt es an der Breite. Und noch etwas Ungutes kommt dazu – ich stelle nämlich fest, dass das Fenster gar nicht im ersten Stock liegt, sondern hoch oben im Flur. Selbst wenn ich mich hindurchschieben kann, wie ich es beabsichtigt habe, stürze ich ab, statt bequem auf wundervoll festem Holzfußboden zu landen.

Während ich mit den Beinen strampele, um freizukommen und dabei denke, dass es schlimmer ja wohl kaum geht, höre ich hinter mir jemanden rufen.

»Was zur Hölle tun Sie da?«

Es ist ein Mann, und wenn meine Tante nicht plötzlich aufgetaucht ist, meint er mich. Ich erstarre und suche nach einer Erklärung, aber ich bekomme nur ein Wimmern heraus.

»Einbruch und älteren Menschen einen Schrecken einjagen, das wird Sie teuer zu stehen kommen!«

Meine Tante wäre ganz schön gekränkt, zu den älteren Menschen gezählt zu werden, weshalb ich schon ein bisschen sauer bin. Es gelingt mir, den Kopf zu drehen und Schultern unter mir zu erkennen, die eine zerschlissene Jeansjacke ausfüllen. »Was zur Hölle geht Sie das an?«, rufe ich zurück.

»Schon mal von Nachbarschaftswache gehört? Ich wohne nebenan.«

Ich atme erleichtert aus, allerdings reicht es nicht, um freizukommen. »Na schön, neugieriger Nachbar, danke für Ihre Besorgnis. Ich habe geklingelt, aber niemand hat aufgemacht, und die Tür war verschlossen, also versuche ich auf anderem Weg hineinzugelangen.«

Seine tiefe Stimme überschlägt sich fast vor Ungläubigkeit. »Sie reiten sich mit jedem Wort weiter hinein. *Jeder* weiß, dass die Haustür hinten ist – dieser Teil des Hauses ist abgeschlossen.«

Verdammt, warum bin ich nicht selbst darauf gekommen? »Ich besuche meine Tante.« Es sollte weniger jammernd klingen.

»Na, da wünsche ich Ihrer Tante aber viel Spaß mit jemandem wie Ihnen.« Er scheint zu zögern, dann fragt er: »Welche Tante soll das denn sein?«

»Ich … ich … ich.« Die ganze Zeit habe ich mir den Namen des Cottages vorgesagt. »Das werde ich wissen … sobald sie mich daran erinnert hat.«

»Netter Versuch.« Es folgt ein lautes Schnauben. »Das

klären wir, sobald Sie unten sind. Und nun kommen Sie bitte die Leiter herunter. Sofort!«

»Nichts täte ich lieber …« Wenn ich nur nicht so quietschig klingen würde. »… aber ich stecke fest.«

»Jetzt reicht's.«

Die Leiter schrammt an der Mauer und jemand zerrt an meinem Gürtel. Dann spüre ich den stürmischen Wind an den Ohren und bin frei, wenn auch nicht so ganz, denn ich bin zwischen der Leiter und einem harten, heißen menschlichen Wesen, wie meine beste Freundin Bella sich ausdrücken würde, eingeklemmt.

Wenn eine Frau einen Mann als ›heiß‹ bezeichnet, ist es streng genommen die Zusammenfassung von elf entscheidenden Qualitäten; Einfühlungsvermögen und Großzügigkeit zählen da genauso wie Aussehen und Muskeln. Bei einem kurzen Blick hinter mich kann ich nur zerwühlte braune Haare erkennen und Augen, die zur echt sexy Stimme passen, auch wenn sie die völlig falschen Worte sagt. Nach dem zu urteilen, wie er sich gegen meinen Rücken gepresst anfühlt, müsste er fit und muskulös genug sein für Bella. Unter uns gesagt, für ihr ›heiß‹ reichen schon drei Kriterien – Integrität und Sinn für Humor waren ihr nie so wichtig.

Was mich betrifft, halte ich mich von jedem Kerl fern, bis ich wiederhergestellt und wie früher bin. Und der hier hat auch noch meine zwei unangenehmsten Dinge an mir gesehen – mein Gepäck und meinen Hintern. Es wäre also ohnehin sinnlos, selbst wenn er nicht in einer anderen Liga spielen würde.

Jetzt muss ich nur noch herausfinden, wie ich mich befreien kann, ohne von der Leiter zu fallen und mich noch mehr zu blamieren. Ein Stück den Weg hinunter sehe ich einen Jungen mit dem Fuß ins Gras kicken, die Hände tief in die Taschen seiner blauen Steppjacke geschoben. Neben ihm läuft ein kleiner Hund. Und plötzlich ist da noch eine weitere Gestalt, die angerannt kommt, mit der Hand über den Augen und zu mir hinaufspähend, während sie schrill ruft: »Edie? Bist du das?«

»Tante …« Sie sieht nicht angezogen aus, und leider hat sie offenbar auch keine Tüte mit Kuchen bei sich.

»Ich bin Tante Josephine – du erinnerst dich doch an mich, oder?« Wenn man eine Lücke lässt, wo eigentlich ein Wort sein sollte, hilft einem für gewöhnlich jemand. Tante Josephine hat uns erst vor wenigen Wochen in Bath besucht, wer weiß also, was sie mit der Frage, ob ich mich an sie erinnere, andeuten will. »Was um alles in der Welt machst du dort oben, Edie? Und warum bist du mit einem Fensterputzer gekommen?«

»Er ist kein …« Die Details sind zu verwirrend, ich muss mich auf die wichtigen Dinge konzentrieren. »Du hast nicht aufgemacht, und da wollte ich durchs Fenster hereinkommen.«

Ich schaue trotzig hinunter in die schokoladenbraunen Augen mit den Fältchen drum herum. »Tante JOSIE … war's das, was Sie wissen wollten? Vielleicht verschonen Sie mich dann endlich mit Ihren absurden Beschuldigungen, ich würde einbrechen.«

Der Anblick seiner starken Hand an der Leiter löst ein Prickeln in mir aus. Er sieht mich mit zusammengekniffenen Augen an. »Fabelhaft. Da wir das geklärt haben, können Sie mir verraten, wer oder was Sie genau sind?«

Ich erinnere mich vielleicht nicht immer daran, wie die Schwester meiner Mum genannt wird, aber die Antwort auf diese Frage kenne ich. »Ich bin glücklicher Single und fest entschlossen, das auch zu bleiben. Warum?«

»Dann wären wir schon zwei, und ich habe auch nicht die Absicht, Ihnen einen Antrag zu machen.« Seine Lippen zucken. »Ich wollte nur wissen, ob Sie Touristin oder von hier sind. Falls Sie nur übers Wochenende bleiben, haben Sie ganz schön viel Gepäck dabei. Oder ist das Ihr Diebesgut?«

Schön, dass er das auch noch angesprochen hat. Ich könnte im Boden versinken. Wenn er schon persönlich wird, dann bitte nicht, solange mein Hintern gegen seine Brust drückt.

»Ich bin hier, um … um bei, äh, diesem Haus zu helfen.« Drei Stunden lang habe ich mir den Namen hergesagt, und nun ist er weg. »Ich werde eine Weile hier sein.«

»Wundervoll. Na, wenn Sie Langzeitgefangene sind, denken Sie dran, dass die Lieferwagen, die zu den Scheunen dort hinten müssen, ziemlich breit sind.« Er wartet, bis ich das zur Kenntnis genommen habe. »Parken Sie also lieber nicht an der Straße, wenn Ihr Wagen teuer oder besonders gepflegt ist.«

»Danke für den Hinweis.« Ich werde ihm nicht verraten, dass mein Wagen sogar beides ist, nur dass ich ihn leider nicht dabeihabe. »Denken Sie doch in der nächsten Saison an Fahrbahnmarkierungen.« Ich bin stolz auf mich, dass mir das Wort einfällt und ich es einigermaßen schlagfertig anbringen kann. Abgesehen davon reden wir hier über einen unbefestigten Weg, auf dem keine Farbe haften würde.

Er zieht ein Gesicht. »Vergessen Sie die Markierungen. Im Sommer sollte hier echt Halteverbot herrschen. Sie haben keine Ahnung, wie oft wir die Wagen von Ausflüglern in die Gärten ziehen müssen, damit sie nicht demoliert werden.« Erneut kneift er die Augen zusammen. »Wie wär's, wenn ich Ihnen helfe, das Gepäck ins Haus zu bringen?«

Nachdem er vorhin so unfreundlich war, würde ich lieber sterben, als seine Hilfe anzunehmen. »Danke, aber dort, wo ich herkomme, tragen Frauen ihr Gepäck selbst.« Und gibt es Halteverbot überhaupt? Das ist das Problem mit Gedächtnislücken – es fällt einem schwerer, die Wahrheit von Unsinn zu unterscheiden. »Sind wir dann fertig hier? Kann ich runter?«

Endlich rührt er sich und springt einfach nach unten. Er pfeift, und der Hund fängt an, in der Erde zu wühlen. Als ich die Leiter heruntersteige, lächle ich dem Kind zu, löse damit jedoch nur die vage Bewegung einer Braue aus. Ich krame in meinem Gedächtnis, wie ich jemanden auf Nimmerwiedersehen verabschiede, der mich beschuldigt hat, meine Verwandte auszurauben. Aber er geht gar nicht, sondern steigt die Leiter wieder hinauf.

»Was tun Sie denn jetzt?«

Er zuckt mit der Schulter und zieht das Fenster herunter. »Ich schließe das Fenster, damit wir nicht noch mehr Eindringlinge und Gelegenheitsdiebe anlocken.«

Ich schüttele den Kopf. »Ich bin *nicht* einfach so durchs Fenster. Ich wollte Tee kochen.«

Er ist wieder von der Leiter herunter und legt sie auf den Boden. »Sie müssen das noch von innen verriegeln. Und wenn Sie das nächste Mal dringend Tee wollen, probieren Sie es zuerst hinterm Haus.« Herablassend ist gar kein Ausdruck. »Wenn Sie bleiben, werden wir uns wohl über den Weg laufen.«

Nur über meine Leiche, denke ich und würde es am liebsten laut aussprechen. Aber ich habe keine Kontrolle über meinen Mund. In jüngster Zeit scheine ich touretteartige Neigungen zu haben. Manchmal haue ich Sachen raus, die bestenfalls originell und schlimmstenfalls nur peinlich sind.

»Love you, bye!« Da, schon wieder! Ich schwöre, das bin ich nicht. Ich hab's in einer Radiosendung aufgeschnappt, während ich im Wagen von einer Baustelle zur nächsten fuhr. So wurden in der Sendung die Anrufer abgewimmelt. Halbwegs wahllos von mir und mittelmäßig peinlich, aber für den geschockten Ausdruck in seinen Augen hat es sich gelohnt. Ich bin ihn losgeworden, und das allein zählt, denn ich kann gut auf Publikum verzichten, während ich neonfarbene Taschen, groß wie Ponys, schleppe.

4. Kapitel

Tag 133: Mittwoch, 14. März
Periwinkle Cottage

Heroische Leistung: Den Wasserkessel finden

»Hier entlang, Edie.«

Ich folge Tante Josie durch das Gartentor am anderen Ende des Hauses, meinen größten Koffer hinter mir herziehend. Hinter dem Cottage wächst Unkraut zwischen den Pflastersteinen und auf dem blassen Rechteck Rasen vom vergangenen Jahr, aber hier sind wir wenigstens ein bisschen vor dem Wind geschützt. Ich bleibe kurz stehen und sehe mir den hübschen kleinen Garten hinter der blassgrauen Steinmauer an und die Fensterrahmen, die dringend Farbe benötigen. Als wir an einem farbig gestrichenen Wintergarten vorbei zur Tür gehen, wird mir klar, dass die Schiffsglocke von hier so weit entfernt ist, dass ich sie ebenso gut auf dem Meer hätte läuten können. Ich folge Tante Josie auf die Veranda, lasse mein Gepäck los und umarme sie.

»Mensch, Tante Josie, es ist toll, endlich hier zu sein.« Während ich meine Wange an ihre schmiege, frage ich mich, ob sie immer noch nach Nina Ricci duftet.

L'Air du Temps. In hellgelben Packungen. Oben auf der Flasche eine wunderhübsche Taube aus Milchglas. Als wir Kinder waren, zankten Tash und ich uns darum, wer an ihrer Frisierkommode sitzen durfte. Verglichen mit der unserer Mum war die von Tante Josie sehr exotisch und stets voller eleganter Düfte. Das kommt davon, wenn der Ehemann beruflich reisen muss, in jedem Flughafenshop etwas besorgt und nie einen Geburtstag oder ein Jubiläum vergisst. Im Gegensatz zu unserem Dad, der selten fliegt und nie weiß, welcher Tag gerade ist. Dafür ist er in vielen anderen Dingen großartig. Für Tante Josie passte es gut so, denn ich kann mir nicht vorstellen, wie sie sich selbst Parfum kauft. Während ich sie an mich drücke, kann ich ihre Rippen durch den Stoff von etwas fühlen, was definitiv ein gestreifter Pyjama ist.

Ich sehe sie lächelnd an. »Ein reizendes Haus hast du hier.« Das könnte es zumindest sein, mit etwas liebevoller Zuwendung. Und da komme ich ins Spiel. Ich deute auf die Nebengebäude jenseits der Gartenmauer. »Gehören die auch dir?«

»Ja, das sind alles unsere. Besser gesagt meine.« Sie seufzt. »Harry hatte noch so viele Pläne.« Sein gesamtes Arbeitsleben hindurch hatte er davon geträumt, am Meer zu leben. Tragisch, dass er nur Wochen, nachdem sie hierhergezogen waren, gestorben ist.

Ich nehme sie noch einmal in den Arm. »Du hattest Glück, es zu finden.« In diesem Teil der Welt, wo die Küste sich so malerisch an den Häfen und kleinen Städtchen entlangschlängelt, will jeder einen Blick aufs Meer *plus* Nebengebäude.

»Es gibt so viel zu tun. Ich bewohne nur ein Zimmer.« Was vermutlich die vielen heruntergelassenen Jalousien erklärt.

»Keine Sorge.« Während ich ihren Arm drücke, fällt mir auf, dass es eine angenehme Abwechslung ist, mal diejenige zu sein, die tröstet. Ich schleppe meine Taschen hinter ihr ins Haus und bleibe beim Anblick der Küche verblüfft stehen.

»Lass uns einen Tee trinken.« Sie füllt den Kessel mit Wasser und verschwindet beinah vor dieser Tapete mit dem wilden Hortensienmuster. Ihre silbernen Pumps verraten noch, wo genau sie steht.

»Da mochte aber jemand Blumen.« Die heißen auch Migräne-Tapeten.

Sie schüttelt den Kopf. »Dank der Tapete konnten wir das Haus kaufen – die meisten Interessenten kamen nicht weiter als bis zum Flur.«

»Ich hole mal die Milch.« Am liebsten würde ich meine getönte Brille aufsetzen, aber ich will Josie nicht kränken, also begnüge ich mich damit, mich zum beruhigenden Weiß des Kühlschranks umzudrehen. Hoffentlich finde ich auch Zucker. Erst als ich die Kühlschranktür öffne, erkenne ich meinen Fehler. Es befindet sich nicht nur keine Milch darin, sondern auch sonst nichts Genießbares, falls man nicht auf farblose Smoothies steht.

»Ist grüner Tee okay? Der wirkt hervorragend auf dein Yin und Yang.« Ihre Miene verrät, dass es keine echte Frage ist. Meine Mum macht es genauso, nur dass sie dazu lächelt. Wenn ich darüber nachdenke, kamen die Scherze immer nur von Harry; nur ist es ein bisschen zu spät, um sich jetzt daran zu erinnern.

»Hast du auf Low-Fat umgestellt?«

»Es gibt einen Milchmann. Ich werde dafür sorgen, dass er deinetwegen noch mal vorbeikommt.« Sie wischt einen unsichtbaren Krümel von ihrem Knie. »Ich habe diese Woche ausfallen lassen.«

Was erklärt, wieso der Milchmann seinen Lebenswillen verloren hat. »Das macht meinen Plan zunichte, uns mit einem Fischabendessen aufzuheitern.«

Sie schiebt eine dampfende Tasse zu mir. »Ich kann die Panade abmachen und dir meine Pommes geben.«

Pommes. Natürlich. So werden die genannt. Bisher sind die Worte *Schokolade*, *Kuchen* und *Karamellpudding* mühelos verfügbar gewesen. Jetzt, wo sie mich daran erinnert hat, fühle ich das Loch, wo mein Magen sein sollte.

»Hast du deinen Wagen noch?« Mum hat das bereits überprüft. Ich weiß, ich bin wegen der Ruhe und Erholung hier, aber ohne Auto ist dieser Ort hier ein Albtraum. Mit dem Wagen könnten wir schnell bei der Fisch&Chips-Bude sein.

»Der ist schon eine Weile nicht mehr gefahren.« Ihre Mundwinkel sinken weiter nach unten. »Fährst du, wenn er anspringt?«

Mist. »Sorry, Tante … Tante …«

»Josie.«

»Nein, ich fahre nicht. Deshalb bin ich auch per Uber hergekommen.« Tante Josie. Das muss ich in meinen Kopf hineinkriegen. Was meinen Führerschein betrifft, hoffen wir alle, dass ich ihn in ein paar Monaten zurückbekomme. Könnte auch länger dauern. Dabei fällt mir noch etwas ein. »Behelligt dich der Mann, der die Straße ein Stück weiter runter wohnt?«

Ihre Nasenflügel beben. »Kein Problem – die Lieferwagenfahrer wissen alle, dass sie die Fahrbahn frei halten müssen, also sehe ich ihn nicht oft.«

Lieferungen. Meine innere Alarmglocke klingelt. »Wann warst du das letzte Mal unterwegs?« Ich beobachte, wie sie ihr Oberteil zurechtzupft, während sie überlegt.

»Ich besuche deine Mum alle zwei Monate, das weißt du.«

»Aber du ziehst dich auch abgesehen davon richtig an?« Muss sie.

»Ich verzichte nie auf Unterwäsche.« Sie atmet tief ein und sitzt aufrecht. »Deine Mum und ich haben beide eine Schwäche für Schlafzeug von Cath Kidston. Ich nehme an, du auch, oder?«

»Du hast diesen blau-rot gestreiften Pyjama von Cath Kidston?« Früher habe ich auch am liebsten Freizeitkleidung getragen, aber in letzter Zeit fühle ich mich im Pyjama tagsüber wie eine Invalidin. Und ich mag mich irren, aber diese Streifen habe ich im Laden in Bath noch nie gesehen.

Ein schuldbewusster Ausdruck huscht über ihr Gesicht. »Eigentlich ist es Harrys Pyjama.« Ihre Hände stecken in den Taschen, und während sie die Jacke um die Hüften festzieht, hebt sie trotzig die Nase. »Die sind warm. Er hatte so viele, dass ich meine Garderobe damit bestreiten kann.«

»Toll.« Ich lasse es betont heiter klingen, als sei es vollkommen normal, dass sie die Pyjamas meines toten Onkels trägt. Aber da es nun mal bescheuert ist, muss ich fragen: »Wann hast du zuletzt einen Mantel angezogen und warst in St. Aidan?«

»Beim ersten Treffen mit Trenowden, dem Notar, wegen des Testaments.« Sie hält inne und dreht ihren Ehering, der locker an ihrem Finger sitzt. »George dort ist sehr nett, seitdem hat er mir Sachen gebracht.«

»Aber das muss schon eine ganze Weile her sein.«

»Nur etwas über ein Jahr.« Ihr Ton wird fröhlicher. »Du weißt ja, wie das ist. Harry war der Extrovertierte. Ich gehe kaum allein aus, wenn ich keinen kenne.«

Das ist viel schlimmer, als irgendwer gedacht hat.

Sie trinkt einen Schluck Tee. »Wie dem auch sei, genug von mir. Du siehst gut aus.«

Ich sage ihr nicht, wie oft ich das höre oder dass ich mich dadurch jedes Mal wie eine Heuchlerin fühle. »Ich werde dir mein Geheimnis zeigen.« Ich bringe lächelnd mein Schminktäschchen zum Vorschein.

Sie rückt näher. »Laura Geller Balance-n-Brighten? Wie hilft das deinem Verstand?«

Ich muss lachen. »Das ist nicht für meinen Verstand, nur für mein Gesicht.« Nie war mein Schminktäschchen so voll. Wenn andere Eigenschaften an dir dich im Stich lassen, zählt dein Aussehen umso mehr. Das ist ein weiterer Grund, weshalb ich derartig an meinem schwarz-weiß karierten Mantel hänge und an meiner eng geschnittenen Audrey-Hepburn-Hose.

»Du meinst, zur Konturierung? Muss ich auch mal probieren.« Sie nickt wissend. »Ich kümmere mich vielleicht nicht so um die passende Kleidung, aber egal, wie schlecht ich mich fühle, ich schminke mich.«

»Make-up geht dir also nie aus?«

Sie schüttelt den Kopf. »Du hast doch bestimmt schon von Amazon Prime gehört? Es ist die Mehrkosten wert, die liefern dir direkt bis an die Terrassentür vom Wohnzimmer.«

»Gehen wir da jetzt hin?« Ich schütte meinen restlichen Tee in die Spüle und folge ihr in einen Raum, in dem gigantische Farne und Mohnblumen zwischen dunklen Balken an den Wänden wachsen und einem das Gefühl vermitteln, in einem Gewächshaus gefangen zu sein.

Sie setzt sich auf die Kante eines cremefarbenen Leinensofas. »Durch deine Arbeit bist du sicher an üppiges Dekor gewöhnt, oder?«

Mit den Designs habe ich nicht so viel zu tun, aber wir lassen es nie dermaßen außer Kontrolle geraten wie hier. Wie soll ich es formulieren, ohne unhöflich zu sein?

»Unsere Designs sind weniger … direkt.« Man schnappt halt weniger perplex nach Luft, wenn man es sieht.

»Ein baufälliges Cottage am Meer war Harrys Traum, nicht meiner.« Ihre Fröhlichkeit verschwindet. »Ich würde sofort wieder in mein Tudor-Haus in Harpenden zurückkehren, wenn ich könnte.«

Ihr früheres Haus stammte aus den Neunzigern, nicht aus dem fünfzehnten, elisabethanischen Jahrhundert, und Dad meinte immer, das meiste Holz sei Plastikimitat. Aber die Treppe war Cinderella-mäßig, deshalb waren Tash und ich als Kinder begeistert davon. Außerdem hatten sie einen unfassbar riesigen Garten.

»Könnte schlimmer sein.« Wenn man die Tapete ignoriert, sieht es okay aus.

»Wie meinst du das?« Sie klingt beinah schrill. »Es ist trist und dreckig und praktisch schon von der Klippe geweht, und der nächste tolle Einrichtungsladen ist ewig weit weg.«

»Ach, ich bin ja jetzt da und werde mich darum kümmern.« Ich muss das Haus nur so weit hinkriegen, dass man es verkaufen kann. »Du bist schneller wieder glücklich in Harpenden, als du Heinrich der Achte sagen kannst.« Hoffentlich rede ich da keinen Unsinn. Dass ich das hier hinkriege, ist für uns beide wichtig, um über alles hinwegzukommen. Das Großartige daran ist für mich, dass es nicht wie mein richtiger Job ist, in dem mir alles zu schwerfällt. Das hier kann ich, und es wird toll sein, sich nützlich zu fühlen. Ich werde es hier lieben, mit dem Strand und dem Meer und niemandem, der darüber entscheidet, was ich tun kann und was nicht. Wir passen perfekt zusammen – Tante Josie braucht Hilfe und jemanden, der sie aufheitert. Ich brauche einen Ort, an dem ich bleiben kann, und ein wenig Gesellschaft, während ich mich erhole. Wieder zu der werde, die ich war.

»Es ist sehr gut, dass du hergekommen bist.«

Sie klingt so untypisch dankbar, dass ich ganz gerührt bin. Meine Mum war stets die Schwester mit dem weniger glanzvollen Leben. Wir waren die leicht abgerissene Verwandtschaft, auf die herabgeschaut wurde, nicht diejenige, die zur Rettung auftauchte. Bisher mussten wir auch nie helfen, weil Josie und Harry keine Katastrophen erlebten wie der Rest von uns. Aber jetzt kann sie sich entspannen, die Kavallerie ist nach Cornwall gekommen. Gebt mir ein paar Monate, und ich werde dafür sorgen, dass sie wieder klarkommt – zumindest soweit das möglich ist, wenn man den Lebenspartner verloren hat.

»Ich helfe dir gerne.« Auch wenn ich nicht die leiseste Idee habe, was ich wegen des schlammigen Zeugs im Kühlschrank unternehmen soll. Außerdem kann Tante Dings äußerst stur und hochnäsig sein. Aber mein Aufenthalt hier verschafft mir die Zeit, die ich brauche, um wieder zu werden wie früher und dabei auch ihr Leben umzukrempeln. »Du weißt ja, ich mag es, eine … Dings zu haben.« Das Wort vergesse ich ständig. Ich bin gewissermaßen Managerin von Zinc Inc Interiors für den Südosten. Warum fällt mir das Wort nicht ein?

Ihre Sorgenfalten werden etwas tiefer, während sie nachdenkt. »Mission?«

»Mission, ja, genau. Du bist meine Mission.« Ich stoße einen kurzen Seufzer aus, weil es wie so viele Dinge in meinem Leben nicht ganz passt, aber auch nicht völlig daneben ist. Vorerst muss es genügen. »Wollen wir Pizza bestellen?«

5. Kapitel

Tag 134: Donnerstag, 15. März
Periwinkle Cottage

Heroische Leistung: Tante Josie wieder in die Welt hinaus bekommen

Jeden Morgen gibt es einen kurzen Moment, wenn ich aufwache und langsam zu mir komme, in dem sich alles wie früher anfühlt. Dann geht es drunter und drüber in meinem Verstand, der Anschluss an meinen Körper sucht, und Sekunden später ist alles nachjustiert und ich erinnere mich wieder. Ich bin Edie Browne. Ich bin zweiunddreißig. Und mein Leben wurde auf den Kopf gestellt.

Als ich mir gestern Abend ein Zimmer aussuchen sollte, habe ich das mit der Rosen- und Gänseblümchentapete gewählt. Inmitten dieser überdimensionalen Blumen aufzuwachen, war schon verstörend, aber die orangefarbenen Vögel nebenan wären schlimmer gewesen, und noch schlimmer vermutlich, wenn die Sonne hereingeschienen hätte. Tatsächlich sind Himmel und Meer heute Morgen aber grau; immerhin ist es hell draußen.

Ich trage noch die Uhr, die ich von Marcus bekommen habe. Nicht dass ich die Zeiger derzeit lesen könnte, aber sie war superteuer, und früher fiel es ihm jedes Mal auf, wenn ich sie nicht umhatte. Jetzt trage ich sie als Erinnerung für mich – als eine Art Versprechen an mich selbst, wieder zu mir zurückzufinden. Es ist ein Talisman, der mir hilft, dorthin zurückzufinden, wo ich sein sollte.

Auf dem Weg nach unten zur Küche werfe ich einen Blick ins Wohnzimmer. Tante Josie ist schon auf. Sie sitzt mit halb geschlossenen Augen in einem karierten Pyjama in einer Art Schneidersitz. Das komische Summen, das ich bis nach oben in den Flur mit der Dschungeltapete gehört habe, kommt von ihr. Wenn ich hier wohnen würde, hätte ich es wohl nicht so lange mit all den Affen auf dem Treppenabsatz ausgehalten. Die stünden ganz oben auf der Liste der Dinge, die verschwinden müssten – vorausgesetzt, Tante Josie würde mir helfen, diese Liste zu schreiben. Ich räuspere mich, und sie öffnet die Augen.

»Edie, ich beende gerade meine Meditation. Vielleicht möchtest du demnächst einmal mitmachen?«

»Oh, ich bin nicht so biegsam!« Das ist die nächstbeste Ausrede, die mir einfällt. Da sind zwar einige Leerstellen in meinem Kopf, aber ich bin mir sicher, dass ich bei Yoga einschlafen würde. Koma wäre wahrscheinlich für mich unterhaltsamer als Meditation.

Die Pizzakartons von gestern Abend stehen noch da, und ich nehme mir das letzte Stück meiner riesigen Pizza Hawaii.

Tante Josie macht ihr »Angewidert von St. Aidan«-Gesicht, als sie in ihren Pizzakarton schaut. »Du kannst dir den Rest von meiner auch gern nehmen.« Sie hatte die kleinste, glutenfreie, mit veganem Käse und ohne Tomaten. Und davon hat sie dann nur ein winziges Stückchen geknabbert. So, wie ich den Beilagensalat und beide Stücke Käsekuchen verschlungen habe, käme man nie darauf, dass ich nichts schmecken kann. Ich muss aber essen und hoffe ständig, dass es beim nächsten Bissen endlich besser wird.

»Es gibt zum Frühstück also Pizza?«

»Ich habe ein paar köstliche Säfte. Vielleicht ist die Milch auch schon da. Oder möchtest du Haferflocken?« Sie schüttelt sich.

»Das klingt viel besser.« Ihr Gemüsematsch ist abartig. Porridge ist auch beige, aber irgendwie ist das anders.

»Ich werde dir die Zubereitung erklären.« Sie reißt die Packung auf und füllt sie langsam mit Milch. »Und während wir frühstücken, können wir uns *Schwanensee* anschauen.«

Mist. »Du magst Piers nicht?« Frühstücksfernsehen ist für Mum und mich ein Ritual geworden, aber ich glaube, Harry und Josie mochten nur BBC. Was Ballett betrifft, bin ich mir nicht sicher, ob ich Männer in Strumpfhosen so früh verkrafte. Was mich daran erinnert, dass der Nachbar gestern in seinem Van vorbeifuhr, als der Pizzalieferant die Straße blockierte. Was für ein Zufall. Versehentlich rief ich wieder »Love you, bye!« und verschwand mit den Pizzakartons. Ich könnte schwören, er sah geschockt aus.

»Ich kann neuerdings keine Nachrichten mehr sehen. Aber es ist echt nett, den Tag mit Ballett zu beginnen.« Während Tante Josie die Porridgeschale zur Mikrowelle trägt, verrät ihre unbewegte Miene mir, dass ich mich von *Good Morning Breakfast* verabschieden kann. »Drück diesen Knopf und warte, bis es dreimal klingelt. Wirst du dir das für morgen merken, Edie?«

Sie gibt sich große Mühe, deshalb würde ich gern bejahen. Aber ich muss ehrlich bleiben. »Ich werde es versuchen, aber wahrscheinlich nicht.«

Ich bin keine Spielverderberin und auch kein Feigling. Aber als ich mit meinem Frühstück vor dem Fernseher sitze, sind mir das Ballett, die gestreiften Tapeten, die Karos auf dem Pyjama meiner Tante *und* dieses komische Porridge einfach zu viel. Keine Ahnung, ob ich je farblich getöntes Porridge gegessen habe. Vielleicht, als ich und Marcus in diesen hohen Bergen in Indien waren und beim Sonnenaufgang gefrühstückt haben. Na ja, es gibt für alles ein erstes Mal. Ich setze meine Sonnenbrille auf und schaue mir die Gestalten in Strumpfhosen an, die über den Bildschirm hüpfen.

»Du hast auch mal getanzt, oder?« Das ist irgendwo in meinem Kopf, aber die Details sind weg. Halbwegs rechne ich damit, dass sie mich tadelt, weil ich rede.

»Das ist etliche Jahre her.« Ihr Ton wird gleich milder. »Und einmal stand ich mit Margot Fonteyn auf der Bühne.«

»Wow.« Ich recke in Gedanken die Faust, weil ich das rausgebracht habe.

»Harry hat immer mehr daraus gemacht, als es war.« In Sachen emotionaler Selbstkontrolle reicht Tante Josie niemand das Wasser. Ihr lautes Schniefen muss sich daher darauf beziehen, wie viel von dem Smoothie sie noch vor sich hat.

»Siehst du dir dann den ganzen Tag Margot an?« So schnell mein Mut sinkt, so rasch steigt Panik in mir auf. Es sich vor Dads Ofen gemütlich zu machen und sich *Bridesmaids* und *Love Actually* in Dauerschleife anzutun, war ja okay, aber den ganzen Tag *Pas de deux* halte ich nicht aus.

Sie nickt. »Tanz wirkt sehr therapeutisch.«

»Wir sollten ausgehen.« Das ist leicht zu bewerkstelligen, ich weiß es. Je länger man zu Hause bleibt, umso mehr will man es. »Es gibt doch sicher Kurse. Kannst du nicht nachschauen?« Ich deute auf den Laptop, obwohl ich da nicht viel Hoffnung habe. Was abgelegene Orte betrifft, steht St. Aidan ziemlich weit oben auf der Liste. Während der Sturm Sandkörner gegen die Scheiben bläst, frage ich mich, wie ich mir je habe ausmalen können, am Strand in der Wintersonne zu sitzen.

»Mal sehen.« Sie zieht den Laptop auf ihre Knie und beginnt mit der Suche. »Im Freizeitzentrum gibt's welche – Makramee oder Korbflechten?«

Das kann noch nicht alles sein, oder? »Lies bitte alle vor.« Ich benutze den Nimm-mich-nicht-auf-den-Arm-Ton für patzige Bauleute, denn selbst der unangenehmste Handwerker kann es nicht mit Tante Josies Sturheit aufnehmen. Da meine Stimmenerkennungssoftware meinen West-Country-Akzent nicht versteht, muss ich dringend an meiner Lesekompetenz arbeiten. In den Renovierungspausen.

»Na schön.« Tante Jo hebt die Brauen. »Holzarbeiten, Autopflege, Kickboxen und Spanischlernen bei der Zubereitung von Tapas.« Sie verzieht das Gesicht. »Die besten Kurse scheint die Singles-Gruppe anzubieten, aber zu denen können wir nicht gehen.«

»Weil die möglicherweise … äh, freundlich sind?« Wir sind beide alleinstehend, falls sie es vergessen haben sollte. Ich bin so was von froh, dass ich zwei Monate vor meinem Schlaganfall mit Marcus Schluss gemacht habe, denn Krankenhausbesuche oder sich um Leute kümmern wäre nichts für ihn gewesen. Um genau zu sein – obwohl ich da nur für mich sprechen kann, nicht für Tante Jo –, ist ein Partner momentan das Letzte, was ich suche.

Ein Schniefen von ihr signalisiert mir, dass die Singles nicht infrage kommen. »Die Kurse im The Whole Earth Centre sind besser. Bemale deinen eigenen Pflanztopf, Molekulargastronomie, vegane Klöße, Hydrokultur für Anfänger, Brustmalen, Handstand-Meisterkurs, Ukulele spielen in einer Stunde …«

»Brust-*was?*«, hake ich nach.

»Dem Bild nach zu urteilen, scheint es darum zu gehen, dass man sich auf dem Boden rollt und mit den Brüsten malt. Ich bin mir nicht sicher, ob meine groß genug sind.«

Selbst wenn meine es wären, winke ich lieber ab. »Weiter.«

»Boxershorts nähen als Valentinsgeschenk. Ach nein, sorry, schon vorbei.«

»Verdammt.« Ich grinse, aber sie lächelt nicht zurück.

»Innenarchitektur … na, das bringt dir ja nichts. Kreatives Schreiben ist momentan nicht geeignet für dich. Und bei Hochzeitsblumen wären wir fehl am Platz. Bleibt nur Herzchirurg für einen Tag, Zombie für einen Abend oder Ziegenzucht.«

Ich stöhne. »Wer nimmt denn an solchen Kursen teil?«

»Oh, hier ist noch eine handwerkliche Seite.« Sie schaut genauer hin. »Bruchsteinwand oder Verputzen. Da wir das Haus renovieren müssen, wäre das doch ganz nützlich, oder?«

Es ist toll, dass sie offen dafür ist, aber angesichts meiner Situation bin ich nicht scharf drauf, mir auch noch Steine auf die Füße fallen zu lassen.

»Wie wäre es mit Cupcake-Backen?« Cupcake ist ein weiteres Wort, das mir immer einfällt. Zum Glück. Kuchenglasur geht auch, Hauptsache, es ist irgendwie matschig.

»Edie, ich lebe zuckerfrei. Sind wir also wieder bei Makramee?«

Ich bin eine Schlaganfall-Überlebende, ich hätte sterben können. Ich weiß vielleicht nicht, wie spät es ist, aber ich schätze jede Sekunde. »Nee, nicht so 'n Bindfadendings. Das Leben ist zu kurz.«

»Dann Kalligrafie? Harrys Mum hat das früher gemacht, dadurch kamen sehr schöne Weihnachtskarten zustande.«

Das stelle ich mir nicht spannender als das Bindfädenknüpfen vor.

»Hier steht *modern*, also ist es wohl für junge Leute wie dich gedacht. Man muss sich nicht extra anmelden, sondern zahlt, wenn man tatsächlich hingeht. Dienstagnachmittags in The Deck Gallery.«

»War's das?« Es ist wichtig, Tante Josie wieder zum Ausgehen zu bewegen, und es wäre gut, wenn ich meine Schreibfähigkeit verbessern würde. Aber ich kann nicht glauben, dass ich so weit gekommen bin und am Ende *das* mache.

»Kannst du denn noch schreiben?« Sie kennt die Antwort, weil meine Mum sie gebeten hat, mir bei meinen Briefen zu helfen.

»Ein bisschen.« Eigenartigerweise fällt mir das Schreiben leichter als das Lesen. Tash meint, dass dafür verschiedene Teile des Gehirns zuständig sind. Es ist ziemlich nützlich, eine Schwester zu haben, die Ärztin ist. Außerdem hat sie ein Haus, einen Mann und zwei Kinder. Und älter und klüger ist sie auch. Im Ernst, sie hat alles richtig gut hinbekommen.

»Na bitte.« Tante Dings sieht zufrieden aus. »Leckere Häppchen gibt's auch, steht da.«

Das gibt für mich schließlich den Ausschlag. Für sie nicht.

6. Kapitel

Tag 137: Sonntag, 18. März
Periwinkle Cottage

Heroische Leistung: Kuchen am Sonntag

»Wie du siehst, sind die Scheunen und Schuppen seit einer Weile nicht mehr benutzt worden.« Der Schlüsselbund, den Tante Josie schwingt, ist zu dick für ihre Tasche.

So gern ich mich auch gleich an die Arbeit machen würde, brauchte ich doch erst ein paar Tage, um mich zurechtzufinden. Als ich die putzige Tür des Cottages aufmache, rechne ich fast damit, Rotkäppchen oder Hänsel und Gretel zu sehen. Es ist schon Sonntagmorgen, bis ich es schaffe, mein Klemmbrett hervorzuholen. Als wir uns auf den Weg zu den Nebengebäuden machen, bin ich so arbeitswütig, dass nur noch der Schutzhelm fehlt.

Ich dachte, die Tage würden sich hier in die Länge ziehen, aber seit ich hier bin, gähne ich schon vor der Teestunde. Kaum zu glauben, dass ich früher um vier auf war und selten vor Mitternacht ins Bett gekommen bin. Endlich kann ich meinen dunkelblauen Nadelstreifenpyjama tragen, den Tash mir zum neuen Job geschenkt hat, um scherzhaft meinen »Anzug-Status« zu feiern.

Fairerweise muss ich gestehen, dass der Pyjama bis zu meinem Auszug aus Marcus' Haus in der Net-a-Porter-Tasche geblieben ist, denn Marcus und ich haben immer nackt geschlafen. Den Klimawandel ignorierend, drehte er tagsüber die Heizung so weit auf, dass ich außerhalb des Bettes kaum mehr als ein knappes Unterhemd und Shorts brauchte. Aber so kann ich wohl kaum herumlaufen, wenn ich mit meiner Tante zusammenwohne. Von der Energieverschwendung mal ganz abgesehen. In einer Familie aus lauter Frauen ist das Thermostat eines der wenigen Dinge, über die Dad die Kontrolle hat. Nach der Zeit mit Marcus kommt mir Dads Temperaturempfinden arktisch vor. Und wer immer diese verdammten Anzeigen erfunden hat, die einem ständig sagen, wie viel Gas verbraucht wird, hat dabei nicht an mich und Mum gedacht.

Tante Jo geht die hufeisenförmig angeordneten Nebengebäude entlang, die an den Garten grenzen, und öffnet jede Tür, um sie beinah genauso schnell wieder zu schließen. Kaum zu glauben, dass sie nicht mehr hier war, seit sie und Harry einen Tag vor seinem Tod die Schlüssel farblich markiert haben. Als ich an der vierten Tür immer noch nichts gesehen habe, dränge ich mich einfach an ihr vorbei und schalte das Licht ein.

»Nette Schalter.« Die sehen ein bisschen schräg und industriemäßig aus, aber wenigstens entdecke ich hier keine Dschungelbestie. Als ich zu den alten Balken hinaufsehe, muss ich an die Baustellen von Zinc Inc denken. »Die Dächer sind neu, und die Böden fühlen sich eben an, das ist schon mal ein guter Anfang.«

»Auf halber Strecke ist den Vorbesitzern das Geld ausgegangen. Deshalb konnten wir es uns leisten.« Tante Jo gibt einen missbilligenden Laut von sich.

»Wahrscheinlich haben die das ganze Geld für die exotischen Tapeten im Haus ausgegeben.« Ich bleibe vor einem neu installierten Holzofen stehen. »Was hatten sie denn hier geplant?«

»Ferienunterkünfte rings um den Hof.« Sie runzelt die Stirn. »Geht mich nichts an. Ich hätte gern einen Raum mit Stuckverzierung.«

Das weiß ich bereits. Unser Haus hatte auch keine, und daran erinnerte sie uns bei jedem Besuch. Ich spähe in einen winzigen Raum und entdecke eine Regenwasserdusche. »Sie sind nicht dazu gekommen, es zu fliesen, aber zumindest die Armaturen sind eingebaut.«

Sie rümpft die Nase. »Sehr schlicht – meine Freunde werden kein Interesse haben, wenn es keinen Jacuzzi gibt.«

Ich schaue aus dem kleinen Fenster. »Viele Vorarbeiten sind schon gemacht. Fehlt noch der Rest.« Das ist der zeitaufwändige und kostspielige Teil, und bei acht Einheiten ist es gut, dass sie nicht jeden Cent umdrehen muss. Vorteilhaft ist der viele Platz und die offene Gestaltung, auch wenn es jetzt gerade eisig ist.

»Man könnte also den unteren Teil der Wände mit Holz vertäfeln?« Sie zieht die Jacke fester um sich. Von dem optimistischen, fröhlichen Paar, das sie und Harry einst waren, ist nicht mehr viel geblieben. Ich weiß ja, dass sie trauert, aber ich bin seit Tagen hier und habe sie nicht mal andeutungsweise lächeln sehen. Aber wenn sie ahnt, wie viel Arbeit nötig sein wird, um all das in luxuriöse Unterkünfte umzugestalten, ist das nur allzu verständlich.

Jetzt bin ich an der Reihe, das Gesicht zu verziehen. »Vielleicht müssen wir auf derartige Verzierungen verzichten, aber renovieren können wir trotzdem.« Unser Hauptaugenmerk gilt dem Zeitfaktor, nicht dem Geld; sobald ich einen verlässlichen Handwerker gefunden habe, wird es zügig vorangehen. »Denk nur an den Blick aufs Meer.« Am Ende der Wiese hebt sich der Rand der Klippe scharf vor dem grauen Wasser ab, das mit dem wolkenverhangenen Himmel zusammenfließt. Das Wasser hat die Farbe von Eisen, mit Schaumkronen auf den Wellen. Die Wahrheit ist, dass mich, während ich hier durch den Staub stapfe, nicht nur ein weiterer grauer Tag bedrückt.

Ich bin zufällig bei Zinc Inc gelandet, und zwar in dem Sommer, als ich siebzehn wurde. Nach einem schlechten Schuljahr mit jeder Menge Partys schmiss ich die Schule und schaute bei einer Jobbörse vorbei, weil ich gehört hatte, dass es dort T-Shirts umsonst gab. Ich landete beim Gruppenvorstellungsgespräch bei Jake, ohne zu wissen, was Innenarchitektur überhaupt ist. Offenbar suchte Jake nicht nach einem Naturtalent für Teppichmuster, er entschied sich für mich, weil ich alle nervösen Kids innerhalb von Minuten zum Lachen brachte und es schaffte, die Tee-Lady dazu zu überreden, uns ihren privaten Donut-Vorrat zu servieren. Er meinte, Ahnung von Kuchen und ein freundliches Lächeln zu haben, mache sich sehr bezahlt in der Baubranche. Und er hat recht behalten.

Damals hatte die Firma hauptsächlich Aufträge im gehobenen Sektor in London. Dann waren Lofts angesagt, und der Markt boomte: Jeder Reihenhausbesitzer wollte plötzlich alles rausreißen lassen, um das Innere offen zu gestalten. Ich mochte es, mir die Baustellen vor Ort anzusehen, und es zeigte sich, dass ich ein Auge für Details habe. Während Tash eine Intelligenzbestie ist und die Fähigkeit besitzt, Kranke zu heilen, liegen meine Talente darin, Dinge vor meinem inneren Auge zu sehen und widerwillige Handwerker davon zu überzeugen, meinen Ideen zu folgen. Es dauerte nicht lange, bis Jake mich losschickte, um auf den kleineren Baustellen das Personal bei Laune zu halten.

Während das Unternehmen wuchs, habe ich kaum gemerkt, wie ich immer mehr Verantwortung übernahm. Eines Tages verkündete Jake, er gebe mir einen schicken Titel, an den ich mich jetzt nicht einmal mehr erinnere, und noch mehr Verantwortung. Das war toll, aber auch der Grund dafür, weshalb ich nicht mehr ins Bett kam. Und warum es nun vorbei ist mit der Hetzerei von Baustelle zu Baustelle, dem engen Terminplan und extrem frühen Aufstehen, den Qualitätskontrollen und Meetings und großen und kleinen Katastrophen. Tja, und weshalb ich nicht mehr die bin, die ich einmal war.

Tante Jos Stimme unterbricht meine Gedanken. »Sicher, das Meer ist noch immer grau, aber das ist doch kein Grund, so düster dreinzublicken, Edie.«

Ich schlucke und verkneife es mir, sie darauf hinzuweisen, dass ausgerechnet sie Leute nicht wegen ihrer trübsinnigen Miene ermahnen sollte. Stattdessen stoße ich nur einen Seufzer aus. Es sind nicht nur der Status und die Befriedigung aus dem Job, die mir fehlen. Es ist auch die Kameradschaft, das Frotzeln und das Wissen um jede Menge Handwerker, die sich mächtig ins Zeug legen für einen. Vor allem ist es der menschliche Kontakt. Sosehr die Leute mich manchmal auch auf Trab hielten, am Ende des Tages hatte ich mit mehr Menschen gesprochen, als ich zählen konnte.

»Drinnen ist etwas, das dich aufheitern wird.« Tante Josie klingt noch schroffer als sonst.

»Wirklich?« Ich reibe mir den Staub aus den Augen und zwinge mich, an etwas zu denken, das nichts mit Zinc Inc. zu tun hat. Ich will nicht undankbar sein, aber ich bete, dass es keine weitere Ballett-DVD ist. Es ist mir gelungen, sie jeden Tag zu einem Spaziergang zu bewegen, über die gewundenen Straßen bis zum Laden oberhalb des Hafens. Allerdings haben wir beide Ohrenschmerzen vom Wind bekommen. Ansonsten gab es von morgens bis abends Ballett-Tutus. Ich hätte nie gedacht, einmal darum zu betteln, *Cash in the Attic* und Wiederholungen von *Garden Rescue* sehen zu dürfen. Oder mich verzweifelt danach zu sehnen, wie meine Mum sagt, Charlie Dimmock ließe sich gehen und könnte sich geschmackvollere Sweatshirts anziehen. Ich will nicht gemein sein, aber wenn mein Zuhause näher läge und Uber nicht so teuer wäre, hätte ich längst das Weite gesucht.

»Heute Morgen ist das *Secret Garden*-Malbuch angekommen. Und Filzstifte von Faber Castell.«

»Danke.« Wenn sie weniger sensibel wäre, würde ich hinzufügen, wie lieb das sei. Aber ich will nicht riskieren, dass sie mir an die Gurgel geht. Malbücher benutze ich, wenn mein Kopf sich anfühlt, als würde er platzen. Für gewöhnlich kurz nachdem ich an meinen Puzzeln gearbeitet habe, die deutlich weniger Spaß machen, als man vielleicht glaubt. Die Teile zusammenzufügen soll mir helfen, aber wenn es um diese mehrdimensionalen Dinge geht, bin ich völlig aufgeschmissen. Momentan macht es mich fertig, es echt zu versuchen und am Ende doch nur mit einem Haufen Teile dazusitzen.

Es ist seltsam beruhigend, Bilder auszumalen, wenn Ballettmusik läuft. Hauptsächlich male ich Herzen und Blumen aus. Hin und wieder nehme ich mir Bellas *Ich hab den Mist satt*-Buch vor. Mum war empört, als sie es gesehen hat. Für mich ist es toll, weil es bedeutet, dass Bella mich genau versteht. Aber wir sind ja auch schon seit der Grundschule beste Freundinnen. Schon mit sieben besaß sie die mühelose Fabelhaftigkeit einer Kate Moss. In der am wenigsten luxuriösen Gegend von Bath, in der wir lebten, fiel sie mit ihren violetten Nägeln und den kurzen Jeansröcken auf wie eine exotische Blume. Damals arbeitete ihre Mum bei Tammy Girl und brachte Bella ständig erdbeerroten Lippenstift und Zitronenbrausepulver mit. Bella hat ein so großes Herz, dass sie die Süßigkeiten verschenkte. Meistens an mich. Selbst jetzt funktioniere ich am besten mit Zucker.

In letzter Zeit kommen mir die Tränen, wann sie wollen. Sie laufen mir übers Gesicht, und ich merke es erst, wenn mein Shirt nass ist. Oder mein dicker Wollschal, in den ich mich wegen der Kälte wickle. Wie jetzt.

»Oh, Liebes, weinen nützt auch nichts, Edie – wenn jemand das weiß, dann ich.« Tante Jo hält mich auf Armeslänge von sich und betrachtet mich entsetzt und tadelnd. »Komm, trockne deine Augen. Ich zeige dir die große Scheune, in der Harry seine Werkstatt unterbringen wollte.«

Irgendwie halte ich eine Handvoll von ihrem Mantelärmel fest. »Eigentlich wollte ich dich umarmen. Für das Buch?«

»Nicht nötig – ein Klick, mehr war nicht nötig.« Sie hat sich von mir gelöst.

»Das ist ein hübscher Mantel.« Ich lasse sie noch nicht gehen; wenn sie schon keine Umarmung will, bekommt sie eben ein Kompliment. »Darin siehst du aus wie Paddington. Oder einer dieser Männer, die Leute aus dem Meer retten.«

Sie sieht mich skeptisch an. »Ach, Liebes, das ist mein erster Anorak. Aber tragen Seenotretter nicht Rot statt Gelb?«

»Nein …« Ich weiß es. »Die Feuerwehr ist rot, auf dem Meer ist gelb angesagt.« Und der Mantel von diesem Bären, Paddington, ist meist blau. Tash hatte allerdings einen gelben, damit wir sie auseinanderhalten konnten und uns nicht darum stritten. Nur hat sie meinem die Gummistiefel geklaut, weil ihr die blauen besser gefielen als die roten. Einmal hat sie mir auch die Schokolade aus dem Adventskalender gestohlen. Zum Glück kann ich mich daran noch erinnern, denn ich lasse es sie auch nie vergessen.

»Das Gelb ist zu viel, oder?« Tante Dings schaut an sich herunter.

Ich bereue es, Zweifel gesät zu haben. Oft genug finde ich überhaupt keine Worte, dann wieder kommen die falschen heraus, ohne dass ich es will. »Er sieht großartig aus – Gelb ist schwer angesagt in diesem Jahr. Und er hat einen Pelzkragen.« Das weiß ich ganz bestimmt. »Es ist ein Parka. Sehr gut.«

»Du hast recht mit deinen Farben und deiner Mode.«

»Und wie.« Über die Zukunft muss ich mir anscheinend keine Gedanken machen. Ich könnte jederzeit bei H&M anfangen. Allerdings müsste ich erst wieder Bargeld und Zahlen auseinanderhalten können, aber was soll's.

Ich folge Tante Josie über den gepflasterten Innenhof zu einem großen Steingebäude mit einem Scheunentor, in dessen Mitte sich eine kleinere Tür befindet, durch die wir das enorme Innere betreten. Ich nehme meine Sonnenbrille ab.

»Wow, wenn man sich das ansieht, versteht man, weshalb es oft heißt, Scheunen seien wie Kathedralen. Kein Wunder, dass Harry begeistert war.« Trotz des grauen Tages fällt Licht durch die Fenster in dem hohen Dach, das mit seinen massiven Balken groß wirkt wie ein Dorfsaal. Wenn man mal von den Stapeln alter Bretter überall absieht, ist die Scheune in besserem Zustand als die Schuppen. Obwohl nicht klar ist, welchem Zweck sie dient. Ich gehe zu einem riesigen verglasten Tor auf der anderen Seite und betrachte die nächsten Nebengebäude, die gleich nach einem Rasenstück kommen. »Gehören die dir etwa auch noch?«

»Nein, zum Glück nur die Wiese. Diese Gebäude sind verpachtet – da ist eine Wohnwagenfabrik und noch anderes.« Sie will sich gerade abwenden, hält aber noch einmal inne. »Wer ist das?« Da steht ein Junge am Tor und beobachtet uns durch die Scheibe.

Als ich meine getönte Brille hochschiebe, kommt mir die blaue Jacke bekannt vor. »Der war gestern mit einem Hund unterwegs, als ich ankam, erinnerst du dich?« Und kickte mit der Fußspitze in die Erde, genau wie jetzt. Bevor ich sie darauf aufmerksam machen kann, dass er irgendetwas mit dem neugierigen Typen aus der Nachbarschaft zu tun hat, schließt sie schon die Tür auf.

»Kann ich dir helfen?« Ihr Ton ist so streng, dass der Junge in seine Jacke hineinschrumpft und sein Gesicht fast verschwindet. »Bist du nicht noch zu klein, um allein unterwegs zu sein?« Falls sie ihn ein bisschen aus der Reserve locken wollte, hat es funktioniert.

»Ich bin gar nicht mehr klein. Ich bin sechs.« Er richtet sich auf und wirkt tatsächlich älter. »Hast du Kuchen im Haus?«

»Kuchen?«

Er rümpft die Nase. »Ich kriege nachher welchen, aber ich habe jetzt auch schon Hunger.«

Ich lache über seine direkte Art. »Tut mir leid, ich habe das letzte Stück zum Frühstück gegessen.« Ich werde neuen holen, wenn wir den Mut finden, hinaus in die Kälte und hinunter zum Hafen zu gehen.

Seine Brauen schießen in die Höhe. »Man kann Kuchen doch nicht zum Frühstück essen.«

Ich bin beeindruckt von seiner Empörung. »Kommt ja nicht jeden Tag vor. Eigentlich so gut wie nie. Nur wenn uns die Haferflocken ausgegangen sind.«

Tante Josie räuspert sich. »Wir haben tatsächlich Kuchen im Cottage.« Sie betrachtet ihn kritisch. »Aber du musst dir die Füße abtreten, bevor du hereinkommst.«

»Du hast Kuchen gekauft?« Ich will nicht so schrill klingen, aber hat sie nicht gesagt, sie ernähre sich zuckerreduziert? Und wo hat sie den Kuchen versteckt? Hätte ich gewusst, dass sie welchen hat, hätte ich mir ein Stück nach dem Essen genehmigt.

»Kein Grund, gleich so geschockt zu klingen, Edie. Es ist Sonntag.«

»Und?«

»Das ist eine Ballerina-Sache. Wenn du unter der Woche auf deine Ernährung achtest, darfst du am Sonntag essen, was immer du möchtest.«

»Das machst du?« Mal abgesehen davon, dass es ungefähr eine Million Jahre her ist, seit sie getanzt hat, bin ich noch unentschlossen, ob ich beleidigt sein soll, weil sie mir den Kuchen vorenthalten hat, oder froh, dass sie sich mal etwas gönnt.

»Selbstverständlich, sonst hätte ich wohl kaum diese Figur.«

Sie ist die Hälfte von mir oder meiner Mum, aber wir dachten immer, es läge an den Genen. »Was hast du denn da?«

Sie räuspert sich. »Karottenkuchen – heute Morgen angekommen.« Was erklärt, wieso ich ihn beim Durchsuchen der Schränke nicht entdeckt habe. Sie wendet sich wieder dem Jungen zu. »Wenn du welchen willst, wir sind im Cottage nebenan. Frag lieber vorher deine Mum. Oder deinen Dad. Oder wer sich sonst um dich kümmert.« Pikiert fügt sie hinzu: »Oder sich nicht um dich kümmert.«

»Das ist Barney.« Und damit ist er auch schon losgerannt.

Sie ruft ihm hinterher: »Komm hinten rum. Sag Barney, er kann auch kommen. Wir kochen Tee.« Sie sieht mich an. »Das muss der Fensterputzer sein.«

Ich klemme meine Sonnenbrille fest auf meine Nase. »Barney? Ernsthaft?« Wenn das der Kerl von gestern ist, will ich ihm auf keinen Fall Tee servieren. Es sei denn, es ist grüner Tee. »Übrigens ist er gar kein Fensterputzer.«

»Tja, wie du schon meintest, es ist gut, die Leute besser kennenzulernen.«

»Stimmt wohl.« Jeden, bloß den nicht.

7. Kapitel

Tag 137: Sonntag, 18. März
Periwinkle Cottage

Heroische Leistung: Ein Karottenbeet im Gemüseregal entdecken

Ich bin mir nicht sicher, ob es die Aussicht auf Gäste oder auf hemmungsloses Schlemmen ist, aber sobald Tante Dings mir mein Malbuch gegeben hat, eilt sie davon und werkelt in der Küche. Während sie Tassen und Teller klappernd auf ein Tablett stellt und einen riesigen Teekessel hervorholt, tanzt sie in ihren goldenen Pumps so schnell umher, dass sie Leuchtspuren hinterlässt.

Sie winkt mich zum Raum nebenan und ruft: »Hol den Kuchen, Edie. Er steht im Gemüseregal.«

Da war ich bisher noch nicht, aber nur Augenblicke später bin ich zurück in der Küche und lasse einen rechteckigen Kuchen aus der Schachtel gleiten und staune über die cremige Glasur und die leuchtend orangefarbenen Knubbel mit den grünen Blättern aus Zuckerguss.

Tante Jo schnalzt kritisch mit der Zunge, während sie mich beim Auspacken des Kuchens beobachtet. »Es ist ein Karottenbeetkuchen von M&S, den der Milchmann für mich in Penzance besorgt hat.«

»Großartig.« Obwohl ich noch ein bisschen perplex bin, weil ich herumkommandiert wurde, überreiche ich ihr den Kuchen. In meinem Leben mit Marcus hätte ich diesen

Kuchen möglicherweise gedanklich auf meine Rezeptliste gesetzt, um ihn mal seinen Freunden beim gemeinsamen Grillen am Wochenende zu servieren. Meine Desserts waren das Einzige, womit ich sie beeindrucken konnte. Marcus' Kumpels aus der Kreativszene – und davon hat er eine Menge – hatten Männerfreundschaft auf ein völlig neues Level gehoben. Es war eine Art von Freundschaft, die es, wenn nicht gerade irgendein verrückter Abenteuertrip anstand, kein Wochenende ohne ein Treffen auf irgendeiner Veranda aushielt. Meistens kippten sie Craft Beer mit seltsamen Namen und verbrannten dazu Rindfleischlappen von angesagten Burger-Läden, während sie sich in ihre jüngeren Ichs zurückversetzten. Obwohl sie inzwischen alle Hausbesitzer waren, hatte es wegen der Immobilienpreise in Bristol und der geplatzten Dotcom-Blase keiner zu einem richtigen Garten mit blühenden Blumen gebracht. Daher kauten wir das verkohlte Fleisch auf kleinen Grasrechtecken, hockten dabei auf Bahnschwellen und hörten *Wonderwall* vor freigelegten Backsteinwänden.

Damals fühlte es sich an, als würden wir unser ganzes Leben lang in den Zwanzigern bleiben und genau das, was wir taten, ewig tun. Dann passierte das Unausweichliche – jemand vergaß die Pille und jemand anders dachte: Warum nicht wir auch? Und ehe wir uns versahen, war Babys zu bekommen nicht bloß angesagt, sondern unter sämtlichen Nicole-Farhi-T-Shirts wölbten sich plötzlich die Bäuche. Und was immer die Leute behaupten, dass sie nämlich ihr Leben durch Kinder nicht ändern würden – sie machen sich nur etwas vor. Ich betrachtete es aus der Sicht der Tante, als Tash Tiddlywink und Wilf bekam. Es war, als wäre ein Hurrikan durch deren Haus gefegt und dann gleich noch mal zurückgekommen, um ihm den Rest zu geben. So gesehen zahlt man mehr für Kinderwagen als für ein Hochzeitskleid von Vera Wang – und unter Marcus' Freunden gab es massenhaft beides. Anschließend ist jedenfalls nichts mehr wie vorher.

Aber um auf Tante Jos Karottenkuchen zurückzukommen – selbst für eine Kuchenliebhaberin wie mich ist der riesig. Ich bin außerdem beeindruckt davon, wie zuvorkommend die Nachbarn in diesen Gegenden sind. Ich zähle die Karotten und komme bis elf, bevor ich es aufgebe. Es könnte an der Seeluft liegen oder daran, dass Tante Jo mitzählt, während sie ihre Bleib-jung-Dehnübungen vor dem Essen macht. Es ist zumindest weiter, als ich seit Langem gekommen bin, also jubiliere ich im Stillen.

»Wir könnten im Wintergarten Tee trinken, oder? Da wir doch Gäste haben.«

»Ausgezeichnete Idee«, sage ich, denn dort ist es warm, selbst an bewölkten Tagen. Außerdem verhindern wir auf diese Weise, dass die Gäste sehen, dass wir in einem Regenwald-Themenpark leben.

Als der Junge durch den Garten kommt, sitzen wir in Korbsesseln und staunen darüber, wie die graue Farbe der Fensterrahmen zur Farbe des Meeres passt. Tante Jo öffnet die Tür und zeigt auf die Fußmatte. Nachdem der Junge sich wie verrückt die Schuhe abgeputzt hat, geht er direkt zu dem niedrigen Tisch neben mir, auf dem meine Stifte ausgebreitet liegen.

Er betrachtet die Filzstifte eingehend. »Bist du nicht zu alt für Malbücher?«

Ich lächle. »Findest du?«

Er zuckt mit den Schultern. »Ich mag keine Malbücher. Ich male immer über die Linien.«

»Das kenne ich.«

Seine Hände sind tief in den Taschen vergraben. »Es ist besser für die Fantasie, eigene Bilder zu malen.«

Warum habe ich daran noch nicht gedacht? Er könnte recht haben. »Wie dem auch sei, ich bin Edie Browne mit e am Ende, und dies ist Tante …«

Sie ist sofort da und füllt die Lücke. »Jo. Ich bin Tante Jo. Jo wie in Joker, weil ich viel lache. Mal sehen, wie es funktioniert?« Ihr Blick zu mir verrät, dass sie damit rechnet, dass ich es wieder vergessen werde.

Ich wende mich an den Jungen. »Hast du auch einen Namen?«

»Cam. In der Schule heiße ich Cameron Michael Arnold, aber das ist *so* lang, wenn ich es schreibe.« Er klingt mutlos. »Ich bin echt langsam beim Schreiben.«

»Ich auch.« Mir ist nicht klar, wie Tante Jo auch nur ansatzweise lustig sein soll, aber dass der Junge langsam ist, kann ich gut nachvollziehen. Und wenn wir ein Wettrennen hätten, würde er trotzdem gegen mich gewinnen. Wenn er hier ist, weil er Kuchen liebt, hätten wir schon einiges gemeinsam. »Kuchen esse ich allerdings ziemlich schnell.«

Er sieht mich wieder an. »Barney meinte, ich soll mich beeilen, wir besuchen einen Kunden.«

Tante Jos Ton wird streng. »Aber er wird doch Zeit für einen Tee haben?«

»Nee.« Cam schüttelt den Kopf.

»Wie schade.« *Absolut nicht.* Insgeheim bin ich erleichtert und ergreife das Messer. »Dann beeile ich mich wohl lieber.«

Er zieht die Brauen zusammen. »Was sind das für orange Dinger?«

Verstehen Sechsjährige schon Ironie? »Es sind Karotten aus Zuckerguss, weil es ja ein Karottenkuchen ist. Es soll witzig sein.«

Er rümpft die Nase. »Ich mag kein Gemüse.«

Noch etwas, was wir gemeinsam haben. Ich löse eine der Karotten und gebe sie ihm. »Probier mal, die sind lecker.«

Nicht dass ich sie schmecken könnte, aber wenn der Kuchen von Marks & Spencer ist, wird er wohl lecker sein. Während Cam kaut, verschwindet seine kritische Miene. »Gut?«

»Jap.«

Tante Jo hantiert noch immer mit dem Teekessel. »Na, du kannst ein andermal Tee trinken. Nächstes Wochenende vielleicht?«

Ich schneide durch die Buttercreme. »Eins für jetzt und eines für später?« Ich gebe Cam das erste Stück auf einem Blatt Küchenrolle und wickle das zweite ein.

Tante Jo sagt: »Schneide auch eines für Barney ab, der kommt auch gerade. Hoffentlich sieht er nicht, wie dreckig unsere Fenster sind.«

Verdammt. Leute wie er verdienen keinen Kuchen. Und ich gebe diese Fensterputzersache auf.

Als Barney erscheint, füllen seine Schultern fast den Türrahmen aus. Dann wird mein schlimmster Albtraum wahr, denn er stellt Blickkontakt zu mir her. Ich lege die Hand auf meinen Magen, der einen Purzelbaum schlägt. Prompt gleitet mir das Messer aus der Hand und fällt klappernd auf die Fliesen vor Barneys Füße.

Er bückt sich, um es aufzuheben, und als er sich aufrichtet, zucken seine Lippen. »Hallo, Tollpatsch.«

Ich verdrehe die Augen. »Sie schon wieder?«

Als er den Kuchen sieht, weiten sich seine Augen. »Hübsche Karotten. Ist der selbst gemacht?«

Warum sollte es mich kümmern, ob es ihm auffällt? Dämlicherweise bin ich enttäuscht, die Frage nicht mit Ja beantworten zu können, denn schließlich ist er so ziemlich der letzte Mensch, den ich beeindrucken will. *Seine* Bewunderung will ich ganz bestimmt nicht.

Ich rümpfe die Nase. »Na, irgendwer wird ihn schon gemacht haben.« Ich habe keine Ahnung, woher diese Worte kommen, aber ich stelle dann doch klar: »Ich war's jedenfalls nicht.«

Er sieht halbwegs belustigt aus. »Dann werde ich auf weitere Komplimente verzichten. Geklaut ist der aber nicht, oder?«

Ich stöhne innerlich über diese Bemerkung, lasse mir jedoch nichts anmerken. »Na vielen Dank auch. Und falls Sie uns die Polizei vorbeischicken wollen – nein, er ist nicht geklaut. Der Typ mit dem weißen Zeug in Flaschen hat ihn gebracht.«

Seine Nasenflügel beben leicht. »Jeder Kuchen ist ein guter Kuchen, was uns betrifft. Nicht dass wir gierig wären oder so was.«

»Ich nehme Sie beim Wort.« Ab jetzt werde ich aber wirklich den Mund halten.

»Fertig, Cam?« Er sieht zu dem Jungen, dann wendet er sich an Tante Jo. »Ich hoffe, es ist okay, dass er einfach zu Ihrem Nachmittagstee hereingeplatzt ist?« Er wirft Cam einen kurzen tadelnden Blick zu. »Na los, Großer, wir sind schon spät dran. Was sagt man?«

»Danke.« Cam hält seine Kuchenstücke fest und verliert ein paar Krümel auf dem Weg hinaus.

»Kommst du wieder?« Mehr kann Tante Jo nicht fragen, denn da sind die beiden schon an der Straße.

Tja, man kann es eilig haben und man kann schlechte Manieren haben. Ich sage nichts.

Tante Jo schließt die Tür hinter ihnen. »Er war nett.«

»Stimmt, aber mir begegnen nicht viele Kids in dem Alter.«

Sie kneift die Augen zusammen. »Nicht der Junge. Ich sprach von Barney.«

Ich brauche eine Weile für meine Antwort. »In welcher Hinsicht war der denn *nett*?« Die attraktiven Stoppeln und modisch abgeschrabbten Boots machen seinen schnellen Abgang jedenfalls nicht wett. Oder die Andeutung, ich könnte den Kuchen gestohlen haben. Schlimmer ist jedoch, dass ich Herzklopfen habe und mein Puls rast. Ich schiebe es auf meinen durcheinandergeratenen Adrenalinpegel. Der löst Fluchtinstinkte aus, was gut ist fürs Überleben und zum Austricksen der Nachbarschaftswache. Allerdings macht es mich auch nervöser, als mir lieb ist.

»Sagen wir mal so: Wenn er mich vor dreißig Jahren zum Tanzen aufgefordert hätte, hätte ich nicht Nein gesagt.« Ihr Korbsessel knarrt, als sie sich darin zurücklehnt.

Ich kann nicht glauben, was ich da höre. »Du *trauerst.*« Außerdem ist sie meine Tante, die auf Ballett steht und auf Gemüsesaft und sich jeden Morgen, Mittag und zu sonstigen Zeiten mit Estée Lauder Youth Dew-Bodylotion einreibt. Jeden Tag. Wie kann ein Typ, der in zerrissenem T-Shirt zu einem Kundentermin geht und so sexy aussieht, als wäre er dem *GQ*-Magazin entsprungen, überhaupt auf ihrem Radar erscheinen? Er hat absolut keine Ähnlichkeit mit dem Typen, der immer so aussieht, als wollte er Margot abknutschen, wenn er sie auffängt. Oder mit dem guten alten Harry.

»Sei doch nicht so altmodisch, Edie. Ich habe meinen Mann verloren, nicht mein Augenlicht.« Das ist wieder eine dieser Gelegenheiten, bei denen jeder Widerspruch zwecklos wäre.

Ich richte den Blick auf die Farne im Nebenraum. »Wir müssen wirklich etwas gegen diese Tapeten unternehmen.« Hier bin ich, und ich erlange die Kontrolle über mich zurück. Es tat gut, ein paar Momente Pause von diesem Wirrwarr aus Schwarz und Violett zu haben. Daheim hat mein Dad mein Zimmer neu gestrichen, und die hellgrauen Wände in Kombination mit dem sanften Licht, das durch die Musselinvorhänge hereinfiel, wirkten Wunder für meinen Kopf. Irgendwo müssen wir hier anfangen, und Edie Browne, Baustellenleiterin, kann das.

»Da könntest du recht haben. Wenn wir öfter Besuch haben, soll es hier nicht düster und unheimlich wirken, oder?«

Wenn der schreckliche Nachbar zum regelmäßigen Besucher aufsteigt, wenn auch nur in ihrer Vorstellung, müssen wir uns an die Arbeit machen. Je eher wir loslegen, umso schneller kann ich in die Zivilisation zurück. In die Normalität. Nach dem heutigen Tag könnte ich das gut gebrauchen.

8. Kapitel

Tag 139: Dienstag, 20. März
Kalligrafie in The Deck Gallery

Heroische Leistung: Mich an das Wort erinnern, das ich ständig vergesse. Vor allem aber, Tante Jo den Hügel hinunter bekommen

»Sei unbesorgt, Tante Jo. Wir üben doch nur Schriftzüge, was kann da schiefgehen?«

Ich laufe neben meiner widerstrebenden Tante Jo die gewundenen Straßen hinunter nach St. Aidan und hoffe, dass ich meine rhetorische Frage nicht selbst beantworten muss. Zunächst einmal kann ich mich weder an den Namen des Cottages noch an die Postleitzahl erinnern. Schlimmer ist jedoch, dass es dort wie auf der Schlaganfall-Station im Krankenhaus sein wird, und alle werden uralt sein.

Schon seltsam, welche Wendung mein Leben genommen hat. Früher habe ich knallharte Verhandlungen mit Handwerkern geführt, und jetzt soll ich mit schrägen Vögeln an einem Tisch sitzen und schwungvolle Schreibschrift üben. Ehrlich, wenn mir jemand gesagt hätte, dass ich nach dem Lunch ins Gemeindezentrum zur Betreuung von Menschen mit Handicap gehe, hätte ich das nicht geglaubt. Aber hier geht's um Tante Jo, nicht um mich, also mache ich es gerne.

Wir haben zu Mittag einen Kompromiss gegessen: aus Erbsen gemachte Nudeln. Das war schlimmer, als es sich anhört, dazu Salatblätter, gefolgt von Backpflaumen. Unterwegs hielten wir am Geldautomaten vor dem Spar-Laden, wo Tante Jo mir Anweisungen über die Schulter zurief und ich meinen 1111-Code ganz allein eintippte. Jetzt habe ich ein Bündel Banknoten und kann ab sofort bar bezahlen. Auf dem Weg durch die Galerie gibt es eine Wand mit riesigen Gemälden vom Meer, die so realistisch sind, dass ich beinah die Wellen rauschen höre. Ein Stück weiter sitzt eine Gruppe Frauen, deren Lachen bis zur hohen weißen Decke hallt.

Als sie die Köpfe in unsere Richtung drehen, merke ich, wie Tante Josie starr wird. Mit zusammengebissenen Zähnen knurrt sie: »Vielleicht merken sie es gar nicht, wenn wir auf der Stelle verschwinden.«

»Halt durch.« So leicht kommt sie mir nicht davon.

Ich dränge sie, schnell weiterzugehen, aber kurz bevor wir die Gruppe erreichen, bleibt sie stehen. Ich setze meinen Weg fort. Im Kopf bin ich schon voraus, meine Beine folgen hastig, sodass ich mich am Tisch abstützen muss. Meine Oberschenkel stoßen dagegen und lassen die Tintenfässer wackeln. Eine Kalligrafie-Feder rollt herunter und fällt zu Boden. Ich ignoriere die erschrockenen Laute und setze mein strahlendstes Lächeln auf. »Wir sind hier wegen des Kurses.«

Was auch immer ich erwartet habe, es war jedenfalls nicht jemand in meinem Alter in einem mit Gänseblümchen bedruckten Hosenanzug, der in blauen Turnschuhen um den Tisch herum auf mich zugehüpft kommt.

»Josie und Edie? Ich bin Beth – wir hatten gehofft, dass ihr kommt.« Ihre gebleichte Kurzhaarfrisur betont ihre süßen Grübchen, wenn sie lächelt. Noch besser ist, dass sie genauso aufgeregt ist wie ich. »Eigentlich ist es mehr ein zwangloser Workshop. Wir arbeiten alle an verschiedenen Projekten und helfen uns gegenseitig.«

Ich greife nach meiner Sonnenbrille, schiebe sie aber wieder auf meinen Kopf, als ich merke, dass das Licht nicht blendend oder komisch ist. Es fällt durch Mattglasscheiben mit Klarstreifen herein und taucht den Raum in einen sanften Schein. Es ist, als würden viele der Orte, an denen ich in den vergangenen Monaten in Gedanken war, hier wieder lebendig werden. Während die Leute sich wieder in ihren für dieses verschlafene Kaff sehr ausgefallenen Sesseln zurücklehnen und die Stifte und Tintenfässer ruhen lassen, muss ich zugeben, dass ihre Arbeiten ziemlich cool aussehen.

Noch während ich Beths Worte verarbeite, drehe ich mich zu Tante Jo um. »Projekte! Das Wort habe ich gesucht.« Es ist Tage her, hat mich seitdem aber nicht losgelassen. *Projektmanagerin für den Südwesten.* Das ist mein Job bei Zinc Inc.

Tante Jo sieht mich mit großen Augen an. »Jetzt verstehe ich, warum du gesagt hast, es würde gut sein, mal rauszukommen, Edie.«

Beth schiebt uns zwei freie Stühle hin. »Wir rackern uns hier nicht ab, es wird auch viel geplaudert. Getränke und Snacks gibt es auch, bedient euch. Danach bekommt ihr von mir Übungsblätter.«

Ich lasse einen Beutel mit Früchtetee vor Tante Jos Gesicht baumeln. »Möchtest du?« Es ist der gleiche Tee aus Erdbeeren und exotischen Blumen, den sie zu Hause hat, wenn sie gerade keinen grünen Tee trinkt. Was man als weiteres gutes Zeichen auffassen kann.

Tante Jo nimmt sich einen Muffin. »Sind die mit extra viel Schokolade?«

Beth nickt. »Und vegan, selbst gebacken in der Little Cornish Kitchen, gleich hinter dem Hafen. Die sind großartig für die Kreativität.« Sie redet unglaublich schnell.

Als ich mich mit meinem Becher heißer Schokolade setze, fühle ich mich bereits sehr wohl in diesem Kurs. »Können wir zahlen?«

»Oder sollen wir irgendwelche Formulare ausfüllen?« Tante Jo hängt ihren Mantel über die Stuhllehne, daher nehme ich an, dass wir bleiben.

Beth gibt uns leere Blätter. »Macht euch wegen der Bezahlung keine Gedanken, euer erster Tag ist kostenlos, also schreibt einfach hier eure Namen und Kontaktdaten auf. Ihr wohnt im Periwinkle, oder? Wundervolle Aussicht dort. Loella und ich sind praktisch eure Nachbarn – wir wohnen in den Cottages an der Straße nach Rosehill.«

»Ja, tolle Aussicht«, stimme ich zu. Keine von uns hat eine Ahnung, wo das sein soll, aber egal.

»Schönschrift.« Vielleicht hat Tante Jo hier echt mal einen Scherz gemacht. Damit die anderen glauben, dass ich selbst meinen Namen und meine Nummer hingekritzelt habe. Dann reicht sie das Blatt an Beth zurück. Ganz einfach. Niemand hat etwas gemerkt.

Beth legt den Zettel weg und gibt uns liniertes Papier sowie einen Becher mit Stiften und Feder. »Ich werde euch ein paar einfache Buchstabenformen zeigen. Es ist nicht schwer. Kalligrafie ist Handschrift, nur sorgfältiger und durchdachter.«

Obwohl die kleinen Tintenfässchen und Pinsel und Wasserschalen und verschiedenfarbiges Papier überall auf dem Tisch interessant aussehen, ist dies momentan nicht der beste Ort für mich. Ich kann zwar noch schreiben, aber für gewöhnlich sieht es dann aus, als hätte ich es mit verbundenen Augen und der falschen Hand versucht. Auch nur in der Nähe der Linien zu bleiben, wird enorme Mühe kosten. Aber kurz darauf wird uns gezeigt, wie wir die Feder richtig halten, und dann zeichnen wir eine Reihe kleiner gerade Linien – äußerst vorsichtig in meinem Fall. Danach schauen wir zu, wie Beth die Schwünge eines *a*, *b*, *c* und *d* mehrmals auf unsere Blätter zeichnet.

Während Tante Jo und ich es allein probieren, fällt es mir schwer, bei der Sache zu bleiben. Ich beiße von einem Muffin ab und zeichne den Strich eines Buchstabens. Starre ein wenig an die sehr weiße Decke. Noch ein Bissen vom Muffin. In der Zeit, die ich für mein erstes *a* benötige, hat Tante Jo schon eine ganze Seite voll und beginnt die nächste. Sie geht das hier mit der gleichen Energie an wie ihr morgendliches Fitness- und Verjüngungsprogramm.

Ich konzentriere mich auf den Muffin. Er ist so dunkel und klebrig, dass ich ihn doch wirklich schmecken müsste. Leider klappt es bisher nicht, aber man kann nicht alles haben. Jedenfalls nicht sofort. Manchmal fühle ich mich wieder wie auf der Grundschule. Ich kann nicht behaupten, dass ich je einen Kalligrafie-Kurs hätte mitmachen wollen, es sei denn vielleicht, um meine Hochzeitseinladungen selbst zu schreiben. In dem Fall hätten Bella und ich definitiv einen dieser reizenden *Pens and Prosecco Workshops for Brides* im Paper Moon in Bristol besucht. Den ganzen Sonntag hätten wir uns mit Häppchen und winzigen Macarons vollgestopft. Vielleicht habe ich mal ganz kurz davon geträumt. Na ja, möglicherweise auch öfter als einmal. Was aber nun nicht mehr passieren wird, nachdem Marcus und ich unsere Diskussion hatten, bei der wir beide zum ersten Mal total offen und ehrlich ausgesprochen haben, wie wir unsere Zukunft als Paar sehen.

Fragt mich nicht, wie wir es sieben Jahre miteinander ausgehalten haben, ohne so ein Gespräch zu führen. Wie auch immer es geschehen konnte, jetzt können wir es nicht mehr ungeschehen machen. Und wegen der absurd unterschiedlichen Erwartungen hatten wir natürlich einen gigantischen und enorm erbitterten Streit. Auf den eine Woche der Ruhe nach dem Sturm und der Erkenntnis folgte, dann ein neues, tränenreiches Gespräch, bei dem ich wohl nachgeben sollte, was ich zum ersten Mal in sieben Jahren nicht tat. An dem

Punkt begriffen wir endgültig, dass wir uns bei den wichtigsten Entscheidungen niemals würden einigen können. Also beschlossen wir, getrennte Wege zu gehen. Er behielt das Haus, was nur fair war, weil es ihm gehörte. Ich zog aus und ließ Jahre hingebungsvoller Renovierungsarbeiten hinter mir. Von den Schuldgefühlen, dass es nur an mir gelegen hat, ganz zu schweigen.

Tante Jo nimmt das nächste Blatt und sieht dabei auf. »In den Briefen, die du uns geschickt hast, hattest du immer eine sehr hübsche Handschrift.«

Als wir jünger waren, vergaßen Harry und Jo nie einen unserer Geburtstage, wahrscheinlich weil sie keine Kinder hatten. Und Mum bestand stets darauf, dass wir uns schriftlich bedankten. Marcus machte sich über die Danksagungs-Obsession meiner Familie lustig. Diese vielen Dankeskarten, die hinter dem Toaster steckten und an der Magnettafel hingen, machten ihn wahnsinnig, weil sie den angestrebten Minimalismus der Küche störten. Vor allem aber betrachtete er es als ein Zeichen der Schwäche, sich bei irgendwem zu bedanken.

Lächelnd erinnere ich mich an die Schule. »Meine Schrift war akkurat.« Der Teil war leicht. Bei allem anderen habe ich versagt. Für mich war Schule bloß eine Möglichkeit, mit meinen Freunden Spaß zu haben, und mein Leben ging erst richtig los, als ich sie hinter mir hatte. Sobald ich mit Menschen in einem Raum bin, freunde ich mich mit ihnen an und mache Blödsinn, deshalb kann ich mich nur schwer an mein momentanes Ich gewöhnen. Da ich früher nonstop geplappert habe, gelte ich jetzt bei meinen guten Freunden als seltsam still. Ich will auch nicht mit ihnen ausgehen, weil es zu merkwürdig ist, nicht mehr die Laute zu sein. Was soll's, wir werden es nachholen, sobald ich wieder ganz die Alte bin. Aber es ist schon komisch, dass ich an diesem Nachmittag seit Ewigkeiten mal wieder unter Leuten bin.

»Wie findest du St. Aidan als Neuankömmling?« Eine Frau mit einem breiten Lächeln, deren volle dunkle Locken ihr auf die Schultern der dicken Strickjacke fallen, setzt sich neben mich.

Ich konzentriere mich auf die Blumen auf ihrem Kleid, ignoriere die Schweißtropfen in meinem Nacken und krame in meinem Kopf nach einer angemessenen Erwiderung. Hauptsache, nichts Beleidigendes und zu Unverblümtes. »Es ist … äh, ruhig.« Was gibt es sonst über ein leeres Dorf zu sagen, wo einem der Wind den Sand dermaßen in die Augen weht, dass man das Meer nicht sieht, selbst wenn man am Strand ist?

Ihrem Lachen nach zu urteilen, findet sie das lustig. »Im Juli wirst du das nicht mehr sagen. Wenn nicht viel los ist, schaffen wir es wenigstens, uns hier zu treffen.«

Beth sagt: »Ohne uns könnte Plum, die Besitzerin hier, durch den Winter kommen, ohne einen einzigen Menschen zu sehen.«

»Wer von ihnen ist Plum?«

Die dunkelhaarige Frau deutet zur Treppe. »Sie ist oben und malt ihre Seelandschaften. Im Winter lässt sie uns unsere Craft-Workshops hier veranstalten, damit ein bisschen Leben in den Laden kommt. Ich bin übrigens Loella.«

Beths Lächeln ist vielversprechend. »Es gibt jede Menge anderer Kurse hier, die du vielleicht mal ausprobieren möchtest.«

»Ja?« Das hört sich gut an für Tante Jo.

Loella redet weiter. »Ich mache Patchwork, Quilts und andere kreative Dinge mit Stoff.«

Ich spüre, wie Tante Jo sich in ihrem flippig bezogenen Sessel aufrichtet, daher lächle ich ihr zu. »Du nähst doch gerne, oder?«

Tante Jo setzt sich noch gerader. »In Harpenden war Aktzeichnen beliebt.«

»Was?« Ich reiße mich zusammen und versuche schnell ein anderes Thema zu finden. »Wie wäre es mit Schmuckbasteln?«

Loella strahlt und springt auf. »Wir haben tatsächlich hin und wieder einen Kurs in Aktzeichnen, wenn wir ein Modell finden. Ich trage euch dafür ein, außerdem für recycelten Schmuck und für Quilts? Ich schicke euch die Zeiten per E-Mail. Aber zu Kalligrafie kommt ihr doch weiterhin?«

Tante Jo blättert durch ihre Seiten voller mit perfektem Schwung gezeichneter Buchstaben, aber sie macht ein skeptisches Gesicht, deshalb antworte ich schnell: »Auf jeden Fall.«

Loella stupst mich an. »Und was du vorhin gesagt hast – ab jetzt wirst du noch mal überlegen, ob du St. Aidan ruhig findest.« Sie schaut auf ihre Uhr. »Die Kinder kommen jeden Moment aus der Schule, dann bricht hier die Hölle los.«

Beth eilt mit einem Tablett umher, und ihre Miene sagt, dass es dringlich ist. »Alle geben bitte ihre Tintenfässchen ab.«

Ein Luftstoß entsteht, als die Tür der Galerie auffliegt, dann ist das Trappeln von Füßen zu hören und Schreie, die man vielleicht vom amerikanischen Rodeoreiten oder Viehtreiben kennt, während Cowboys ihre Lassos schwingen: »Yee haw!« Es entsteht ein verschwommenes Farbdurcheinander, als mehr Kids, als ich zählen kann, in die Galerie gerannt kommen, ihre Jacken in der Luft wirbelnd. Dann macht sich ein flaues Gefühl in meinem Magen bemerkbar, denn da jagt auch ein kleiner Hund herein. Und hinter der Kinderschar, mit zwei von ihnen an jedem Arm, eine sehr vertraute ausgeblichene Jeansjacke.

Tante Jo nickt mir vielsagend zu. »Nicht nur ein hübsches Gesicht. Ist es nicht schön, einen Mann zu erleben, der gut mit Kindern umgehen kann?« Flüsternd fügt sie hinzu: »Hast du gesehen, wie matschig ihre Schuhe sind? Ich hoffe, er hält sie uns vom Leib.«

»Ich auch.« Ich liebe Tashs Kinder, aber um die Kinder anderer Leute, noch dazu in großen Mengen, mache ich einen Bogen.

Ich sollte Tante Jo etwas Schlagfertiges erwidern, aber mir fällt nichts ein. Ein Zupfen an meinem Ellbogen erlöst mich. »Cam …?« Hoffentlich habe ich den Namen richtig behalten. Es ist in Ordnung, die Namen von Erwachsenen zu vergessen, aber nicht die von Kindern.

Er sieht mich vorwurfsvoll an. »Warum bist du hier, Edie Browne? Du *hasst* Schreiben.«

Ich hebe den Arm von dem Blatt Papier, damit er mein Werk sehen kann und hoffe, er erinnert sich an das e in meinem Namen.

»*Drei!* Ist das alles, was du geschafft hast?«

Ich nicke. Ja, dreimal das a, nicht drei Seiten. Als wäre ich wieder sieben Jahre alt und in der ersten Klasse.

»Den ganzen Nachmittag?«

»Ja, Sir.« Es ist meine Stimme, aber der Akzent ist unerwartet amerikanisch.

»Das ist ja noch langsamer als bei mir.«

»Hab ich dir doch gesagt. Gib mir fünf!« Ich halte meine Hand hoch, und er schlägt seine Handfläche gegen meine, dann verschwindet er.

Loella taucht mit dem Arm voller Papiere auf. »Cam plaudert bereits mit euch? Sehr gut, wirklich. Viele von uns haben es vergeblich probiert.«

Es ist nicht viel, aber für jemanden, der den ganzen Nachmittag gebraucht hat, um dreimal a zu schreiben, ein Highlight, also freue ich mich.

»Werden wir euch morgen um dieselbe Zeit bei ›Spaß mit Stoffen‹ sehen?« Ich versuche gerade, Loellas Lächeln zu erwidern, als ihres plötzlich verblasst. »Ihr wollt doch kommen, oder? Ich meine, ihr habt Lust, es mit Nähen zu probieren?«

Verdammt. Wenn ich das mit dem Schreiben nicht hinbekomme, wird es beim Nähen noch ärger, weil ich das vorher schon nicht konnte. »Tja, also …« Dies ist nicht der richtige Augenblick, um keine Worte zu finden.

»Du scheinst nicht so begeistert zu sein wie deine Tante.«

Mist. »W-wie k-kommst du d-denn darauf?«

Wieder erscheint das Lächeln, diesmal ist es reumütig. »Na, erstens wegen dem Gesicht, das du gemacht hast, als ich es erwähnte, und zweitens, weil du den ganzen Nachmittag ausgesehen hast, als würdest du am liebsten die Flucht ergreifen. Soll ich noch mehr aufzählen?«

Ich muss zugeben, während ich ihre grob gestrickte Jacke betrachte, die auf einem Laufsteg nicht deplatziert wäre, dass mich sowohl die stylishe Strickware als auch die direkte Art ihrer Trägerin überrascht haben.

»Zwei Kleinigkeiten, die du völlig falsch gedeutet hast.« Diesmal achte ich darauf, dass mein Lächeln strahlend ist. »Keine S-Sorge, wir w-werden da sein. Es hat wirklich Spaß gemacht.«

»Keine Sorge …« Es klingt wie ein Echo; sie legt den Kopf schief und lacht, leise und dreckig. »Dein Geheimnis ist bei mir sicher, Edie Browne. Bis morgen.«

Scheiße. Diesmal versuche ich mein Stöhnen nicht zu unterdrücken.

Sie grinst mich immer noch an. »Und ich bin froh, dass du fluchst. Du wirst gut hierher passen, da bin ich mir sicher.«

Und das war der Kalligrafie-Kurs.

9. Kapitel

Tag 141: Donnerstag, 22. März
Zurück in The Deck Gallery

Heroische Leistung: Einen anderen Blick auf St. Aidan bekommen (es geht um den BAUM)

Spaß mit Stoffen? Das muss irgendein Oxymoron-Wortspiel-Ding sein, das sich komplett widerspricht. Wieso ich mich ausgerechnet an solche Sachen erinnere, während mir kaum mein Mittelname Sara einfällt, gehört zu den nervigen Anomalien, mit denen ich täglich konfrontiert bin. Wenn es nach mir ginge, gäbe es ein Gesetz, das ein Vorkommen der beiden Wörter ›Stoff‹ und ›Spaß‹ im selben Satz untersagt. Ich meine ja nur. Die Sache ist klar. Ich kann nicht mal eine Nadel ansehen, ohne es zu vermurksen, also geht es hier um Tante Jo. Die ist wie Mum – die beiden können im Schlaf nähen.

Bevor wir die Galerie erreichen, ist es wie gestern: Pasta, Pflaumen, Salat. Und dann muss ich Tante Jo wieder den Hügel hinuntertreiben, da sie trotz der Aussicht auf Schere und Nähnadel ziemlich zögerlich ist. Anders ist heute, dass wir noch vor dem Öffnen der Glastüren zur Galerie das Sirren der Nähmaschinen hören. Auf dem Weg zu unserem Arbeitstisch sehen wir ein Durcheinander bunter Stoffe. Die Anwesenden schauen auf, lächeln und winken uns zu.

Tante Jo ist sofort wieder in ihrem Element. »Cathedral Window Patchwork, wie wunderbar!« Eine Nanosekunde später ist sie ins Fachsimpeln über Stoffe vertieft. Ich verstehe weder, worum es geht, noch kann ich mich an der Unterhaltung beteiligen.

Ich entdecke Loella, die in der einen Hand ein zischendes Bügeleisen hält, das sie auf ein Bügelbrett drückt, und winke ihr zu. »Hey, das ist exakt so überwältigend, wie du versprochen hast.« Ich strahle wieder, um zu unterstreichen, wie begeistert ich bin, hier zu sein. Hauptsächlich aber, um sie mir vom Leib zu halten. Dann setze ich mich, schnappe mir ein Nadelkissen und blicke sehr beschäftigt drein, während ich die Nadeln umarrangiere. Tante Jo kommt und zeigt mir, wie ich eine Schablone zeichne und Quadrate für die Flicken ausschneide. Obwohl ich mich nicht am Geplauder beteilige, fällt es mir schwer, mich auf die Arbeit zu konzentrieren. Es ist genau wie bei der Kalligrafie – Tante Jo sitzt glücklich hinter einem gigantischen Stapel perfekt ausgeschnittener Sechsecke, während ich noch mit dem ersten kämpfe. Als ich gerade überlege, ob ich das Ausschneiden mit einer anderen Schere vielleicht besser hinbekomme, vernehme ich ein Hüsteln neben mir.

Sofort suche ich fieberhaft nach Ausreden für Loella. »Ehrlich gesagt, ich probiere bloß …« Mein Blick fällt auf ein paar muskulöse Oberschenkel in Jeans. Ich stutze und brauche einen Moment, um die Details wahrzunehmen, nach denen Bella mich später fragen wird. Dann schaue ich hoch und sehe die vertrauten Bartstoppeln und einen Mund, den ein kaum wahrnehmbares Lächeln umspielt. »Barney? W-was machst du d-denn hier? Na toll, vor lauter Aufregung duze ich ihn auch noch.«

Er verzieht keine Miene und zuckt mit den Schultern. »Ich habe ein paar Werkzeuge für Beth abgegeben, aber wenn du einige Minuten erübrigen könntest – ich könnte draußen Hilfe gebrauchen.«

Offenbar stört ihn mein nahtloser Übergang zum Du nicht. Mit Barney gehen oder hierbleiben. Zwei Möglichkeiten, beide gleich schrecklich, jede auf ihre Weise. »Ich weiß nicht recht.«

»Na los, Edie, ich verspreche, es dauert nicht lange.« Seine dunklen Augen richten irgendetwas in mir an.

Tante Jo hat sich aus ihrer Diskussion über Stichlängen ausgeklinkt. »Geh ruhig, Edie. Loella hat bestimmt nichts dagegen.«

Ich schaue flehend zu Loella, auf dass sie darauf besteht, dass ich bleibe, doch sie lächelt nur. »Wenn Barney dich braucht, nur zu.«

»Gut.« Ist es überhaupt nicht. Lieber würde ich jetzt einen ganzen Quilt nähen, als mit Barney zu gehen. Wenn das meine Strafe ist, bereue ich es wirklich, mir beim Ausschneiden nicht mehr Mühe gegeben zu haben. Als ich aufstehe, ist er schon weg, und als ich ihn einhole, hält er mir die Tür auf. Der kalte Nachmittagswind bläst mir ins Gesicht, und Barney drückt mir eine Öljacke in die Hand.

»Hier, zieh meine Jacke an. Wir müssen zum Hafen. Ich will nicht drängeln, aber du musst dich ein bisschen beeilen, wenn du bis zum Ende des Kurses zurück sein willst.«

»Aber ...« Was zum Geier ist aus »es dauert nicht lange« geworden? Leider kann ich mich auf keine Diskussion einlassen, da ich rennen muss, um mit ihm Schritt zu halten. Ich sehe Ausschnitte der Bucht zwischen den Häusern, während wir eine schmale Kopfsteinpflastergasse entlanglaufen. Die Wellen rollen über den hellen, glänzenden Sand, und man hört das Rauschen der Brandung. Endlich ist das Wasser mal nicht grau, sondern silbrig wie Fischschuppen. Wir erreichen den Hafenkai, an den die Cottages mit ihren rosafarbenen und blauen Haustüren grenzen. Auf dem Kai stehen Hummerkörbe und Taurollen, und die blauen und roten und schwarzen Boote, deren Masten in den Himmel ragen, liegen vertäut an der Mole.

Als wir einen sehr wackligen Anlegesteg betreten, bin ich völlig erledigt von der Anstrengung. »Warum sind wir hier?«

»Es ist bereit zum Ablegen, also ist es doch offensichtlich.« Er steigt in das offene Boot, vor dem wir stehen, und gibt mir eine Schwimmweste. Er selbst zieht sich auch eine an. »Das ist deine Rettungsweste. Zieh die über die Jacke, dann können wir los.«

»Wohin denn los?« Als würde ich mich mit Booten auskennen, ganz zu schweigen von irgendwelchen Details. Ich habe kein Problem damit, irgendwo zu paddeln, aber wenn das Wasser tiefer ist als bis zu meinen Knöcheln, kriege ich Angst. Als ich mit Marcus zusammen war und seine Familie in den Ferien Boot fuhr, was häufig vorkam, jubelte ich im Stillen und blieb mit einem Buch am Strand.

»Kein Grund zur Panik, wir sind im Nu wieder zurück. Ich habe das Ruder repariert, als Dank für einen Gefallen. Und jetzt muss ich es wenigstens einmal testen, bevor wir das Boot abgeben.«

»Großartig.« Ich beiße die Zähne zusammen, um nicht zu plappern. Von der Arbeit weiß ich, dass es sehr wichtig ist, von Beginn an Grenzen zu ziehen. »Und was, äh, habe ich damit zu tun? Falls du glaubst, dass ich ans Ufer schwimme und Hilfe hole, wenn das verdammte Ding auseinanderbricht, dann hast du dich getäuscht.«

»Definitiv kein Schwimmen – ich kann es selbst segeln. Aber es ist besser mit zwei Leuten, weil dann mehr Gewicht im Boot ist.« Er ist schon drinnen und zieht an den Tauen.

»Du hast mich als Ballast mitgenommen?« Von allen Beleidigungen ist das wohl der Gipfel.

»Nicht wirklich, es war eher eine spontane Idee. Du machtest den Eindruck, als hättest du da drin ganz schön zu kämpfen.« Er sieht aus, als würde er mit sich ringen. »Ich wollte dich vor einem anstrengenden Nachmittag retten.« Er nimmt meine

Hände in seine, und im Nu bin ich auch im Boot und sitze auf einem schmalen Brett. Ich klammere mich an der Bordkante fest, als das Boot schlingert, und versuche so zu tun, als würde ich das jeden Tag machen. Der Kragen der Öljacke kitzelt mich am Kinn, aber es bleibt keine Zeit, um mir zu wünschen, Neonorange würde mir besser stehen, denn ich starre gebannt auf das dunkle, wogende Wasser, auf dem das Boot schaukelt. Mein Magen fühlt sich an wie eine Waschmaschine auf vollen Touren. Lieber würde ich jetzt einen Quilt nähen, um das hier nicht machen zu müssen. Und nicht nur einen. Gar nicht auszudenken, wie es sich anfühlen würde, wenn ich reinfiele.

Unterdessen wirbelt Barney wie Superman herum und erledigt eine Million Dinge gleichzeitig; bindet Taue los, stößt uns vom Ufer ab, setzt das Segel.

»BAUM!«

Ich erschrecke mich so heftig über den Ruf, dass ich beinah im Hafenbecken lande. Aber ich halte mich fest, und um nicht so ahnungslos dazustehen, wie ich bin, rufe ich dreist zurück, nur noch lauter: »Selber BAUM!«

Barneys Grinsen nach zu urteilen, könnte man meinen, er sei der Anfänger von uns beiden. »Sorry, das bedeutet: ›Auf den Kopf aufpassen!‹ – das ist nämlich der Baum.« Er zeigt auf eine lange Querstange am Mast. »Baum rufen wir, wenn der über das Boot schwenkt, also aufgepasst.«

»Verdammt!« Ich ducke mich, und der Baum verfehlt nur knapp meinen Schädel. Barney setzt sich hinten ins Boot, mit einer Art Stab in der einen Hand, während er mit der anderen an einem Seil zieht. Ein grässliches Knarren ist zu hören, aber wir bewegen uns vom Anleger weg und durchs Hafenbecken.

»Alles in Ordnung da drüben?«

»Großartig.« Mein falsches Alles-bestens-Lächeln wäre viel überzeugender, wenn mein Lippenstift nicht verschmiert wäre. Obwohl ich vermutlich wie eine Karikatur aussehe, nehme ich eine sehr lässige Haltung ein. Nur ist da leider nichts zum Anlehnen, als ich mich langsam zurücksinken lasse. Ich bin mir sicher, ich hatte viele Klammern in meiner absichtlich unordentlichen Hochsteckfrisur, aber es fühlt sich an, als hätte der Wind alle herausgezerrt und ins Wasser gepustet. Vorsichtshalber stopfe ich meinen Schal in die Tasche, damit ich den nicht auch noch verliere. »Bist du sicher, dass wir bei diesem Sturm rausfahren sollten?«

Er zieht die Mundwinkel nach unten und wackelt an dem Stab herum. »Ist wahrscheinlich höchstens Stärke zwei.«

Was mir nix sagt, trotzdem rufe ich: »Windstärke zwei! Wow, das erklärt, warum es so stürmisch ist.«

»Die See ist ruhig wie ein Mühlenteich, Edie. Andernfalls hätte ich dich gar nicht mitgenommen.« Er mustert mich. »Vielleicht willst du die Bordwand loslassen und dich stattdessen an der Schot festhalten, um ein Gefühl für den Wind zu bekommen?«

»Klasse, das ist etwas zum Überziehen, oder? Falls es noch kälter wird?«

Er grinst schon wieder. »Die Schot ist diese Leine hier, an der man ziehen und dadurch das Segel positionieren kann.«

»Um Himmels willen, nein. Aber trotzdem danke.«

Wenn ich es nicht besser wüsste, würde ich meinen, dass er sich gerade ein Grinsen verkneift. »Vielleicht könntest du mir dann ja wenigstens verraten, weshalb das Nähen dich weit weniger begeistert als den Rest der Kursteilnehmerinnen.«

»Ich habe es schon in der Schule nicht hinbekommen.« Um ehrlich zu sein, ist es angenehm, durch unser Gespräch wenigstens vom Schaukeln des Bootes abgelenkt zu sein. »In der allerersten Stunde erwischte die Lehrerin mich dabei, wie ich eine Nadel im Mund hatte.« Das war in etwa der einzige nützliche Trick, den meine Mum mir je übers Nähen beigebracht hat. »Offenbar sind Teenager, die aus Versehen Nadeln verschlucken und in der Notaufnahme landen, ein massives Problem für das Gesundheitswesen.« Natürlich weiß ich, dass ich plappere und maßlos übertreibe, aber ich kann nicht mehr aufhören. Meine einzige Entschuldigung ist, dass ich wohl eine nervöse Seglerin bin. »Ehrlich gesagt hätte ich gedacht, sich mit der Nadel einer Nähmaschine durch den Finger zu nähen, wäre weitaus schlimmer. Das ist Bianca Hill in meiner Parallelklasse passiert. Na, die Lehrerin war jedenfalls wütend, und von da an ging's für mich bergab.« So ähnlich wie in St. Aidan, wenn ich es mir recht überlege.

»Okay, wir werden gleich das Segel herumziehen und die Richtung ändern, also gut festhalten und ducken … eins, zwei, drei, BAUM!«

»Verdammt, was zur Hölle … selber Baum!« Plötzlich schaukelt und spritzt und knarrt es so sehr um mich herum, dass ich schon fürchte, wir kentern und landen im Wasser. Ich kralle mich so stark an der Bordwand fest, dass ich Splitter unter die Fingernägel bekomme, aber am Ende segeln wir irgendwie doch weiter, wenn auch in einem schiefen Winkel.

»Na schön, komm her und setz dich auf die andere Seite des Bootes, und versuch diesmal, dich so weit wie möglich zurückzulehnen und dein Gewicht Richtung Wasser zu verlagern.« Während er beobachtet, wie ich auf allen vieren durch die Pfützen im Boot krieche, ist mir schon alles egal. Der Wille, stylish zu wirken, ist mir irgendwann auf dem Hafenparkplatz abhandengekommen, und meinen letzten Rest Stolz habe ich auf dem Anleger verloren. Ich schaffe es schließlich auf die andere Seite, aber das mit dem Hinauslehnen kann er vergessen.

»Ständig dieses Hin und Her und Richtungswechseln. Entspannend ist das nie, oder?«

Er reibt sich mit der Faust über den Mund. »Wie weit ging es bei dir mit dem Nähen bergab?«

»Als wir Kleider für den Abschlussball nähten, sah meines aus wie eins von diesen Dingern, in die man die Decke hineintut.«

»Was, ein Bettbezug?«

»Genau das. Dann habe ich auch noch den Reißverschluss verkehrt herum reingenäht und die Rückseite nach vorn, sodass ich trotz der enormen Größe gar nicht hineingekommen bin.« Das ist alles wahr, und es ist eine einleuchtende Erklärung dafür, weshalb ich bei Loellas Flickennäherei komplett versagt habe. Ich möchte nämlich nicht erzählen müssen, warum meine Finger momentan nicht das tun, was ich will.

»Ich verstehe, warum du traumatisiert bist.« Er prustet in seine Faust. »Achtung, wir wenden erneut. Baum!«

»Im Ernst jetzt? Baum!« Und schon beginnt das Wasserspritzen und Schaukeln von Neuem, und dann bin ich wieder auf Händen und Knien und krieche durchs Boot. Als ich wieder auf meinem Plankensitz hocke, beide Hände in die Bordwände gekrallt, werfe ich ihm blinzelnd einen Blick zu. »Und Leute tun das, *weil*?«

Er zuckt mit den Schultern. »Weil es Spaß macht.«

Schon wieder dieses Wort. »Mir jedenfalls nicht.«

»Na ja, ich habe in der letzten halben Stunde gelacht wie lange nicht mehr.« Er legt den Kopf schief und schafft es, ernst zu bleiben. »Ich bin mir nicht sicher, ob du weißt, wie lustig du bist, Edie Browne.«

Ich reagiere mit dem Augenverdrehen, das diese Bemerkung verdient. Lustig war ich früher; was er jetzt lustig findet, sind meine Ausfallerscheinungen.

Mit seinen Segelschuhen, den vom Wind zerzausten Haaren und den dunklen Bartstoppeln vor dem Hintergrund des dunklen Wassers sieht er aus wie einer Diesel-Werbung entsprungen.

Er hustet. »Wir segeln zwar nur langsam, aber lausch mal, wie das Boot durchs Wasser gleitet, spür den Wind und schau mal zurück zum Hafen und zum Ufer.«

Ich drehe den Kopf nur deshalb, weil er sonst keine Ruhe geben wird. Von hier aus hat man den typischen Postkartenanblick auf den Ort mit den Cottages, den Masten im Hafen und dem Gelände der Bucht.

»Gibt dir das nicht so ein wunderbares Gefühl von Entkommen?«

Ich nicke den Stein- und Stuckfassaden zu, deren Pastellfarben vor dem monochromen Grau verblassen. »Die friedliche Ruhe geht nur jedes Mal flöten, wenn man fast ins aufgewühlte Meer geblasen wird.« Ich erkenne Tante Jos Cottage am Horizont und versuche das Auf und Ab des Bootes zu ignorieren. »Meine Flucht in die Einsamkeit endet am Strand; auf dem Meer sehe ich mich gleich als potenzielle Schiffbrüchige.«

Hinter dem Segel ist schon wieder ein prustender Laut zu hören. »Tja, wenn du Ruhe und Frieden suchst, hast du dir wohl den falschen Ort ausgesucht.«

Das hat schon jemand anderes zu mir gesagt, aber ich weise ihn nicht darauf hin. Stattdessen werfe ich ihm einen ernsten Blick zu. »Wie kann sich denn jemand entspannen, wenn es sich die ganze Zeit anhört, als würde das verdammte Boot jeden Moment auseinanderbrechen?«

Irgendwie schafft er es, völlig im Einklang zu sein mit den donnergrauen Wolken, die sich hinter ihm zusammenballen. »Das Knarren ist das Schöne an einem Holzrumpf. Es vermittelt einfach ein Gefühl von Freiheit, den riesigen Ozean vor sich zu haben.«

»Ich mach mir eher vor Angst in die Hose.«

Er beißt sich auf die Lippe. »Keine Sorge, wir sind schon auf dem Rückweg. Wir werden das Boot auf der anderen Seite des Hafens abgeben. Es war deine erste Segeltour; ich werde dafür sorgen, dass dir die nächste mehr Spaß macht.«

»Das bezweifle ich ernsthaft.« Abgesehen davon wird es kein nächstes Mal geben. Zweimal falle ich auf diesen Mist bestimmt nicht herein. Plötzlich kommt mir ein Gedanke. »Du tust das hoffentlich nicht dem armen Cam an, oder?«

Er schüttelt den Kopf. »Cam hat keine Lust. Meistens fahre ich nachmittags raus, deshalb dachte ich, du wärest für gelegentliche Ausflüge zu haben.«

»Ich will nicht unhöflich sein …«

»Wirst du aber trotzdem?«

»Lieber lasse ich mir die Zähne ziehen.« Diese Schaukelei, die nassen Füße und der nasse Hosenboden. Das dauernde ›Baum‹! Ganz zu schweigen von der Gesellschaft, in der ich mich befinde, und der Seekrankheit. »Um einschätzen zu können, wie viel Spaß es mir gemacht hat, solltest du wissen, dass mir mit elf tatsächlich mal ein Zahn gezogen worden ist. Damals wurde ich in eine Spezialklinik für nervöse Patienten geschickt und mit Valium betäubt.«

Er wirft mir einen erstaunten Blick zu, ehe er sich zum Anleger umdreht, auf den wir zurasen. »Tja, das lief doch gut.«

Während er aufsteht und den Reißverschluss seiner Rettungsweste herunterzieht, verkneife ich mir einen Blick auf sein Sweatshirt. Wir stoßen an einen anderen Anleger, und er holt das Segel ein, um es am Boden des Bootes zusammenzubinden. Vor der nächsten Superman-Aktion bückt er sich und gibt mir seinen riesigen Schraubenschlüssel. »Hier, halte den mal, während ich das Boot vertäue.«

Meine Arme geben unter dem Gewicht nach, außerdem entsteht ein Schlingern, als er aus dem Boot auf den Anleger springt und es mit einem geschickten Schwung des Taus anbindet.

Er streckt mir die Hand hin. »Okay, Edie, bringen wir dich wieder an Land.«

Ich rutsche so weit ich kann auf dem Hintern, aber als ich aufstehe, gleitet mir der riesige Schraubenschlüssel aus der Hand. Fast hätte ich ihn noch in Höhe meiner Knie erwischt, doch er flutscht wie ein glitschiger Fisch am neonfarbenen Stoff entlang. Dann verschwindet er zwischen Bootswand und Anleger und versinkt im Hafenbecken.

»Mist!« Mein Magen sackt schneller als der Schraubenschlüssel, und ich verfluche bitterlich, dass ich mich nicht mehr auf meine Fähigkeit, richtig zuzupacken, verlassen kann.

»Letztes Mal hast du Messer nach mir geworfen, und jetzt einen Schraubenschlüssel?«

Ich könnte vor Wut gegen den Anleger treten, aber lieber springe ich ins Hafenbecken, als ihm die Wahrheit zu sagen. Ich beiße die Zähne zusammen. »Es tut mir schrecklich leid.«

»Ach, schon gut, diese übergroßen Werkzeuge wollen einem dauernd entwischen. Das ist gar nichts – letzte Woche hat einer seinen tausendzweihundert Scheine teuren Außenbordmotor in der Bucht versenkt. Wir befinden uns in einem Fischereihafen und werden die Tiefseetaucher schicken.«

»Im Ernst?« Das klingt richtig amtlich.

»War nur Spaß – das machen wir natürlich nicht. Wir warten auf Niedrigwasser.« Er schaut auf seine Uhr. »Ich will ja nicht drängeln, aber der Kurs ist fast vorbei.«

Während ich auf den Anleger klettere, weiß ich genau, dass mir das ewig nachhängen wird. Was die Zeit angeht, die ist jedenfalls nicht wie im Flug vergangen, weil ich Spaß gehabt hätte.

Und das war mein Patchwork-Nachmittag.

10. Kapitel

Tag 142: Freitag, 23. März
Wohnzimmer im Periwinkle Cottage

Heroische Leistung: Einen Anfang machen

»Sag mir noch mal, warum wir das jetzt machen.« Tante Jo klopft mit der Spitze ihrer am wenigsten geliebten roségoldenen Pumps auf die Abdeckplane, die wir über den geblümten Teppich gelegt haben.

In der vergangenen Woche habe ich gelernt, dass ich am leichtesten mit Tante Jo fertigwerde, wenn ich sie überfalle. Es ist unser erster Tag seit gefühlt ewig, an dem wir zu keinem gesellschaftlichen Anlass gehen. Heute Morgen aus dem Bett zu springen, meine Jeans und mein Wochenend-*C'est si bon*-Sweatshirt anzuziehen, um gleich nach dem Frühstück mit dem Abreißen der Tapete im Wohnzimmer anzufangen, ist meine Art, jeden Widerstand zu umgehen.

Da es ohnehin zu spät ist, mich aufzuhalten, kann ich die Gründe ruhig aufzählen. »Es würde unendlich lange dauern, bis ein Maler herkäme, vorausgesetzt, wir fänden überhaupt einen. Deshalb habe ich angefangen.« Als Chefin dieses Unterfangens habe ich beschlossen, ohne jemanden zu Rate zu ziehen, dass wir am besten mit dem Raum beginnen, in dem wir die meiste Zeit verbringen.

Sie ist nicht überzeugt. »Aber ich habe noch nie tapeziert, zumindest nicht selbst.«

Der Teil, in dem ich sie auf einer Welle der Begeisterung

mitreiße, funktioniert nicht. »Wir machen alles, was nicht so schwierig ist, und wenn wir nicht weiterwissen, rufen wir die Profis.« Abgesehen von allem anderen ist es gut für mich, wieder praktische Arbeit zu tun. Dieses Zimmer ist klein, und die Decken sind niedrig, also müsste das Tapezieren hier eine gute Gelegenheit sein, um wieder in Gang zu kommen und Fortschritte zu machen.

Als Kinder haben Tash und ich uns darüber gestritten, wer Dad beim Tapezieren helfen durfte. Ich habe die Tapete eingekleistert und später den Farbtopf gehalten. Ein bisschen kenne ich mich also aus und schiebe daher den Spachtel unter eine Tapetennaht dicht über dem Boden. Es entsteht ein herrlich reißendes Geräusch, und eine ganze Bahn löst sich von der Wand. Ich falte sie zusammen und grinse.

Tante Jo hüstelt und blickt tadelnd auf die Farbbrösel am Boden. »Das sieht sehr schmutzig aus. Soll ich den Staubsauger holen?«

»Wollen wir nicht erst mal die Tapete abreißen?« Auch wenn sie aussieht, als stünde sie kurz vor einem Nervenzusammenbruch, muss sie mitmachen, denn ich finde es toll. Deshalb gebe ich ihr einen Spachtel und eine Mülltüte. Dann tauche ich einen Schwamm in den Eimer mit Seifenwasser, und während ich die nächsten Tapetenreste anfeuchte, bekomme ich Mitleid.

»Keine Sorge, wir werden alles wieder sauber machen.«

Sie zögert noch immer, aber jetzt schaut sie auf meine Beine. »Warum ziehst du nicht eine von Harrys Pyjamahosen an? Ich habe eine ganze Menge, die nur zweitbeste Wahl sind.«

»Ach, das geht schon, trotzdem danke.« Dass sie die Dinger anzieht, ist schlimm genug, aber das kann ich ihr nicht sagen, deshalb wähle ich eine andere Taktik. »Wie wär's mit ein bisschen Musik?« Tatsächlich kann ich mit trashigem Pop besser arbeiten. Ich würde mich ja selbst drum kümmern, aber mein Speaker ist oben, und auch wenn ich Tante Jos Wohnzimmer in Stücke reiße, bin ich ja immer noch Besuch, wenn es um die Wahl der TV-Programme und Musik geht.

Sie schlingt die Arme um sich. »Tschaikowsky vielleicht? Oder Vivaldis *Vier Jahreszeiten*?«

»Nicht, wenn es etwas anderes gibt.« Wir hatten *Der Nussknacker* schon beim Porridge mit Chia-Samen.

»Du meinst *Hausarbeitsmusik*?« Tante Jos Brauen ziehen sich zusammen. »Habe ich bisher nie gebraucht. In Harpenden hatte ich immer Personal.«

Natürlich hatte sie das – wie konnte ich das vergessen? »Reich und verwöhnt«, würde meine etwas handfestere Mum es ausdrücken, in einem ihrer gehässigeren, frustrierten Momente. Sie unterrichtete Vollzeit Französisch und kümmerte sich um ihre vierköpfige Familie, während Tante Jo, die nicht arbeitete und zu deren Haushalt nur sie und Harry gehörten, mindestens zwei Reinigungskräfte, Fensterputzer, Personal Shopper und eine Armee von Gartenhelfern jederzeit zur Verfügung standen.

»Etwas Ähnliches dann?« Ich kreuze die Finger hinter meinem Spachtel. »Ein Heimatlied der Bergnonnen zum Mitsingen. Oder *Mamma Mia*?«

»Geht das?« Sie holt aus der Sofafußbank eine CD-Box hervor, die sie mir hinhält.

Genau deshalb bin ich hier und nicht bei der Arbeit. Ein paar einfache Worte, die ich zu lesen habe, und mein Versuch, so zu tun, als sei ich ein normal funktionierender erwachsener Mensch, bricht in sich zusammen.

»Sorry, aber das könnte ebenso gut auf Chinesisch geschrieben sein.« Ein paar Buchstaben erkenne ich, aber wenn sie miteinander verbunden sind, habe ich keine Chance. Ich hole tief Luft. »Lies es mir vor, dann werde ich dir antworten.«

»Ich kann nichts ertragen, was zu fröhlich ist.«

Ich nehme mal an, das ist eine Rechtfertigung dafür, was als Nächstes kommt, nicht der Titel. »Und?«

»Die einhundert besten Schnulzen aller Zeiten.«

Ich überlasse mich einem stillen Scheiß-doch-drauf-Moment. »Sicher?«

»Die tauchte auf meinem Laptop auf nach Harrys Tod, und es kam mir wie ein Zeichen vor, also habe ich sie gekauft.«

Das ist für sie moderne Technik. Ich frage nicht mal, wie die Titel heißen; so nah, wie ich am Wasser gebaut bin, heule ich praktisch jetzt schon.

»Die sind richtig traurig, aber auf eine gute Weise.« Sie hält die CD hoch und pustet den Staub herunter.

»Pass auf!« Ich stürze mich auf meine Sonnenbrille, bevor der Blitz auf meine Augen trifft. Zum ersten Mal seit meiner Ankunft gibt es draußen eine Pause vom Grau. Die sich irgendwo spiegelnde Sonne stellt ein weiteres Problem für mich dar. Wer hätte gedacht, dass eine CD derart problematisch sein kann?

»Da wäre zum Beispiel *Everybody Hurts*.« Sie drückt die Play-Taste und lauscht. »Ist der Text nicht wunderbar?« Sie liest gar nicht ab, also muss sie die Titel auswendig kennen. Bei *All by Myself* weint sogar Tash, und die hat einen Mann, einen Job, ein Haus und zwei Kinder mehr als ich, deshalb bin ich machtlos.

Als wäre das nicht schon genug, um mein Herz bis hinunter zu meinen elastischen Stiefeletten sinken zu lassen, die mir das elendig lange dauernde Schleifenbinden ersparen – falls sich jemand fragt, warum ich keine Turnschuhe trage wie alle in meinem Alter –, starrt sie mich jetzt durchdringend an.

»Da fällt mir ein, dass ich dich deine Kalligrafie gar nicht habe üben sehen.«

Keine Ahnung, wie sie darauf kommt, aber von ihr kann

ich das nicht behaupten. »Du hast genug für uns beide geübt.« Ihr Blätterstapel reicht praktisch bis zur Decke.

»Deine Mum hat sich auch nach deinem Lesen erkundigt.« Ihr Blick wird noch einen Tick forschender.

Ach, Mist. Ich hätte nicht gedacht, dass sie so genau aufpasst. Um ehrlich zu sein, habe ich bisher derart wenige Fortschritte gemacht, dass ich beschlossen habe, es eine Weile ruhen zu lassen. Ich hab die Hoffnung, dass, wenn ich aufhöre, mir Sorgen zu machen, es irgendwie von selbst geht, sobald ich mich in einigen Wochen wieder damit befasse. Ich mache den Mund auf, um das auszusprechen, aber es kommt nichts heraus.

»Du wirst schon Zeit investieren müssen.« Drei Stufen mehr Lautstärke, und ihre Augen werden groß wie Untertassen. »Ich meine, es wird nicht von allein passieren, nicht wahr?« Wie konnte ich sie je als Leichtgewicht einschätzen?

»Tja …« Wie soll ich ihr erklären, dass ich genau darauf gesetzt habe? Zum Glück rettet mich ein Klopfen am Fenster.

»Barney! Schon wieder! So bald!« Mein überraschtes Aufspringen, um ihm die Tür zu öffnen, hat zur Folge, dass mir der Spachtel aus der Hand fällt und über den Boden schlittert. Immerhin bin ich zuerst da, um Tante Jos Schwärmerei zu stoppen. Auch wenn ich mir wünschte, es wäre jemand anderes, ist es immer noch leichter, ihn zu begrüßen, als Tante Jos unangenehmen Fragen auszuweichen. Heute habe ich wenigstens keinen nassen Hosenboden und krieche nicht durch ein Fenster im ersten Stock. Und mir bleibt die Peinlichkeit erspart, in Harrys alten Klamotten erwischt zu werden. Trotzdem ärgere ich mich, den Eyeliner zu hastig und den Highlighter zu nachlässig aufgetragen zu haben. »Falls du einen zweiminütigen Trip durch die Bucht geplant hast, der dann doch den ganzen Tag dauert, muss ich dich enttäuschen, denn ich habe zu viel zu tun.«

»Ich freue mich auch, dich zu sehen, Edie.« Er hebt den Spachtel auf, gibt ihn mir zurück und wendet sich an Tante Jo. »Verzeihung – verpasse ich hier etwas? Sind das etwa Weihnachtsrentiere auf deiner Pyjamajacke?«

Einige von uns wären vielleicht verlegen geworden, aber Tante Jo kratzt das nicht. »Die gehörte Harry, und ich ziehe die mit festlichen Motiven für Renovierungsarbeiten an.«

»Sehr gut, Josie!« Er grinst schief. »Hättest du gern ein wenig zusätzliche Hilfe für zehn Minuten? Es ist Jahre her, seit ich Tapeten abgerissen habe, und es gibt kaum ein vergleichbares Gefühl, oder?«

»Absolut richtig, Barney.« Sie redet hier in ihrem Weihnachtsbaum-Pyjama und hat bis jetzt noch kein Stück Tapete angefasst. »Möchtest du eine Tasse Tee?«

Ich glaube nicht, was ich höre. Als wäre das alles noch nicht schlimm genug, steht Barney nun direkt neben mir und hat im Nu drei lange Tapetenstreifen abgerissen. Ohne Spachtel.

»Na bitte.« Er verschafft mir nicht einmal die Befriedigung, das Papier auf den Boden zu werfen, sondern stopft es gleich in den Müllsack, verdammt. »Aber ich verzichte auf den Tee, Josie. Ich kann nicht lange bleiben.«

Das ist die beste Neuigkeit, die ich an diesem Morgen bisher gehört habe.

Er reißt zwei weitere Streifen komplett im Stück ab, bückt sich und erwischt diesmal nur eins von der Größe einer Briefmarke. »Hoppla, da verlässt mich wohl das Anfängerglück.«

Ich stemme die Hände in die Hüften. »Tja, da bist du wohl auf ein besonders fest angeklebtes Stück gestoßen, Barney. Die machen weniger Spaß.«

»In dem Fall überlasse ich es lieber euch Profis.« Er zuckt mit den Schultern und zieht etwas aus der Gesäßtasche seiner Jeans. »Bevor ich es vergesse, ich bin hergekommen, um dir deinen Schal zu bringen. Den hast du in meiner Segeljacke vergessen.«

Er drückt ihn mir in die Hand und ist schon an der Tür, ehe ich alles registriere. Erstens ist der Schal frisch gewaschen, schön gebügelt und zusammengefaltet. Zweitens, und das ist weitaus beunruhigender, die Wärme, die ich auf einmal in meiner Handfläche verspüre, wurde ausgelöst durch seinen Hintern. Und das ist dann doch ein bisschen zu viel.

»Viel Spaß noch beim Tapetenabreißen.« Er bleibt im Türrahmen stehen. »Und frohe Weihnachten, Josie.« Dann läuft er los, durch den Innenhof, und reckt dabei unerklärlicherweise die Faust in die Luft.

Ich weiß nicht, ob ich verärgert sein soll, weil er so schnell aufgegeben hat oder ob ich mich darüber freuen soll, dass wir allein und in Ruhe die Tapete abreißen können. Wenn ich ehrlich bin, grüble ich immer noch über das, was passiert ist, nach, als er mich aus Loellas Kurs entführt hat. Ich bin nicht leicht aus der Fassung zu bringen. Andernfalls würde ich keine zwei Minuten in meinem Beruf überstehen. Ich handle verantwortlich und stehe zu meinen Entscheidungen. Vor allem aber bin ich keine Jane, die sich von Tarzan durch den Dschungel schleifen lässt. Nicht mal in meiner Fantasie. Selbst in meinen wildesten Träumen habe ich mir nicht ausgemalt, wie Marcus mich dazu bringt, etwas zu tun, was ich nicht will. Allerdings habe ich gelegentlich davon geträumt, dass er mehr im Haushalt hilft. Oder dass er nicht *jeden* Morgen Sex haben will, präzise wie ein Uhrwerk. Aber um auf Barney zurückzukommen – trotz meiner vermeintlichen Charakterstärke bin ich auf dem schaukelnden Boot gelandet, obwohl ich es nicht wollte.

Bisher habe ich keine zufriedenstellende Erklärung dafür gefunden. Möglicherweise lag es daran, dass Barney um Hilfe gebeten hat, auch wenn er sie offensichtlich gar nicht benötigte, und meine Gutmütigkeit ausgenutzt hat, was mir auf dem Weg zum Hafen aber durchaus bewusst war. Warum also bin ich in dieses Boot gestiegen? Eigentlich müsste ich aus dem Alter heraus sein, in dem ich mich selbst überrasche.

Während ich die nächste Tapetenbahn abreiße, fällt mir ein, wie überraschend ich zu meinem neuen Job gekommen bin. Ich bin nämlich nicht Schritt für Schritt die Erfolgsleiter hinaufgeklettert, sondern habe eher mal etwas riskiert. Geradezu geschockt war ich von mir, wie unnachgiebig ich geblieben bin und mit Marcus Schluss gemacht habe. Zu meinem großen Erstaunen habe ich unser scheinbar perfektes Leben aufgegeben.

Eines ist sicher – wenn man Tapeten abreißt, hat man viel Zeit zum Nachdenken. Je weiter wir voranschreiten, umso klebriger werden wir; einer Antwort komme ich trotzdem nicht näher. Wir sind bei der letzten Wand, als Tante Jo wie aus dem Nichts verkündet: »Das ist eine weitere gute Sache an diesem Kurs – man bekommt viel mit.«

»Ach ja?« Ich mache mich auf einen weiteren langen Monolog über das Nähen gefasst. Nach *Spaß mit Stoffen* hat sie zwei Stunden lang über Füllmaterialien gesprochen, was gar nicht schlecht war, da ich nichts von meinem Nachmittag erzählen musste.

Sie holt beunruhigend tief Luft. »Gestern habe ich zum Beispiel erfahren, dass Barney gar kein Fensterputzer ist. Tatsächlich baut er nebenan Schäferwagen. Das ist doch beeindruckend, nicht wahr?«

Es ist jedenfalls nicht das, was ich erwartet habe. Ich schaue zur Decke, um bis zehn zu zählen und schaffe es bis sieben. »Na ja, wenn man Schäfer ist, wohl schon, ansonsten eher nicht.« Vielleicht wären mir Nähtipps doch lieber gewesen

»Loella meint, diese Schäferwagen werden von Leuten in deinem Alter gekauft, um sie im Garten aufzustellen und per Airbnb an Touristen zu vermieten.«

»Wie schön für sie.« Ich habe nicht mal eine winzige Terrasse, was soll ich also dazu sagen? Eine Woche, bevor ich den Mietvertrag für meine eigene kleine Wohnung unterschreiben sollte, bekam ich den Schlaganfall, und das war's. Auf dem Papier mag ich obdachlos sein, aber wenigstens muss ich mir nicht den Kopf über Mietzahlungen ohne Einkommen zerbrechen.

»Ob du es glaubst oder nicht, aber sollte ich jemals einen Garten haben, wäre ein Schäferwagen das Letzte, was ich kaufen würde.« Ich bin nicht mehr zu bremsen. »Als Gartenverschönerung sind die vermutlich wie Design-Baumhäuser – megagehyped, überteuert und am Ende kaum genutzt.« Selbst in der Zeit mit Marcus hatte ich nie viel Geld übrig, weil wir das meiste in sein Haus gesteckt haben oder an den Wochenenden essen gegangen sind. Oder wir flogen zu weit entfernten Urlaubszielen. Einmal habe ich um ein Hush-Ananas-T-Shirt gekämpft – was man von beiden Seiten anziehen konnte; man bekam also zwei für den Preis von einem. Ein Caravan, in dem man nicht einmal wirklich wohnen kann, hätte es wohl nie bis nach oben auf meine Shoppingliste geschafft.

Tante Jo redet weiter. »Jeder Wagen ist ein Einzelstück, von Barney gebaut und auf die Wünsche des Kunden zugeschnitten.«

»Da können die sich ja glücklich schätzen.« Ich kratze so fest, dass Krater im Putz entstehen. Wir werden uns darauf einigen müssen, dass wir über diesen tollen Typen unterschiedlicher Meinung sind. Mir geht er nämlich am Arsch vorbei. Von mir aus kann er Caravans für Neureiche bauen, das ändert nichts an seinen mangelhaften Umgangsformen. Wer quatscht einen schon auf einer Leiter voll und blockt einen mit seinem Körper, damit man nicht herunterfällt? Und wer nimmt einen mit auf eine Bootsfahrt, die man gar nicht machen will? Oder lädt sich selbst zum Tapetenabreißen ein? Ich kann nur hoffen, dass er sich seinen Kunden gegenüber angemessener verhält.

Tante Jo hält schon wieder inne. »Oh, Liebes, Besucher im Anmarsch. Und wie sieht's hier aus?« Obwohl das Wandstück, das sie von Tapete befreit hat, winzig ist, kleben etliche Fitzelchen an ihr oder liegen auf der Abdeckplane.

»Bloody Barney.« Nicht schon wieder. Ich wische ihr ein klebriges Stück Tapete von der Wange und fange an zu schwitzen; während ich mir die größten Stücke Regenwald aus den Haaren zupfe – ohne besonderen Grund, denn eigentlich ist es mir egal –, zerre ich meine Jeans hoch, um halbwegs anständig auszusehen, unabhängig davon, wer da kommt.

»Wer hat etwas von Barney gesagt?« Tante Jo runzelt die Stirn.

»Was?« Jetzt sehe ich draußen Loella durch den Garten laufen und bin erleichtert. Allerdings hat sie so viele Kinder bei sich, dass es sich glatt um einen Schulausflug handeln könnte.

Ich öffne die Tür, und Loella lächelt uns über die Köpfe der Kinder hinweg an. »Hallo, macht ihr den Zebras und Tigern an den Wänden den Garaus?« Immerhin achtet sie nicht auf das weihnachtliche Pyjamaoberteil. »Wir haben Cam nach Hause gebracht und wollten mal vorbeischauen. Ich habe nämlich vergessen, euch von dem Lesezirkel zu erzählen, der vielleicht interessant sein könnte. Und heute Abend trifft sich die Cottage-Gartengruppe. Ich könnte euch mitnehmen, wenn ihr möchtet?«

Da ist dieses vertraute Gefühl – mein Magen in einer stählernen Faust. Wie kann ich mich jetzt noch drücken? Lesezirkel waren eine Sache, die ich immer mochte und die mir fehlt. Bella, Tash und ich gehörten jahrelang einem an. Aber ich werde wohl erst wieder einen besuchen, wenn ich kein Mitleid mehr wecke. Könnte ich an einem Lesezirkel teilnehmen, wäre ich nicht hier. So sieht's aus. *Gründe, nicht hinzugehen … Worte …* Mir fällt weder das eine noch das andere ein. Zum Glück meldet Tante Jo sich zu Wort.

»Es tut mir wirklich leid, aber meine Konzentration reicht nicht mehr aus, daher kommen Romane und Lesezirkel nicht infrage. Zumindest vorerst.«

Ich versuche mir meine Verblüffung nicht anmerken zu lassen, dass sie mich so prompt deckt. Denn sie liest durchaus noch, ihr aktueller Bücherstapel befindet sich unter der Abdeckplane und ist hoch wie das Sofa. Obwohl sie mich den ganzen Tag mit ihrem Gemecker über die Unordnung genervt hat, würde ich sie für ihren jetzigen Einsatz am liebsten umarmen.

Loella tätschelt ihren Arm. »Natürlich, Josie, tut mir leid, das hätte ich bedenken sollen.« Ihr Lächeln ist voller Wärme. »Aber überlegst du es dir wegen heute Abend? Es wird nicht spät.«

Würde Loella einen kurzen Blick auf den Zustand des Rasens werfen, wäre sie im Bilde. Draußen ist gleichbedeutend mit matschig, und Dreck bringt Tante Jo auf die Palme, deshalb erwarte ich ein Nein. Aber ich kann es ja trotzdem mal probieren. Ich sage zu Tante Jo: »Nun, du hast ein Cottage und einen Garten. Wollen wir hingehen?«

Salat selbst anbauen ist schwer angesagt, aber Marcus ist der Trend-Freak, nicht ich. Ich wäre völlig außerhalb meiner Komfortzone, mal wieder. Tante Jo interessiert das schon mehr, also bin ich bereit, sie zu überzeugen.

Sie zieht ein Gesicht. »Ich weiß nicht.«

Loella wirft mir einen Blick zu und beugt sich vor. »Du hast ein hübsches Reich hier, mit all den Nebengebäuden, Josie.«

»Die stehen als Nächstes auf der Liste …« Ich ziehe ein Stück Tapete von meiner Jeans. »Wenn wir hiermit fertig sind.« Die stehen erst auf der Liste in meinem Kopf. Bisher haben wir nicht mal die auf dem Klemmbrett abgearbeitet. Angesichts dessen, was wir an einem Tag geschafft haben und allem, was noch auf uns zukommt, werden wir Hilfe benötigen. Aber wir müssen warten, bis wir mehr Kontakte geknüpft haben. Was ein weiterer guter Grund wäre, um auszugehen und sich unter die Hobbygärtnerinnen zu mischen.

Loella wendet sich direkt wieder an mich. »Ausgezeichnet, dann nehme ich das als ein Ja. Ich hole euch beide Punkt sieben ab, okay?« Sie wartet gar nicht erst auf eine Antwort, sondern marschiert durch den Hof, gefolgt von ihrer Kinderschar.

Und ich frage mich, was ich uns da eingebrockt habe.

11. Kapitel

Tag 142: Freitag, 23. März
The Deck Gallery

Heroische Leistung: Sich als Gärtnerin ausgeben und dabei nicht auffliegen

Wenn ich vorher nicht gewusst habe, dass Tapetenabreißen guttut, dann weiß ich es jetzt. Meine Arme fühlen sich jedenfalls an, als hätte ich ein ordentliches Workout hinter mir. Nicht, dass ich bisher allzu oft trainiert hätte. Ehrlich gesagt gehöre ich zu den Leuten, die sich im Januar im Fitnessstudio anmelden und dann nie hingehen. Wie ich zu Bella mal gesagt habe: Gäbe es Leute wie uns nicht, wären doch all die Crosstrainer schrecklich überlaufen. Die gute Nachricht in St. Aidan ist, dass wir uns endlich vom Regenwald im Wohnzimmer verabschiedet haben. Ich bin anscheinend auch nicht die Einzige, die Überfälle plant. Nach dem gründlichen Aufräumen drückte Tante Jo mir einen Stift und ein Blatt Papier in die Hand und forderte mich auf, Kalligrafie zu üben. Glücklicherweise hatte ich meinen Schrecken schnell genug überwunden, um sie davon zu überzeugen, dass wir dazu keine Zeit mehr hätten, weil ich mir doch noch meine Audrey-Hepburn-Hose und meinen engen Kaschmirpullover anziehen wolle. Aber ich muss wohl tatsächlich an meinen Schreibfähigkeiten arbeiten. Es ist nur aussichtsreicher, wenn weniger Druck herrscht. Außerdem hat mein Bizeps für heute genug Training gehabt.

Zum Abendessen gibt es gegrilltes Hühnchen und Karotten. Dabei fällt mir ein, dass Cheryl (ehemals Cole) das immer aß, wenn sie für eine Tour in Form kommen wollte. Und das weiß ich, weil Sadie, das Mädchen für alles bei Zinc Inc, mich früher jeden Freitag ihr *Closer*-Magazin lesen ließ und anschließend Fragen stellte, um herauszufinden, ob ich es auch wirklich von Anfang bis Ende gelesen hatte. Ich hätte nie gedacht, dass ich dieses Wissen einmal brauchen könnte.

Es dämmert, als Loella vorfährt und die Straße mit ihrem zerbeulten Geländewagen komplett blockiert. Ich kann nur vermuten, dass sie eine Künstlerinnen-Parkerlaubnis oder so etwas hat. Oder der Schäferwagen-Mann hat gesehen, wie groß die Karre ist und die Schrammen an der Seite, und dann hat er sich einfach zurückgehalten. Ich hatte schon befürchtet, Barney würde mitfahren, um weitere Airbnb-Cottage-Gartenbesitzer aufzusuchen, aber zum Glück taucht er nicht auf. Tatsächlich geht die Fahrt buchstäblich nur durch ein paar holprige Kurven, und schon sind wir bei The Deck und blockieren die Häuser dort.

Während Loella weiterfährt, um irgendwo in zweiter Reihe zu parken, schubse ich Tante Jo durch die Tür. »Kein Grund, jetzt nervös zu werden. Es werden viele Leute hier sein, die wir schon kennen.«

Wir gehen auf die Stuhlreihen vor einer Leinwand zu, und Beth kommt herangetänzelt. Ich winke so vielen Leuten, dass ich das Gefühl habe, schon länger als eine Woche hier zu sein.

»Josie, du musst Malcolm, meinen Dad, kennenlernen. Ich habe euch Plätze neben ihm freigehalten.« Beth wendet sich an mich und senkt dabei die Stimme. »Wir haben Mom vor fünf Jahren verloren, aber es ist viel schwerer geworden, seit er im Herbst in den Ruhestand gegangen ist.«

Als ich mich aus der Jacke gekämpft und auf den Platz neben meine Tante gesetzt habe, ist sie mit Malcom schon in ein

Gespräch über dauerblühende Geranien vertieft, was immer das sein mag. In einer Gesprächspause zische ich Tante Jo ins Ohr: »Woher weißt du so viel übers Gärtnern?«

Sie schnaubt hochmütig. »Das habe ich alles im Lauf der Jahre von Harry gehört. Ich kenne mich definitiv aus.« Sie wirft einen Blick nach hinten, wo ein Mann Boxen mit Dias arrangiert. »Eine gute Diashow ist unschlagbar.«

Loella klatscht in die Hände, und für einen Moment beneide ich sie um ihr gepunktetes Kleid, dann werden alle still. »Herzlich willkommen. Jeremy wird uns gleich eine Stunde lang seine Aufnahmen zeigen, die er beim letztjährigen Wild and Blooming Festival in St. Aidan gemacht hat. Anschließend genießen wir Kaffee und Kuchen und plaudern.« Alle applaudieren, und Loella schaltet das Licht aus, bevor sie sich setzt.

Während ich es mir auf meinem Platz bequem mache, ist meine größte Sorge, dass ich anfange zu schnarchen. Bei der Aussicht auf Unmengen an Blumenbildern, die wahrscheinlich alle gleich aussehen, muss ich mir jetzt schon ein Gähnen verkneifen. Meine Konzentrationsfähigkeit ist ohnehin nicht gut. In der Dunkelheit, nach einem anstrengenden Tag des Tapetenabreißens, bleibe ich wohl höchstens eine Nanosekunde wach. Jeremy klickt mit der Fernbedienung auf der Suche nach dem Anfang, und ein grelles Licht entsteht.

Prompt zieht sich mein Magen zusammen, und ich kneife die Augen fest zu. Warum habe ich nicht nachgedacht? Ich stupse Tante Jo an und erhebe mich. »Das grelle Aufblitzen ist nicht gut. Ich gehe lieber.«

»Soll ich mitkommen?« Sie reißt sich vom Anblick der Margeriten im Sommerwind los.

»Du bleibst – wir sehen uns am Schluss wieder.« Ich begebe mich in den Gang und bücke mich, um dem Lichtstrahl des Projektors auszuweichen. Auf keinen Fall will ich stören, indem mein Schatten auf der Leinwand erscheint, daher krabbele ich auf allen vieren an den Stuhlreihen entlang, reagiere auf die erstaunten Blicke mit einem Lächeln, winke und versuche so auszusehen, als sei das alles ganz normal.

Auf Händen und Knien, mit der Jacke über den rauen Holzboden schleifend, ist nicht der würdevollste Abgang und verhöhnt die Zeit, die ich für das perfekte Auftragen meines Eyeliners aufgewendet habe. Aber es ist besser, als zu bleiben und zu enden wie zwei Wochen nach meinem Schlaganfall. Da lag ich auf dem Boden im Wohnzimmer meiner Eltern, blickte hinauf in die erschrockenen Gesichter von Mum und Dad, während ich kaum sprechen konnte und mir in die Hose machte. Und alles nur, weil die Stroboskoplichter der Wiederholung von *Top of the Pops* aus dem Jahr 1977 einen Anfall bei mir ausgelöst hatten.

Hinterher war meine Mum total wütend auf meinen Dad, weil wir das angeschaut hatten. Aber die beiden geben sich gern ihrer Nostalgie hin. Es war das Jahr von Queens *Good Old Fashioned Lover Boy*, und sie sind immer ganz verträumt, wenn das läuft. Meine Mum gestand Tash und mir einmal, dass sie Freddie-Mercury-Poster in ihrem Zimmer hatte; Dad glaubt hingegen, es wäre alles seinetwegen. Für gewöhnlich tun Tash und ich so, als müssten wir uns über die Sessellehne übergeben, was meine Eltern ärgert. Als ich vom Sitz rutschte und zuckend am Boden lag, blieb ihnen das wenigstens erspart.

Obwohl der Anfall nur Sekunden dauerte, war es ein Glück, dass Tash da war und das Kommando übernahm. Noch besser war, dass Dad bisher Mums Drängen nicht nachgegeben hatte, das alte Laminat herauszureißen und Teppich zu verlegen. Weiter als bis zur Auswahl des Teppichbodens war sie nicht gekommen, denn es ist eine Frage der Ehre in ihrer Beziehung, dass Dad sich ihr widersetzt. Gar nicht auszudenken, wenn ich einen Flecken auf den schönen neuen Teppich gemacht hätte, direkt vor dem Sofa. Meine Mum wäre außer sich gewesen.

So aber lief die Pfütze unter den Couchtisch und auf der anderen Seite wieder heraus, wo sie auf Tiddlywinks Fuß traf. Die rührte sich nicht, sondern starrte gebannt darauf, wie sich ihr blauer Kleine-Meerjungfrau-Hausschuh vollsog. Dieses Kind ist vielleicht cool; nichts bringt sie aus der Fassung. Nachdem der Anfall vorbei war und ich in trockenen Klamotten nach unten kam, war schon alles aufgewischt, und wir kamen vor der Freitagabend-Rushhour in der Notaufnahme an. Unnötig zu erwähnen, dass ich das nicht noch einmal erleben möchte. Schon gar nicht vor glücklichen Gärtnerinnen.

Plum erwartet mich an der Tür, ihr mit Farbe bekleckerter Overall sieht aus wie eins ihrer Meerbilder. »Alles in Ordnung?«

Ich nicke. »Ich vertrage nur keine blinkenden Lichter, deshalb mache ich einen Spaziergang.« Mir wäre es lieber, wenn sie nicht alle Einzelheiten weiß.

Sie sieht besorgt aus, verkneift sich jedoch die peinlichen Fragen und bleibt bei praktischen Überlegungen. »Du kannst gern oben warten. Ich finde bestimmt noch eine farbenfreie Ecke.«

»Danke, aber ich wäre lieber allein.« Ich lächle betont freundlich.

Ihr Flüstern wird zu einem Glucksen. »Na dann viel Glück – in St. Aidan bleibt niemand lange allein.«

Beim Hinaustreten ziehe ich meine Jacke an. Ich zurre meinen Schal wegen des Windes fester. Ein schwacher Lichtschein fällt aus den Ladenfenstern auf das Kopfsteinpflaster. Ich bleibe bei Crosty Cobs stehen, um die Erdbeertörtchen zu zählen – vier – und die Puddingstücke – drei –, und gehe dann rasch weiter, weil mir kalt ist. Das Wasser im Hafenbecken glänzt schwarz, und die Takelage der Boote klirrt an den aufragenden Masten. Als ich an den kleinen pastellfarbenen Cottages vorbeigehe, gehen mir Tante Jos Songs durch den Kopf.

Ich habe ständig irgendeinen Soundtrack im Kopf, bei allem, was ich tue. Am Tag des Fallschirmsprungs war es *Titanium*, und wenn ich zu den Baustellen fuhr, war es meistens etwas Schnelles und Tanzbares. Wenn Marcus und ich in seinen ständig wechselnden Cabrios übers Land düsten, trafen sich unsere Musikgeschmäcker bei Coldplay. *When I Ruled the World* ist der Song, den ich stets mit Marcus in Verbindung bringe, der Soundtrack unseres gemeinsamen Lebens. Seit ich krank bin, kann ich gar nicht glauben, wie viel Lippenstift ich verbrauche, damit sich an meiner fröhlich-freundlichen Fassade nichts ändert. Doch sosehr ich mich auch dagegen wehre, im Kopf habe ich dennoch nur Moll-Akkorde. Manchmal sind mir sogar Tante Jos Taschentuch-Schnulzen zu gut gelaunt.

Das ist eine weitere seltsame Sache. Wie lesen, schreiben und sprechen von unterschiedlichen Hirnregionen gesteuert werden, so kommt das Singen auch aus einem bestimmten Areal. Ich habe vielleicht Schwierigkeiten, zwei Worte zusammenzusetzen, dafür schwirren mir ganze Songtexte durch den Kopf, und zwar ungewollt. Das geschieht auch, während ich den Dünenpfad entlang zum Strand gehe. Der Halbmond steht am Himmel, und ich habe einen Johnny-Cash-Song im Ohr ... *full of broken thoughts ... I cannot repair ... I will let you down ... I will make you hurt ...* Es ist, als würde der funktionierende Teil meines Gehirns automatisch wissen, dass das die richtigen Songzeilen sind. Sosehr ich mich um ein glückliches Äußeres bemühe, drückt tieftraurige Musik momentan am besten mein Lebensgefühl aus.

Während ich mich der Brandung nähere, deren blasse Wellen auf den Sand treffen, gewöhnen sich meine Augen an die Dunkelheit. Entlang der Küstenlinie der Bucht leuchten kleine Lampen, aber ihr sanftes Funkeln in der schwarzen Finsternis stellt keine Gefahr für mich dar. Ich ziehe mein Smartphone aus der Tasche; das Display leuchtet auf und verrät mir, was ich längst weiß: Die winzigen Striche oben in der Ecke sind weg. Der Empfand ist irgendwo oben auf der Klippe abgerissen, sodass ich auch mein Telefon-Genie Siri nicht dabeihabe. Nicht dass sie je besonders kooperativ wäre. Doch so kann ich nicht einmal Mum oder Bella anrufen.

Langsam, wie die Musik, wird mir klar, dass ich zum ersten Mal seit Monaten ganz allein bin. Nicht zu erreichen. Weg vom Schutz der Leute, die mich lieben und ständig auf mich aufpassen. Es ist, als sei ich aus Versehen in ein Niemandsland gelangt, wo ich nicht sein sollte. Da ist die Stimme der Vernunft in meinem Kopf, die mir sagt, ich solle dorthin zurückgehen, wo ich in Sicherheit bin und wo wenigstens andere Menschen sind. Aber ich will es nicht, zumindest nicht gleich.

Ich stolpere über ein Stück Treibholz und hebe es auf. Es ist gerade und glatt wie ein Knochen, und ohne nachzudenken gehe ich dorthin, wo der Strand fester ist, um mit der Spitze des Holzstücks Zeichen in den Sand zu malen. Das ist leichter, wenn niemand zuschaut. Wenn niemand sieht, wie schlecht ich das hinbekomme, fühlt meine Hand sich irgendwie freier. Ich ziehe eine Linie und durchkreuze sie mit einer zweiten. Dann mache ich dasselbe noch einmal. Und wieder. Dann probiere ich ein s, was mir mit dem Stift auf Papier schwerfällt wegen der Schwünge, sodass dieser Buchstabe jedes Mal doppelt so groß ausfällt wie die anderen.

Es fällt mir leichter, diese Zeichen in den Sand zu malen, während der Wind mir durch die Haare fährt, weil ich weiß, dass die Brandung sie schon bald wieder verschwinden lassen wird. Lächelnd betrachte ich die s und x, die ich in den Sand gezeichnet habe und sehe den ganzen weiten Strand vor mir, der darauf wartet, beschrieben zu werden.

Ein Schrei in der Dunkelheit hinter mir lässt mich herumfahren. Da sind eine große Gestalt und eine kleinere, mit flatternden Jacken, und ein weiterer Schrei folgt, als die kleinere Gestalt auf mich zu läuft.

»Edie Browne! Was schreibst du?« Nur eine Person nennt mich so.

»Nichts Besonderes.« Der Wind trägt meine Worte fort.

Er stößt einen Heulton aus. »Das ist viel mehr, als du auf Papier geschrieben hast.«

»Hier fällt es mir leichter.« Bei jedem anderen wäre ich schwer genervt, dass sie mich gefunden haben. Aber gegen Cam habe ich nichts – was ich von Barney allerdings nicht behaupten kann.

»Was? Am *Strand*, im *Dunkeln*?« Für seine sechs Jahre ist er schon ganz schön kritisch. »Wir wollten Eis essen gehen.«

»Klasse.« Sollte er nicht längst im Bett liegen?

»Im Surf Shack.« Er zeigt auf ein Holzhaus mit schaukelnden Laternen auf der Terrasse, ein Stück weiter unten am Strand. »Du kannst mitkommen.«

Das ist aus hundert Gründen eine schlechte Idee, nur fallen mir gerade keine ein. Ich zögere noch mit der Antwort, als Barney uns erreicht.

»Der beste Kaffee in der ganzen Bucht. Die machen auch köstliche heiße Schokolade.«

»Ich bin nicht …« Schnell genug mit meinen Ausreden, zum Beispiel.

»Cam würde nicht fragen, wenn es ihm nicht wichtig wäre.«

In der Dunkelheit, mit nur einem Fitzelchen Mondschein, das von der schwarzen Wasseroberfläche reflektiert wird, spüre ich seine Missbilligung. Wenn er mir das Gefühl geben will, ich könnte nicht ablehnen, hat er Erfolg. Wäre ich nicht überrumpelt worden, hätte ich wohl längst zugestimmt. Ich ziehe mein Handy aus der Tasche und stecke es gleich wieder ein, denn es sagt mir nichts. Vermutlich sind die in The Gallery immer noch bei den Dias.

Barney bleibt beharrlich. »Fünf Minuten, dann kannst du dich wieder dem widmen, was du Wichtiges zu tun hast.«

Er geht schon wieder ein bisschen zu weit und ignoriert völlig, dass ich auf einem Spaziergang unterwegs bin. Wäre Cam nicht, würde ich keinen Gedanken daran verschwenden. Andererseits hätte er ohne Cam auch gar nicht gefragt.

Auf dem Weg über den Strand und dann auf den breiten Holzstufen des Surf Shack hoffe ich, dass das kein weiteres Fiasko wie die Bootsfahrt im Hafen wird. Aber ich muss zugeben, dass Cam, der im schwachen Lichtschein Sand kickt, mich rührt.

Wir betreten eine Hütte, die aussieht, wie aus Tausenden nicht zusammenpassenden Brettern gebaut und werden von einem sehr freundlich lächelnden Mann hinter dem Tresen begrüßt. Abgesehen von ein paar Surfern mit vom Salzwasser gebleichten Haaren sind wir die einzigen Gäste. Cam geht zu einem Holztisch, setzt sich auf einen Metallstuhl, lässt die Füße baumeln und schaut erwartungsvoll auf.

Ich schnappe mir den nah bei Cam stehenden Stuhl, der gleichzeitig am weitesten von Barney entfernt steht. Erst als er sich setzt und ich sehe, wie seine enge Jeans über seinen muskulösen Schenkeln spannt, wird mir etwas klar. Ich betrachte mich selbst schon so lange als außerhalb der Dating-Szene stehend, dass ich gar nicht daran gedacht habe, es könnte hier ein falscher Eindruck entstehen.

Mir bleibt nicht einmal Zeit, die leckeren Sachen unter den Glasglocken auf dem Tresen zu betrachten, denn der Typ ist von dort schon zu uns an den Tisch herübergekommen. Er stellt ein Glas mit buntem Eis, einer Waffel und einem langen Löffel vor Cam.

»Wow, das ging aber schnell.« Eine von meinen seltenen raschen Bemerkungen, mit denen ich gelegentlich herausplatze.

»Danke.« Cam macht große Augen, doch als er den langen Löffel nimmt, hat er immer noch nicht gelächelt.

Der Kellner lacht. »Selbe Zeit, selbe Bestellung, jede Woche. Wir sind gern auf unsere Stammgäste vorbereitet.« Er wendet sich an mich. »Und was kann ich dir bringen?«

»Einen kleinen Kaffee, bitte.« Trotz Kuchenstapel ist es manchmal am besten, sich zurückzuhalten.

Barney sagt zu mir: »Das ist viel zu langweilig – hier ist das Schokoladenzentrum. Schau auf die Kreidetafel – du musst ein bisschen verrückter sein.«

Die Tafel, zu der er zeigt, sieht größer aus als der Kellner, aber ich erkenne nur lauter Schnörkel darauf. Immerhin erinnere ich mich an genug über Cafés, um improvisieren zu können. »Dann eben ein kleiner Kaffee mit Schokolade.« Dafür gibt es bestimmt einen speziellen Namen, nur fällt er mir nicht ein.

»Einen Mokka?« Der Kellner strahlt. »Einen Mokkachino, kommt sofort.« Er wendet sich an Barney.

»Sehr gute Wahl – den nehme ich auch, aber den großen.«

Nicht nur, dass ich hier auf mich gestellt bin, ist komisch, die Kaffeegrößen sind es auch. Als der Kellner zurückkommt, stellt sich heraus, dass ›klein‹ riesig ist, und der große Kaffee aussieht wie eines der Dinger, die auf dem Kanal fahren und Autos transportieren. Obendrauf haben beide Schaumkronen von der Größe der Isle of Wight. Die Flüssigkeit um diese Inseln herum ist so dick und schokoladig, dass ich mir prompt wünsche, ich könnte es entsprechend genießen. Wenigstens wärmt mich das Getränk, und die Creme ist schön fest und klebrig, als ich sie vom Löffel sauge.

Cam beißt von seiner Waffel ab und sieht mich durchdringend an. »Warum wolltest du kein Eis?«

Es ist nicht so schlimm, von einem Kind in Cams Alter in Verlegenheit gebracht zu werden. »Mir war schon kalt genug.«

»Nächstes Mal musst du unbedingt Eis nehmen.«

Vorher habe ich schon gefröstelt, jetzt fühlt sich mein Inneres an wie ein Gletscher. »Wir werden sehen.« Hoffentlich habe ich nächsten Freitag einen Plan, der weder auf allen vieren zwischen Stuhlreihen zu kriechen beinhaltet noch Gärtner oder mir am Strand den Hintern abzufrieren. Oder nicht fähig zu sein, die Karte in diesem Laden hier zu lesen, wie auch immer der heißt.

Barney schaut Cam zu, wie der sein Eis verputzt, dann sagt er zu mir: »Cams Eisessen im Surf Shack ist eine lange Freitagabendtradition.«

Als würde das alles erklären. Und auf einmal begreife ich. Sadie von Zinc Inc hatte Kinder und einen Ex und sparte nicht mit Details. Single-Dads und riesige Süßigkeiten, die beweisen sollten, dass Daddy die Kinder mehr liebt. Eiscremes zur Entschädigung für dauernde Abwesenheit können kaum größer sein als die, die Cam gerade vor sich hat. Und die Warnglocken könnten kaum lauter klingeln.

Da ich die Zankereien zwischen Sadie und ihrem Mann kenne, muss ich auf Distanz bleiben, sollte es sich hier um eine Scheidungsgeschichte handeln. Am besten, ich ergreife gleich die Flucht. Sadie hat uns Single-Frauen eingetrichtert, uns um Himmels willen von alleinstehenden Dads fernzuhalten, vor allem, wenn sie ihr Kind dazu benutzen, unsere Aufmerksamkeit zu erregen.

»Das ist ja toll.« In Gedanken bin ich schon im Sauseschritt unterwegs zur Tür. »Aber du musst vorsichtig sein mit …« Ich krame in meinem Gehirn, ausnahmsweise erfolgreich. »… Anreizen … besonders, wenn Kinder im Spiel sind.«

»Was soll das denn bedeuten?« Barney reibt sich mit dem Daumen die Unterlippe, aber sein Blick verrät, dass er mir gerade alles andere als wohlgesonnen ist.

»Bestechung ist nie gut. Außerdem ist es schon spät.« Aber durch meine Anwesenheit hier billige ich es im Grunde.

Barney hebt die Stimme. »Ach, und es ist schlimm, sich am Strand durchpusten zu lassen und hinterher Eis zu essen, damit wir uns besser fühlen?«

Ich drücke beim Aufstehen Cams Schulter und konzentriere mich auf die Sommersprossen auf seiner Nase, nicht auf den traurigen Ausdruck in seinen Augen. »Sorry, Cam, ich muss jetzt gehen. Ich habe es Tante Jo versprochen.« Und das ist die Wahrheit. Wenn ich nicht zurück in The Gallery bin, sobald die Lichter angehen, wird sie sich Sorgen machen. Meine Mutter anrufen. Rettungsboote losschicken. Ich greife in meine Tasche und hole Bargeld heraus, das ich unter die Flasche mit den kleinen Lichtern in der Mitte des Tisches schiebe.

Dann bewege ich mich rückwärts auf die Tür zu und winke den beiden. »Love you, bye.« Ich sage es für Cam, was soll's. Erst als ich draußen die Stufen hinunterlaufe, fällt mir ein, dass ich gar nicht auf die Zahlen auf den Scheinen geachtet habe.

12. Kapitel

Tag 145: Montag, 26. März
Periwinkle Cottage

Heroische Leistung: Feststellen, dass Einhornstückchen tatsächlich existieren

Ich habe schon die Diashow für schlimm gehalten, dabei war das erst der Anfang. Das ist das Problem mit so einer kleinen Ortschaft am Meer im Winter: Jetzt, wo die Leute wissen, dass wir hier sind, erwarten sie uns bei jeder Veranstaltung. Irgendwie ist es uns gelungen, dem Picknick und Osterglockenspaziergang des Gärtner-Klubs in der Nähe von St. Austell zu entgehen. Die fuhren nämlich alle mit dem Auto dorthin, und bis Tante Jo oder ich uns selbst hinters Steuer setzen, haben wir kein Transportmittel. Es ist eine Sache, sich nach St. Aidan hinein mitnehmen zu lassen, aber etwas völlig anderes, den ganzen Tag im Wagen einer anderen Person zu sitzen. Als wäre das noch nicht schlimm genug, drängte Beth uns zum Besuch einer 80er-Jahre-Disco, unter dem Motto: *Tanzt euch die Füße wund*. Ich konnte nicht mal auf die Flackerlicht-Begründung zurückgreifen, weil Beth meinte, die gebe es da nicht. Sosehr ich Retro-Musik auch mag – im Dunkeln tanzen ist etwas, was man mit besten Freundinnen macht, nicht mit Fremden. Zum Glück erklärte Tante Jo, Sonntagabend hätten wir schon was vor.

Also verbrachten wir einen fesselnden Abend daheim und sahen uns eine Ballerina-Version von *Du hast Talent* an – was sie laut Tante Jo nicht hatten, Talent nämlich. Zwischendurch befreiten wir die Küche von der Blumentapete und probierten die Farbmuster aus, die in Minidosen angekommen waren. Ich brachte Tante Jo von grellem Rot und Gelb ab und bestand darauf, dass wir es mit gebrochenem Weiß versuchen.

Wann immer Tante Jo mich zu Schreibübungen bewegen wollte – was sie noch häufiger tat, als von den glücklichen Zeiten in Harpenden zu reden –, brachte ich sie davon ab. Als ich gestern zum Porridge nach unten kam und den Kühlschrank mit neonfarbenen Buchstaben und Zahlen zugepflastert fand, erwiderte sie auf mein entsetztes »Was zur Hölle hast du dir denn da bestellt?« mit einem hochnäsigen »Cam hätte sicher Spaß daran«.

Knauserig ist sie jedenfalls nicht. Gerade erst haben wir eine weitere große Lieferung erhalten, deshalb hocke ich jetzt neben einem Stapel Farbeimern, Rollen und Pinseln, während sie extragroße Haftzettel auspackt.

»Und wofür sind die?«

»Findest du es nicht auch klasse, wenn Dinge zweifachen Nutzen haben?« Sie nimmt einen Filzstift und beginnt zu schreiben, dann klebt sie den in schöner Schrift beschriebenen Haftzettel auf die Rückseite des Sofas. »Siehst du? *S-o-f-a* – ist das nicht toll? Ich kann meine Kalligrafie üben, und du lernst die Worte durch Osmose.«

»Osmose – machen das nicht Amöben?« Woher auch immer ich das habe, ich bin mir ziemlich sicher, dass es kein schmeichelhafter Vergleich ist.

Ihre wunderschön nachgezeichneten Augenbrauen ziehen sich zusammen. »Ich habe keine Ahnung, Edie. Ich tue nur, was deine Mum mir gesagt hat.«

Dann wundert es mich nicht, obwohl es das erste Mal sein dürfte. »Was schreibst du?« Schließlich ist es nicht so, als könnte ich das lesen.

»Kissen, Tür, Farbtopf, Mikrowelle, Wasserkessel ...« Sie rümpft die Nase und klebt einen Zettel auf den Tisch. »Ich werde noch mehr davon bestellen müssen, wenn ich auf *alles* die Bezeichnung kleben will.« Wenn sie etwas anfängt, ist sie beunruhigend gründlich.

»Du weißt schon, dass ich zur Erholung hier bin?« Um meinen Kopf zu leeren, damit er sich besser füllen lässt, wenn ich wieder loslege.

Sie drückt einen Haftzettel auf ein Kissen. »Ich wollte Lehrerin werden, wie deine Mum, nachdem ich das Tanzen aufgegeben hatte.« Sie schürzt die Lippen und ignoriert meine Frage. »Harry war nicht begeistert. Er meinte immer, ich solle mir meinen hübschen Kopf nicht mit Arbeit zerbrechen.«

»Das ist eine Schande.« Einstellungen wie diese machen mich wahnsinnig, aber so war Onkel Harry. Baustellen sind auch nicht nur von fortschrittlich Denkenden bevölkert, aber zumindest begriffen die meisten Männer dort inzwischen, dass Frauen nicht nur Dekoration sind. Und falls nicht, taten sie es, nachdem ich mit ihnen fertig war.

Sie weicht aus. »Langsam rächt es sich. Es wäre alles viel leichter, wenn ich mehr Interesse an Finanzen gehabt hätte. Der liebe George aus der Notarkanzlei beschäftigt sich schon über ein Jahr damit. Ich treffe ihn diese Woche wieder.«

Ich höre zum ersten Mal davon, dass die Lage nicht ganz unkompliziert ist. »Du hast aber noch genug Geld flüssig, oder?« Muss sie haben, die beiden hatten stets reichlich. Onkel Harry fuhr diese protzigen Limousinen, die nicht mal auf unsere Auffahrt passten. Einmal blockierte er sie komplett. Die Arbeit an den Nebengebäuden wird nicht billig, wenn etwas Vernünftiges daraus werden soll.

Tante Jo kehrt aus ihren Erinnerungen zurück ins Hier und Jetzt. »Wir waren wirklich wohlhabend, da muss ich doch genug Geld haben, oder?«

Die Frage kommt mir zu komplex vor, um sie einfach mit Ja oder Nein zu beantworten, deshalb nehme ich ihr den Aufkleber ab, den sie in der Hand hält. »Kann ich dir dabei helfen?«

»*T-ü-r* … wohin kommt das also?«

»An die Terrassentür?« Ich überlege grinsend, wohin auf der Glasscheibe ich den Zettel klebe, als ich etwas Blaues durch den Hof sausen sehe. »Sieht aus, als bekämen wir Besuch. Gut, dass wir diese Einhornstücke gekauft haben.« Tante Jo machte mich beiläufig auf diesen süßen Namen aufmerksam, da musste ich sie mitnehmen.

Ich öffne die Tür, und Cam kommt hereingelaufen und wirft seine Schultasche auf den Boden.

»Hi, Cam, hattest du einen guten Tag? Möchtest du etwas zu trinken?«

»Ich hasse die Schule, aber Saft hätte ich gern.« Er hat am Wochenende ein paarmal vorbeigeschaut, aber jetzt marschiert er in die Küche, als würde er schon sein ganzes Leben hier wohnen.

»Tee, Tante Jo?«

»Mango und Passionsfrucht, bitte – das ist der orangefarbene, und du kannst gleich den Aufkleber für den Kessel mitnehmen. Du suchst ihn – fängt mit K an.«

Gerade als alles ganz gut lief. »Hm …« Bei Buchstaben komme ich klar mit A, B, C und X, Y, Z. Die dazwischen sind das Problem.

Ehe ich richtig ins Grübeln komme, springt Cam zum Kühlschrank, schnappt sich einen Buchstaben und hält ihn mir vors Gesicht. »Siehst du, Edie? K wie kicken, das ist einfach, weil man mit den Beinen kickt.«

»Danke für den Tipp.« Ich lächle den Jungen an und suche nach dem passenden Buchstaben auf den Haftzetteln. »Der da?«

Tante Jo nickt. »Genau der, Edie. Da ist mehr in deinem Kopf, als du denkst. Und jetzt geh hin und kleb ihn auf.«

Cam sagt zu mir: »Dann ist es nicht nur das Schreiben. Lesen kannst du auch nicht?«

Da kann ich mich nicht mehr herauswinden. »Nicht gut, nein.«

Tante Jo kommt mir zu Hilfe. »Edie konnte lesen, aber sie hat sich den Kopf innen verletzt, und deshalb muss sie jetzt alles wieder neu lernen.«

Er reibt sich die Stirn. »Im Kopf ist das Gehirn.«

»Stimmt genau. Das ist es, was bei mir kaputt ist. Allerdings nur ein kleiner Teil.«

Er blickt verwirrt. »Aber *wie*?«

»Ich bin aus einem Flugzeug gesprungen und über einen Eimer gestolpert.« Seine Augen werden noch größer, und ich erkenne, dass ich das vielleicht nicht gut erklärt habe. »Auf jeden Fall war das etwas, was man zu Hause nie nachmachen darf.«

»Sie hatte einen Fallschirm«, springt Tante Jo mir bei. »Und sie hatte Champagner getrunken. Das ist Wein mit vielen Bläschen drin.«

»Hattest du keine Angst?«

»Nur anfangs, dann war es klasse.«

»Ich bin nicht mutig.« Cam zieht ein Gesicht und kramt dann in seiner Tasche. »Ich hab mein Lesebuch von der Schule dabei, es heißt *Biff, Chip and Kipper*.«

»Hey, die kenne ich.«

Er schiebt die Unterlippe vor. »Alle anderen lesen besser als ich, ich krieg's nicht richtig hin.«

»Ich kann im Augenblick überhaupt nichts mit Büchern anfangen.« Wie schlecht er auch lesen mag, er wird immer noch besser sein als ich.

Tante Jo wendet sich an mich. »Mach dir keine Gedanken, Edie, du wirst es schon hinbekommen, sobald du dich dazu entschlossen hast, es zu versuchen.« Woran sie mich ständig erinnert. »Du hast einen Fallschirmsprung geschafft, also sollte das leicht sein.«

Ich schüttele den Kopf, nicht nur wegen dieser Bemerkung, sondern auch, weil *Biff, Chip and Kipper* mir sehr klar aus der Vergangenheit zuwinken, während viele andere wichtige Dinge einfach weg sind. In der Schule haben wir wie selbstverständlich gelernt. Nie hätte ich gedacht, dass ich alles noch mal lernen muss und dass ich es beim zweiten Mal derart schwierig finden würde.

Ich koche Tee, schenke Cam und mir Apfelsaft ein und fahre mit dem Finger über das E, als ich die Packung mit den Einhornstücken aufmache. Ich packe die pinkfarbenen Kuchenstücke mit der gelben Zickzackglasur aus und bin froh, dass ich wenigstens noch Farben unterscheiden kann.

Ich bringe die Kuchenstücke zu Cam und sage: »Lässt du mich mal einen Blick in dein Buch werfen?«

Er zuckt mit den Schultern. »Na ja, wir könnten uns die Bilder ansehen.«

»Klar, gern.« Ich stelle die Getränke auf den Tisch, lasse mich aufs Sofa fallen und klopfe auf den Platz zwischen mir und Tante Jo. »Setz dich hier zu uns, damit wir alle sehen können, und dann liest du mir die Geschichte vor, wenn du magst.«

Ich rechne nicht damit, dass er es macht, aber er fängt tatsächlich an, stockt allerdings bei jedem Wort. Ich schaue von der einen Seite, während Tante Jo ihn von der anderen sanft anstupst. Als er eine Seite gelesen hat, schnürt es mir die Kehle zu. Das Lesen fällt ihm sehr schwer, und doch ist er mir weit voraus.

In fröhlichem Ton verkünde ich, als er mir das Buch gibt und ich durch die Seiten blättere: »Super, Cam! Das war toll … bereit für den Kuchen?« Ich biete ihm den Teller an und verschweige, wie viel ich nicht weiß. »Ist er dir nicht zu mädchenhaft? Ich habe den Kuchen extra für mich gekauft.«

»Erdbeereis ist pink, und das esse ich am liebsten.«

Er ist schon bei seinem dritten Stück, als es an die Tür klopft und Barney eintritt. Er zeigt auf den Hund, nennt ihn Robert und befiehlt ihm, draußen zu bleiben. Wisst ihr, wie das ist, wenn ein Mann einen Raum betritt und auf einmal übergroß wirkt? Ehe ich es so richtig merke, fällt mir Cams Buch aus den Händen und landet vor seinen Füßen. Er hebt es auf und glättet kommentarlos die geknickten Seiten. Sein leichtes Kopfschütteln verrät mir aber seine Meinung über mich. Er gibt es mir zurück und hält noch etwas anderes zwischen den Fingern.

»Wir bezahlen hier St.-Aidan-Preise, Edie, nicht die in Bath üblichen. Wie gut der Mokkachino im Surf Shack auch gewesen sein mag, zwanzig sind viel zu viel als Trinkgeld. Nimm's also zurück.«

Er schiebt den Schein unter meinen Untersetzer, und ich ärgere mich über meinen dummen Fehler. Ich muss vorsichtiger sein. Würde ich, wenn es ein nächstes Mal gäbe. Was definitiv nicht der Fall sein wird.

Cam sieht mich kritisch an. »Kannst du auch nicht zählen? Oder zusammenzählen?«

»Äh …« Mehr bringe ich nicht heraus.

Cam ist in Fahrt. »Ich musste ihr ein K wie ›kicken‹ zeigen – sie kann nicht lesen, weil sie sich das Gehirn gebrochen hat.«

»Wirklich?« Barney mustert mich.

»Sie hat zu viel Champagner getrunken und ist aus einem Flugzeug gefallen. Sie schreibt sogar noch langsamer als ich.« Cam klingt entzückt.

»So ungefähr.« Ich hatte nicht vorgehabt, es jemandem zu erzählen, aber es ist ja auch nur vorübergehend. Ich habe noch den ganzen Sommer Zeit, alles umzudrehen. Jetzt kann ich ebenso gut dazu stehen, deshalb setze ich mich gerade hin und schenke Barney mein breitestes Lächeln. Genau für derartige Anlässe lohnt es sich, den Lippenstift tipptopp zu halten. Auf diese Weise bin ich diejenige, die sich okay fühlt, und er ist es, der am liebsten im Boden versinken möchte.

Tante Jo hält das Schulbuch hoch. »Cam hat uns vorgelesen, es war ganz reizend.«

Cam zeigt auf den Teller. »Wir haben pinkfarbenen Kuchen gegessen, und der schmeckte nach Erdbeeren.«

Ich starre ihn an. »Erdbeeren? Wirklich?« Ich kann nicht glauben, was mir hier entgeht.

Er ist sehr direkt und sehr ernst. »Das weißt du, Edie Browne – du hast vier Stück gegessen.«

Barney rollt mit den Augen. »Es ist nicht immer hilfreich mitzuzählen, Cam. Aber ich freue mich zu hören, dass du gelesen hast.« Er wendet sich an mich. »Er weigert sich, für mich das Buch hervorzuholen, egal, womit ich ihn zu bestechen versuche.«

Barney betont das Wort *bestechen*, und mir ist klar, dass diese Missbilligung mir gilt. Zum ersten Mal bin ich froh, meinen Geruchssinn verloren zu haben, denn seinen Duft nicht wahrnehmen zu können, macht es viel leichter, ihn zu ignorieren. Als Marcus von Armani zu diesem Franzosen aus dem Eurotrash-Programm wechselte, scherzte er, der Duft sei für die Bad Boys, die aus der Menge herausragen und Sex wollten. Wer hätte gedacht, dass er sich so sah? Oder dass er, obwohl wir jede Menge Sex hatten, noch mehr wollte. Bella meinte, das sei nur der übliche Bullshit, den Männer von sich geben, trotzdem war ich in Sorge. Nicht dass es einen Grund dafür gäbe, Marcus hier ins Spiel zu bringen; die beiden haben lediglich gemeinsam, dass sie Männer sind.

Wenn ich versuche, an meine Lieblingsdüfte zu denken, ist das nur eine Erinnerungsübung, bei der ich wahrscheinlich versage. Wenn ich Barney einen zuordnen sollte ... ach, nein. Zu seiner leicht raubeinigen Art würde wohl am ehesten Wasser und Seife passen. Der wird kaum so einen Christian-Dings-Duft auftragen, um in irgendeiner Scheune zu arbeiten. So herrlich dieser Duft in meiner Erinnerung auch sein mag – dem Namen nach für Wilde gemacht –, für Schäfer war der bestimmt nicht gedacht. Oder für jemanden, der Schäferwagen baut.

Tante Jos Wangen sehen rosig aus unter der Foundation. »Wenn du mal wieder vorlesen möchtest, Cam, weißt du ja, wo du uns findest.« Sie wirft mir einen Blick zu. »Es würde Edie auch helfen, denn sie versucht es nicht mal, wenn du nicht hier bist.«

Barney wuschelt durch Cams Haare. »Wenn der große Junge es möchte, wäre das toll.« Er legt die Hand auf den Türgriff, hält dann aber inne und betrachtet die nackten Wände sowie all das Renovierungszeug. »Das Tapetenabreißen lief ja anscheinend ganz gut, nachdem ich weg war. Ihr habt euch ziemlich viel vorgenommen.«

»Das ist erst der Anfang.« Tante Jos Seufzer ist ein wenig dramatisch, wenn man bedenkt, wie wenig sie das alles das ganze letzte Jahr hindurch gekümmert hat.

Barney reibt sich das Kinn. »Ich könnte beim Anstreichen helfen, als Gegenleistung für die Hilfe beim Lesen.«

Einfach so. Als wollten wir ihn in der Nähe haben. Es war schon unangenehm genug, als er sich neulich einfach aufgedrängt hat, und da war er nur kurz anwesend. Abgesehen davon hat Tante Jo Harry verloren. Dies ist eine sehr private Zeit. Ich meine, man schaue nur, wie widerstrebend sie meine Hilfe angenommen hat, die Tapeten abzureißen, und ich bin eine Verwandte. Als sie den Mund aufmacht, um zu antworten, bin ich mir daher sicher, dass sie ablehnen wird. Außerdem können wir ihn beim Anstreichen auch gar nicht gebrauchen, weil er uns den ganzen Sauerstoff wegatmen würde. Ich kann unmöglich die Decke streichen, wenn mir noch schwindeliger ist als ohnehin die ganze Zeit. Und ich lasse in seiner Gegenwart noch häufiger Sachen fallen als sonst.

»Ja, das wäre wirklich …«

Da, ein Lächeln auf ihrem Gesicht, und es dämmert mir. Sie wird sein Angebot überhaupt nicht ablehnen.

Sofort melde ich mich zu Wort, weil ich echt verzweifelt bin. »Nein, absolut nicht. Auf gar keinen Fall! Nein!« Ich denke, das hat er begriffen. Und sie hoffentlich auch. »Trotzdem danke.«

Tante Jo lässt sich nicht beirren. »Ich weiß, du bist die Inneneinrichtungsexpertin, Edie, aber es ist viel anzustreichen für eine Person, und wir wollen dich doch nicht überanstrengen.« Offenbar vergisst sie, dass sie mithelfen wollte.

Von irgendwoher finde ich die Worte, um dem Ganzen Einhalt zu gebieten. »Wir werden sehen.«

Barney zuckt nur mit den Schultern. »Okay, aber das Angebot steht.« Da sind kleine Sorgenfältchen um seine Augen, als er mich ansieht. »Wir können dich beim Anstreichen nicht auf Leitern steigen lassen, wenn du …« Es ist ganz amüsant zu sehen, wie jemand anderes nach den richtigen Worten sucht. »Na ja, dich unwohl fühlst.«

Heilige Scheiße. Wie oft noch? »Ich fühle mich nicht *unwohl.* Meine Probleme liegen in anderen Bereichen, und es geht nicht darum, Leitern hinaufzusteigen.« Es kommt durch zusammengebissene Zähne heraus, also sollte ich das vielleicht noch einmal neu formulieren.

»Klar, sorry, streich das. Dann eben: nicht hundert Prozent fit bist.« Er bläst die Wangen auf. »Wow, du hättest dir neulich übel den Kopf am Baum stoßen können.«

»Baum!« Irgendwie ist es heraus, ehe ich es verhindern kann.

Seine Lippen zucken. »Schön, dass du das schnell begriffen hast. Falls du noch mal mit dem Boot …«

»Absolut nicht.«

Tante Jo hebt den Zeigefinger. »Ich glaube, du wirst feststellen, dass Edie in jedem Bereich zu hundert Prozent fit ist, wenn es darauf ankommt, Barney. Sie ist Innenarchitektin, und sie ist diejenige, die *mir* hier hilft. Wie du selbst bemerktest, haben wir alle Hände voll zu tun. Edie wäre nicht hier, wenn sie nicht jeden Aspekt des Projekts im Griff hätte.«

Danke für deine Einmischung, Tante Jo, besser hätte ich es auch nicht ausdrücken können. Wäre da nicht dieser Wagenbauer zwischen uns, würde ich sie herzlich umarmen. »Ganz genau, wir sind hier, um Nägel mit K-K-K …« Ach, Mist, verdammter.

Wieder rettet mich Tante Jo. »Nägel mit Köpfen, exakt. Wir kriegen das hin, und es wird, äh, toll.«

Um Barneys Augen vertiefen sich die Fältchen, aber er verzieht ansonsten keine Miene. »Ausgezeichnet, dann wäre das ja geklärt. Danke für heute.« Als er endlich aufbricht, tippt er noch auf Tante Jos Aufkleber, leicht belustigt. »Hier steht *Tür*, aber ist es nicht eher ein Fenster?«

Tante Jo winkt ab. »Du bist die zweite Person, die das innerhalb der letzten halben Stunde gesagt hat. Ist kein Problem, ich schreibe einen neuen Zettel.«

Während sie durch den Innenhof gehen, begleitet von Robert, dem Hund, könnte ich schwören, dass ich Cam sagen höre: »Love you, bye.«

13. Kapitel

Tag 146: Dienstag, 27. März
Noch mehr Kalligrafie in The Deck Gallery

Heroische Leistung (eher schrecklich als heroisch, aber es ist zu bedeutsam, um es nicht zu erwähnen): Das Ausmaß von Tante Jos finanziellen Schwierigkeiten entdecken und sie davon abbringen, einen Wutanfall zu bekommen und den Ort zu verlassen (denn wo sollte sie realistischerweise auch hin?)

Natürlich hatten wir in letzter Zeit ziemlich viel zu tun, aber dass es zu Terminüberschneidungen kommt, hätte ich dann doch nicht erwartet. Tatsächlich kollidiert Tante Jos nächster Notar-Termin mit dem Kalligrafie-Kurs. Egal, was sie behauptet, ich bin mir sicher, dass Tante Jo sich wegen ihrer Finanzen keine Sorgen machen muss. Verglichen mit meiner Familie haben Harry und sie das Geld ausgegeben, als gäbe es kein Morgen, aber es ist unsinnig, George einen teuren Hausbesuch machen zu lassen, wenn wir ohnehin an seinem Büro am Hafen vorbeikommen. Zwar scheint diesiges Sonnenlicht durch die Wolkendecke, aber der Wind ist stürmisch genug, um die blassgraue See aufzuwühlen und die Bucht weiß zu stricheln.

Ich begleite Tante Jo bis zum Wartezimmer und erleide einen kurzen Anfall von Neid, als ich das orangefarbene Kleid der Rezeptionistin sehe, was ein bisschen albern ist, weil ich sowieso nur meine Büro-Capris trage. Aufmunternd drücke ich ein letztes Mal Tante Jos Ellbogen und eile davon.

Ich erreiche The Deck Gallery, als alle gerade ihre Plätze an einem großen Tisch einnehmen. Die meisten Leute haben wir seit dem letzten Treffen schon gesehen, deshalb nehme ich mir einen Kaffee und setze mich zu ihnen.

Tante Jo hat Loella eine E-Mail geschrieben, um ihr zu erklären, weshalb sie nicht kommt. Während ich die freundlichen Gesichter um mich herum anlächle, melden sich Schuldgefühle, denn wenn ich hätte allein zu Hause bleiben können, wäre ich nie und nimmer hier. Tante Jo beschäftigte sich Tag und Nacht mit ihren Kalligrafie-Bögen; ich hingegen habe so gut wie nichts zustande bekommen, seit ich das letzte Mal hier gewesen bin.

»Ich nehme an, du bist bereit für dein erstes Projekt?«, spricht Loella mich gleich an.

»Wie bitte?« Ich bin dermaßen erschrocken, dass ich fast meinen Kaffee verschütte. Ich kann ihr schlecht verraten, dass ich vor allem hier bin wegen Tipps für heiße Dekorateure und mindestens mit einer weiteren Woche Schreiben auf Linien gerechnet habe – oder lieber nicht, denn dann wäre ich bald mit der Rechtschreibung konfrontiert. Offiziell kann ich schreiben, aber in Wahrheit ist es ein einziges Durcheinander auf dem Papier. Außerdem habe ich keine Ahnung, wie viele Fehler ich mache, aber Mums Miene nach zu urteilen ist es nicht allzu gut. Ich nehme an, für Kalligrafie muss die Rechtschreibung absolut fehlerfrei sein.

Ich schlucke hart, denn mein Mund ist ganz trocken geworden. »Ein P-P-Projekt?« Immerhin habe ich das herausbekommen.

»Kein Grund, so ängstlich dreinzuschauen.« Loella lacht.

»Vielleicht nächste Woche?« Wenn Tante Jo dabei ist und mir helfen kann.

»Wir sind zum Spaß hier, nicht für Perfektion. Unser Wunsch ist, dass du Lust an Kreativität entwickelst und nicht mehr auf die Kurse verzichten möchtest.« Loella hält ein kleines Stück blaues Papier in der Hand. »Wenn du das Wort ›Strand‹ schreibst, benutzt du alle Buchstaben, die du in der vergangenen Woche geübt hast. Du könntest einen kleinen Pfeil hinzufügen und ein paar Verzierungen, sodass es wie ein Hinweisschild aussieht.«

Sie übersieht vollkommen, wie beschissen die Buchstaben aussahen, die ich letzte Woche gemalt habe.

»Strand?« Ich schaue aus dem Fenster über die Terrasse auf die grauen Wellen des Meeres in der Ferne und die Wolken am Himmel. Derweil überlege ich, wie um alles in der Welt ich das richtig schreiben soll. Mir läuft der Schweiß den Rücken runter.

»Keine Sorge, ich werde es zuerst schreiben, damit du eine Vorlage hast.« Sie zeichnet ein paar blasse Orientierungslinien auf das Papier; ihr Lächeln ist voller Verständnis, nicht Mitleid. Es ist vielsagend.

»Hat dir jemand von meinem Schreibproblem erzählt? Von meinem Kopf?«

»Cam hat es heute Morgen auf dem Schulweg erwähnt.«

Mist. »Und er hat es gleich allen erzählt?« Da habe ich den Salat.

»Ja, es waren viele Kinder dabei, und Beth auch. Ist das in Ordnung für dich?« Sie wartet ein bisschen nervös auf meine Antwort.

Ich zucke mit den Schultern und versuche mich zu beruhigen. »Es ist … gar nicht so schlimm. Wenn man es übersteht, ist hinterher alles nicht mehr so wichtig. Keine große Sache. Eigentlich ist es vollkommen …« Sechs weitere Leute wissen es also, und der Himmel ist nicht eingestürzt. Es ist ja nur vorübergehend. In einigen Wochen wird alles wieder funktionieren. Ich werde in meinen Job zurückkehren, also *muss* ich schließlich meine früheren Fähigkeiten aktivieren. Abgesehen davon war ich in Rechtschreibung nie die Beste.

Loella sieht mich entschuldigend an. »Es ist schwierig, hier ein Geheimnis zu wahren.«

Ich weiß nicht einmal genau, warum ich es geheim halten wollte. Vielleicht weil ich verhindern wollte, dass die Leute mich bemitleiden. Sie sollen nicht auf all die Dinge achten, die ich nicht mehr kann. Möglicherweise wollte ich es auch deshalb nicht, weil ich mich unzulänglich fühle, nicht lesen, schreiben und sprechen und meine Hände richtig benutzen zu können. Ich wollte verbergen, was ich nicht kann, damit die Leute mich nicht behandeln, als wäre ich blöde. Ich dachte, wenn ich es verheimliche, kann ich beinah so tun, als wäre alles in Ordnung mit mir.

Beth setzt sich neben mich. »Ich muss allerdings sagen, dass es schon besser geworden ist, seit die Sprechstundenhilfe beim Arzt nicht mehr die Ergebnisse von Schwangerschaftstests und die Ergebnisse von Untersuchungen auf Geschlechtskrankheiten vor dem vollen Wartezimmer laut am Telefon durchgibt.«

Loella verdreht die Augen. »Unglaublich, aber das kam wirklich vor. Als meine Mum mit mir schwanger war, war mein Dad der Letzte in ganz St. Aidan, der davon erfahren hat.« Sie lacht, dann ändert sich ihr Ton. »Ehrlich gesagt waren wir begeistert, denn zum ersten Mal hat Cam etwas von sich aus erzählt, ohne dass wir es aus ihm herauskitzeln mussten. Er hatte eine schwere Zeit in den vergangenen zwei Jahren, aber dich und Jo hat er ins Herz geschlossen.« Sie schreibt Worte auf ein Stück Papier. »Bitte sehr – *Strand* und *Am Strand … Bin nach dem Sommer wieder da* – falls dir nach einer echten Herausforderung ist. Oder möchtest du lieber etwas anderes?« Sie legt den Kopf schief.

Da mir Teile der Erinnerung fehlen, fühlt mein Kopf sich weniger voll und dafür leichter an als früher. Aber wenn ich nach etwas Witzigem oder Frechem suche, das ich schreiben könnte, ist da einfach nichts.

»Nein, das passt schon.« Ich lächle darüber, wie gut *Bin nach dem Sommer wieder da* als ironischer Hinweis auf meinen leeren Schreibtisch bei der Arbeit passen würde. Auf diese Weise würden die Kollegen wenigstens wissen, dass ich meinen Sinn für ihr wisst schon was nicht verloren habe. Ich würde es den Kollegen glatt schicken, aber bis ich es fertig habe, ist das gute Wetter da, und sie wären vielleicht neidisch. Es ist eine Sache, an die Küste zu fahren, wenn der Regen gegen die Bürofenster prasselt. Aber wenn die Hitze kommt und in den Straßen von Bath steht, nicht mehr so.

Loella hat nicht mitbekommen, dass ich vor mich hin träume. »Sobald du erst einmal angefangen hast, wirst du feststellen, dass die Buchstaben sich wie von selbst verbinden. Schreib es zuerst ein paarmal auf einem Schmierzettel vor, und wenn du zufrieden bist mit dem Ergebnis, probiere es richtig.« Sie zwinkert mir zu. »Und vergiss nicht – bei der Kalligrafie gilt dasselbe wie bei Frisuren: Wild ist in Mode, alle wollen diesen leicht unperfekten Look.«

Na, in dem Fall sollte ich im Vorteil sein.

Beth kommt näher. »Hier ist es anders als in der Stadt – wir wissen gern Dinge über die anderen. Aber nicht aus Neugier, sondern weil wir Anteil nehmen.«

Loella fügt hinzu: »Viele Leute mögen es hier, weil man anders sein darf. Wir sind in der Hinsicht ganz entspannt und tolerant. Wir urteilen nicht.« Ihre Augen weiten sich. »Was nicht heißen soll …«

Beth berührt leicht meinen Arm. »Was sie meint, ist, dass niemand hier dich danach beurteilt, was du vorher warst oder wie du jetzt bist.« Sie lacht. »Sei einfach weiter so wunderbar, wie du bist, und dann freuen wir uns alle, dass du da bist.«

»Danke, das ist sehr lieb von euch.« Ich bin schwer gerührt, weil sie alle so nett sind. Tatsächlich weiß ich momentan gar nicht genau, wer ich und wie ich eigentlich bin. Ich bin wie diese Kalligrafie, ich entwickle mich durch Übung, und es sollte möglichst schnell besser werden, sobald ich mich der Sache richtig widme.

Wieder rollt Loella mit den Augen. »Du wirst es bald merken. Niemand hier hat ein Problem damit, dass Beths bessere Hälfte, Morgan, eine Frau ist und dass drei von meinen vier Kindern von Jack stammen, nicht von mir. Und niemanden stört es, dass wir kein Geld haben, weil Onlineshops in der Krise stecken. Oder dass wir ständig zu spät kommen oder nicht wissen, wo unsere Kids gerade stecken. Wir leben alle in der Hoffnung, dass unsere Kunst und unser Kunsthandwerk sich eines Tages verkauft und dann endlich alles wie am Schnürchen läuft.«

Beth nickt. »Tja, und bis dahin wursteln wir uns eben so durch.«

»Wahrscheinlich wird das immer so bleiben.« Loella lacht.

»Willkommen im Chaos-Club.« Beth sieht mich mit glänzenden Augen an. »Wir haben hier diese kleinen Kästchen mit Wasserfarben, falls du zusätzlich Farben benutzen möchtest.« Sie benimmt sich, als hätte sie vergessen, was sie doch schon weiß. Aber so ist es wohl auch. Jeder hier hat ein kompliziertes Leben und viel zu tun. Wenn jemand von meiner Situation erfährt, wird er kurz überrascht sein und sich dann wieder um seinen eigenen Kram kümmern. Ich werde mich selbst nicht mehr so ernst nehmen, solange ich hier bin.

»Toll.« Ich habe früher gern gemalt mit meinem Tuschkasten, meine Freude ist also echt. Als Teenager habe ich die meiste Zeit mit meinen Kunst-Hausaufgaben zugebracht – wenn nicht gerade eine Party stattfand. Während ich ihr Lächeln erwidere, warte ich darauf, dass Loella noch etwas über

Cam erzählt. Aber dann winkt jemand sie zu sich, und Beth geht auch. Ich bleibe mit meinem leeren blauen Papier zurück.

Es ist exakt so, wie Loella es prophezeit hat. Ich schreibe vielleicht unterschiedliche Buchstaben, aber solange ich jeden einzelnen im Blick behalte, fügen sie sich tatsächlich richtig zusammen. Nach einem ganzen Stapel Übungsblätter, auf die ich das Wort *Strand* geschrieben habe, ist das blaue Papier allerdings immer noch leer. Also male ich den Pfeil, wie Loella vorgeschlagen hat, nehme eine gewundene Muschel als Vorbild aus meiner Tasche und tauche meinen Pinsel in cremefarbenes Weiß. Pinselstriche fallen mir viel leichter, als mit dem Stift zu schreiben; ein paar Kleckse, und es sieht wie eine Herzmuschel aus, nach ein paar weiteren habe ich eine ganze Reihe. Ein bisschen durcheinander, aber es sieht nicht schlecht aus. Ich lasse sie trocknen und suche mir aus der Mitte des Tisches ein größeres Blatt aus, dazu eine ganze Menge weiterer Übungsblätter. Dann mache ich mich an das Schild.

Ich bin so damit beschäftigt, blaue Punkte an den Rand des Blattes zu tupfen, dass ich zuerst gar nicht merke, wie Tante Jo mir auf die Schulter tippt.

»›Am Strand …‹ Das ist hübsch, Edie. Mir gefällt die Taube auf dem Zaun.«

Gibt es keine Vögel in Harpenden? Sie hat keine Ahnung von Wildtieren. »Es ist eine Möwe.«

Loella kommt zu uns. »Was es auch sein mag, es ist offensichtlich, dass du kreativ bist.«

»Hat Cam das auch ausgeplaudert?«

»Sorry, nein, das mit der Innenarchitektin kam von Barney; er weiß, dass wir gern Bescheid wissen, wenn ein künstlerisches Talent eintrifft.«

»So weit würde ich nicht gehen. Ich kümmere mich eher um die Baustellen, nicht direkt um die Einrichtung.« Schon komisch, wie wir unsere Entscheidungen treffen. Oft bin ich an den Designern im Büro vorbeigegangen und habe mich geärgert, dass ich das nicht gemacht habe. Als minimalistische Achtzehnjährige habe ich den Managerkurs gewählt, statt Design, weil es leichter aussah. Ich muss lachen. »Ich bin jederzeit für Bestellungen offen.« Seltsam, wie die Worte herauskommen, wenn ich durch das Malen ganz entspannt bin. Ich wende mich an Tante Jo. »Warum nicht ein P-P-P …« Da habe ich mich wohl zu früh gefreut – schon wieder ist dieses P-Wort weg.

»Für ein Projekt ist es zu spät, die Kinder werden jeden Moment zurück sein.« Sie klingt angespannter als sonst, das verrät auch der Zug um ihren Mund, als sie auf die Uhr schaut.

»Wie ist es gelaufen?«

Ein Stückchen näher, und sie hätte mir den Kopf abgebissen. »George war nett, aber die Altersversorgung und das finanzielle Polster sind weg. Futsch. Aus und vorbei. Die reinste Katastrophe. Ehrlich, Edie, anders kann man es nicht nennen.« Sie schaut in den Tuschkasten, und ihre Wangen sehen trotz des Hollywood Highlights grau aus. Gereizt fährt sie fort: »Wenn das Windsor & Newton-Aquarellfarben sind, müssen wir gleich eine Bestellung aufgeben, sobald wir zu Hause sind.«

Wenn sie mit solchen Käufen schlechte Nachrichten kompensiert, dann gute Nacht, Bankkonto. Und mit der Diskretion ist es auch vorbei, denn wenn sie es direkt in der Gerüchteküche von St. Aidan erzählt, ist diese Chance vertan.

14. Kapitel

Tag 146: Dienstag, 27. März
Periwinkle Cottage

Heroische Leistung: Sich für Tante Jo zusammenreißen

Auf dem Heimweg kriege ich die ganze Geschichte über Tante Jos Finanzcrash zu hören. Und weil es dermaßen niederschmetternd ist, machen wir einen Umweg über diese Hütte aus lauter Brettern. Dort überzeuge ich sie davon, dass ein Eis aus salzigem Karamell salzig genug ist für einen Wochentag. Gleichzeitig spende ich ihr weiter den Trost, den sie braucht. Was eine Menge ist. Als wir auf den leeren Strand und die Brandung blicken, erzählt sie mir zwischen Löffeln voll Eiscreme, was passiert ist. Das ganze letzte Jahr hindurch hat George versucht, Harrys verschwundene Pension aufzuspüren. Tante Jo versteht vielleicht nicht viel von Geld, aber doch genug, um zu wissen, dass da mehr sein sollte, als sie tatsächlich hat. Nun zeigte sich, dass Harry alles für den Kauf der Scheune und des Cottages ausgegeben hat.

George versicherte ihr, alles wäre gut gewesen, sobald durch die Vermietung an Touristen Geld hereingekommen wäre. Der Haken an dem Plan war nur der Zeitpunkt von Harrys Tod. Den hatte niemand voraussehen können. Angesichts dessen, was sie gerade erfahren hatte, hat Tante Jo sich ziemlich zusammengerissen und ist beim Kalligrafie-Kurs erschienen, als sei alles in bester Ordnung. Ich an ihrer Stelle wäre wahrscheinlich schreiend durch die Gegend gerannt. Möglicherweise war sie zu sprachlos.

Realistischerweise wird ein Eis, und sei es noch so köstlich, nicht genügen, um Tante Jo über diesen Schock hinwegzutrösten. Sie hatte mit einer Rente für den Rest ihres Lebens gerechnet, aber die existiert nicht. Für mich heißt das, dass es wichtiger denn je ist, die Sache mit dem Cottage hinzubekommen, um es anschließend anbieten und verkaufen zu können, bevor sie ganz pleite ist. Haha, überhaupt kein Druck. Wir rufen Jake von Zinc Inc an, der gerne hilft, und Tante Jo schickt ihm per E-Mail ein paar Pläne für die Nebengebäude, damit er die Kosten überschlagen kann.

Was ihre Kaufgewohnheiten angeht, hatte ich leider auch recht. Da wir jeden Penny umdrehen müssen, achte ich darauf, dass wir nur das Nötigste besorgen. Zeug für die Renovierung. Dummerweise haben wir keine Farbe bestellt, weil wir uns nicht einigen konnten. Ehrlich, wenn sie auf diesem scheußlichen Apricot besteht oder dem Himmelblau mit den pinkfarbenen Wölkchen, das Harry ihr neunzehnhundertachtzig verwehrt hat, können wir uns auch gleich die Mühe sparen und die Affentapete dranlassen. Um ihren Frust über ihre Niederlage bei der Wahl der Farben zu kompensieren, kaufte sie einen ganzen Karton Einweg-Overalls, obwohl sie noch genügend kaum getragene Weihnachtspyjamas hat.

»Wir sind vielleicht arm, Edie, aber wenigstens sind wir für die Renovierung passend gekleidet.« Falls wir uns je auf Farben einigen können, was sehr unwahrscheinlich ist. Sie hüstelt. »Ich glaube, wir müssen die Kurse ausfallen lassen, bis sich die Aufregung gelegt hat.«

Ich tätschele ihren Arm. »Wir werden sehen.« Wir können definitiv nicht zu Hause bleiben, bis wir Handwerker zu vernünftigen Preisen gefunden haben. Plötzlich ist es vorbei mit dem unbegrenzten Budget für die Renovierungen. Mit knappen Mitteln ist es fraglich, ob wir überhaupt alle Unterkünfte fertig bekommen.

Es klopft, und ich öffne Loella die Terrassentür. Sie drückt mir eine DVD in die Hand.

»Ich komme nicht rein, aber das hier ist Mias *Schwanensee* für Josie.« Flüsternd fügt sie hinzu: »Gleiche Musik, ein paar zusätzliche Charaktere; ich dachte, ihr könntet heute ein Happy End gebrauchen.«

Ich überlege, was ich sagen soll. »Es ist ihr Lieblingsballett. Aber woher weißt du das?«

Sie sieht mich verblüfft an. »Wir hören es jeden Morgen, wenn wir Cam abholen.« Sie grinst. »Jo ist vermutlich noch besessener als Mia, und die hat schon zwei DVDs zerschlissen.«

Verdammt. »Danke. Ich verspreche, wir werden es in Zukunft leiser hören.«

»Eines noch – deine kleinen Bilder?« Sie umfasst meine Handgelenke. »Von Künstlerin zu Künstlerin rate ich dir, sie zu rahmen und anzubieten. Die werden weggehen wie warme Semmeln.«

Ich kann kaum glauben, was ich höre. »Für Geld?«

»Das können wir alle gebrauchen.« Ihr Lachen ist heiser, und die Aufschläge ihres karierten Mantels flattern im stürmischen Wind um ihren Kopf. »Der Trick besteht darin, im Winter einen Vorrat anzulegen. Das ist wie Geld auf der Bank. Im Ernst, du solltest darüber nachdenken.«

Wenn ich es nicht besser wüsste, würde ich glauben, dass das da eine Reisedecke ist, die sie trägt. Ich grüble so angestrengt darüber nach, dass ich gar nicht mitbekomme, wie sie sich umdreht und geht. Sie ist ja wirklich nett, aber wenn sie glaubt, dass sich solche Kritzeleien verkaufen würden, liegt sie ziemlich daneben.

Heute Abend, während wir uns Mias DVD ansehen, zermartere ich mir das Hirn auf der Suche nach strandigen oder inspirierenden Worten für die Bilder, und Tante Jo schreibt sie für mich auf. Nichts zu Kitschiges – sie müssen mich schon zum Lächeln bringen, und vor allem müssen sie kurz sein.

»Strandbereit, Funkeln, Wellen machen, Sonne, Sand und Salz – und so weiter.«

Wir alle wissen, dass eine Hochzeit nicht der einzige Weg zu einem Happy End für eine Frau ist. Und einen Ehemann zu haben, ist auch nicht immer ein Spaziergang. Aber für einen Abend sehe ich mit Mias Version von *Schwanensee* darüber hinweg. Als Odette mit einem Prinzen namens Derek verheiratet wurde (ja, wirklich, und trotzdem mussten wir uns die Augen tupfen, als der Vorhang fiel), habe ich ein hübsches Meer aus Gänseblümchen, die auf die Worte *sei wunderbar* warten, das ich später hinzufügen werde.

Wäre Tante Jo nicht eingeschlafen, hätte ich sie *Ich liebe Kunst* zu der Liste hinzufügen lassen. Allerdings kann sie auch wieder nicht *so* müde gewesen sein, denn ich höre oben über den Flur, wie sie bis spät in die Nacht mit meiner Mum skypt.

15. Kapitel

Tag 147: Mittwoch, 28. März
The Deck Gallery

Heroische Leistung: Heroisch sein – beim Fußball

Obwohl ich Tante Jo am Mittwoch zu Loellas Stoff-Fest schleppe, treffen wir keine freundlichen Handwerker auf dem Weg dorthin. Wenn ein kleiner Teil von mir auf jemanden hoffte – okay, Barney –, der mal wiederauftauchen und mich aus dem Kurs retten würde, dann nur, weil es unfassbar langweilig ist, Leute Stoff zuschneiden und zusammennähen zu sehen, während ich selbst dermaßen schlecht darin bin. Langsam fühle ich mich albern wegen meiner Ausflüchte. Immerhin habe ich diesmal eine alternative Beschäftigung mitgebracht und verbringe den Nachmittag mit dem Aquarellkasten, der heute Morgen angekommen ist. Ich habe vor, irgendwann *liebe Flamingos* auf die Linie zu schreiben, aber vorerst fülle ich das Papier mit dem, was auf der Blechdose steht. Die Hälse und Beine sind ein bisschen verwackelt. Als Loella zu mir kommt und sich erkundigt, was ich denn mache, antworte ich: »Ich bin toll und verwirkliche mein Projekt«, was uns beide zum Lachen bringt. Sie muss auch nicht erfahren, dass ich die Projekte und das Schreiben erst viel später beenden werde.

Als alle aufräumen, habe ich es aufgegeben, mich jedes Mal umzudrehen, wenn die Glastür am Eingang aufschwingt. Deshalb erschrecke ich, als plötzlich ein Schatten auf die pinkfarbenen Vögel fällt, über die ich wedele, damit sie schneller trocknen. Mein zu Boden gerichteter Blick fällt auf zerschrammte Timberlands. Prompt entfährt mir ein Fluch statt der Worte, die ich geübt habe.

»Edie, genau die Frau, die ich gesucht habe.«

Ich atme aus, schließe die Augen und konzentriere mich. »Wenn du mit mir die Welt umsegeln willst, hast du leider das Zeitfenster verpasst.« Wow, ich bin stolz, das herausbekommen zu haben.

»Viel besser. Das Elfmeterschießen der Kinder zum Ende der Saison nach der Schule. Cam hofft, du würdest ihn anfeuern.« Alle meine Versuche sind an ihm abgeprallt.

»Fußball?« Durch Marcus weiß ich alles darüber und hege nicht den Wunsch, noch mehr darüber zu erfahren.

»Alle gehen hin.« Auf der anderen Seite des Tisches nicken Beth und Loella. Er reibt sich die Hände. »Wenn wir uns beeilen, ergattern wir noch gute Plätze.«

»Großartig«, sage ich, obwohl es meiner Vorstellung von der Hölle entspricht. Und noch ehe ich ›Eigentor‹ sagen kann, sind wir durch den Ort und gehen über einen Platz hinter der Schule, der schwindelerregend nah an der Klippe liegt und auf dem es von Eltern nur so wimmelt. Ich muss Tante Jo am Anorak festhalten, damit sie nicht heruntergeweht wird. Obwohl ich im Vorbeigehen zugeben muss, dass die Aussicht spektakulär ist. Der Anblick des Meeres und der Wellen, die auf die schwarzen Felsen krachen, ist so faszinierend, dass ich es mir den ganzen Tag ansehen könnte. Was ich von Fußball ganz bestimmt nicht behaupten kann. Ein Spielfeld kann man diesen Platz auch nicht nennen; glücklicherweise ist es für die Kids und Leute wie mich verkürzt worden. Bisher habe ich keinen einzigen Grashalm gesehen.

Beth taucht hinter uns auf. »Keine Sorge, manche der Schulturniere dauern den ganzen Nachmittag, aber dieses ist für die Kleinen und daher zeitlich begrenzt. Die Kinder schießen Elfmeter. Mr. Wagstaff stellt sich ins Tor und lässt alle Bälle durch, während wir uns heiser brüllen, und im Nu ist es vorbei.«

Ich strahle. »Was kann man daran nicht mögen?«

Als Cam angerannt kommt, sind seine Haare noch wirrer als sonst, und er verschwindet fast in seiner schlabbrigen Shorts und dem roten Shirt.

»Hey, Edie Browne, du bist gekommen.«

»Na, dafür verdiene ich wohl ein High five.« Als seine Faust auf meine Handfläche trifft, kann ich Tante Jos Schauder angesichts seiner Knie spüren.

»Wenn irgendwo Dreck ist, werden Jungs ihn finden.«

Ich muss ihr unbedingt erklären, dass das sexistisch ist, aber Beth kommt mir zuvor. »Die Mädchen sind noch schlimmer, Jo.«

Cam stößt gegen meine Hüfte. »Ich hatte schon befürchtet, du spielst kein Fußball.«

Ich zucke mit den Schultern. »Tue ich auch nicht. Jedenfalls nicht seit der Junior-Highschool, und ich habe auch nicht vor, jemals wieder zu spielen.«

»Hat Barney es dir nicht gesagt?« Beth verkneift sich ein Grinsen. »Zuerst sind die Kids an der Reihe, dann die Erwachsenen.«

»Netter Versuch«, erwidere ich lächelnd. »Ich und Tante Jo sind befreit.«

»Aber ich brauche dich in meinem Team.« Cam ist an meinem Ellbogen. »Du musst mitmachen, Edie. Alle haben ein Team, nur ich nicht.«

»Okay.« Wäre es Barney, hätte die Antwort klar und deutlich »Nein« gelautet, aber es ist schwieriger, Cam eine Absage zu erteilen. Es könnte schlimmer sein; mit zehn hatten Bella und ich ein ziemlich starkes Fünfer-Frauenteam und haben die Jungen geschlagen. Das ist lange her, aber ich werde es doch wohl schaffen, gegen einen Ball zu treten. »Ruf uns einfach, wenn du uns brauchst, Cam, wir kriegen das hin.« Tante Jos goldene Pumps nehmen die erste Ballettposition ein, deshalb stupse ich sie an. »Klar, oder, Tante Jo?«

Ehe sie etwas erwidern kann, bläst Mr. Wagstaff seine Pfeife, und alle Kinder rennen zu ihm. Sie stellen sich in eine unordentliche Reihe, ein paar Meter von den Torpfosten entfernt, wo eine Frau im Fußballtrikot mit einem Netz voller Bälle und einer eigenen Pfeife steht.

Ich wende mich an Beth, die an jeder Hand ein Kind hält. »Und was genau machen wir?«

»Kein Grund, besorgt auszusehen, das hier ist schließlich nicht Manchester United. Wenn du bei jedem Ball, den sie treten, schreist, kannst du nicht viel falsch machen. Falls du Zweifel hast, schrei trotzdem.«

»Wenn die hier auch ›Baum!‹ rufen, werde ich es auf den Punkt hinbekommen.«

»Baum?« Beth sieht aus, als habe sie nicht die leiseste Ahnung, wovon ich spreche.

»Ist das nicht so eine kornische Sache?« Anscheinend liege ich weiter daneben, als ich dachte. Aber es bleibt keine Zeit für weitere Fragen, denn jetzt hat Mr. Wagstaff seinen Platz zwischen den Torpfosten eingenommen, die Frau pfeift, und ein kleines Mädchen tritt gegen einen Ball, der beinah so groß ist wie sie. Während der Ball langsam auf ihn zurollt, fällt Mr. Wagstaff in die genau falsche Ecke, und die Menge brüllt: »Tor!«

Das passiert noch so oft, dass ich zum Himmel schaue und die Möwen im Wind beobachte. Dann befreit Beth ihre eine Hand und stößt mich an. »Cam ist als Nächster an der Reihe.«

Hinter mir murmelt Barney: »Mach dich bereit, alles kann passieren.«

Beth legt ihre Hand auf seinen Arm. »Er hat sich in letzter Zeit sehr verbessert.«

Ich stupse Tante Jo an. »Los geht's. Das sind wir, so laut, wie du magst.«

Ich schaue gebannt zu, und als Cam Anlauf nimmt, hüpfen und schreien wir schon. Beim ersten Mal verfehlt er den Ball komplett, und aus der Menge kommt ein kollektives »Ah!«.

Cam verzieht das Gesicht, und Barney stöhnt. »Genau das brauchen wir nicht.«

Beth beobachtet die Szene besorgt. »Nein, er kriegt es hin.«

»Schafft er das nicht immer?«, frage ich.

Loella hebt die Brauen. »Bisher hat er jedes Mal einen Zusammenbruch erlitten.«

Cam dreht sich zu uns um, und Loella, die hinter Beth steht, schubst mich nach vorn. »Er sieht dich an, Edie. Du hast Taschentücher, sieh zu, was du ausrichten kannst.«

Ich tupfe mir gerade die Augen, weil sie im Wind tränen, aber Beth nickt mir auch zu, also vergesse ich den Matsch unter meinen Schuhen und laufe in die Mitte des Platzes. Ich gehe in die Hocke, ziehe Cam an mich und ignoriere das Chaos um uns herum.

»Okay?« Das ist natürlich eine blöde Frage, denn ganz offensichtlich ist er nicht okay.

Er schnieft und gibt einen jammernden Laut von sich. »Ich schaffe es nicht, und jetzt lachen alle über mich.«

»Hör nicht auf sie, sondern sieh mich an.« Was zur Hölle gibt es über Elfmeter zu sagen? Plötzlich fällt es mir ein. »Die besten Profifußballer verfehlen beim ersten Mal den Ball. Damit verwirren sie den Torwart. Genau das hast du gemacht. Du hast den Ball gar nicht berührt.«

Er wischt sich mit dem Ärmel übers Gesicht. »Echt?«

Ich erspare ihm die Peinlichkeit, mein Taschentuch zum Einsatz zu bringen. »Tritt ein zweites Mal an, und du wirst den Torwart überraschen. Schau auf den Ball, dann hau ihn weg. Du musst schnell sein.«

»Jetzt?« Er klingt sehr skeptisch.

»Erst mal High five, und dann los.« Ich halte die Hand hoch, und nachdem er zaghaft eingeschlagen hat, drehe ich ihn wieder zum Ball. »Komm schon, Cam, das packen wir.«

Ich drücke so fest die Daumen, dass ich kaum atmen kann. Eine Sekunde lang befürchte ich, dass ihn doch noch der Mut verlässt, aber ich lächle ihm wie eine Irre zu und wackle mit den Augenbrauen, und dann holt er mit dem Bein aus, tritt, und diesmal trifft sein Fuß den Ball. Dieser kullert auf das Tor zu, und Mr. Wagstaff macht einen enormen Sprung, und dann rollt der Ball über die Linie.

Ich höre Tante Jo an der Seitenlinie wie eine Todesfee kreischen, und ich gebe versehentlich ein paarmal »Baum!« von mir. Als Tante Jo sich uns in Ballettsprüngen nähert, ist der Jubel ringsum so laut, dass ich mir die Ohren zuhalte, während ich schreie.

Cam ist wieder bei mir und trommelt mit beiden Fäusten auf mich ein. »Ich hab mein Tor geschossen und den lautesten Jubel!«

»Fantastisch!« Der Wind trägt meine Worte davon, und ich schaue an Barney vorbei, der den Daumen hebt, zu den Möwen auf dem Zaun, deren Gefieder vom Wind bis auf die Haut geteilt wird. Die graue See schäumt, wo die Brecher ans Ufer krachen. Von wegen Sonne, Sand und Sommer. Momentan ist es der ungemütlichste Ort in England, wenn nicht der ganzen Welt.

»Los, Edie, jetzt bist du an der Reihe.«

Ich recke die Faust. »Yeah, auf geht's!« Ich will mein Tor schießen und dann schnellstmöglich von dieser Klippe verschwinden. Erst als ich mich umdrehe, begreife ich. In diesen wenigen Momenten, in denen ich aufs Meer hinausgesehen habe, ist alles an mir vorbeigezogen, sodass ich jetzt die Letzte in der Schlange bin. Tante Jo hat es irgendwie nach vorn geschafft, und wie sie auf den Ball zutanzt, könnte sie glatt die Hauptrolle in *Giselle* übernehmen. Dass die Ballettschläppchen und ein Tutu fehlen, kümmert aber niemanden, weil sie ins Tor trifft. Und dann scheint die gesamte erwachsene Bevölkerung St. Aidans es ihr nachzumachen. Bälle fliegen in alle Richtungen, alle möglichen Eltern machen mit, von Mamis in pinkfarbenem Kunstpelz bis zu Dads in öligen Overalls. Tja, und plötzlich bin ich an der Reihe.

Ich habe es schon tausendmal gesehen, auf der PlayStation und bei *Match of the Day*, also weiß ich, was ich hier tue. Solange ich mich von Barneys Wangenknochen und vom Wind zerzausten Haaren nicht ablenken lasse – mit denen er aussieht, als gehöre er auf ein Hollywood-Filmset, nicht auf einen Bolzplatz –, kriege ich das hin. Besser gesagt, ich würde es hinbekommen, wenn Mr. Wagstaff nicht angefangen hätte, sein Torwarttalent zu zeigen. Ich darf mir hier keinen Fehler erlauben, wenn ich treffen will.

Meine Chancen stehen wohl am besten, wenn ich auf Kraft und Geschwindigkeit setze; dafür brauche ich Anlauf. Als ich den Ball auf den Punkt gelegt habe, fühlt sich der Boden rutschiger an als eine Eisbahn. Ich gehe fast über den halben Platz rückwärts, sprinte wie eine Irre los und stürze mich auf den Ball. Es gibt einen befriedigenden Aufprall meines Fußes auf das Leder, und während der Ball wie eine Rakete durch die Luft saust, renne ich immer noch, denn ich kann nicht aufhören. Aber dann erwische ich eine riesige Pfütze, und im Fallen sehe ich, wie der Ball trifft – direkt in Mr. Wagstaffs Gesicht. Ich knalle mit dem Rücken zu Boden und schlittere mit den Füßen voran auf das Tor zu. Mr. Wagstaff landet auf mir und hält sich die Nase, die jetzt blutet.

Während ich hier liege, in den Matsch gedrückt, eine haarige Wade anstarrend und Blutstropfen, die auf meine Caprihose fallen, kann ich nur daran denken, dass ich diese Geschichte nie mehr loswerde. Normalerweise passiert es eher Bella, dass sich ein Brocken von einem Kerl versehentlich auf sie setzt. Nur dass sie gleich auf ihn losgeht, während es mir leidtut, ihm eventuell wehgetan zu haben und ich mich erst einmal stöhnend entschuldige.

Jemand kommt herüber und hilft Mr. Wagstaff von mir herunter und dann mir auf, während jemand anderes sich um die Nase des Lehrers kümmert. »Verdammt, Edie, es tut mir schrecklich leid – sag mir, dass du dir nicht den Kopf gestoßen hast.«

»Mir geht's gut. Jetzt jedenfalls wieder, nachdem kein sexy muskelbepackter Lehrer mich mehr zu Boden drückt.« Allein weil Barneys Augen ihm fast aus dem Kopf fallen, hat es sich gelohnt, das zu sagen. Und was den Matsch angeht, mit dem ich bedeckt bin, wird Tante Jo einen Anfall bekommen, falls sie noch keinen hatte.

»Mr. Wagstaff ist der Schulleiter.« Cam klingt ehrfürchtig. »Du hast den Rektor umgekegelt, Edie.«

Na ja, vor allem habe ich aus mir ein Spektakel gemacht. Ich sehe vielleicht aus. Zum Glück bleiben wir nicht.

Ich zupfe Erdklumpen von meiner pink-schwarz karierten Jacke und entdecke einen Typen in einem mit Farbe beklecksten Overall, der am Horizont Richtung Spielplatz verschwindet. Es war ein Maler hier, und ich habe ihn verpasst. Diese Veranstaltung war in jeder Hinsicht ein Reinfall.

16. Kapitel

Tag 149: Freitag, 30. März
Periwinkle Cottage

Heroische Leistung: Sich den Kritikern stellen

In den vergangenen Tagen sind immer wieder Leute mit Geschenken aufgetaucht. Der Milchmann brachte edlen Aprikosen- und Mango-Joghurt, klopfte an die Tür und meinte, den habe er extra mitgebracht, und er würde ihn nicht auf die Rechnung setzen. Dann tauchte Helen von den Gärtnerinnen mit einer Dose selbst gemachter Kekse auf, mit einer hübschen roten Schleife darum, außerdem noch Beth mit einer Fünf-Blumen-Erfrischungsessence, von der sie meinte, wir sollten beide die doppelte Dosis nehmen. Als Loella am Donnerstag vorbeischaute und gelben Stoff mitbrachte, den Tante Jo neulich im Kurs bewundert hatte, musste ich sie darauf ansprechen.

»Wir haben viele Geschenke bekommen in dieser Woche.«

Sie lacht. »Wie Beth schon sagte, es hat auch etwas Gutes, dass jeder in St. Aidan über dich Bescheid weiß.« Sie hält inne und umfasst mein Handgelenk. »Jetzt bist du so etwas wie eine Legende, nachdem du im Matsch gelandet bist – du bekommst deine Jacke morgen zurück.« Und dann verschwindet sie auch schon wieder fröhlich winkend durch den Innenhof, mit dem wehenden Mantel, den sie aus Kaffeesäcken genäht hat.

Sie steht zu ihrem Wort. Als sie am Freitag nach der Schule mit meiner Jacke vorbeikommt, ist Cam bei ihr. Er macht es sich auf dem Sofa bequem, das mittlerweile sein Stammplatz ist, klappt sein Lesebuch auf und wartet auf Tante Jo. Ich nehme meine Jacke in einem Reinigungsbeutel mit Iron-Maiden-Aufdruck in Empfang.

Beth sagt: »Nur damit du es weißt: Barney wollte die Reinigung bezahlen, aber zwei Mitarbeiterinnen der Reinigung waren auch beim Fußball und wollten nichts berechnen.«

»Danke, das ist toll.« Ich weiß nicht, ob ich mich mit meinem Legendenstatus ganz wohl in meiner Haut fühle. Aber nach den Informationen, die wir gerade von George erhalten haben, ist das meine geringste Sorge.

»Beim Elfmeterschießen im nächsten Jahr musst du dir schon ganz schön was einfallen lassen, um das zu toppen.«

Tante Jo taucht mit Cams Saft auf. »Da werden wir wohl nicht mehr da sein. Nach dem Anruf, den wir eben bekommen haben, müssen wir schnellstmöglich das Cottage verkaufen.«

Loella sieht mich erschrocken an. »Nicht im Ernst?«

»Da es keine Geheimnisse in St. Aidan gibt, kannst du es ebenso gut erfahren. Unsere finanzielle Lage erlaubt es nicht, acht Ferienapartments in den Nebengebäuden einzurichten, wie wir es vorgehabt haben. Tante Jo kann nur hoffen, das Cottage rasch zu einem guten Preis zu verkaufen.« Und dann nichts wie weg hier.

»Dabei macht sie doch einen Verlust!« Loella nimmt mein Nicken zur Kenntnis und sieht mich skeptisch an. »Ich kann nicht glauben, dass du einfach so aufgibst, Edie.«

Und ich kann nicht glauben, dass sie das gerade gesagt hat. »Wie bitte?«

»In St. Aidan laufen wir nicht bei den ersten Anzeichen von Schwierigkeiten davon. Hattest du nicht die Verantwortung für den gesamten Südwesten?«

»Wer hat das gesagt?«

Tanze Jo zuckt zusammen. »Möglicherweise war ich das … beim Fußball.«

Loella lässt nicht locker. »Was immer du für einen tollen Titel hattest, du bist Designerin, du bist selbstbewusst, also mach weiter und klär das.«

»Wie oft muss ich es noch sagen? Ich bin keine Designerin.« Ich stöhne. »Es sind mehr als nur erste Anzeichen von Schwierigkeiten, Loella. Wir haben einfach kein Geld für das Projekt.« Und was Projekte dieser Art betrifft, ist das die reinste Katastrophe.

Insgeheim weiß ich aber, dass sie zum Teil recht hat – ich gebe kampflos auf. Mein früheres Ich hätte eine Lösung gefunden, wie auch immer die ausgesehen hätte, aber ich hätte es geschafft. Ich habe mich selbst für kreativ gehalten; hatte ungewöhnliche Ideen und für alle auf der Baustelle ein Lächeln. Das war stets hilfreich. Aber so wie ich jetzt bin, habe ich absolut keine Ideen, von Inspiration ganz zu schweigen, keine Kontakte und überhaupt null Energie. Und dass ich weder richtig lesen noch schreiben kann, kommt auch noch dazu. Ich nütze niemandem etwas, aber schlimmer ist, dass ich Tante Jo in dem Glauben gelassen habe, ich könnte ihr helfen, was überhaupt nicht stimmt.

»Dann mach es doch irgendwie anders!« Loella lässt einfach nicht locker. »Betrachte das Problem von allen Seiten. Und wenn dir immer noch nichts einfällt, gib eben *dann* auf. Aber lauf nicht jetzt gleich schon weg.«

Tante Jo meldet sich zu Wort. »Loella hat recht. Ich würde Geld verlieren.«

Loella kneift die Augen zusammen und senkt ihre Stimme. »Es geht nicht nur ums Geld. Denk mal an das Gute, das du hier tust.« Sie deutet unauffällig auf Cam. »Du kannst dir gar nicht vorstellen, was du in den zwei kurzen Wochen, seit du hier bist, bewirkt hast.« Sie sieht mich wieder direkt an. »Bist du nicht eigentlich hergekommen, um dich zu erholen? Das kannst du ja wohl schlecht abbrechen.«

Ich erschauere angesichts ihrer Unverblümtheit. »Die Seeluft tut mir überhaupt nicht gut. Mein Zustand verbessert sich nicht.« Was ein weiterer guter Grund dafür ist, zu gehen.

Loellas Augen sind fast ganz zugekniffen. »Halte durch. Du wirst nie Fortschritte machen, wenn du kneifst, sobald du vor Schwierigkeiten stehst.«

Mir klappt die Kinnlade herunter.

Tante Jo meldet sich erneut zu Wort. »Sie hat recht, Schätzchen. Du hast längst noch nicht alles gegeben.«

Loella schlingt die Arme um sich. »Wir tun uns nicht gegen dich zusammen.« Tun sie wohl. »Aber es wäre für uns alle schade, wenn du jetzt fortgehen würdest, wo doch der Sommer bald da ist.«

»Na ja, danke.« Der legendäre blaue Himmel interessiert mich nicht.

»Du bist eine Problemlöserin. Wenn jemand es schafft, dann du, das weiß ich.« Ihre Augen glänzen unter dem dunklen Lockenpony. »Stell dir nur mal vor, wie toll du dich fühlen wirst, wenn du es hinbekommst.«

Ich wünschte, ich besäße nur einen Bruchteil ihrer Zuversicht. Aber dann hätte ich mich hier wohl nicht verkrochen, sondern würde mich in Bath zurückkämpfen.

Cam blättert am Couchtisch durch die Seiten. »Ihre Bilder hat Edie jedenfalls schon mal gut hinbekommen.« Er zeigt auf eine Möwe, die ich gezeichnet habe, und ich würde ihn am liebsten umarmen für seinen Beistand. »Siehst du, ich habe dir ja gesagt, selbst malen ist besser als ausmalen.«

Loella nickt. »Wenn du nett fragst, malt sie dir vielleicht auch eines, Cam.« Der Blick, den sie mir über den Kopf des Jungen zuwirft, signalisiert mir, dass ich da keine Wahl habe. »Was soll denn auf deinem zu sehen sein?«

Tante Jo sagt: »Du könntest schreiben: *Was für ein herrlicher Frühlingstag an der Scheune oben auf dem Hügel*, und dazu malst du Kühe und Schweine und Hühner und Lamas und Hahnenfuß.«

Cam reibt sich die Nase, während er überlegt. »Kannst du einen Traktor mit einem Mähwerk oder einer Heupresse zeichnen?«

Das gerät gerade von allen Seiten außer Kontrolle. »Ich bekomme Vögel besser hin. Oder Donuts.« Es gibt einen sicheren Weg, die Kontrolle zu behalten. »Wie wäre es denn, wenn ich dich überrasche?«

»Gute Idee.« Tante Jo nickt mir zu und wendet sich an Cam. »Wenn du bereit bist, uns vorzulesen, könnte Edie es doch heute auch mal versuchen.«

Ich weiß, wann ich geschlagen bin. Wenn mein Urlaub vorbei ist, werde ich hier schwer auf der Hut sein müssen. »Kriegen wir hinterher Kuchen?«

»Auf jeden Fall.« Cam ist so ernst und so süß. »Dann ist es wie eine Belohnung.«

Ich nicke vehement, um zu überspielen, dass Cams glänzende Augen mich dahinschmelzen lassen. Und dann klopft jemand an die Terrassentür. Ich bin nie entzückt, Barney zu sehen, aber diesmal bewahrt er mich wenigstens davor, tränenreich rührselig zu werden.

Tante Jo winkt ihn herein, während Loella gleichzeitig verschwindet. »Barney, wie schön, dich zu sehen – wir haben noch nicht angefangen.«

Cam läuft zu ihm und zupft ihn am Ellbogen. »Edie Browne malt ein Bild extra für mich, aber nicht mit Traktoren.«

»Toll.« Barney blickt ein wenig verwirrt und drückt Cams Schulter. »Da kannst du aber froh sein.«

»Vielleicht malt sie dir ja auch eines – wie soll deins aussehen?« Cam klopft auf Barneys Arm.

Mein Blick in Barneys Richtung signalisiert ihm klar: *Träum weiter.* Jemand, der mich eine Einbrecherin nennt und mich mit falschen Versprechungen aufs Meer hinauslockt, hat keinerlei Gefälligkeiten verdient. Ich erinnere mich vielleicht an vieles nicht, aber diese Dinge werde ich bestimmt nicht vergessen.

Tante Jo meldet sich zu Wort. »Etwas mit Schafen? Oder Caravans? Oder mit beidem?«

Er räuspert sich und hält uns einen Korb mit Erde und Blättern hin. »Ach, nicht nötig. Hier, ich habe Periwinkles mitgebracht.« Da ist ein Funkeln in seinen Augen, als er mich ansieht. »Falls du nach neulich noch Erde sehen kannst.«

Ich lächle über diesen absurden Themenwechsel, nicht über seinen Versuch, einen Scherz zu machen.

»Muscheln? Wie nett – wofür denn?« Jetzt ist Tante Jo diejenige, die verwirrt aussieht.

Barney schüttelt den Kopf. »Keine Muscheln – das sind Pflanzen, Immergrün. Ich dachte, die könnte man an der Grundstücksgrenze pflanzen, aber wenn ihr schon eine andere Idee habt, ist das auch kein Problem.« Barney tritt von einem Fuß auf den anderen, als wüsste er nicht, wo beginnen.

»Nein, da haben wir keine Pläne«, sage ich, obwohl das gar nicht meine Absicht war.

Er scheint erfreut zu sein, das zu hören. »Bis der frühere Besitzer anfing, Gift zu sprühen, blühten entlang der Straße jedes Jahr im Spätfrühling die blauen Immergrünblumen – Periwinkle. Daher der Name des Cottages.« Er hört auf, sich die Wange zu reiben und erklärt weiter: »Die gedeihen sehr gut hier, und es wäre schön, sie wieder wachsen zu sehen. März ist die richtige Zeit, um sie zu pflanzen.«

»Cool.« Wenn es den Kaufanreiz des Hauses steigert, soll es mir recht sein, deshalb füge ich noch hinzu: »Ausgezeichnet.«

»Ich könnte sie für euch einpflanzen, das Umgraben wird nicht lange dauern.« Barney wirkt jetzt weniger angespannt, als er merkt, dass es in Ordnung ist.

»Das würdest du tun?« Er wäre an der Straße, wir würden ihn praktisch nicht sehen.

»Überhaupt kein Problem, ich werde es am Wochenende machen.« Er deutet zur Wand. »Das Streichen habt ihr ja ohne mich hinbekommen. Das ist wirklich eine Veränderung – zum Besseren.«

Dieses eine Mal muss ich ihm recht geben. Es ist erstaunlich, wie Angst einen antreiben kann. Tante Jos schlechte Neuigkeiten waren genau der Anstoß, den ich brauchte, um die Farbrollen zum Einsatz zu bringen und die Wahl der Farben für mich zu entscheiden. Mit den cremeweißen Wänden sieht der Raum größer aus, und der schöne alte Kamin kommt, wie die Schranktüren, besser zur Geltung.

Tante Jo tätschelt meinen Arm. »Edie hat das wunderbar hinbekommen.«

Barney schaut auf Cam, der am Ärmel seiner Jacke zupft, dann sieht er Tante Jo an. »Ich nehme an, du gehst zum Diavortrag des Gartenclubs heute Abend?«

Tante Jo antwortet zögerlich. »Ich weiß noch nicht ...«

»Cam wollte gern wissen, ob Edie wohl auf ein Eis mit ins Surf Shack kommt. Als Dankeschön für ihre Hilfe beim Fußball.«

Tante Jo sieht mich skeptisch an. »Edie hatte eine anstrengende Woche.« Ich will etwas erwidern, aber sie lässt mich nicht zu Wort kommen. »Ich habe strikte Anweisungen. Wenn ich zulasse, dass du dich überanstrengst, werde ich mich vor deiner Mum rechtfertigen müssen, und wir wissen beide, wie furchteinflößend sie sein kann. Mit all diesen Ausflügen und der Renovierung solltest du früh zu Bett gehen, um die Ringe unter den Augen loszuwerden.«

Na, vielen Dank auch. Sie redet mit mir wie mit einem Kind, stellt meine Mum als Rottweiler dar und erwähnt auch noch, dass mein Concealer mich im Stich lässt. Allerdings bin ich wirklich erschöpft. Trotzdem bin ich enttäuscht, absagen zu müssen. Schließlich lief es letzte Woche in dieser Bretterbude nicht besonders gut. Wenn ich mich recht entsinne, habe ich mich blöd benommen.

»Es stimmt, du solltest es nicht übertreiben, Edie.« Barney wuschelt Cam durch die Haare. »Wir fragen nächste Woche wieder.« Ach, seit wann ist er denn der Experte?

Tante Jo verabschiedet ihn bereits. »Nun, dann danke für die Periwinkles und für das Einpflanzen.«

»Da wäre noch etwas.« Barney sieht aus, als fühle er sich noch unbehaglicher als vorhin.

In Gedanken verdrehe ich die Augen darüber, dass er immer noch hier ist, aber Tante Jo bleibt liebenswürdig. »Können wir dir irgendwie helfen?«

»Zwei Sachen.« Auf einmal wird er sehr direkt. »Wir veranstalten eine Ostereiersuche am Sonntag, und Cam möchte, dass ihr beide kommt. Falls ihr also nicht zu erschöpft sind – es fängt um zwölf an.«

»Wir werden da sein.« Hätte Tante Jo mit dem Verlust Harrys nicht auch ihre Lachmuskeln eingebüßt, würde sie jetzt sicher übers ganze Gesicht strahlen. »Wo findet es statt, und wie viele Leute kommen?«

Barney atmet tief ein. »Tja, das ist eine lange Geschichte. Bevor diese Dschungeltapetenleute in euer Haus einzogen, lebte Pearl hier, und die hat das Ostereiersuchen eine Ewigkeit lang veranstaltet. Nachdem sie das Haus verkauft hatte, wollten alle diese Tradition beibehalten, also machen wir es seitdem in meinem Obstgarten.«

Tante Jo macht ein nachdenkliches Gesicht. »Ihr könnt gern die Scheune benutzen, wenn ihr möchtet, und die Wiese auch. Warum nicht auch im Garten suchen?«

Was passiert hier gerade? Ich komme aus dem Staunen gar nicht heraus. Es gibt Zeiten, da will ich *alle Worte* in meinem

Kopf herausschreien, und dies ist einer dieser Momente. Hat Barney uns nicht eingeladen? Und jetzt heißt es plötzlich: Oh, übrigens, die Party findet bei uns statt.

Barney sagt sofort: »Das ist wirklich nett, aber nur, wenn ihr es auch wollt.«

Tante Jo nickt so heftig, dass ihre Haare wackeln. »Es ist wichtig, die Dorftraditionen am Leben zu erhalten.« Dabei übersieht sie völlig, dass die Fortsetzung dieser Tradition auf ihrem Grundstück praktisch schon gestorben ist, weil sie nächstes Jahr gar nicht mehr hier sein wird. Sie wendet sich an mich: »Das machen wir, oder, Edie? Wir müssen Schokolade bestellen.«

Barney meldet sich wieder zu Wort. »Um die Eier braucht ihr euch nicht zu kümmern, jeder bringt welche mit.«

Tante Jo ist nicht mehr zu bremsen. »Ohne flauschige Hühner geht es nicht, und mit Häschen wird es noch mehr Spaß machen.« Da ist ein aufgeregtes Funkeln in ihren Augen. »Und Wimpel. Wir brauchen jede Menge Wimpel.«

Ich kann mein Stöhnen nicht zurückhalten. »Es geht um ein paar Minuten in St. Aidan, Tante Jo, nicht um Karneval in Rio.« Ich war immer erstaunt, dass sich das nicht auf Marcus' Müssen-wir-machen-Liste befunden hat. Andererseits mochte er keine Massenveranstaltungen. Lieber machte er Sachen, die noch niemand vor ihm gemacht hatte.

Und Barneys Rolle bei diesem Unterfangen? Was denkt er sich eigentlich, eine arme trauernde Person wie Tante Jo einfach auszunutzen? Hm, ich werde wohl mehr als einen Osterhasen aus dem Hut zaubern müssen, um Tante Jo zu retten.

17. Kapitel

Tag 151: Sonntag, 1. April
Das Ostereiersuchen am Periwinkle Cottage

Heroische Leistung: Eine heroische Idee

Offenbar habe ich doch noch ein paar überzeugende Superkräfte, denn es gelingt mir, Tante Jo den Kauf von genügend Wimpeln für ganz St. Aidan auszureden. Stattdessen einigen wir uns auf ein Frohe-Ostern-Banner, und Barney holt seine Leiter und hängt es über den Eingang vom Scheunenhof, wie wir ihn getauft haben. Als wir die ersten Kinder den Weg hinaufkommen sehen und hinausgehen, um sie zu begrüßen, flattern die gelben Fähnchen im Wind und heben sich hübsch vom kornblumenblauen Himmel ab. Mit den dahinfliegenden weißen Wolken sieht es aus wie aus dem Bilderbuch.

Ich stoße Tante Jo an. »Und endlich …«

»Was denn, Häschen?« Sie ist ein bisschen aufgeregt, weil sie die Gastgeberin ist. Sie hat mich auch schon mit den Kosenamen angeredet, die ich mit sechs hatte, aber darauf werde ich sie später noch ansprechen. Wir sind seit dem Morgengrauen auf und haben Eier vorbereitet, Minikuchen und Sammelkörbe aus Pappe; außerdem haben wir die Sessel aus dem Wintergarten weggeräumt, um mehr Platz zu haben.

Ich hebe meine Sonnenbrille an und grinse. »Endlich ist das Meer blau, wollte ich sagen.« Seit meiner Ankunft hier war die See dunkel und aufgewühlt, aber heute Morgen hat sie die Farbe von Enteneiern, und das Sonnenglitzern auf dem Wasser ist atemberaubend.

»Aha.« Für jemanden, der sich am Meer zur Ruhe setzen wollte, zeigt sie sehr wenig Interesse daran.

Loella kommt entschlossenen Schrittes auf uns zu, umgeben von einer Schar hüpfender Kinder. »Hey, ihr zwei seht spektakulär aus. Ihr habt euch ja richtig in die Rolle hineinversetzt – vielleicht setzt ihr jetzt, wo alle ankommen, Kapuze und Ohren auf.«

Sie meint das, was ich für Tante Jos Aprilscherz gehalten habe, denn das war gerade das Thema beim Frühstücksfernsehen, als sie mit dem Päckchen ankam. Es dauerte eine Weile, bis mir klar wurde, dass sie allen Ernstes von mir erwartet, dass ich in das Hasenkostüm schlüpfe. Der einzige Kompromiss bestand darin, dass sie mir das graue Kostüm überließ statt des pinkfarbenen. Hätte sie mich früher eingeweiht, hätten wir das Geld sparen und die Overalls für die Renovierung benutzen können. Dazu hätten wir uns Stirnbänder mit Osterhasenohren umgebunden. Ich kann mich nicht erinnern, ob ich jemals wusste, welche Farbe ein Osterhasenkostüm haben muss, aber Weiß hätte auf jeden Fall funktioniert.

Beth sammelt die eintreffenden Kinder ein und schickt sie in den Garten. »Okay, ihr fangt alle in Tante Jos Wintergarten an, wo die erste Überraschung auf euch wartet.« Sie sieht über die Köpfe der Kinder zu mir hin. »Wir kommen zu Pearls Ostereiersuchen seit unserer Kindheit. Wie schön, dass es wieder stattfindet.«

Der Plan besteht darin, dass die Erwachsenen die Eier verstecken, während Tante Jo und ich den Kindern ihre flauschigen Hühner mit einer periwinklefarbenen Schleife um die zarten Hälse überreichen. Die Idee stammt von mir; ich kann zwar vieles nicht mehr, aber das schon. Sosehr ich Tiddlywink und Wilf liebe – von den Kindern, die Marcus' Freunde hatten, habe ich mich ferngehalten. Deshalb habe ich vor Cam nicht viel mit Kindern zu tun gehabt. Nach zehn Minuten mit einer aufgeregten Horde nahm ich Reißaus und gesellte mich zu dem Eierversteck-Team. Jetzt laufe ich herum und verteile massenhaft Schokolade.

Wenn der Nachteil der Kostümierung darin besteht, dass ich wie ein Hase aussehe, dann liegt der Vorteil darin, dass mir Leute fröhlich zuwinken, nachdem ich die Hasenohrenkapuze aufgesetzt und angefangen habe, Ostereier in Mauerlücken und hinter Pflanzentöpfen und Eimern im Garten zu verstecken. Andererseits ist es offensichtlich, dass die Leute mich ohne meinen karierten Mantel gar nicht erkennen. Dass mir scherzhafte Bemerkungen über mein Schlammbad beim Fußball erspart bleiben, entschädigt mich etwas dafür, dass ich aussehe wie aus einem Kinderbuch von Beatrix Potter. Nachdem ich den ersten Beutel Eier versteckt habe, gehe ich zum Platz vor der Scheune, und schon bald ist auch der Inhalt des zweiten Beutels versteckt.

Loella kommt mit den anderen Mums und Dads auf mich zugelaufen, ebenfalls einen leeren Beutel schlenkernd. »Okay, mach dich bereit. Ich höre ihr Kreischen, sie sind auf dem Weg.«

Eine wilde Horde Kinder kommt angerannt und sucht aufgeregt in allen möglichen Ecken. Bei jedem Fund stößt eines der Kinder einen Jubelschrei aus.

Loella weicht einer Gruppe von Kleinen aus, die gerade erst laufen können; ihnen folgt ein besorgt dreinblickender Dad. Sie bugsiert mich zu dem Baum auf der anderen Seite des Platzes. »Wenn wir hier stehen bleiben, sinkt die Wahrscheinlichkeit, dass wir über den Haufen gerannt werden, und ich kann dir erklären, wer die Eltern sind.«

»Hauptsache, du stellst mich umsonst arbeitenden Handwerkern sofort vor.«

»Netter Versuch.« Sie lacht. »Bei den vielen Ferienunterkünften in St. Aidan sind Maler oder Malerinnen rar gesät. Es ist im Baugewerbe überall das Gleiche. Beths Morgan ist für die nächsten zwei Jahre ausgebucht.«

»Klar.« Ich bin dermaßen verblüfft, dass ich fürchte, meine Knie geben gleich nach. Warum habe ich das nicht bedacht? Dass wir kein Geld haben, um Handwerker zu bezahlen, spielt keine Rolle, wenn die Suche nach ihnen ohnehin aussichtslos ist.

Loella scheint von meinem stillen Nervenzusammenbruch nichts zu bemerken. »Andererseits, wenn ihr duftendes Badezeug sucht, um euch zu entspannen und eure Renovierungssorgen zu vergessen, dann wendet euch an Maggie in der goldenen Trainingshose. Charlie in dem Minijeansrock unterrichtet Teilzeit und stellt Westen her, die sie auf den Märkten verkauft. Nance mit dem Doppelbuggy arbeitet mit Zement und macht Tischlampen und Blumenkübel. Penny in den blauen Doc Martens backt vegane Kuchen, und die dort drüben, die aussieht wie aus einem nordischen Drama, ist Ebba.«

Ich halte die Konversation aufrecht, obwohl ich fertig bin. »Sie macht Sachen in dänischem Stil?«

Loella stupst mich an. »Das riesige Kaschmir-Schultertuch und diese Wollstiefel verraten es, oder? Sie ist die Königin des selbst gemachten Hygge und verkauft ihre Sachen von ihrer Facebook-Seite.«

»Danke für diese Informationen. Jetzt weiß ich wenigstens, an wen ich mich wenden muss, wenn ich dicke Kissen und Spiegel mit Rahmen aus Treibholz brauche.« Zum Glück muss ich nicht darauf achten, Barney aus dem Weg zu gehen, denn Tante Jo hat ihn sich für die Aufsicht im Garten geschnappt, gemeinsam mit Beths Dad Malcolm, der anscheinend dabei sein wollte. »Dann stellen alle deine Freunde selber Sachen her?«

Sie schüttelt den Kopf. »Nein, das war jetzt nur die Kunsthandwerktruppe. In der nächsten Gruppe sind ein Angestellter aus dem Liegenschaftsamt, Jill von der Kasse bei B&Q, die Kellnerin vom Cupcake Café und die Ladys von Iron Maidens.«

Beth kommt zu uns. »Ist dir aufgefallen, wie strategisch die vorgehen? Manche Kids durchkämmen langsam jeden Winkel des Gartens, andere suchen sehr schnell, um im Vorteil zu sein.« Sie stoppt ein Mädchen mit einem glitzernden Flamingo auf dem Rücken ihrer Jeansjacke. »Es ist nicht nett, es den Kleinen wegzunehmen, Mia.«

Das Mädchen wirft ihre Zöpfe zurück und erwidert lächelnd: »Ich trage die Sachen nur für Tallulah, weil sie ihr zu schwer waren.«

Beth brummt etwas vor sich hin. »Unwahrscheinlich.« Dann sagt sie: »Ich bin mir sicher, das kann Tally ganz gut allein, Mia.«

»Hübsche Jacke.« Mein letztes Baustellen-Notizbuch hatte Flamingos auf dem Umschlag. Wahrscheinlich liegt es in Dads Garage, und zwar im Fußraum auf der Beifahrerseite meines Wagens, zusammen mit meinem Sicherheitshelm und der Warnweste von Zinc Inc.

Loella verzieht das Gesicht. »Mia ist meine Tochter, die hat auf alles eine Antwort parat. Und die Flamingojacke habe ich auch gemacht.«

Beth lacht. »Wenn du eine willst, schau bei Etsy nach – sie macht sie auch in Erwachsenengrößen. Ein bisschen günstiger wird es, wenn du dir einen Flamingo auf eine Jacke deiner Wahl sticken lässt.«

»Wo arbeiten all diese Kunsthandwerkerinnen?« Ich frage nur so. In dem umgebauten Lagerhaus, in dem Marcus sein Büro hatte, gab es viele von denen. Es liegt im Trend.

Loella erwidert überrascht: »Zu Hause, wo denn sonst?«

»Besonders praktisch ist das bestimmt nicht.«

»Stimmt, aber keiner von uns verdient genug, um etwas langfristig zu mieten.«

Ich bin verwirrt und versuche mich zu erinnern. »In Bristol gibt es flexible Arbeitsbereiche. Man kann für eine halbe Stunde einen Schreibtisch mieten oder ein Büro für einen Tag.«

Beth prustet. »In zwanzig Jahren, wenn St. Aidan aufgeholt hat, machen wir das auch.«

Ich betrachte die neuen Holztüren im Scheunenhof, und mein Herz pocht schneller. Wenn wir Ferienunterkünfte machen wollen, wird das eine langwierige und teure Angelegenheit. Aber wenn wir sie nur als schlichte Werkstätten nutzen wollen, sind sie beinah bezugsfertig.

»Ich kann nicht glauben, dass ich das nicht schon früher erkannt habe.« Ich krächze vor Nervosität. »Warum zwanzig Jahre warten? Die Schuppen hier wären perfekt als Werkstätten für Kunsthandwerker geeignet.«

Beth späht durch eines der Fenster. »Hey, keine schlechte Idee. Was ist denn da drin?«

»Die sind alle mit einem Holzofen ausgestattet, aber die Wände sind nackt. Es gibt Badezimmer mit Toilette und Waschbecken, aber ungefliest, außerdem eine Kochnische mit Spüle. Mehr nicht.«

Ein Lächeln erscheint auf Loellas Gesicht. »Genau deshalb wollte ich nicht, dass du aufgibst – ich wusste, dir fällt eine Lösung ein. Du wirst das mit den Handwerkern klären müssen, aber für kleinere Unternehmen sind diese Werkstätten vermutlich genau richtig.«

Es war purer Zufall, dass ich darauf gekommen bin. »Wir könnten die Nebengebäude mit minimalem Aufwand als Werkstätten anbieten, die zu Ferienunterkünften umgewandelt werden können, wenn der neue Besitzer das will.« Ich triumphiere im Stillen. Etwas, das fertig ist zum Verkauf, hat einen ganz anderen Wert. Aber es wäre noch deutlich besser, wenn sie auch getestet wären. »Wärst du bereit, es auszuprobieren?«

Loella schlingt die Arme um sich. »Es gibt einen Käufer in London, der zehn von meinen Tagesdecken möchte, aber wenn ich versuche, die zu Hause zu nähen, wird es bei den sechs Personen, die dort leben, arg eng.«

Beths Augen leuchten. »Mit einem Schuppen, in dem du ein paar Wochen lang arbeiten könntest, wäre das kein Problem. Und genug für die Miete hättest du dann auch übrig.«

Loella spricht beinah mit sich selbst. »Da brauche ich kein Hirn, um das zu entscheiden, ich bin dabei. Wann kann ich loslegen?« Beth wirft ihr einen finsteren Blick zu, und Loella ist erschrocken. »Oh, verdammt. Edie, tut mir leid. Ich wollte dich nicht beleidigen.«

»Schon okay, an manchen Tagen fühle ich mich wirklich, als hätte ich kein Hirn.«

Beth schüttelt den Kopf. »Ignoriere das einfach, Edie. Bei der Idee, die du gerade hattest, scheint dein Gehirn gar nicht schlecht zu funktionieren. Um einen Schritt weiter zu denken – wir wissen alle, dass Josie das Geld gut gebrauchen kann, und dies wären temporäre Einkünfte, ohne dass sie sich groß binden muss.«

Es ist großartig, Leute um sich zu haben, die direkt sind und nicht übervorsichtig, was meine Krankheit angeht. Ich freue mich noch im Stillen, als mir etwas klar wird. »Allerdings muss ich erst aufräumen und die Wände weiß tünchen, wenn du darin nähen willst.« Ich erinnere mich an den Schrott und die nackten Wände. »Da wären wir also wieder bei den Handwerkern, die schwierig zu bekommen sind.«

Beth sagt sofort: »Wenn das alles ist, stellt es kein Problem dar. Besorg uns Farbe, dann kriegen wir das hin.«

»George dürfen wir davon nichts erzählen. Wenn ihr die Schuppen aufräumt und streicht, könnt ihr sie für eine Weile mietfrei nutzen.« Vielleicht bin ich ein bisschen vorschnell, aber ich sehe schon in jedem Schuppen rund um die Scheune Kunsthandwerkerinnen. Das könnte eine richtige kleine Kunsthandwerkergemeinschaft werden.

Jetzt späht Loella durch eines der Fenster. »Hört sich gut an. Du bekommst einen entrümpelten, halbwegs bewohnbaren Schuppen, ich kann meine Quilts nähen, alle sind zufrieden. Und Beth kann es genauso machen.« Ihre Hand schließt sich um etwas auf dem Fenstersims. »Noch besser ist, dass ich Schokolade gefunden habe.« Sie lässt je ein mit Folie umwickeltes kleines Ei in unsere Hände fallen.

»Sind die nicht für die Kids?«

Beth lacht. »Die hatten ihre Chance, jetzt sind es unsere. Wie ließe sich unser Deal besser besiegeln als mit Schokoladeneiern?«

Loella pult das glänzende grüne Papier ab. »Wir sagen es niemandem, wenn du auch den Mund hältst. Die schmelzen ohnehin in der Sonne; pass auf, dass du dir dein Hasenkostüm nicht einsaust, Edie.«

Beth kichert. »Du musst Lo entschuldigen, sie hat diese schreckliche Angewohnheit, uns wie Dreijährige zu behandeln.«

Aus irgendeinem Grund stört mich das nicht. Auf einmal dazuzugehören, löst ein warmes, angenehmes Gefühl in mir aus. Es ist lange her, dass ich so etwas Simples gemacht habe, wie mit Leuten lachend und plaudernd in der Sonne zusammenzustehen. Tante Jo ist wunderbar, aber wenn ich nicht zur Arbeit gehe und keine Freunde sehe, fühle ich mich manchmal sehr einsam, auch wenn ich nie richtig allein bin. Leute draußen rund um den Scheunenhof zu haben, wäre toll.

Loella zuckt zusammen. »Achtung – da kommt Josie.« Sie sieht mich erwartungsvoll an.

»Ich werde es ihr später ganz in Ruhe erzählen, wenn wir im Haus sind.« Wenn sie weniger angespannt ist wegen der Horden von Kindern, die durch ihren Garten toben. Wenn sie sich bei ihrem Hühnchen mit Aprikosen aus dem Schongarer erholt und sich auf *Der Nussknacker* oder *Tänzer ohne Talent* freut.

»Guter Plan.« Beth knufft meinen Arm und grinst wieder.

Tante Jo macht in ihren korallenroten Pumps kleine Schritte auf dem Schotter und trägt dazu noch immer die Hasenohren. Kinder rennen neben ihr und halten ihre Tüten hoch, um ihre Aufmerksamkeit zu erhaschen. Erst als sie herumwirbelt, erkennen wir das ganze Ausmaß des Schadens.

»Wow, sieh dir den Schokoladenhandabdruck auf ihrem Hintern an. Das spare ich mir auch lieber für später auf.« Ich rümpfe die Nase.

Beth empfängt Tante Jo lächelnd. »Alle hatten eine wundervolle Zeit, Josie. Vielen Dank, es war fast wie in den alten Zeiten – nur besser.«

Zwar erscheint kein Lächeln auf Tante Jos Gesicht, aber ihre Wangen sind rosig wie ihr Samtkostüm, und das wird ebenso auf Freude zurückzuführen sein wie auf die Überhitzung in ihrem Osterhasenanzug.

Auch ich lächle sie an. »Zeit, nach Hause zu gehen?« Ich bin ein bisschen gerührt, sie fröhlich zu sehen.

Plötzlich stutzt sie und zeigt auf einen winzigen Schmierfleck auf meinem Bein. »Oje, du hättest dir mal lieber etwas Braunes anziehen sollen, Häschen. Wie hast du es denn geschafft, dich so mit Schokolade einzusauen?«

Ich verkneife mir die Bemerkung, dass ich das ebenso sie fragen könnte. »Ach, ich bin mit Grau ganz zufrieden.«

»Überleg es dir fürs nächste Mal.«

Auf gar keinen Fall, aber das sage ich lieber nicht.

In heiterem Ton sagt sie: »Wie dem auch sei, wir gehen alle in Barneys Garten, um Saft zu trinken. Und dann …« Sie macht eine dramatische Pause. »Und dann zeigt er uns seine Caravans. Ich kann nicht glauben, dass ich die ganze Zeit hier wohne und sie noch nie gesehen habe.«

Ich habe genug gehört.

18. Kapitel

Tag 151: Sonntag, 1. April
Barneys Scheunen

Heroische Leistung: Nicht unhöflich sein wegen der Schäferwagen (Augenverdrehen)

Wenn Tante Jo sich doch all die Zeit nicht für die Schäferwagen interessiert hat, warum dann ausgerechnet jetzt? Schließlich ist es höchst unwahrscheinlich, dass jemand praktisch aus dem Nichts Neugier für Unterkünfte auf Rädern entwickelt. Ich würde eher sagen, das ist wie Kurzsichtigkeit oder Herzgeräusche – man hat sie, oder man hat sie nicht. Sie taucht nicht einfach an einem späten Vormittag auf, egal, wie sonnig der Tag ist. Es ist, als wären die Ostereier mit Feenstaub bestäubt.

Nach all der Aufregung bei der Eiersuche und meiner Idee für den Scheunenhof brauche ich dringend eine Pause. Ich überlege, was ich sagen kann, damit wir möglichst schnell im Wohnzimmer des Cottages landen, wo wir schaumige heiße Schokolade trinken, richtige Klamotten anziehen und Lippenstift auftragen können. Schon seltsam – wenn es mir egal ist, purzeln die Worte nur so heraus. Aber wenn ich sie brauche, habe ich Hühnersuppe im Schädel und trockenes Gras im Hals. Ich denke noch fieberhaft nach, als jemand an meinem Ärmel zupft.

»Cam!« Seine Haare stehen noch mehr zu Berge als sonst. »Hast du Spaß?«

Seine Wangen sind mit Schokolade beschmiert, und er hat Robert, den Hund, bei sich. »Wir gehen jetzt zu *unserem* Haus.« Er blinzelt wegen des grellen Sonnenlichts. »Ich habe Bilder gemalt, die kann ich dir zeigen, wenn du willst.«

»Toll!«

Loella zwinkert mir zu, als er davonrennt. »Sieht aus, als könntest du nicht entkommen. Aber keine Sorge, du wirst Barneys Scheunen lieben.«

Wenn sie jemand anderem gehören würden, sicher. Angesichts der vielen Leute werde ich ihm wenigstens aus dem Weg gehen können. Jedes Mal, wenn ich ihn sehe, stehe ich irgendwie blöd da; diesmal ist es das Osterhasenkostüm. Es ist, als müsste ich mit gefesselten Knöcheln gegen ihn antreten, und dann kommt auch noch eine Augenbinde dazu.

Loella lässt Tally herunter, nimmt sie an die Hand und hakt sich mit dem anderen Arm bei mir unter. »Hier entlang.« Während Cam vorausläuft, gehen wir ein Stück die Straße entlang und über die Weide hinter Tante Jos Scheune, dann an der Längsseite eines wuchtigen Steinhauses vorbei, dessen Schieferdach in der Sonne glänzt. Als wir um die Ecke kommen, verlangsamt sie ihre Schritte und sieht mich lächelnd an. »Na, wie findest du es?«

Auf zwei Seiten stehen lange, hohe Gebäude, mit viel Glas, grauer Farbe und gewelltem Metall. Jenseits des gepflasterten Platzes im Zentrum ist eine breite Wiese mit Bäumen, deren Äste sich dunkel vor dem klaren blauen Himmel abheben. Auf der Wiese stehen hübsche Schäferwagen, mit Sprossenfenstern und Holzstufen, die zu Holztüren hinaufführen, gepunktet vom durch die Äste einfallenden Sonnenlicht. Und als wäre das noch nicht genug, biegen sich Osterglocken im Wind.

»Es ist schön …« Okay, ich gebe meine Zurückhaltung auf. »Fantastisch sogar.« Und viel schicker als Tante Jos Scheunenhof mit den Gerümpelhaufen und den Holzstapeln.

Loella nickt. »Ich habe dir ja gesagt, ein Besuch lohnt sich. Als Kinder haben wir hier im Obstgarten Äpfel gesammelt. In einigen Wochen wird es noch hübscher aussehen, wenn die Bäume blühen. Barney hat die Gebäude in Wohn- und Arbeitsbereiche unterteilt. Und wie findest du die Schäferwagen?«

»Die wirken sehr ländlich zwischen den Bäumen.« Na schön, ich gebe zu, sie sehen aus, als gehörten sie hierher. Allerdings ist schon mehr als eine ländliche Idylle nötig, um mich zu überzeugen. Boshaft könnte man sagen, es sieht aus wie eine Mischung aus ländlich-kitschiger Idylle und Ferienpark. Aber da ich es offenbar heute nicht einmal schaffe, mich zu entschuldigen und einfach nach Hause zu gehen, werde ich wohl kaum einen komplizierten Gedanken wie diesen äußern.

Wenn ich Farben erwartet habe, werde ich enttäuscht. »Die Wagen sind so … grau.«

»Das ist nur die Grundierung. Komm, wirf einen Blick hinein.«

Abzulehnen hätte keinen Sinn, da sie mich bereits über den Rasen schiebt und die Stufen vor einer offenen Tür hinaufsteigt. Drinnen sehe ich Polster und Holzverkleidung und suche krampfhaft nach etwas Positivem, das ich sagen kann. »Äh, schön viel Holz. Hübsche Vorhänge werden sicher auch noch viel ausmachen.«

»Er verkauft die Wagen unfertig und streicht sie dann zweimal, bevor sie abgeholt werden.« Sie sieht mich lächelnd an. »Ich kann sehen, dass du nicht überzeugt bist.«

»Ist das so offensichtlich?«

»Es hat Barney viel Arbeit gekostet, das alles hier aufzubauen, das muss man doch anerkennen.« Na ja, sie und Tante Jo sind schon echte Fans. Wir bewegen uns zurück zur Menge, und sie zeigt auf einen breiten Baumscheibentisch, an dem sich sämtliche Väter versammelt haben. »Trinken wir etwas, und dann kannst du Cams Kunst bewundern und anschließend nach Hause.«

Während ich ein Gurkenstück aus meinem Glas fische, fühle ich mich dank meiner Hasenohrenkapuze immer noch fabelhaft anonym und stehe ein wenig abseits. Loella erzählt von Schaukelpferden, und ich lausche dem Gespräch.

Jemand stupst mich an der Hüfte an, und ich entdecke Cam, der lauter Blätter in der Hand hält.

»Ich habe Traktoren gemalt und was dazu geschrieben.«

Lächelnd nehme ich die Blätter, die er mir hinhält, und setze mich auf eine Treppe, um sie durchzusehen. »Toll, das ist ein großartiger Traktor, mir gefallen die Räder besonders gut.«

Er lacht. »Das ist kein Traktor! Erkennst du denn nicht, dass es Loellas Pick-up ist?« Er liest es mir vor, während ich jedes Bild betrachte. »Ich fahre meinen Traktor … auf Cams Farm … schnell schnell schnell … all der Matsch …«

Jemand hüstelt über unseren Köpfen. »Das da war meine Idee.«

Erst Aufmerksamkeit heischen und dann das Lob einheimsen? »Barney, hallo … danke für den, äh, Drink.« Ich hebe mein Glas und betrachte es, während ich nach der richtigen Bezeichnung suche.

Cam rettet mich. »Das ist Punsch, den haben wir aus Apfelsaft und Limonade gemacht, und es sind Gurken drin und Erdbeeren.«

»Der ist lecker.« Ich strahle und hoffe, dass wenigstens noch ein kleines bisschen Lippenstift übrig geblieben ist. Auch wenn er echt heiß ist und geschickt genug, um diese stylishen Wagen zu bauen, muss ich mich ja nicht komplett unpassend fühlen. Immerhin kann ich lächeln und er nicht. »Mit Erdbeeren hatte ich den noch nie.«

Barney lehnt sich mit einer Jeansjackenschulter gegen die Scheunenmauer. »Na, dann erleben ja einige von uns ein erstes Mal. Ich habe nämlich noch nie einen Osterhasen mit Sonnenbrille gesehen.«

Oh, wow. Nicht witzig und auch nicht clever. Ich habe das Gefühl, dass mein Gesicht rot wird wie Tante Jos.

»All diese Leute hier – solltest du dich nicht mal um die kümmern und die Runde machen? Da ist doch sicher einer dabei, der sich für einen Schäferwagen interessiert.« Das ist zwar nicht brillant, aber mehr fällt mir spontan nicht ein. Ich nehme mir vor, schlagfertige Barney-Erwiderungen zu üben. Dann bringe ich sie im Notfall vielleicht auch rechtzeitig heraus.

»Gute Idee, danke für den Tipp, Edie Browne …« Da ist die Andeutung eines Zuckens um seine Mundwinkel. »Oder soll ich dich ›Häschen‹ nennen, wie Tante Jo vorhin?«

Es gibt Augenblicke, da möchte man sich am liebsten in Luft auflösen. Genau so ein Moment ist das jetzt.

Dies wäre die ideale Gelegenheit, um Tschüss zu sagen und einfach zu verschwinden, aber aus irgendeinem Grund wollen meine Beine mir nicht gehorchen.

19. Kapitel

Tag 154: Mittwoch, 4. April
Im Scheunenhof

Heroische Leistung: Einen Notruf vermeiden

Die Kurse in The Deck haben Pause während der Osterferien der Kinder. Aber Tante Jo ist ganz begeistert von der Vorstellung, dass Loella und Beth die Schuppen aufräumen, um sie im Gegenzug für eine Weile nutzen zu dürfen. Also fahren wir am Dienstag zum Baumarkt und kaufen Farbe. Am Mittwoch tauchen Loella und Beth mit jeder Menge Leute auf, bewaffnet mit Pinseln und Picknickkörben. Der Menge des Essens nach zu urteilen, gehen sie davon aus, dass die Arbeit ziemlich viel Zeit in Anspruch nehmen wird. Der Plan ist – endlich haben wir einen –, dass Beth und Loella das Ganze testen. Wenn die Schuppen ihrer Meinung nach tauglich sind, werden wir auch anderen Kunsthandwerkerinnen Bescheid geben.

Als ich am frühen Mittwochnachmittag zur Scheune und den Nebengebäuden gehe, muss ich mich praktisch durch die Menge an Helfern und mit Farbe bekleckslten Kindern kämpfen, die durch den Hof toben. Ich trete durch die erste offene Tür und erkenne, dass der Großteil des Schrotts schon weggeschafft ist und die Wände bereits getüncht sind.

»Mensch, Loella, wäre das eine Baustelle von Zinc Inc, würde ich Kinderarbeit moralisch infrage stellen.«

Loella tritt mit dem Pinsel in der Hand zurück. »Es ist der

größte Spaß, den sie seit Langem hatten. Aber ihnen wurde ja auch eine Belohnung in Aussicht gestellt, nicht wahr, Barney?«

Ich drehe mich um und sehe ihn am Türrahmen lehnen.

Er sieht mich an. »Nur wenn du Lust hast, mit ihnen einen Ausflug zu machen.«

»Ich?«

»Kein Wassersport, kein Wettkampf, Hasenkostüm ist optional, und wir machen nur einen Matschlauf, wenn du darauf bestehst.« Anscheinend merkt er, dass ich ihm gleich sagen werde, er kann mich mal, denn er hält inne und fängt noch einmal neu an. »Ich kann niemanden sonst fragen, weil alle beschäftigt sind …«

Beschäftigt damit, mir zu helfen. Das ist der Subtext. Ich bin nicht gerade begeistert, aber ich kann schlecht etwas dagegen sagen. Und deshalb werde ich kurz darauf auf dem Beifahrersitz von Loellas Pick-up durchgerüttelt, während ich zu Barney herüberschaue, der mit seinen schönen Fingern auf diesem sehr großen Lenkrad trommelt.

»Shania Twain, *sehr* laut – mehr hast du nicht drauf?«

Barney zuckt mit den Schultern. »Die Kassette steckte im Gerät. Es war die Wahl zwischen ›still‹ und ›ohrenbetäubend‹, und Loella ist die Einzige, die weiß, wie man es an- und ausschaltet.«

»Dann gibt's nichts anderes?«

»So sieht's aus.«

Grob geschätzt sitzt die halbe Schule hinter uns im Wagen. Die Kids kennen jeden Song auswendig und singen aus voller Kehle.

Ich schüttele den Kopf. »*Man! I Feel Like a Woman?* Ist das überhaupt angemessen für Siebenjährige?«

Barney wirft mir einen Blick zu. »Wer weiß das schon? Aber indirekt ist es deine Schuld.« Er zieht die Mundwinkel nach unten. »Loella schaltet das Gerät nur ein, wenn sie superglücklich ist, und das dürfte dann wohl an dir liegen.«

»Dann ist das jetzt also das Gegenteil von *Glück im Unglück*. Und wie nennt man das, verdammt?«

»Frag mich nicht, ich bin nur der Fahrer. Glücklicherweise müssen wir nicht weit.« Und nach diesen Worten biegt er auch schon ab auf einen Schotterparkplatz. »Ist das okay?«

Erst als der Jubel hinten losbricht, begreife ich, dass er gar nicht mich gemeint hat. Während die Kids aus dem Wagen springen, blicke ich auf einen sehr steinigen Strand und dahinter die silbergraue See. Der Himmel darüber ist blau mit Schäfchenwolken wie aus dem Bilderbuch. »Ich dachte, du hättest gesagt, wir gehen nicht ans Meer.«

»Machen wir auch nicht. Wir klettern über die Felsen.« Er hebt die Hand, und alle Kids kommen angerannt. »Okay, passt gegenseitig aufeinander auf, bleibt zusammen, dann klappt es schon.«

Mia hält Cams Hand und hüpft auf und ab. »Können wir bis zum Fluss?«

Barney schließt den Wagen ab und schnallt sich den Rucksack auf den Rücken. »Klar, aber wartet auf uns, falls ihr zuerst dort seid.«

Cam ist nach wie vor ernst. »Was ist mit dem Baum?«

»Das können wir auch noch machen.«

Mia sieht ihn lächelnd an. »Nur wenn du dich richtig mutig fühlst.«

Cam nimmt sofort eine aufrechte Haltung ein. »Diesmal schon.«

Sie rennen los, den Pfad entlang zu den Felsen.

Während die Bucht in St. Aidan breit und der Sand darin weich ist, gibt es hier körnigeren Sand mit schwarzen Felsen und Steinen. Wo die Klippen aufragen, türmen sich die Steine zu Geröllhaufen.

»Was tun wir hier?« Ich steige vorsichtig über Steine und schlittere zwischen den Salzwasserpfützen und der Wind braust, als ich zu Barney hinüberrufe.

»Nimm einfach den gleichen Weg wie wir und folge uns. Die älteren Kids klettern über die größeren Felsen, aber wenn du es weniger abenteuerlich willst, bleiben wir hier unten, wo es flacher ist.«

»Auf asphaltierten Wegen fühle ich mich sicherer.« Bevor er sich umdreht, sehe ich noch sein Augenrollen.

»Du bist ein richtiger Stadtmensch.«

Nach ein paar Schritten schmerzen mir bereits die Beine. »Kommt Cam klar?«

»Wir werden es bald erfahren, falls nicht.« Barney schließt kurz die Augen. »Für gewöhnlich ist er der Erste, der stöhnt, da ist es für ihn mal ganz schön, wenn jemand noch langsamer ist.«

Wenn das eine Anspielung sein soll, ignoriere ich sie. »Ist er schnell verunsichert?«

Barney springt mit weit ausholenden, sicheren Schritten von Stein zu Stein. »Es ist schon besser geworden, aber in der Schule bricht er wegen unbedeutendster Kleinigkeiten zusammen.«

Das kann ich bestens nachvollziehen. Als ich merkte, dass ich mir die Schuhe nicht mehr zubinden kann, hätte ich am liebsten meinen Kopf gegen die Wand geschlagen. »Ihm kommen diese Kleinigkeiten wahrscheinlich groß vor.«

Er stößt einen Seufzer aus. »Dabei leben wir zu Hause auf einer Baustelle, und das stört ihn überhaupt nicht.«

Ich stöhne. »Es macht halt mehr Spaß, Leitern hinaufzuklettern, statt Treppen hochzugehen, und über Schutthaufen ins Bett zu steigen.«

»Dann kennst du das?«

Schon ärgere ich mich darüber, das gesagt zu haben. »Ist eine Weile her, in Bristol, das Haus gehörte meinem Partner.«

»Und?«

»Das ist eine lange Geschichte.« Ganz gleich, wie viel mir versehentlich herausrutscht, ich bin jedenfalls nicht in der Stimmung, ihm zu erzählen, wie ich Marcus kennengelernt habe. Zinc Inc hatte ein Projekt in Clifton, wo wir ein Reihenhaus entkernten und ausbauten. Marcus wohnte in einem identischen Haus in derselben Straße, ebenfalls renovierungsbedürftig. Unnötig zu erwähnen, dass er es mit seinem Charme schaffte, sich unsere Baustelle anzusehen. Sie war stets die letzte auf meiner täglichen Route, und er lag schon auf der Lauer, um mir ganz zufällig über den Weg zu laufen, so oft, bis wir beide darüber lachen mussten. Er schlug ein Abendessen im Bistro um die Ecke vor, und von da an ging es mit uns los.

»Es ist ein langer Strand.« Barney zuckt mit den Schultern.

»Na ja, du weißt, wie das ist ... jahrelang verbringt man jede freie Minute damit, Wände einzureißen und den Sanierungsfortschritt zu begutachten ...« Würde ich hier nicht von Felsen zu Felsen springen, würde ich nichts preisgeben. Aber irgendwie kommt mit jedem Schritt ein weiteres Geheimnis heraus. »Man ist mit Herzblut dabei ... macht einen tollen Job ... mit sehr begrenzten Mitteln ... dann geht man auseinander.« Wahrscheinlich weil ich viel körperliche Arbeit hineingesteckt habe, war es, als ließe ich einen Teil von mir zurück, als ich schließlich auszog.

»Das muss hart gewesen sein.« Er legt den Kopf schief, als er zu mir zurückschaut. »Es gab also einen Mr. Browne?«

Wie sind wir jetzt an diesen Punkt gekommen? »Nur insofern, als ich mit meinem Freund zusammengelebt habe, der mittlerweile mein Ex ist.« Ich muss von dem Thema weg. »Und was ist mit dir?«

»Ach, ich hab hier und da mal eine Affäre, aber dann wurde es jedes Mal kompliziert.«

Da Cam von einem entfernten Felsen winkt, kann Barney uns die Details ersparen. »Ich dachte eher an die Renovierung deiner Scheune.«

Er zieht ein Gesicht. »Da wir bloß bis zum Fluss wandern und nicht um ganz Großbritannien, gebe ich dir die Kurzversion.«

Ich hätte nie gedacht, dass über Felsen zu schlittern derartig ermüdend sein kann. Möglicherweise liegt es daran, dass ich mit einer Horde hyperaktiver Kids und Supermans riesigen Schritten mithalten muss. Als wir die Kinder eingeholt haben, die schon auf uns warten, bin ich aus der Puste. Ich weiß, dass Barney ihnen gesagt hat, sie sollen am Fluss stoppen, allerdings bleibt ihnen auch gar nichts anderes übrig, denn der Fluss rauscht über die Steine direkt ins Meer.

Barney blickt zu einem riesigen Steinhaufen am Ufer. »Okay, da gehen wir rauf. Denkt dran, kleine Schritte helfen euch, die Balance besser zu halten. Und kickt keine Steine auf diejenigen, die hinter euch sind.«

Ich gebe einen Quietschlaut von mir. »*Da* sollen wir ganz hinauf?«

»So weit ist es gar nicht.« Es folgt ein weiteres, kaum verborgenes Augenrollen. »Entspann dich, Edie. Vielleicht macht es dir sogar Spaß.«

»Da bin ich mir nicht so sicher.«

Zwischen Barneys Brauen bildet sich eine Falte. »Wie kann es sein, dass du ein solches Weichei bist? Ich dachte, du seist aus einem Flugzeug gesprungen?«

Eine weitere zu lange Geschichte. »Das war etwas anderes. Damals hatte ich viel zu beweisen.«

Barney hebt die Stimme. »Was denn?«

»Ich wollte beweisen, dass das Leben wunderbar ist.« Damals war es das wirklich.

Barney murmelt: »Lass mich raten – für deinen Ex?«

Cam hat die Hände in die Hüften gestemmt, seine Wangen sind rosig. »Ist ganz leicht, Edie. Es gibt jede Menge Haltegriffe, Mia und ich zeigen es dir.«

Wenn ich mich entscheiden muss, Barney irgendetwas zu erklären oder zu klettern, nehme ich jederzeit das Kraxeln. Tatsächlich entpuppt es sich als weitaus weniger steil, als es aussah, und einige Minuten später rolle ich mich mit weitgehend intakten Fingernägeln auf die Spitze. Unter den Anfeuerungsrufen der Kinder richte ich mich auf.

Eine Stimme schreit: »Und jetzt zum Baum!«

Ich habe nicht die Absicht, höher zu klettern, als ich jetzt bin. Trotzdem halte ich nach einem Baum Ausschau, kann aber nur ein paar Büsche entdecken.

»Welcher Baum?«

Mia wartet, während die anderen schon flussaufwärts stürmen. »Ein Stück weiter – es ist ein riesiger Baum, der über den Fluss gefallen ist.«

Sie läuft mit Barneys Rucksack voraus, bis wir an einen massiven Baumstamm kommen, der den rauschenden Fluss überspannt. Sie balanciert so sicher, dass sie nicht einmal auf den Sturzbach oder die Schlucht unter ihr achtet. Sie springt einfach auf den Stamm und am anderen Ufer wieder herunter.

Von dort sieht sie lachend herüber. »Wer Schokolade will, muss herkommen.«

Alle balancieren über den Baumstamm, und ich erkenne zum ersten Mal den Vorteil, dass man mich nicht mehr mit Schokolade bestechen kann.

Cam und ich sind die Letzten, die noch bei der Baumwurzel stehen. »Soll ich dir hinaufhelfen?«, frage ich.

Erneut ruft Mia von drüben. »Komm schon, Cam, du bist jetzt groß.«

»Ich habe Angst.« Der ängstliche Ausdruck in seinen Augen weckt sofort den Wunsch in mir, ihn in den Arm zu nehmen. »Aber wenn ich es nicht tue, halten die mich für einen Waschlappen.«

Ich kann es gut nachvollziehen, denn ich will auch nicht da hinauf. »Wollen wir es gemeinsam versuchen?« Das wollte ich gar nicht sagen, allerdings bezweifle ich, dass er auf das Angebot eingehen wird.

Barney ruft vom anderen Ufer: »Großartige Idee. Lass Edie hinter dir gehen, und ich komme dir von dieser Seite entgegen und helfe dir.«

Mia ruft erneut: »Du bist jetzt groß und stark, Cam, natürlich schaffst du das!«

Cam sieht mich mit runden Augen an. »Okay.«

Das ist die falsche Antwort, aber als ich ihn hinaufhieve, spreche ich mir ebenso Mut zu wie ihm. »Siehst du, die Rinde ist rau und überhaupt nicht rutschig, wir können uns auf den Bauch legen und nach drüben rutschen. Wir haben alle Zeit der Welt. Der Baum ist riesig und vollkommen sicher.«

Cam liegt auf dem Bauch, umklammert den Stamm und robbt zentimeterweise vorwärts.

Ich mache es ihm nach; die grünen Flecken auf meiner Jeans von der bemoosten Rinde sind dabei mein geringstes Problem. »Sehr gut, Cam, mach weiter, wir haben es fast geschafft.« Haben wir nicht, das ist Blödsinn, aber wir machen trotzdem weiter. »Halt dich gut fest.«

Es fühlt sich an wie eine Ewigkeit, und ich höre Barney die ganze Zeit ermutigend zu Cam sprechen.

»Die Hälfte hast du, Cam, das ist klasse. Du kannst jetzt ein bisschen schneller machen, komm zu mir, noch ein kleines Stück, dann erreichst du meine Hand.«

Und dann gibt es Tosen und Jubel, und Cam hat es auf die andere Seite geschafft.

»Edie?«

Es ist Barney. Ich habe keine Ahnung, ob das Rauschen vom Wasser kommt oder vom Blut in meinen Ohren. Ich weiß nur, dass ich die Augen fest zugekniffen habe und den Stamm mit beiden Armen umklammert halte. Meine Beine fühlen sich an, als wären sie zu Eis erstarrt. Außerdem kann ich nicht aufhören zu zittern.

»Beweg dich, Edie.«

Meine Zähne klappern, trotzdem bringe ich irgendwie die Worte heraus. »Ich habe z-zu viel Angst.« Ich befinde mich in der Mitte über dem Wasser und kann weder vor noch zurück. Ich gebe ein Jammern von mir. »Es ist, als wäre mein Leben ein Mikrokosmos. Ich schaffe gar nichts mehr.«

»Das ist nicht wahr, Edie. Du machst das gut, und wir kriegen das absolut hin.«

Mir schwirren sämtliche Möglichkeiten durch den Kopf, und bei einem Seil und einer Winde rastet mein Verstand ein. »Vielleicht ist es am besten, den Seenotrettungshubschrauber zu rufen.«

So etwas wie ein tiefes Lachen ist zu hören, dann ein Knarren und ein dumpfer Aufprall. Ich mache die Augen ein wenig auf und sehe Jeans. Als der Blick scharf wird, stelle ich entsetzt fest, dass sich Barneys Schritt nur eine Handbreit von meinem Gesicht entfernt befindet.

»Waaahhh.«

Mit Riechsalz wäre ich auch nicht rascher zu mir gekommen. Dann spüre ich diese breiten Daumen an meinen Unterarmen und weiter hinauf zu meinen Schultern wandern.

»Alles klar, Edie, ich hab dich, dir passiert nichts, wir machen das jetzt Stückchen für Stückchen.« Seine tiefe Stimme ist unglaublich beruhigend.

Schade, dass Bella nicht hier ist, die würde den Anblick zu schätzen wissen, ohne sich dermaßen schuldig zu fühlen.

»Danke, die Panik ist schon vorbei.« Langsam schiebe ich

mich weiter, und die Erstarrung lässt nach. Hoffentlich denkt niemand, ich wollte nur Aufmerksamkeit. Sosehr wir uns damals über Kalender mit nackten Feuerwehrmännern amüsiert haben – gerettet werden ist nicht mein Ding.

Als ich das sichere Ufer erreicht habe, ist peinlich viel Zeit vergangen, und die Kids haben die ganze Schokolade aufgegessen. Immerhin jubeln sie mir zu, ich kriege High fives von allen, und zumindest Cam habe ich beeindruckt. Noch peinlicher ist allerdings, dass auf dem Rückweg alle mit mir über eine kleine Brücke in der Nähe kommen wollen. Ich bin eine größere Bürde als die Kids, auf die ich aufpassen soll. Der Vorteil der ganzen Aktion dürfte sein, dass Barney mich bestimmt nicht mehr so schnell aus meiner Komfortzone zerren wird.

Ich bin nicht die Einzige, die eine aufregende Zeit hatte. Als ich in Tante Jos Cottage zurückkehre, sieht es dort aus, als habe es eine Art Stoffexplosion gegeben. Alle Kids, die nicht mit auf Klettertour waren, ziehen ihre Jacken an und gehen. Während sie zur Tür strömen, helfe ich beim Aufräumen und Einsammeln der Nadeln.

»So viele Leute, und plötzlich sind wir wieder zu zweit.« Tante Jo sieht mich durchdringend an. »Du hast rosige Wangen. Loella meinte, du hättest auch einen lebhaften Nachmittag gehabt?«

»Ziemlich.« Unwillkürlich berühre ich meine pochenden Schläfen und denke an den Zustand meiner Kleidung und an meine Feigheit. Aber ich bin auch froh, dass Tante Jo nicht mehr über diesen Nachmittag weiß.

Sie kneift die Augen zusammen. »Wir sollten es bei dir mal mit Meditation probieren. Du wirst es beruhigend finden, die Anspannung wird nachlassen, dein Verstand geleert.«

»Kann sein.« *Ganz sicher nicht*, will ich eigentlich sagen.

Sie scheint zu vergessen, dass ich meinen Verstand gerade wieder füllen will, statt Sachen rauszuwerfen.

Sie nimmt mir ein Nadelkissen ab und legt es in ihren Handarbeitskorb. Mit sanfter Stimme sagt sie. »Durch das Nähen mit den Kleinen heute Nachmittag fühlte ich mich sehr kreativ und gebraucht. Es ist lange her, seit ich mich so gefühlt habe.«

»Wie schön.« Ich drücke lächelnd ihre Hand. »*Ich* brauche dich jeden Tag, das weißt du.« Sie ist klug; wir tun beide so, als wäre es andersherum und als brauchte sie mich, aber ich weiß, wie oft sie mich schon unterstützt hat.

»Danke, Schätzchen, wir sind ein gutes Team.« Sie faltet das letzte ihrer Stoffstücke. »Habt ihr damals je an Kinder gedacht, du und Marcus?«

»Wir?« Ich verschlucke mich fast. »Nein, bestimmt nicht. Ich bin nicht scharf darauf.«

Sie macht ein nachdenkliches Gesicht. »Kinder sind eine wunderbare Herausforderung. Die lassen einen alles mit neuen Augen sehen und halten einen jung. Keine schlechte Sache in meinem Alter.«

Ich zucke mit den Schultern. »Ich mag die Kinder, die ich kenne, wie Tiddlywink und Wilf und Cam. Und Mia. Aber die Vorstellung, selbst welche zu haben, macht mir Angst.«

Sie tätschelt meine Hand. »Du solltest die Sache noch nicht abhaken.«

»Okay, ich bleibe offen dafür. Falls ich je einen neuen Partner finde.«

»Es tut mir wirklich leid, Edie. Das Thema wollte ich gar nicht anschneiden.« Tante Jo klatscht in die Hände. »Reden wir über etwas Angenehmeres.«

»Was denn?«

Sie atmet tief ein. »Zum Beispiel darüber, dass ich mich auf den Kurs morgen freue – Aktzeichnen.«

Prompt kreische ich. »Was?«

»Ich dachte, du wüsstest es. Loella findet selten ein Modell, aber ihr bestes hat morgen Zeit, also müssen wir unsere Staffeleien und Paletten bereithalten.«

Es ist nur eine vage Hoffnung, trotzdem klammere ich mich daran. »Wir haben keine Staffeleien.« Ich bin mir sicher, die sind unabdingbar, nur weiß ich nicht, ob Tante Jo das auch klar ist.

»Keine Sorge, Schätzchen, die werden morgen Abend bestimmt hier sein.«

20. Kapitel

Tag 155: Donnerstag, 5. April
The Deck Gallery

Heroische Leistung: Erinnerung daran, dass Forsythien gelbe Blumen sind

Und das ist der Dialog zwischen mir und Tante Jo beim Auspacken der Staffeleien …

Tante Jo: »Du scheinst dich aufs Aktzeichnen nicht gerade zu freuen.«

Ich: »Tue ich auch nicht.«

Tante Jo: »Als wir in Harpenden lebten, sah Harry es nicht gern, wenn ich hinging. Es ist ein bisschen wie bei den Suffragetten – es kommt mir nicht richtig vor, wenn eine Frau die Rechte, für die sie gekämpft haben, nicht wahrnehmen will.«

Ich: »Wie bitte?« Das ist mir zu hoch.

Tante Jo: »Du musst mitkommen, Edie. Einfach weil du es kannst.«

Ich: »Hä?«

Tante Jo: »Wenn es dir nicht gefällt, dann gehen wir eben nächstes Mal …«

Ich, erschauernd: »Es gibt ein *nächstes Mal*?«

Tante Jo: »Selbstverständlich gibt es ein nächstes Mal, wir haben doch jetzt die Staffeleien. Aber wenn du wirklich nicht willst, kannst du natürlich auch mit Cam und Barney in dieser Bretterbude Eis essen gehen.«

Das ist also die Situation. Manchmal ist Tante Jo ein echter Schatz, dann wieder hat sie nicht die leiseste Ahnung, was in mir vorgeht. Das Gute an diesem Kurs ist, dass Barney nicht in der Nähe der Deck Gallery sein wird, weil er mit Cam zu Hause ist.

Nur stehe ich an diesem Abend wieder vor einer dieser grässlichen Entscheidungen, bei der keine Option ideal ist. Möchte ich lieber allein zu Hause sein … oder riskieren, gelangweilt oder peinlich berührt zu sein? Einerseits sperrt sich alles in mir dagegen, zum Aktzeichnen zu gehen. Andererseits ist es eine schreckliche Vorstellung, allein im Haus zu sein. Was alles passieren könnte, wenn ich einen Anfall bekomme und niemand da ist. Allein im Cottage wäre es viel schlimmer als in St. Aidan, wo es nie lange dauert, bis wenigstens jemand mit dem Hund vorbeigeht.

Aber der Aktzeichnenkurs plus Plauderei am Ende, dann noch der Weg hin und zurück, im Hafen innehalten und beobachten, wie der Mond halb hinter Wolken verschwunden ist und die Sterne funkeln … Na ja, es würde mir wohl alles zu lange dauern. Allerdings ist es auch kein Wettbewerb. Ich muss bloß mitmachen und nichts sagen. Und zeichnen.

Als Loella uns an der Straße abholt, dudelt wenigstens nicht Shania. Tante Jo setzt sich nach vorn, während ich nach hinten klettere, mit genügend Ausrüstung für eine Expedition. Loella wartet, bis ich mich angeschnallt habe, dann überreicht sie mir einen Strauß gelber Blumen.

Grinsend fährt sie los. »Ich habe gehört, du bist nicht entzückt darüber, deine Staffelei mit dem Malen nackter Leute einzuweihen, daher habe ich dir Osterglocken und Forsythien gekauft, die du stattdessen malen kannst.«

»Danke.« Und wieder ist sie so einfühlsam. Vorsichtshalber habe ich meine Liste mit Redewendungen eingesteckt. Falls nichts funktioniert, werde ich meine super Künstlerkohle –

als würde Tante Jo etwas weniger Edles bestellen – nehmen und Schreibübungen machen.

Sie lacht heiser. »Keine Sorge, wir zeichnen keine Wackelpimmel in unseren Kursen in St. Aidan. Unsere Modelle behalten ihre Boxershorts an.«

»Ihr malt KERLE?« Sofort ist es mir peinlich, dass ich wie eine Hinterwäldlerin mit sehr begrenzten Vorstellungen klinge.

Sie nickt, während sie mit dem Lenkrad ringt, um abzubiegen. »Klar. Ganz unterschiedliche, aber meistens sind es Künstlerinnen, deshalb gibt es eine gewisse Wertschätzung dafür, einen muskulösen männlichen Körper zeichnen zu können. Allerdings betrachten wir das auch nicht bloß rein sachlich. Wäre doch schade, wenn unsere Feuerwehrmänner und Seenotretter nicht zeigen würden, was sie haben.«

Tante Jo sagt dazu nichts, aber ich höre sie schlucken und spüre, wie sie tiefer in den Sitz sinkt.

Als wir The Deck Gallery erreichen, muss Loella erst eine Lücke finden, in der sie mit ihrem großen roten Pick-up parken kann. Anschließend müssen wir unsere giraffenlangen Staffeleien die Straße entlang schleppen, sodass bei unserem Eintreffen in der Galerie die meisten Plätze schon besetzt sind. Es gibt einen Wandschirm, hinter dem das Modell sich ausziehen kann; aber jetzt ist es schon ausgezogen und liegt auf dem Boden, während Plum ihm in ihrer farbbekleckssten Latzhose Anweisungen für die richtige Position gibt. Angesichts seiner Haltung – das eine Bein angewinkelt, das andere zur Seite ausgestreckt, Oberkörper nach vorn gebeugt und Kopf auf dem Boden – kann ich nur hoffen, dass er eine Zulage für besondere Erschwernis am Arbeitsplatz erhält. Falls eine hier auf Muskeln gehofft hat, dürfte sie äußerst zufrieden sein.

Wir winken Leuten zu, die wir kennen, und während Tante Jo ihren Mantel auszieht, sagt sie leise: »Nächstes Mal passen wir wohl besser hierher, wenn wir vorher Risse in unsere Jeans machen.«

Nachdem wir unsere Plätze im Kreis eingenommen haben, fällt mir ein, dass ich möglichst weit weg von Tante Jo stehen wollte. Jetzt ist es zu spät. Irgendwie schaffen wir es, unsere Staffeleien aufzustellen, ohne auszusehen, als hätten wir nicht die leiseste Ahnung. Loella kommt vorbei und korrigiert alle Fehler, aber ganz beiläufig und ohne uns in Verlegenheit zu bringen, während sie sich über die Schulter hinweg weiter mit Plum und Beth unterhält.

»Abklebeband, Edie?« Tante Jo holt aus ihrer Tasche, die riesig ist wie Marcus' Sporttasche, eine Rolle und gibt sie mir.

»Wozu brauche ich das?«

»Das benutzt du, um dein Zeichenpapier an der Unterlage zu befestigen.« Sie senkt die Stimme und beugt sich herüber. »Ich habe den ganzen Nachmittag damit verbracht, mir das auf YouTube genau anzusehen. Wusstest du, dass die da auch Aktmodelle zeigen? Ich habe so viele Übungsblätter vollgezeichnet, dass sich meine Mappe wölbt.«

Was die Frage aufwirft, weshalb wir eigentlich hier sind. Wie dem auch sei, ich nehme an, es ist wie mit dem Unterschied zwischen Street View online und der tatsächlichen Anwesenheit an dem jeweiligen Ort. Das echte Leben ist, na ja, eben echter. Und es gibt mehr dieser dimensionalen Dinge darin, mit denen ich nicht mehr klarkomme. Ich versuche, nicht darüber nachzudenken, dass meine Tante ein kostspieliges heimliches Internetleben führt, von dem ich zum Glück nichts weiß. Wäre sie ein Kind, würde ich die Knöpfe drücken, die Mums und Dads drücken, wenn sie Theater machen wegen der Seiten, die ihr Kind sich angesehen hat, während sie nichts ahnend Fischstäbchen gebraten oder Törtchen gebacken haben, oder was Eltern sonst so machen.

Ich schaue zu, wie sie ihr Blatt auf der Unterlage befestigt, und dann mache ich dasselbe mit meinem Blatt. Plum kommt zu uns. »Ich sehe, ihr seid gut ausgestattet. Falls ihr noch etwas braucht, ruft mich.«

Ich will nach meinen Blumen fragen, aber Tante Jo kommt mir zuvor. »Wie lange bleibt das Modell in jeder Pose?«

Während ich verblüfft von der Frage bin, wirft Plum ihren dunklen Pferdeschwanz zurück.

»In der ersten etwa eine Stunde, dann machen wir einige Minuten Bewegungsabläufe, und nach einer Pause widmen wir uns mehreren kurzen Posen.«

Loella schaut nach den anderen Teilnehmerinnen, die mit Kugelschreibern, Bleistiften und sogar schon mit Tinte und Pinseln arbeiten. Schließlich kommt sie wieder zu uns, da wir immer noch ratlos dastehen und nicht wissen, wie anfangen.

Sie lächelt ermutigend. »Nehmt ein Stück Zeichenkohle und lasst es seinen Weg über das Papier finden. Vertraut eurem Instinkt. Sobald ihr anfangt zu zeichnen, werdet ihr es spüren. Macht euch keine Gedanken, genießt es einfach.«

Ich wende mich mit einem hoffentlich flehenden Lächeln an Plum und flüstere: »Könntest du mir meine Blumen geben? Oder stell sie oben auf die Vitrine mit den Armreifen.«

Plum geht neben mir in die Hocke. »Lass es uns zuerst gemeinsam probieren. Schau dir diese wundervollen Linien der Muskeln an, Licht und Schatten auf dem Rippenbogen und diesen wunderbar kraftvollen Rücken.« Sie drückt mir ein Stück Kohle in die Hand, die sie mit ihrer führt. Sie macht ein paar Schwünge und tritt zurück.

»Wow.« Irgendwie geben diese Striche auf dem Papier ziemlich genau wieder, was wir vor uns sehen.

»Siehst du, du hast nur zwei Linien gezeichnet, und hast schon ein Bild dieser Figur wiedergegeben.«

»Du hast recht.« Da ist nur ein unerwartetes Problem; in meinem Kopf ist es keine Figur, sondern sehr eindeutig ein

Mann. Für einen Moment betrachte ich den Sitz der weichen Baumwollshorts. Die Boxershorts sind ein wenig weiter als Marcus' enge Slips und dennoch erotischer. Auf den elastischen Bünden von Marcus' Slips standen die Namen der Designer, je nachdem, welche gerade in Mode waren. Einen sehr kurzen Augenblick male ich mir aus, wie ich diese gestreiften Shorts aus dem Trockner ziehe und mein String sich darin verfangen hat. Das statische Knistern, als ich sie auseinanderziehe und meinen Slip auf meinen Unterwäschestapel lege. Dann reiße ich mich zusammen, denn wenn es schon verpönt ist, das Modell als Objekt zu sehen, wie sieht dann die Strafe für solche unpassenden Waschtagfantasien aus? Wahrscheinlich wird man dafür vom Balkon der Deck Gallery gestoßen.

Ich richte meine Aufmerksamkeit wieder auf die Zeichenkohle. Konzentriere mich ganz fest auf die Knubbel seiner Wirbelsäule, die leichte Bewegung seiner Rippen bei jedem Atemzug und die zerwühlten dunklen Locken in seinem Nacken. Dann zeichne ich selbst eine Linie. Ein sinnlicher Schauer überläuft mich beim Anblick des Stoffes, der sich über dem Po spannt; ich nehme mir vor, mir dafür später selbst auf die Finger zu klopfen.

»Nicht schlecht.« Plum ist so nah, dass ich ihren Atem hören kann, aber das Kribbeln kommt nicht davon. »Wenn du dich konzentrierst und gleichzeitig loslässt, gelangst du in einen traumähnlichen Zustand, und das kann deine Hirnwindungen befreien. Aktzeichnen kann tatsächlich revitalisierend sein wie Meditation.«

Ich hoffe, Tante Jo hat das mitbekommen. Wenn ich die Wahl habe, meine eigenen Füße zu zeichnen, um den Verstand zu leeren, oder Mantras herzusagen, weiß ich, was ich lieber tue. Noch besser: Ich könnte sie zeichnen und dabei meine Schuhe anbehalten.

Ehrlich gesagt höre ich das nicht zum ersten Mal. Gestern Abend habe ich per FaceTime mit Bella und Tash telefoniert, und die haben mir von diesen Vorteilen auch schon erzählt. Aktzeichnen kann das Denkvermögen verbessern, ebenso das emotionale Befinden. Und ich kann nicht alles ablehnen, was meinem Kopf helfen könnte. Allerdings war Tash diejenige, die das gesagt hat. Bella dagegen war allgemein dafür, sexy Leute zu zeichnen.

Loella ist bei mir. »Du bleibst also vorerst beim Modell?«

Mein Zögern ist bloß Show, denn ich bin längst gefesselt. Keine Ahnung, wo die Zeit danach bleibt. Ich weiß nur, dass ich viele Blätter fülle. Ich konzentriere mich so sehr darauf, diesen lebendigen Körper in Licht und Schatten auf dem Papier zu verwandeln, dass ich gar nicht bemerke, wie dessen Schönheit und Kraft mich faszinieren. Diese gebändigte Vitalität. Die angespannten Handgelenke, die Abstände zwischen den ein wenig rauen Fingerknöcheln. Diese breiten Daumen, vor dem Kopf ausgestreckt, den ich kaum sehen kann. Die Rundung der Wade, der lange Oberschenkelknochen, ein gewölbter Knöchel. Eine kleine gezackte weiße Narbe auf dem Fußrücken. Die Essenz dieses Menschen erscheint nicht nur auf dem Papier, sondern scheint auch in meine Seele einzudringen. Zumindest ein bisschen. Man könnte es jedenfalls keiner der hier anwesenden Frauen verübeln, wenn sie sich insgeheim ein klein wenig verliebt hätten.

Viel zu früh richtet Plum sich auf, wendet sich lächelnd an alle und verkündet: »In einer Minute machen wir eine Pause, an die sich gleich die Bewegungsabläufe anschließen.«

Ich wappne mich. Warum ich gebannt hoffe, dass das Gesicht dieses Mannes keine Enttäuschung wird, ist mir ein Rätsel und absolut albern. Ein derart gut gebauter Feuerwehrmann wird eine Frau haben, mal abgesehen davon, dass ich gar nicht auf der Suche bin. In meinem momentanen Zustand, auf halbem Weg zurück zu meinem alten Ich, bin ich auch nicht zu haben. Es ist gar nicht schlecht, einmal völlig verändert zu sein und die Sache sozusagen aus einer sicheren Perspektive zu betrachten. Während wir die Zeichenkohle aus der Hand legen, schiebe ich vorsichtshalber meine getönte Brille vom Kopf auf meine Nase. Falls ich zufällig Blickkontakt zu dem Mann herstelle, soll niemand im Kurs mein pochendes Herz hören.

Tante Jo legt ihre letzte Skizze beiseite, und ich lächele so dezent wie möglich, um distanziert zu wirken. Dennoch wünsche ich mir im Stillen, attraktiv rüberzukommen.

Plum räuspert sich. »Okay, wir machen mit etwas Bewegung weiter. Wenn du jetzt aufstehen möchtest, Barney?«

»Barney?!« Gerade als ich mich damit abgefunden habe, dass mein Mund nicht funktioniert, rutscht mir nicht nur irgendetwas heraus, sondern es muss gleich dieser von der Decke widerhallende Ausruf sein. Ich erschrecke selbst und halte mich an der Staffelei fest, die prompt ins Wanken gerät. Es folgt ein splitterndes Krachen, als die Beine der Giraffe klappernd über den Holzboden wegrutschen und auf Barneys nacktem, muskulösem Schenkel liegen bleiben. Mir zu wünschen, der Boden möge sich auftun und mich verschlingen, drückt nicht einmal annähernd aus, wie ich mich fühle. Wäre ich nicht wie erstarrt, wäre ich wohl weggerannt. Ich beobachte, wie Barney den Kopf hebt, und meine Füße sind mit Peinlichkeitssuperkleber am Boden festgeklebt.

Tante Jos Hand liegt auf meinem Bein. »Alles okay, Schätzchen? Du wirst nicht …?« Ihrem eisernen Griff nach zu urteilen, befürchtet sie das Schlimmste.

Ich stoße einen Seufzer aus. »Keine Sorge, es ist kein Anfall. Es ist nur meine Staffelei, die umgefallen ist.« Ich drehe mich zu dem Meer aus Gesichtern um und stöhne. »Shit, tut mir echt leid.« Weil ich überreagiert habe. Weil ich den Kurs ruiniert habe. Weil ich überhaupt aufgetaucht bin. Und das ist erst der Anfang. Ja, alle starren mich an, und sie lachen und lächeln auch – aber sie lachen mich nicht aus, sondern sehen eher mitfühlend aus.

Eine Frau aus dem Patchwork-Kurs schaut über ihren Zeichenblock. »Keine Sorge, Edie, das ist uns allen schon passiert. Außer Kontrolle geratene Staffeleien, die durch die Galerie galoppieren, sind der Grund, weshalb ich nur noch den Skizzenblock benutze.«

Loella ist aufgestanden und hebt die zusammengebrochene Staffelei auf. »Das klingt wie einer der Sinnsprüche aus dem Kalligrafie-Kurs, Edie. Du solltest das auf die Liste setzen, Josie.« Lachend gibt sie mir meine Unterlage.

Barney richtet sich auf und hilft beim Rest. Zufrieden beobachte ich, dass er mit den Beinen der Staffelei genauso viele Schwierigkeiten hat wie ich. Mit einem reumütigen Grinsen überreicht er mir den Haufen widerspenstiger Stäbe. »Ich muss dir dieses Tier zurückgeben. Wer entwirft diese Dinger?«

»Komm her.« Loella bändigt die Staffelei nicht nur, sondern hat im Nu neues Papier auf meiner Unterlage befestigt. Was ich als Botschaft deute, dass ich trotz meiner abgrundtiefen Verlegenheit nicht gehen darf.

Barney zieht seine Boxer hoch und reibt sich die eingeschlafenen und abscheulich schön geformten Unterarme. »Was hat das zu bedeuten, Edie, dass du immer noch deine Sonnenbrille trägst? Habe ich dich mit meinem Bizeps geblendet?«

Ich ignoriere mal, wie nah das der Wahrheit kommt; stattdessen freue ich mich darüber, mich hinter den getönten Gläsern verstecken zu können und stelle eine wichtigere Frage: »Wo ist Cam eigentlich?« Und wieso kann ich mich nicht darauf verlassen, dass Cam mir diesen Barney vom Hals hält? Es sind zwar Ferien, aber die Teestunde liegt auch schon so weit zurück, dass der Junge längst im Bett sein müsste nach diesem ereignisreichen Tag.

Loella hebt die Brauen. »Cam ist auf Abenteuertour mit den anderen Kids. Beths Dad ist mit ihnen in der Bucht, wo sie ein Treibholzfeuer machen und Marshmallows rösten.«

Beth meldet sich zu Wort: »Deshalb haben wir doch die Chance genutzt, Barney als Modell zu bekommen. Oft hat er nämlich nicht Zeit. Und er ist eines unserer Lieblingsmodelle, weil er so gut stillhalten kann.« Offenbar hat es nichts mit seiner Physis zu tun.

Plum reicht Barney ein Sweatshirt. »Für die nächste Einheit machen wir zehn Minuten Schnellskizzen und versuchen die Bewegungen einzufangen, während Barney seine eingeschlafenen Beine bewegt und das Sweatshirt an- und auszieht.«

Während Barney das Oberteil über den Kopf zieht, murmelt Tante Jo neben mir: »Na, das ist vielleicht ein erstes Mal. Action-Sequenzen gab es in Harpenden nie.«

Als wäre es noch nicht arg genug, dass ich ausgerechnet Barneys Rücken gezeichnet habe, ohne zu wissen, um wen es sich da handelt, ist es geradezu eine … Qual? Marter? Folter? … diesen Rücken verschwinden und wiederauftauchen zu sehen. In Gedanken versuche ich die leise Stimme zu übertönen, die ständig flüstert: »Wundervoll.« Wer weiß, woher das nun wieder kommt, denn ehrlich, nichts davon empfinde ich wirklich. Ihm beim Ausziehen zuzusehen, ist, als würde ich ihm in meiner Fantasie die Kleider vom Leib reißen. Wenn ich nach Hause komme und Bella davon erzähle, wird sie in den nächsten Zug springen. Nein, sie wird selbst fahren, also wird sie nicht in den Zug, sondern in ihr Auto springen.

Sehnsüchtig blicke ich zu den Osterglocken. Plum bemerkt es. »Könnte ich vielleicht …?« Bei meiner Quote beim Umwerfen von Staffeleien will ich nicht riskieren, selbst hinzugehen und den Kurs womöglich erneut zu stören.

Plum lächelt mich an und steht auf. »Möchtest du lieber die Forsythien haben?«

Ich nicke und seufze erleichtert.

Barneys Gesicht taucht unter dem Sweatshirt auf, und seine Augen bohren sich in meine. »Edie Browne, ich glaube es einfach nicht. Ich mühe mich hier ab, und du willst *Blumen* malen?«

Würde er nicht so gekränkt klingen, würde ich weniger lachen. »Seit wann geben Modelle Widerworte?« Ausgerechnet er, der mich dazu bringt, die Kluft zwischen Künstlerin und Modell komplett zu vergessen.

Jetzt lacht Loella auch. »In St. Aidan brechen wir alle Regeln. Ich hole dir die Osterglocken.«

Den Fältchen um seine Augen nach zu urteilen, meint er es als Witz. »Auf keinen Fall. Wenn ich für die Kunst leide, kann Edie das auch.«

Die einzige Antwort darauf ist ein Augenrollen. Aber danach ist meine Konzentration dahin, obwohl ich ihn nun nur noch von den Knien abwärts zeichne. Und als ich später zu Hause meine Skizzen betrachte, schüttele ich den Kopf über einen Kerl, der sogar schöne Knöchel hat.

21. Kapitel

Tag 163: Freitag, 13. April
Der Scheunenhof vom Periwinkle Cottage

Heroische Leistung: Feststellen, dass die alte Edie Browne vielleicht doch nicht so toll war

In gewisser Hinsicht sollte ich dankbar dafür sein, dass der sinnliche Teil in meinem Kopf nicht zusammen mit meinen Lesegehirnzellen lahmgelegt worden ist. Er ist immer noch da, für den Fall, dass ich ihn zukünftig mal brauche. Wenn mein Ziel erreicht ist und ich wieder am Anfang angekommen bin. Es ist so ähnlich wie mit dem Fahrrad, das Bella nach meinem Schlaganfall mitgebracht hat. Ich bin aufgestiegen und habe festgestellt, dass ich es nicht verlernt habe. Auch wenn ich ein bisschen wackelig fuhr und gleich wieder abgestiegen bin, haben sich alle mit mir gefreut. Es tat gut, zu wissen, dass ich es noch kann, auch wenn es noch lange nicht heißt, dass ich deshalb gleich Radrennen fahren werde oder auch nur freizeitmäßig. Ich bin seit der Junior-Highschool nicht mehr regelmäßig Fahrrad gefahren, und ich habe nicht vor, jetzt damit anzufangen.

In etwa so verhält es sich mit meiner Wertschätzung des Aktmodells. Es ist gut zu wissen, dass ich so etwas noch empfinden kann, aber es bedeutet nicht, dass ich mich in nächster Zukunft mit diesem Thema befassen werde. Durch die Zeit mit Marcus weiß ich, wie zeitaufwendig eine Beziehung sein kann. Vorerst werde ich all meine Energie darauf verwenden, wieder gesund zu werden. Und wenn ich wieder diese ganze, richtige Person bin – nun, wir werden sehen.

Da immer noch Schulferien sind, reißen Tante Jo und ich unten im Haus weiter Tapeten ab und streichen. Doch selbst nach einer weiteren Woche harter Arbeit haben wir nur einen kleinen Teil dessen geschafft, was hier zu tun ist. Unterdessen sind Loella und Beth im Scheunenhof beschäftigt, zusammen mit ihrer Horde Kinder, die zwischen dort und dem Cottage hin und her laufen.

Die Kids schaffen es ganz gut, sich selbst zu beschäftigen. Die Größeren kümmern sich um die Kleinen, und sie verbringen viel Zeit in dem kleinen Schuppen, der einst am Ende des Scheunenhofes als Schweinestall diente. Außerdem beschäftigen sie sich unerwartet viele Stunden damit, Tante Jos alte Kleider zu zerschneiden und sich damit zu verkleiden. Sie hat sie zu Golfclub-Dinners getragen und wird sie ohnehin nie wieder anziehen. Ich habe keine Ahnung, warum sie die überhaupt nach Cornwall mitgenommen hat, denn die Sachen sind schon so hinüber, dass sie längst in der Altkleidersammlung hätten landen sollen. Aber da sie glitzern und schimmern, sind sie zum Verkleiden noch perfekt geeignet. Und wenn die Kids doch einmal Langeweile haben, unterbricht Tante Jo liebend gern meine Beaufsichtigung und bietet eine Geschichte, einen Film oder eine Bastelaktion an.

Cam taucht zwischendurch auch immer auf, und wir lesen zusammen. Als ich ihm das kleine *Esst mehr Erdbeereiscreme*-Bild gebe, auf dem eine riesige Eistüte zu sehen ist und das ich für ihn gerahmt habe, erscheint auf seinem Gesicht das, was bei ihm einem Lächeln bisher am nächsten gekommen ist. Und was Barney betrifft, konnte ich ihm nach dem peinlichsten Moment meines Lebens beim Aktzeichnen bisher glücklicherweise aus dem Weg gehen. Klar, ich weiß auch, dass manche Dinge eher schlimmer werden, je länger man sie vor sich herschiebt. Aber mein Plan ist es, ihm weiterhin nicht zu begegnen, am liebsten nie mehr. Tante Jo erinnert mich daran, dass ich bereits seit einem Monat hier bin, daher scheint es mir nicht unrealistisch, ihm mit etwas Mühe und einem guten Plan auch noch ein paar weitere Monate aus dem Weg zu gehen.

Eine andere bedeutsame Sache wurde mir klar, als ich diese grauenhafte Szene wieder und wieder in meinem Kopf durchgespielt habe: Dass ich die Staffelei umgeworfen habe, sodass sie auf Barney landete, kann ich nicht auf meine Krankheit schieben. Nicht dass ich die für irgendetwas als Entschuldigung vorschieben würde. In Wahrheit ist das nicht passiert, weil ich schlechter funktioniere als früher. Im Gegenteil, es ist auf den noch sehr intakten Teil von Edie Browne zurückzuführen.

Mal abgesehen davon, dass ich ohne meine Krankheit nicht nach Cornwall gekommen wäre – auch in gesundem Zustand hätte ich mir diesen gigantischen Patzer geleistet. Diese Erkenntnis ist ein ziemlicher Schock. Ein klein wenig gemildert wird er nur dadurch, dass alle meine prompte Entschuldigung schlicht akzeptierten und es dabei beließen, eben weil ich aufgrund meiner Erkrankung ständig Fehler mache.

Freitagmorgen schauen Tante Jo und ich uns an, welche Veränderungen die Osterferien für den Scheunenhof gebracht haben.

Als wir unter einer neuen bunten Wimpelgirlande hindurchgehen, flüstert Tante Jo mir zu: »Oh, wie sauber und ordentlich alles aussieht.« Nettere Worte sind von ihr kaum je zu erwarten.

Der meiste Schutt ist von Beths Partnerin Morgan in deren Anhänger abtransportiert worden. Allerdings ist es noch lange nicht so hübsch und sauber wie bei Barney nebenan.

Immerhin wirkt der Scheunenhof jetzt viel größer, und die Steinmauer der Scheune kommt deutlich besser zur Geltung.

Das Flüstern ist ansteckend. »Sieh dir die hübschen Bäume an.«

Tante Jo drückt meinen Arm. »Ja, Lorbeerbäume zu beiden Seiten der Türen, und sieh nur, Loella hat die Tür ihres Schuppens pink gestrichen, und Beth ihre blau.« Sie bleibt stehen, um alles in Ruhe zu betrachten. »Und das müssen die Laternen sein, die Beth bastelt. Malcolm hat mir an dem Abend im Gärtnerclub davon erzählt.«

Als wir darauf zugehen, fliegt die blaue Tür auf, und die Kinder stürmen in einer Wolke aus violettem, grünem und orangem Chiffon und Pailletten heraus, die Tante Jo bestimmt wiedererkennt. Seit gestern müssen sie auch noch ihre Hutschachteln geplündert haben, denn sie sehen aus, als wären sie auf dem Weg zu einer königlichen Hochzeit.

Beth winkt uns strahlend heran. »Kommt und seht, was wir gemacht haben.«

»So viele Regale.« Ich stehe zunächst staunend da. Nicht nur die Wände sind getüncht, auf der einen Seite sieht man Laternen und Materialien ordentlich aufgereiht. Nahe dem Eingang steht die Werkbank, und darauf liegen eine Schweißermaske sowie allerlei Werkzeuge. »Ehrlich, es ist … mir fällt gerade kein Wort ein, um es angemessen auszudrücken … es ist einfach toll!«

Loella taucht vor uns auf. »Ihr habt meine noch nicht gesehen.«

Die Kids gehen voran und haben bereits die Tür aufgerissen. Wir sehen auch hier getünchte Wände und Regale, nur dass die hier von lebhaften bunten Farben überquellen.

Tante Jo streicht über eine samtbezogene Chaiselongue, die bedeckt ist mit gefalteten Quilts. »Die sieht kuschelig aus.«

Ihre Augen leuchten, als sie die Tische im hinteren Teil sieht, auf denen Stoffzuschnitte liegen, die darauf warten, mit der Maschine daneben vernäht zu werden.

Ich umarme Loella. »Ihr habt so viel Arbeit geleistet.«

Beth lacht. »Wir dachten, wenn wir es wirklich, wirklich, wirklich hübsch machen, willst du uns vielleicht ein bisschen länger hier haben.«

»Es funktioniert, oder?« Ich schürze die Lippen und deute mit einer Armbewegung in den Hof zu den anderen Nebengebäuden. »Ist es noch zu früh, um zu fragen, ob es weitere Interessenten gibt? Oder genauer gefragt: Macht irgendeine von euren Freundinnen Schokolade?«

»Ich wünschte, das täten sie.« Loella lacht. »Wir werden uns in unserem Freundeskreis umhören. Mal sehen, was dabei herauskommt.«

Tante Jo kramt in ihrer Tasche. »Hier sind noch ein paar Sachen für euch.« Sie holt ein Kissen hervor.

Loellas Lächeln wird noch breiter. »*Glaub fest an deine Träume* … Danke, besser hätte ich es nicht formulieren können.«

»Und das hier ist für Beth.«

Auch Beth strahlt. »*Shine a light* … Das ist großartig, diese kleinen Kerzenflämmchen über den Is sind wundervoll!« Sie gibt uns Luftküsse auf die Wangen und betrachtet ihr Kissen von Neuem.

»Wie lautet dein Urteil?« Ich beobachte ihre Miene. »Meinst du, jemand wird die kaufen?« Die Kissen sind mein Plan, Tante Jo zu Geld zu verhelfen. Ich habe die Worte mit Stofffarbe vorgeschrieben, sie hat sie gestickt.

Loella holt tief Luft. »Josie stickt einwandfrei, und die Idee ist witzig.«

Beth wendet sich an Tante Jo. »Es gibt einen sicheren Weg, um das herauszufinden. Mach mir noch ein paar mehr, und ich biete sie online in unserem Etsy-Shop an. Mal sehen, wie die laufen.«

»Ich kann nicht behaupten, je etwas verkauft zu haben.« Ein Lächeln umspielt Tante Jos Lippen, und sie fächert sich mit den Fingern vorm Gesicht Luft zu.

Loella klopft auf ihr Kissen. »Auch wenn es wie ein Kissenspruch klingt, aber es gibt für alles ein erstes Mal, Josie. Beth hat recht, die sind witzig, und die Stickerei ist erstklassig. Ich vermute, die gehen weg wie warme Semmeln.« Sie grinst mich an. »Gut gemacht, ihr zwei, das ist ein guter Anfang.«

Beth schaut auf ihr Handy. »Ich will ja nicht drängeln, aber wir haben den Kids einen Ausflug und ein Picknick versprochen.«

»Ihr fahrt nach Lanhydrock?«, fragt Tante Jo.

»Schade, dass ihr nicht mitkommt.« Beth sieht zu Tante Jos Wagen im Unterstand zwischen den Schuppen. »Es ist nicht wie in den Grafschaften rund um London. Außerhalb der Saison ist es sehr ruhig.«

Tante Jo windet sich. »Es ist sehr lange her. Als ich nach Weihnachten versucht habe, den Wagen zu starten, meinte der Amazon-Mann, die Batterie sei leer.«

Ich mische mich ein. »Hast du Starthilfekabel? Wir könnten beide hier auf dem Scheunenhof üben, solange die Kids nicht da sind. Du kriegst bestimmt schnell wieder Routine«, ermutige ich Tante Jo, aber es ist natürlich nicht ganz uneigennützig, da ich an die Abendessen mit Fish und Chips ebenso denke wie an Tante Jos Fortschritte. Wie klasse wäre es, jederzeit in den Ort fahren und Essen zum Mitnehmen holen zu können, wann immer uns danach ist? Also an den meisten Abenden …

Loella überlegt. »Gib mir eine Minute, ich hole meinen Pick-up und starte den Mini. Dann könnt ihr zwei loslegen.«

Tante Jo klingt aufgeregt. »Ich ziehe wohl lieber meine Fahrschuhe an.«

»Ausgezeichnet. Bin gleich wieder mit dem Lademobil da.« Loella wendet sich an mich. »Cam kommt mit uns, aber falls Probleme auftauchen, ist Barney hier. Ihr müsst ihn nur rufen, und er hilft euch.« Die Grübchen in ihren Wangen vertiefen sich. »Und wenn er nicht schnell genug auftaucht, kannst du ja deine Staffelei nach ihm werfen.«

Ich tue so, als hätte ich das nicht gehört. Bestünde keine Chance auf Erfolg, würden wir es nicht versuchen. Jedenfalls würde ich mir eher den Kopf abbeißen, als Barney um Hilfe zu bitten. Damit das klar ist.

22. Kapitel

Tag 163: Freitag, 13. April
Im Wagen beim Periwinkle Cottage

Heroische Leistung: Mich wieder hinters Lenkrad setzen

»Alles okay da drinnen, Edie?«

Loellas Gesicht taucht seitlich neben der aufgeklappten Motorhaube von Tante Jos Wagen auf. Ich schaue von meiner Suche nach dem Zündschloss auf und hebe den Daumen. Die blaue Metallic-Lackierung sieht wegen der Salzschicht stumpf aus, aber der gestreifte Sitz unter mir fühlt sich wie neu an. Als ich den Schlüssel hineinschiebe weiß ich – obwohl ich immer noch nichts riechen kann –, dass ich den Geruch eines Neuwagens einatme. Mein Audi hatte das auch. Hat er wahrscheinlich immer noch. Jake meinte, es sei dumm, ihn zurückzugeben, da ich ihn doch bald wieder brauche würde. In gewisser Hinsicht ist das Auto dort auch ein Symbol; dass Jake hinsichtlich meiner Genesung zuversichtlich ist, stärkt meinen Glauben an mich selbst.

Meine Füße finden die Pedale, ich löse die Handbremse und bewege den Schaltknüppel. Es fühlt sich nach so langer Zeit seltsam an, die Finger um das Lenkrad zu legen. Ich stelle den Rückspiegel ein und überprüfe aus alter Gewohnheit darin meinen Lippenstift. Er ist noch genauso orange wie vorhin, als ich ihn vor dem Verlassen des Cottages aufgetragen habe.

»Okay, lass ihn im Leerlauf, und wenn du mich den Motor auf Touren bringen hörst, dreh den Zündschlüssel und tritt aufs Gaspedal, damit er anspringt.« Loella muss wegen des laufenden Motors ihres Pick-ups laut rufen, damit ich sie höre.

Ich warte auf das Röhren ihres Wagens und folge den Anweisungen. Bei der dritten Drehung des Schlüssels springt der Mini an, und als ich die Vibration des Gaspedals spüre, bin ich beflügelt. Als Teenager konnte ich es nicht erwarten, den Führerschein zu machen, denn wenn man eine selbstbewusste Fahrerin ist, gelangt man buchstäblich überallhin. Auto fahren zu können sagt auch nicht unbedingt etwas über die Intelligenz aus. Es gab nicht viele Bereiche, in denen ich besser war als Tash, aber einer davon war rückwärts einparken. Ich kann heute noch in der kleinsten Parklücke einparken. Ich bin mir ziemlich sicher, dass Jake sich deshalb so auf mich verlassen hat, weil ich mühelos von Baustelle zu Baustelle fahren konnte und höchstens mal einen Strafzettel wegen Geschwindigkeitsübertretung bekam.

»Und wir kochen mit Gas!« Loella wirft die Motorhaube zu und taucht wieder neben meinem Fenster auf, die Starthilfekabel aufwickelnd. »Sobald ich aus dem Weg gegangen bin, versuch in den Hof zurückzusetzen.«

»Cool.« Während ich den Knopf drücke und das Fenster herunterlasse, habe ich null Ahnung, was sie mit dem Gaskocher meint. Aber wen juckt's, wenn ich endlich wieder fahre.

Knirschend lege ich den Rückwärtsgang ein, drehe mich um und nehme sacht den Fuß von der Kupplung. Der Wagen rollt langsam rückwärts, und ich weiß, dass ich das Lenkrad drehen muss auf dem Weg in den Scheunenhof. Nur habe ich keine Ahnung, in welche Richtung.

Ich trete auf die Bremse und atme tief durch. *Okay, ich kriege das hin.* Ich versuche es erneut und drehe das Lenkrad in die andere Richtung. Stoppe erneut. *Völlig falsch. Was zur Hölle ist bloß los?* Das Heck des Wagens bewegt sich nicht mal annähernd so, wie ich es erwartet hatte. Also probiere ich es noch einmal und drehe das Lenkrad wieder andersherum, aber das funktioniert auch nicht. Ich drehe es wieder zur anderen Seite. *Mist.* Die Wand des Schuppens und Loellas pinkfarbene Tür sausen auf mich zu, während ich durchs Heckfenster schaue, und ich trete wieder auf die Bremse. Leider höre ich ein leises Aufprallgeräusch.

Durchgeschwitzt springe ich aus dem Wagen und versuche mit dem Fuß die Furchen im Schotter glatt zu streichen, wo ich das Lenkrad hin und her gedreht habe. Wenigstens ist der Wagen aus dem Unterstand, und der Motor läuft noch. Alles nicht so schlimm, ich war anscheinend nur ein bisschen durcheinander. Niemand scheint es bemerkt zu haben.

»Du kannst jetzt übernehmen, Tante Jo«, rufe ich.

»Moment noch, Häschen.«

Tante Jo hebt einen der Lorbeerbäume neben dem Carport auf, und ich will sie schon ermahnen, dass sie sich nicht drücken soll. Aber dann sehe ich die Erde neben dem Blumentopf, und mein Herz macht einen Kopfsprung.

Machen Herzen Kopfsprünge?

»Ist jemand dagegengefahren?«

»Netter Versuch, Edie.« Loella lacht aus dem offenen Fenster ihres Pick-ups. »Dieses Mal war *ich* es nicht.«

Tante Jo umarmt den Baum und bringt ihn wieder in Position. »Nicht schlimm, wahrscheinlich stand er in deinem toten Winkel. Setz dich auf den Beifahrersitz, ich komme gleich. Ich muss nur noch meine Fünf-Blumen-Essenz-Drops nehmen.«

Vielleicht ist es das, was mir fehlt. Wäre ich weniger gestresst gewesen, wäre das nicht passiert. Sobald Tante Jo hinter dem Steuer sitzt, werde ich ihr sagen können, wo es langgeht.

»Okay, Ladys, verbrennt nicht zu viel Gummi. Wir sehen uns später.« Loella trommelt mit den Fingern auf der Seite des Pick-ups, während sie uns diese Worte aus dem offenen Fenster zuruft.

Ich winke wild und weiche dem aufspritzenden Schotter aus, als sie auf die Straße fährt. »Danke und schönen Tag noch.« Schade, dass ich nicht noch etwas übers Kochen hinzufügen kann.

Als wir beide im Wagen sitzen, achte ich auf Tante Jos Füße. »Hübsche Pumps.« Die sind rot und mit Glitzer bedeckt.

Sie streicht sich eine Strähne aus der Stirn. »Die lassen mich an gute Feen denken, und wenn ich mit dem Auto unterwegs bin, habe ich gern das Gefühl, dass meine auf mich achtgibt.«

»Großartig.« Ist es überhaupt nicht. Ehrlich gesagt hätte ich das lieber nicht gewusst.

Ihre Knöchel treten weiß hervor, so fest hält sie das Lenkrad. »Motor läuft, Gang rein und ... los geht's.« Sie dreht am Lenkrad, und wir fahren ruckelnd vom Hof auf die Straße. Dann halten wir an und fahren die gleiche Strecke rückwärts zurück, in der gleichen Geschwindigkeit.

»Klasse.« Ich lächle. Eines muss ich ihr lassen – sie hat das mit dem Schritttempo in gerader Linie raus. In beiden Richtungen.

»Weißt du, es ist gar nicht so schlimm, wie ich es in Erinnerung hatte. Ich könnte es ein bisschen schneller versuchen.« Ihre Augen sind weit aufgerissen, aber sie klingt gut gelaunt.

Ich wackle mit den Brauen. »Nur zu.« Während sie es noch viermal probiert, ohne die Geschwindigkeit zu verändern, frage ich mich, wie mein Vater das den ganzen Tag lang macht. »Okay, dann drück ein bisschen mehr drauf.«

»Worauf?«, fragt Tante Jo erstaunt.

»Mit deinem Fuß auf das Pedal neben der Tür ... JETZT!«

Der Wagen macht einen Satz, und wir schleudern durch den Scheunenhof und schießen direkt auf die Straße.

»Stopp!«, rufe ich und greife nach der Handbremse.

Der Wagen schwenkt herum und kommt abrupt zum Stehen – hätten wir eine Wand getroffen, wäre es auch nicht heftiger gewesen. Es ist eine Schande, dass niemand uns filmt, der Clip wäre bestimmt viral gegangen. Tante Jo hebt die Füße von den Pedalen, und der Wagen macht einen Satz nach vorn; der Motor ist ausgegangen.

»Scheiße!« Das kommt von mir, nicht von Tante Jo.

»Hatte ich nicht auf deine Kalligrafie-Liste geschrieben, dass du das nicht mehr sagen sollst?« Sie sieht mich geknickt an.

»Nein, ich wollte mich nicht mehr aufregen.« Ich stöhne und buche es unter den Dingen ab, die einfach zu schwer sind.

»Und was jetzt?« Sie klingt bemerkenswert unbesorgt, wenn man bedenkt, dass die Stoßstange des Wagens gegen ihre Hauswand gedrückt ist. Na ja, nichts von all dem hier war ihre Idee. Wahrscheinlich erwartet sie genau deshalb von mir, dass ich das wieder in Ordnung bringe.

»Was meinst *du*?«, frage ich trotzdem.

»Tja, die Batterie ist leer, also werden wir wohl nirgendwohin fahren. Und du weißt ja, was Barney über das Parken an der Straße gesagt hat.« Sie wirkt tatsächlich leicht beleidigt. »Wir können nur eines tun, nämlich das, was Loella vorgeschlagen hat. Du läufst los und bittest Barney um Hilfe, dann fühlt er sich eingebunden. Könnte klappen, oder?«

Da gibt es nur einen Nachteil – ich hatte nicht vor, ihn wiederzusehen. Auf Monate hinaus nicht. Nie, um genau zu sein. Ihn heute zu sehen, ist jedenfalls absolut zu früh.

Tante Jo drängelt. »Beeil dich, Schätzchen, einer von Barneys Lieferwagen könnte vorbeikommen. Wir versperren ihnen den Weg, wenn wir hier stehen.«

Ich gebe einen langen Seufzer von mir. Es gibt Momente, da ist es einfacher, nicht zu widersprechen. Kurz darauf stehe ich vor Barneys Tür und wundere mich, wie er den gesamten Türrahmen einnehmen kann.

»Erinnerst du dich daran, was du über Autos gesagt hast, die die Straße blockieren?«

Sein Mund zuckt. »Dass ich sie abschleppe?«

»Genau das.«

»Loella meinte, dass du anklopfen würdest.« Die Wangengrübchen erscheinen kurz. »Anklopfen, nicht Sachen auf mich werfen.«

Wenn ich es nicht besser wüsste, würde ich glauben, dieser tiefe Laut, den er von sich gibt, sei ein Lachen. Aber Barney lacht nie. Wenn er es schon auf diese Weise zur Sprache bringt, kann ich den Ball auch zurückspielen. »Warum machst du das?«

»Was denn?« Das hat er offenbar nicht erwartet.

»Dich für Geld ausziehen?« Das ist eine wichtige Frage, außerdem hat er mit dem Thema angefangen.

»So würde ich das nicht nennen.« Er macht ein Gesicht. »Wie viele Dinge hier hängt das mit Beth und Loella zusammen.«

»Jetzt gibst du ihnen die Schuld?«

»Nicht ganz.« Sein Schulterzucken sagt, dass er es doch tut. »Ich bin allein mit einem Fünfjährigen, und das ist meine Chance, Zeit mit Erwachsenen zu verbringen.«

»Im Ernst?« Ich bin skeptisch, und gleichzeitig hebe ich die Stimme, weil ich mal wieder Blödsinn von Wahrheit nicht unterscheiden kann.

»Brauche ich den Pick-up?« Er bleibt bei der eigentlichen Sache. »Und die Starthilfekabel?«

»Zweimal ja.« Vielleicht hat er es nicht bemerkt, aber diese Zusammenfassung plus eine schlagfertige Erwiderung ist für mich neu. »Ist Cam nicht übrigens sechs?« Und jetzt korrigiere ich ihn auch noch bei Zahlen? Ich hab's mit dem Fahren nicht richtig hinbekommen, aber in anderen Bereichen läuft es gar nicht schlecht.

Er sieht mich an. »Fünf … sechs … ist doch nah beieinander.«

Ist es nicht. Welcher Dad weiß denn nicht, wie alt sein Kind ist? Ich schüttele den Kopf und mache den Mund auf und zu, aber anscheinend habe ich vorerst alle Erwiderungen aufgebraucht, denn es kommt nichts heraus.

Er zuckt ein weiteres Mal gleichgültig die Schultern. »Tja, du hast vielleicht den ganzen Tag Zeit zu plaudern, aber einige von uns sind beschäftigt. Wollen wir loslegen?«

Dagegen habe ich nichts einzuwenden. Als Barney mir in seinem Pick-up folgt, der aussieht wie der von Loella, nur in Schwarz, lehnt Tante Jo an der Motorhaube ihres Minis wie eines dieser Models aus alten Filmen.

»Was soll das? Hältst du den Verkehr schon wieder auf?« Er stellt sich neben sie und stupst sie an.

Sie fächelt sich mit ihrem Halstuch Luft zu. »Möglicherweise habe ich es mit der Blütenessenz übertrieben.«

»Waren diese Cinderellaschuhe zu schwer für das Gaspedal?«, neckt Barney sie.

Sie gibt einen erstickten Laut von sich, setzt aber sofort wieder eine düstere Miene auf.

Ich starre sie an. »Tante Jo, hast du gerade gelacht?«

»Ich?« Sie sieht mich an, als wäre ich diejenige, die hier gerade diesen Laut von sich gegeben hat. »Edie, sieh dir an, wo wir meinen Wagen geparkt haben. Daran ist nichts lustig.«

Ich schaue es mir an, wie der Wagen seitlich halb auf der Straße steht und mit zwei Rädern halb versunken in frisch ausgegrabener Erde. Ich muss mich zusammenreißen.

Barney sieht mich über das Dach hinweg beim Einsteigen an. »Lachen ist gemein, Edie Browne.« Dann dreht er den Schlüssel, und der Motor springt an.

»Du meine Güte, wie ist das passiert?« Was ist mit den Klemmen und dem roten und dem blauen Kabel?

Tante Jo rutscht von der Haube und steht inmitten der Osterglocken am Seitenstreifen.

»Die Batterie muss sich aufgeladen haben, während der Motor lief.« Barney hängt halb aus dem Wagen. »Soll ich ihn in eine bessere Position bewegen, wenn ich schon drin sitze?« Er deutet nicht einmal an, dass wir seine Zeit vergeuden.

»Das wäre ganz reizend, Barnaby«, antwortet Tante Jo im Straßengraben. »Wenn es dir nichts ausmacht?«

Er sieht sie ernst an. »Barnaby ist mein Nachname, verkürzt zu Barney wegen Barn – Scheune. Wenn wir uns mit den Vornamen anreden wollen, müsst ihr mich Guy nennen.«

Ganz locker rangiert er vorwärts und rückwärts, dann steht der Wagen wieder vollständig auf der Straße, und Barney hat die Tür offen gelassen.

»Wird deine Tante Jo jetzt übernehmen, oder hattet ihr genügend Abenteuer für einen Tag?«, fragt er mich. »Soll ich ihn wieder in den Unterstand im Scheunenhof fahren?«

»Das ist vielleicht eine gute Idee.« Ich glaube, wir schieben das Fahren auf, bis mein Dad kommt. Also etwa ein Jahr. Gerade noch rechtzeitig fällt mir ein, wie dankbar ich bin. »Danke, Guy.« Ich klopfe mir in Gedanken auf die Schulter, dass ich daran gedacht habe; allerdings hoffe ich, dass er das nicht ständig erwartet.

Als ich Tante Jo wieder auf festen Boden geholfen habe, ist der Wagen weg und Barney kommt auf uns zu. Er wirft die Schlüssel hoch und fängt sie wieder auf.

Für einen kurzen Moment möchte ich ihn umarmen, weil er uns aus diesem Schlamassel geholfen hat. Aber ich komme rechtzeitig zur Besinnung und tadele mich im Stillen für diese altmodischen Gedanken. Fehlt nur noch, dass ich mich im Bikini vor einem Sportwagen rekele.

»Danke, Guy, tausend Dank!« Tante Jo nimmt die Schlüssel von ihm entgegen.

»Jederzeit.« Er stellt über ihren Kopf hinweg Blickkontakt zu mir her. »Gern geschehen.«

Dass ich an gestreifte Boxershorts denke, ist auch nicht gerade hilfreich. »Kuchen am Sonntag! Komm vorbei!« Das ist ein weiterer dieser touretteartigen Momente, in denen ich einfach Sachen raushaue. Sofort überlege ich, wie ich das neutralisieren kann. Mir fällt nichts ein. Keine Chance.

Tante Jo greift es ohnehin gleich auf. »Was für eine reizende Idee, Schätzchen. Du kannst uns deine köstlichen Cupcakes backen.«

»Ach ja?« Dafür kann ich nur mir selbst die Schuld geben. Die alte Edie hätte das nicht so vermasselt. Ich muss sie unbedingt wiederfinden, und zwar bald.

»Großartig, dann sehen wir uns am Sonntag?« Er ist schon wieder auf dem Rückweg und hebt die Hand. »Bis dann, love you, bye.«

Die Melodie, die ich im Kopf höre, ist diesmal gar nicht düster. Es ist nicht *Leave a Light On* aus der TV-Werbung. Oder Harry Styles' *Sign of the Times*. Na schön, es ist auch nichts Fröhliches wie *Viva La Vida* oder *America* von Razorlight, das mein Dad uns immer mitzusingen gezwungen hat. Aber ausnahmsweise kann ich meinem Gehirn nicht die Schuld dafür geben, dass es dieses Lied ausgeworfen hat.

It's all over the front page, you give me road rage …

23. Kapitel

Tag 165: Sonntag, 15. April
Periwinkle Cottage

Heroische Leistung: Kochen auf dem … Ihr wisst schon … diesem Ding …

Fakt für heute: *Stimmerkennungsgeräte sind anders als in der Werbung dargestellt.* Deshalb hat *Siri, nenne mir ein Kuchenrezept* auch nicht funktioniert. Aber es ist okay, mich an Tante Jo zu wenden, schließlich hat sie auch etwas Großes daraus gemacht, indem sie Beths und Loellas Mitarbeiter eingeladen hat.

Ich überlege, was ich backen könnte und stelle die Zutaten zusammen, während Tante Jo sie ausruft.

»Eier … Mehl … Zucker … Butter … Zuckerglasur … und in der Schublade unter der Spüle findest du nagelneue Spritztüllen und einen Spritzbeutel.«

Früher bekam ich eine tolle Schokoladentorte für Geburtstage in der Firma hin, mit weichen Kringeln aus Glasur und Orangenschokoladestückchen innen drin. Variationen mit Oreos und M&Ms. Manchmal mit allem zusammen. Honig-Cupcakes mit Karamellkrümeln oder winzige goldene Zuckerbällchen. Und Marcus' Freunde waren ganz scharf auf alles mit Knisterzucker.

Ich schaue die Fotos auf meinem Handy durch, um mich daran zu erinnern, aber es kommt mir vor, als sei es eine Ewigkeit her. Doch dann finde ich, wonach ich gesucht habe. »Wie wäre es, wenn ich Champagner-Cupcakes mit Rosenwasser-

Buttercreme-Kringeln mache?« Abgerundet mit Erdbeeren, bunten Zuckerblumen und winzigen Stückchen kandierter Zitrone. Die habe ich für Tashs Geburtstag gemacht. Ich zeige Tante Jo die Fotos auf meinem Handy.

»Die sehen entzückend aus, Häschen, aber lass uns erst mal klein anfangen, bevor wir so etwas wagen. Wir wollen dich schließlich nicht unter Druck setzen, deshalb bringt Beth auch noch einen oder zwei Kuchen von Clemmie's mit.« Sie beobachtet auf ihre typische Art meine Reaktion.

»Und?«

»Warum nicht ganz schlichte Cupcakes mit Vanillebuttercreme backen? Nur dieses eine Mal.« Sie hat komplett das Kommando übernommen. Worüber ich froh sein sollte. Das ist definitiv nichts, um mit meinen Talenten zu glänzen. Und hier ist auch niemand, den ich beeindrucken will. »Ich habe Streusel gekauft.«

»Was denn für welche?«

»Gelbe und orange Zuckersternchen für die Jungs, und pinke und weiße für die Mädchen. Außerdem habe ich Chocolate-Chips bestellt, weil du die auch manchmal in deine Cupcakes getan hast.«

»Habe ich? Echt?« Ist mir so was von egal.

»Das war eines deiner Markenzeichen, Edie.«

Ich sollte dankbar sein, dass sie mich dazu anregt, wo ich mich doch bloß noch auf Bilder verlasse. Aber jetzt, wo sie es erwähnt, erinnere ich mich, dass ich tatsächlich Chocolate-Chips-Bröckchen in den Kern der Cupcakes gebacken habe, als kleine Überraschung. Für so etwas konnte Marcus' Freundeskreis sich begeistern.

»Dann werde ich es dir und Bella überlassen. Ruft, falls ihr mich braucht.«

Sosehr ich Tante Jo liebe, aber keiner von uns weiß, wann sie das letzte Mal gebacken hat. Da Bella eine begnadete

Köchin ist, hat sie sich bereit erklärt, mir per FaceTime beizustehen. Es dauert nicht lange, bis mein Telefon klingelt, und wir sind verschwunden.

»Okay, zuerst schalte den Ofen ein. Zeig es mir, dann sage ich dir, welcher Knopf es ist, und ich werde die Zahl hochhalten, auf die du den Ofen einstellen musst.«

Ich bin entschlossen, das hinzubekommen, und deshalb überwacht sie mich genau. Es ist erstaunlich, wie viel man für selbstverständlich nimmt, wenn man ganz normal als Erwachsener eine Kuchenmischung zusammenrührt. Wenn man sich bei jedem Schritt auf Anweisungen verlassen muss, dauert es ewig. Es ist ein bisschen wie mit den Leistungsverzeichnissen auf einer Baustelle: endlos viele Seiten, auf denen jede Kleinigkeit festgehalten und bis ins Detail beschrieben ist. Ich will mir nicht einmal vorstellen, mich da wieder durcharbeiten zu müssen – was gut passt, da ich das noch lange nicht können werde. Und wenn es dann so weit ist, wird es mir auch nicht mehr schwer vorkommen.

Das Gute daran, dass alles lange dauert, ist, dass mir Zeit bleibt, um mit Bella zu tratschen. Ich merke, dass sie scharf darauf ist, einen weiteren Blick auf meine Aktskizzen zu werfen, aber die habe ich vorerst unter dem Sofa versteckt. Tatsächlich ist seit gestern Abend nicht viel passiert, als sie für mich einen Blick auf meine Facebook-Seite geworfen hat, wie an den meisten Tagen. Auf Instagram gibt es hauptsächlich Fotos, die scrolle ich selbst durch, während Tante Jo mich über die Erinnerungslücken aufklärt. Schon komisch, dass ich damals, als ich ständig selbst irgendetwas gepostet habe, Panik bekam bei der Vorstellung, kein Internet zu haben. Jetzt, wo ich damit aufgehört habe, fühlt es sich an, als wäre ich aus einem Zug gestiegen. Er ist ohne mich weitergefahren, und die Welt dreht sich immer noch. Tut sie doch, oder? Ich habe das nicht geträumt. Aber wie ist das möglich?

Allerdings ist das im Augenblick mein kleinstes Problem. Momentan beschäftigt mich eher die Frage, wie meine Cupcakes aussehen, wenn ich sie aus dem Ofen hole.

»Und? Zeig sie mir.« Bella klingt ungeduldig. Derweil verbrenne ich mich und knalle das Blech auf die Arbeitsfläche.

»Die Muffins aus der Bäckerei sind viel größer.« Ich wedele mit dem Handy über den Dingern, und wenn ich ehrlich bin, sehen sie klein und schrumplig aus.

»Sei unbesorgt, du hast Chocolate Chips drin, sie sind nicht angebrannt. Die rot gestreiften Papier-Förmchen sehen gut aus, und wenn wir noch ordentlich Buttercreme draufbekommen, ist alles bestens.« Bella ist immer optimistisch. »Bei Cupcakes stehen die Leute vor allem auf die Buttercreme. Hau ordentlich Vanille rein, dann kochst du mit Gas.«

»Was denn für Gas?« Da ist wieder diese Herd-Sache. Wir haben hier einen elektrischen Herd, das weiß sie auch, weil wir über den Ventilator im Ofen gesprochen haben.

»›Mit Gas kochen‹ sagt man einfach so, wenn alles supidupi ist.«

»Supi-dupi?«

»Wenn alles gut läuft. *Mit Gas kochen* könnte auf deine Zitatliste.« Ihre Brauen schießen in die Höhe, aber ihre Stimme bleibt gleich. »Tante Jo soll es aufschreiben, dann wirst du dich erinnern.«

Ich atme schwer aus. Das ist einer dieser Momente, die ich, na ja, täglich erlebe. In der einen Minute ist alles noch bestens, doch dann gerät alles außer Kontrolle, und innerhalb von Sekunden pocht mein Kopf so heftig, dass ich fürchte, er wird platzen.

»Wie läuft es? Ist alles okay?«

Das ist Tante Jo, sie ist zurück und trägt jetzt Leggings und dazu eine geblümte Tunica, die sehr Loellas ähnelt, darüber einen gelben Pulli.

»Na komm, Schätzchen, ich habe dir doch gezeigt, wie man tief ein- und ausatmet und den Verstand leert.«

Verdammter leerer Verstand – der hat mich ja erst in diese Situation gebracht. Aber wenn sie so dicht vor einem steht und ihre Nasenflügel beben, mit geschlossenen Augen, ist es schwer, nicht mitzumachen.

Bella holt mich schließlich wieder zurück. »Sieh an, Edie, wer hätte gedacht, dass tief atmen so beruhigend sein kann?«

Keine Ahnung, ob sie das ernst meint oder mich verarscht. Ich hoffe Letzteres. Ich lache, denn irgendwie haben wir den stressigen Augenblick überwunden. »Dann kochst du also mit Gas, Bells?«

Schön, dass sie lacht. »Wollen wir uns der Buttercreme zuwenden, Edie? Falls du nicht zu erschöpft bist.«

»Soll ich die Glasur machen, und du kümmerst dich dann um die Verzierung?« Tante Jo ist schon an der Spüle, wo sie sich eine Schürze umbindet und die Rührschüssel ausspült. Ehe ich blinzeln kann, verschwindet sie in einer Zuckerwolke, und im Nu reicht sie mir einen gefüllten Spritzbeutel mit perfekter weicher Buttercreme. »Bitte sehr, Zuckerschnute, nun bist du an der Reihe.«

»Willst du einen Cupcake probieren?« Es hat ja keinen Sinn, wenn ich das mache, und wir haben reichlich.

»Die sehen toll aus, Schätzchen, aber ich will mir nicht den Appetit vor dem Mittagessen verderben. Die hebe ich mir für heute Nachmittag auf.«

»Essen wir so früh zu Mittag?« Ich habe den ganzen Vormittag gebraucht, um zwei Bleche Cupcakes zu backen. Das Gute ist, ich habe sie gezählt, bis neun immerhin, zwei Mal und ganz alleine.

Bella lacht noch immer auf meinem Handy-Display. »Die Zeit verfliegt, wenn man Spaß hat.«

Was außerdem noch gut ist: Ich habe vielleicht lange gebraucht für das Abwiegen und Zusammenrühren, aber mit dem Spritzbeutel bin ich immer noch ein Ass, und mit ein bisschen Ermutigung von Tante Jo zähle ich bis achtzehn, während ich die Kringel mache. Nachdem wir die Streusel verteilt haben, sehen sie fantastisch aus, auch wenn ich mich hier selbst lobe.

Ja, das lief richtig gut.

Barney Guy oder Guy Barney – oder wie zum Geier er heißen mag –, mach dich darauf gefasst, aus den Schuhen gehauen zu werden.

24. Kapitel

Tag 165: Sonntag, 15. April
Periwinkle Cottage

Heroische Leistung: Gesagt bekommen, dass ich eine tolle Bäckerin bin
(Okay, dass ich gleich danach über die Cupcakes geheult habe, widerlegt das wohl, aber diese Buttercremekringel waren top.)
(Na gut, die Glasur könnte von Tante Jo gewesen sein … aber das hat vermutlich ohnehin niemanden mehr interessiert …)

Es ist vielleicht eine Party, die ich nie haben wollte, aber Nachmittagstee für zwanzig Leute (Tante Jo hat gezählt) ist schon ziemlich heroisch.

»Jetzt rate mal, wessen Kissen sich gut verkauft haben.« Beth kommt in den Wintergarten, führt einen kleinen Cha-Cha-Tanz auf und sieht dabei sehr zufrieden mit sich aus. »Es ist offiziell, ihr zwei seid absolut geschäftstüchtig.«

Loella ist direkt hinter ihr und umarmt mich. »Nicht nur das, wir hatten außerdem eine Anfrage für einen Junggesellinnenabschied. Die möchten fünfzehn handgenähte Kissen mit verschiedenen Schlafmützen-Slogans in handgemalter Schrift.« Während sie das begeistert erzählt, zeigt sie die Anzahl dreimal mit den Fingern. »Fünfzehn! Wie toll ist das denn?«

Ich grinse Tante Jo an. »Na bitte. Ich habe dir ja gesagt, dass wir das können. Willkommen in der Welt der starken, unabhängigen Frauen. Sobald du Geschmack am Geldverdienen gefunden hast, wirst du nicht mehr zurückblicken.«

Beth sieht zu Tante Jo hin, die von hüpfenden Kindern umringt ist. »Bist du bereit dafür, Josie?«

Tante Jo reckt dermaßen begeistert die Faust in die Höhe und vollführt dabei eine Drehung, dass sie beinah stolpert.

Malcolm und Morgan kommen mit zwei Freundinnen herein, die sich die Schuppen ansehen wollen, und alle haben irgendwelche Behälter dabei.

»Willst du den Kessel aufsetzen, Edie?« Das ist mein Stichwort von Tante Jo.

Loella hebt die Hände. »Da wir feiern, haben wir Sekt mitgebracht. Ich hoffe, das ist okay?«

Beth ergänzt: »Schon gekühlt, und es gibt Plastikgläser für alle; für die Kleinen haben wir sprudelnden Traubensaft, außerdem Pappteller für den Kuchen. Dad will gleich los und Nachschub holen, nicht wahr?« Sie stößt Malcolm an, der sich gerade mit dem Hintern an die Tischkante gelehnt hat. »Und Barney bringt kaltes Bier mit.«

»Ausgezeichnet.« Ich hoffe, Tante Jo macht es nichts aus, dass der Nachmittagstee sich in eine korkenknallende Sektparty verwandelt. Ihrer gequälten Miene nach zu urteilen, ist sie nicht ganz so glücklich damit. »Okay, Tante Jo?«

Sie winkt mich zu sich und flüstert mir ins Ohr: »Ich bin etwas skeptisch, was die Pappteller angeht.«

Marcus war früher dagegen, aus ethischen Rettet-den-Planeten-Gründen, was recht und billig ist, aber ein ziemlich luxuriöser Standpunkt, wenn man nicht derjenige ist, der hinterher abwaschen muss. Tante Jo geht es allerdings eher darum, von Porzellangeschirr zu essen.

»Ach, wir versuchen es einfach, vielleicht gefällt es dir.« Ich nehme einen Beutel Plastiksektgläser von Beth entgegen und gebe Mia ein Zeichen, dass sie den Stapel mit Kuchenschachteln bringt, die sie inzwischen von allen Leuten in der Küche eingesammelt hat.

Wir verteilen Blaubeermuffins, kleine Brownies, Biskuitstücke mit Marmelade und Sahne, außerdem Kuchen mit Schokoglasur – wahrscheinlich eine extra Bestellung von Tante Jo beim Milchmann. Aber mein bester Moment kommt, als Tante Jo zum Gemüseregal verschwindet und mit einem Tortenständer aus Glas wiederauftaucht. Als ich meine Cupcakes darauf erkenne, sehen die so wunderschön aus, dass ich ganz gerührt bin.

Tante Jo sieht mich an. »Okay, Schätzchen?« Sie zeigt sie Beth und Loella. »Das ist ein großer Augenblick, denn es sind ihre ersten Cupcakes seit …« Mehr muss sie nicht sagen.

Beth gibt mir ein High five. »Nun sieh dir diese Kringel an – du hast uns verschwiegen, was für eine super Bäckerin du bist.«

»Yay! Dafür, dass du wieder im Spiel bist.« Loella boxt mich spielerisch gegen den Arm und ruft durch den Wintergarten: »Lasst die Korken knallen! Darauf müssen wir anstoßen!« Dann kramt sie in ihrer Tasche und gibt mir zwinkernd ein Taschentuch. »Sobald du dir die Nase geputzt hast, Schätzchen, geht's los.«

Beth verdreht die Augen. »Sie ist dreißig, Lo, nicht drei, sie braucht deine Anweisungen nicht.« Aber ich bin trotzdem froh über das Taschentuch und diese Ablenkung.

Während wir loslegen, tauchen Cam und Barney auf, aber das Gute an dem vollen Haus ist, dass die zwei unter den vielen Leuten gar nicht groß auffallen. Ich stelle das Tablett mit den Plastikgläsern ab, und während ich die Pappteller verteile, schenkt Malcolm die Getränke ein, die Mia anschließend herumreicht. Die anderen teilen Kuchen aus, und der Lärmpegel steigt. Ich kann nicht umhin, festzustellen, wie langweilig die Sonntage waren, die Tante Jo und ich nur zu zweit verbracht haben.

Als jeder sein Getränk in der Hand hält, klopft Loella mit einem Löffel gegen einen Porzellanteller und räuspert sich vernehmlich. »Nun, wir würden gern unsere Gläser erheben und auf Josie anstoßen. Ein dickes Dankeschön dafür, dass sie uns für ein paar Wochen die Schuppen zur Verfügung stellt.« Lächelnd schaut sie zu Tante Jo. »Und mit unseren Cupcakes stoßen wir auf Edie ›Schätzchen‹ Browne mit e am Ende an, für diese brillante Idee und dafür, dass sie ihre Backschürze wieder angezogen hat.« Sie strahlt mich über ihre gestreifte Cupcake-Hülle an. »Es ist schön, euch beide hier zu haben, und wir sind euch sehr dankbar, dass ihr unseren kleinen Unternehmen auf die Beine helft.«

Es folgt ein derartig begeisterter Jubel, wie man ihn sonst nur im Kindergarten zu hören bekommt, und dann das gedämpfte Anstoßen mit lauter Plastikgläsern.

Cam steht neben mir und schiebt sich Vanillebuttercreme in den Mund. »Wie schmeckt es?«, erkundige ich mich.

»Süß … und köstlich.«

Erleichtert trinke ich meinen Traubensaft und wende mich an Loella, die das Papier um ihren Cupcake Stück für Stück abschält. »Was tust du da?«

»Nicht jedem fällt es auf, aber am allerbesten schmecken diese Teile, wenn man absolut *gleich* große Stücke abbeißt, die sowohl aus Buttercreme als auch aus Biskuit bestehen.« Sie leckt sich die Lippen. »Pass auf und lerne.«

Und dann lerne ich vor allem, dass dadurch im Nu der Lippenstift hinüber ist. Vielleicht muss ich sie in das Geheimnis von Laura Gellers *Fifty Kisses* einweihen. Das ist kein Blödsinn, der Name steht direkt dafür, wie lange der Lippenstift hält. Nicht dass Marcus ein großer Küsser gewesen wäre, mit dem ich das hätte testen können. Käme ein Lippenstift für Freunde wie Marcus auf den Markt, müsste der *Küsschen* heißen, und wir reden hier vom Anfang unserer Beziehung. Wenn ich Glück hatte. Manchmal vergingen Wochen ohne die geringste Lippenberührung. Als ich ihn einmal darauf ansprach, meinte er nur: »Na ja, Edes, du hast die eleganteste Küche in der ganzen Straße« – er schien zu übersehen, dass die Küche aus meiner Firma kam, aber was soll's – »und die meisten Urlaubsreisen und mindestens jeden zweiten Tag den besten Sex. Es wirkt ein bisschen gierig, da noch mehr Glasur auf diesem perfekten Kuchen zu verlangen.«

Ist schon komisch. Manche Sachen aus meiner Vergangenheit sind komplett weg, während ich mich bei anderen Episoden an jedes einzelne Wort erinnern kann, obwohl es mir anders lieber wäre. Was ich eigentlich sagen will: Wenn du einen Lippenstift suchst, der wie Superkleber haftet, während du den ganzen Tag Kuchen auf Baustellen in dich reinstopfst, dann ist *Fifty Kisses* der richtige. Obwohl er in meinem Fall besser *Fifty Donuts* heißen sollte. Egal, was man anstellt, er ist sein Geld wert.

Ich gleite in die Gegenwart des Wintergartens zurück, wo Loella mit geschlossenen Augen wie in Zeitlupe abbeißt. Für mich ist das ein weiterer Moment, in dem ich den Atem anhalte.

Plötzlich schlägt sie die Augen auf, sehr, sehr weit, und ihre Kinnlade klappt herunter, während sich ihrer Kehle krächzende Laute entringen. Nicht allzu laut zwar, aber ich bin mir sofort im Klaren darüber, dass ich in Schwierigkeiten stecke.

Ängstlich blicke ich über die Schulter und entdecke Tante Jo auf der anderen Seite des Raumes. Sie macht einen großen Satz über Tally und ihre Freundin, die am Boden sitzen, und ist bei mir.

»Was ist denn los, Loella?«

»Alles bestens! Der Biskuit ist bloß ein bisschen salzig, sonst nichts.« Loella zupft an ihrer Zunge.

»Selbst in diesem abgelegensten Kaff in Cornwall musst du doch schon von gesalzenem Karamell gehört haben, oder?

Süß mit einer Prise Salz ist total in, glaub mir.« Tante Jos Wangen glühen durch ihre Grundierung hindurch.

Loella hält ihr ein Stück hin. »Hier, verrate mir, wie du es findest.«

»Ich finde, du hast es wohl in den falschen Teil deines Mundes geschoben.« Tante Jos pinkfarbene Zunge erscheint, als sie sich ein Stück in den Mund steckt. Es folgt ein Moment, in dem sie gar nichts sagt. Dann keucht sie. »Scheiße, verdammt …« Sie sieht mich so durchdringend an, als hätte sie sich in die Frau mit den roten Haaren verwandelt, die im Nachmittagsfernsehen für die Demütigung irgendwelcher Studiogäste zuständig ist. »Okay, Schätzchen, kein Grund zur Panik.«

Ich schlucke. »Ich bin nicht in Panik.«

»Aber … welchen Zucker hast du benutzt?«

Zucker. Ich stutze.

»Das Mehl war in der blau gestreiften Packung, die Eier in dem grünen Karton, der Zucker in der weißen Plastikdose mit dem …«

»Mit dem gelben Deckel«, beende ich den Satz.

Irgendwie scheint sie plötzlich kleiner zu werden, und als sie spricht, klingt ihre Stimme verzagt. »Tut mir leid, Leute, es ist alles meine Schuld. Das war Salz, Schätzchen, der Zucker war in der Plastikdose mit dem blauen Deckel.«

Ich ärgere mich, nicht selbst nachgesehen zu haben und dass ich außerdem auch nichts schmecken kann. Da ich mit Salz statt mit Zucker gebacken habe, ist es kein Wunder, dass die Dinger nicht fluffig sind. Ich habe die Schüssel leer gekratzt und zwischendurch genascht, aus reiner Gewohnheit, daher auch der Durst, als könnte ich einen ganzen Fluss leer trinken. Mensch, was habe ich mir nur dabei gedacht? Wie konnte ich nur glauben, Leute mit meinen Backkünsten beeindrucken zu können?

»Ein Fehler, der leicht mal passiert.« Malcolm sieht tatsächlich fröhlich aus. »Solche Dinge passieren mir fast jeden Tag. Ich und meine Küche, wir kommen einfach nicht klar. Ich bin darin genau so eine wandelnde Katastrophe wie du.«

Beth wirft ihm einen tödlichen Blick zu und schnappt sich einen Teller. »Okay, Kinder, in der Bäckerei gab es eine kleine Verwechslung, daher haben wir hier eine Rückrufaktion für die Cupcakes. Esst die Glasur und gebt mir den Biskuit dann zurück. Und nächsten Sonntag bekommt ihr welche, die durch und durch süß sind.«

Ich stöhne. »Bring mich nicht dazu, die noch mal zu machen.« Dass ich meine Staffelei umgeworfen habe, kommt mir verglichen hiermit wie eine Kleinigkeit vor.

Cam, der am Boden sitzt, mit dem Rücken an die Wand gelehnt und die Beine von sich gestreckt, schaut ernst hoch zu mir. »Meiner ist gut, er schmeckt nach dem Meer, und im Boden sind Chocolate Chips.« Im Ernst, dafür möchte ich ihn küssen.

Loella grinst mich an. »Du musst wieder aufs Pferd, Schätzchen. Und auf diese Weise bekommen wir einen weiteren Nachmittagstee im Periwinkle.« Sie wendet sich an die anderen. »Würde jemand bitte diesem armen Mädchen noch etwas zu trinken bringen?«

Mia kommt mit ihrem Tablett voller Traubensaft zu mir, und ich nehme in jede Hand einen Becher. Ich leere beide in einem Zug, in der Hoffnung auf einen Zucker-Kick, als irgendwer in mein Sichtfeld tritt und jedes bisschen Tageslicht nimmt, obwohl es draußen bewölkt ist. So viel zu meinem Vorsatz, keinen Blickkontakt herzustellen und mir vorzumachen, er sei nicht hier.

»Tja, Pech mit den Cupcakes, Edie Browne, aber wenigstens sahen sie unwiderstehlich aus.« Seine Miene sieht düster aus, wie gehabt. »Solltest du das trinken?«

»Wer bist du? Die Saft-Polizei?« Das war schlagfertig und der beste rhetorische Konter seit meiner Einlieferung in die Notaufnahme.

»Es ist nur …« Er sieht mich an, als blicke er direkt in meine Seele.

»Es ist nur *was*?« Ich bin gerade in Fahrt und nehme demonstrativ noch ein Plastikglas in jede Hand, die ich beide austrinke.

»Schon gut.« Er seufzt. »Geh's ruhig an, okay?«

Cam sieht zu ihm auf. »Bis jetzt hat sie fünf getrunken.«

Barney hebt die Brauen. »Es ist nicht immer höflich, mitzuzählen, aber trotzdem danke. In diesem Fall ist es nämlich ganz gut, dass jemand das macht.«

Ich sorge dafür, dass er mein Augenverdrehen auch wirklich sieht. Zum Glück muss ich nicht so ekliges Zeug wie Cola light trinken.

»Wie dem auch sei …« Malcolm reibt sich die Hände.

Beth unterbricht ihn. »Falls es wieder um die Backkrise geht, halt dich zurück, Dad.«

»Nee, nix mit Küchen, ich wollte das Thema wechseln und fragen, ob du vielleicht Stockrosen für die Tür willst, Josie? Pearl hatte früher immer welche, die gedeihen gut hier. Ich könnte dir welche vorbeibringen?«

Tante Jos verzweifeltem Blick nach zu urteilen, ist ihr nicht einmal klar, dass er von Pflanzen redet. Zum Glück für uns beide stehen Stockrosen auf Dads kurzer Liste lebenslanger Obsessionen. Zusammen mit Kletterrosen, dem blonden Mädchen aus *Neighbours*, Bananarama und Golf. Mein ganzes Leben lang habe ich so viel darüber gehört, dass mein Gehirn von Aliens gelöscht werden könnte, und ich wüsste immer noch, was das ist.

»Ja, bitte, Beths Dad.« Ich bin froh, dass wir von nach Meer schmeckenden Cupcakes wegkommen. »Das sind hohe

Mauerblumen, Tante Jo.« Hoffentlich verschafft ihr das eine Vorstellung.

Loella meldet sich zu Wort. »Die sind sehr hübsch, besonders im Sommer. Pearls waren rot und pink.«

Tante Jo nickt. »Ich bin für pink.«

Woran ich stets erinnert werde, sobald wir die Farbtafeln hervorholen.

Malcolm sieht zufrieden aus. »Während ich sie einpflanze, könnte ich mich auch mal um den Rasen kümmern, bevor der wieder richtig anfängt zu wachsen. Wie wäre es, wenn ich die Motorsense zum Einsatz bringe?« Er zögert und dreht sich zu Barney um. »Aber ich will natürlich niemandem in die Quere kommen.«

Barney trinkt einen Schluck Bier. »Nur zu, Malc, tob dich ruhig aus.«

Ich hoffe, er trinkt vernünftig. Ich meine ja nur, wo er doch wegen des Konsums anderer Leute so besorgt zu sein schien.

»Und für kleinere Arbeiten rund ums Haus wäre ich auch zu haben.« Malcolm fühlt sich durch Tante Jos Nicken ermutigt. »Ich habe reichlich Zeit, da ich mich zur Ruhe gesetzt habe und nicht mehr in der Ambulanz arbeite.«

Beth schüttelt den Kopf. »Er ist handwerklich wirklich begabt und wird die Arbeit gut machen. Solange ihr kein Problem damit habt, dass er mit einem *Arbeite für Cupcakes*-Schild um den Hals aufkreuzt.«

Loella grinst. »Hauptsache, sie sind nicht salzig.« Sie sieht zu mir. »Sorry, aber es ist echt witzig, also lass mich ruhig, ja?«

Tante Jo scheint nicht gerade erfreut zu sein. »Danke, Malcolm, du kannst sofort anfangen, sobald das Rollo für Edies Zimmer eingetroffen ist.«

Wenn Marcus und ich gemeinsam seine Designerküche aufbauen und seine sämtlichen Rollos anbringen konnten, werde ich wohl ein einziges Rollo in meinem Zimmer anbringen können. Vorausgesetzt, ich finde einen Schraubenzieher und Tante Jo hält das Maßband. Ich will gerade etwas sagen, bevor Malcolm sich den Job angelt, doch am Ende staunen wir beide nur, als Barney uns zuvorkommt.

»Okay, darum kümmere ich mich.«

Wow, das ist nicht gut.

Ich werde meine ganze Schlagfertigkeit brauchen, daher wende ich mich an Mia, um mehr Traubensaft für meine ausgedörrte Kehle zu bekommen. Eins, zwei. Eins, zwei. Erstaunlich, wie leicht diese kleinen Gläschen hinuntergehen. Ich ignoriere Barneys missbilligenden Blick. Und dass er ein bisschen verwackelt aussieht.

Tante Jo streicht ihre Haare zurück. »Wenn du sicher bist, dass du die richtigen Werkzeuge und Fähigkeiten besitzt, Barnaby?« Komisch, dass sie auch verwackelt aussieht.

Cam verkündet: »Das sind neun, Edie Browne. Selbst *ich* weiß, dass das viel ist.«

»Vielen Dank, großer Mann, vielleicht war's das.«

Loella stößt Tante Jo an. »Er baut diese reizenden Schäferwagen, weißt du, Josie? Ich vermute doch stark, dass er ein Schlafzimmerrollo mit links anbringen kann. Hey, Barney?« Sie klingt, als würde sie ihn aufziehen.

Seine Miene ist ernst, als er mit den Schultern zuckt, aber seine Augen spiegeln Belustigung wider. »Na klar. Es ist das Mindeste, was ich tun kann, wo ihr Cam so viel helft. Nicht nur sein Lesen wird besser, auch sein Zählen.« Jetzt sieht er mich besorgt an. »Alles okay, Edie?«

Ich bin froh, dass er gefragt hat. Tatsächlich könnte es kaum weniger okay sein. Meine Augen funktionieren nicht richtig, und es fühlt sich an, als würden meine Ohren an und aus gestellt, und ich höre alle Laute vibrierend. Außerdem ist mir schrecklich heiß, obwohl ich gleichzeitig erschauere.

Das könnte am Salz liegen, deshalb nehme ich mir einen weiteren Drink von Mia.

»Du trinkst doch nicht etwa Prosecco, oder, Schätzchen?«, erkundigt sich Tante Jo äußerst besorgt.

Ich habe keine Ahnung, warum sie fragt, da sie ja weiß, dass ich das nicht kann. Dennoch schwenke ich mein Glas in ihre Richtung. »Nur Kinderbrause.«

Wichtiger ist jedoch, dass ich die Vorstellung unerträglich finde, dass Barney sich im gleichen County befindet wie mein Schlafzimmer, erst recht im gleichen Zimmer. Zu sagen: »Wir werden sehen«, kommt mir nicht annähernd ausreichend vor, um der Sache einen Riegel vorzuschieben. Ich suche auf meiner Gedankenliste nach einer deutlicheren Erwiderung, aber mir fallen nur Sachen ein wie: *Sei gut drauf, ich mach das für mich* und *Zeig die Krallen*, und nichts davon würde auch nur ansatzweise funktionieren. Eine Songzeile schwirrt mir durch den Kopf, und zur Abwechslung ist es mal keine traurige.

»Robert De Niro's waiting, talking Italian …« Dad forderte uns immer auf, den Song im Wagen mitzusingen, was wahrscheinlich der Grund dafür ist, dass ich mich an diese Zeile erinnere.

»Was, Edie?« Das ist Tante Jo, deren Stimme in meinem Gehör lauter und leiser wird.

Verdammt, das wollte ich nicht laut sagen.

»Robert De Niro … talking Italian …« Da ist sie schon wieder.

Tante Jos Gesicht taucht vor meinem auf, aber verschwommen. Und als sie nach meinem Glas greift, ist ein Regenbogenschein um sie herum.

Ich überprüfe die Farben, um herauszufinden, ob die echt sind. »Rot, Gelb, Pink, Grün …«

Ich taumele nach vorn, und sie will mich am Arm festhalten, doch es ist zu spät. Die schwarzen Schieferfliesen am

Boden rasen auf mich zu. Im Fallen kann ich nur denken, wie schmerzhaft das gleich wird, wenn mein Kopf aufschlägt, und dass versalzene Cupcakes und umstürzende Staffeleien lustig sein werden gegen den Moment, in dem ich mich einnässe.

25. Kapitel

Tag 168: Mittwoch, 18. April
Periwinkle Cottage

Heroische Leistung: Mich richtig erholen (fragt nicht, wovon) (Na ja, genau genommen von mehreren Dingen. Jedenfalls so tun, als sei nichts geschehen. Super. Und außerdem: aussehen, als würde ich mich keinen Deut darum scheren)

Nicht alles ist, was es zu sein scheint. Ich habe Sekt erwischt statt Blubberbrause: Hab es nicht gemerkt, weil sie ähnlich aussehen und ich ja nichts schmecken kann, worauf ich mal eben neun Gläser in mich hineingekippt habe – das eigentlich Erstaunliche ist also, dass ich nicht schon viel eher umgekippt bin.

Ratet mal, wer mich gerettet hat? Keine Ahnung, wie das ging, aber irgendwie hat Barney es geschafft, mir im Fallen von hinten unter die Arme zu greifen, um mich anschließend sanft zu Boden gleiten zu lassen. Da lag ich dann, und mein Kopf war auf seine Schenkel gebettet, nachdem er sich hingekniet hatte. Hätte jemand anderes das getan, wäre er mein Superheld gewesen. Mir ist klar, dass ich für die Rettung dankbar sein sollte, statt mich zu schämen. Aber wenn man sein Gesicht lange genug auf die weiche Jeans eines Typen legt, dass sich die Nähte auf der eigenen Wange abzeichnen … Vergesst, dass ich alle mit Salz zu vergiften versucht und es fertiggebracht habe, mich versehentlich zu betrinken und zu fallen. Der wirkliche Hammer des Tages, der mir echt peinlich ist: dass ich meinen Kopf auf diese Oberschenkel gebettet habe. Nachdem ich Bella das erzählt habe, meinte sie nur, dass ich sie mir diesmal wenigstens nicht ansehen musste.

Beths Dad und Tante Jo brachten mich in die Notaufnahme, um mich durchchecken zu lassen. Man entschied, ich hätte einen Anfall gehabt, könne aber heim. Am schlimmsten ist, dass es möglicherweise die Rückgabe meines Führerscheins verzögert. Aber nach den Problemen, die ich in der vergangenen Woche hinter dem Lenkrad von Tante Jos Auto hatte, bin ich ohnehin noch nicht so weit.

Nach derart viel Aufregung besteht Tante Jo darauf, die nächsten zwei Tage zu Hause zu verbringen. Ich soll es ruhig angehen lassen, wie sie das nennt, allerdings komme ich dadurch nicht ums Lesen herum. Es fällt mir nicht leicht, an ihrer Morgenmeditation teilzunehmen, aber es ist einfacher, ihr nicht zu widersprechen. Ich persönlich glaube ja, dass es leichter und besser für meinen Kopf wäre, wenn ich später aufstehen würde, statt auf dem Fußboden des Wohnzimmers zu sitzen, ein- und auszuatmen und mir einzureden, ich sei okay. Aber was soll's. Für den Rest des Tages beschäftige ich mich mit Stofffarben und kleinen Bildern für Loella, während Tante Jo Ballett schaut, statt mich und meinen Farbroller zu überwachen.

Mittwochnachmittag, als der Lieferant mit meinem neuen Rollo an die Terrassentür klopft, bin ich wieder einigermaßen fit. Also nehme ich mir Harrys Werkzeugkasten, während Tante Jo oben ihre blonden Strähnen nachfärbt. Als sie wieder herunterkommt, liegen überall auf dem Boden Sägen und Hämmer herum.

»Ich dachte, Barney wollte das machen?« Sie tupft ihre Haare mit einem Handtuch ab und betrachtet kritisch den Rollokarton.

Ich beachte sie nicht, sondern nehme den Bohrer und drücke den Knopf. Ich erschrecke, als er loslegt. »Yay, er funktioniert!« Ich deute das als Zeichen. »Ach, das kriege ich hin.« Als ich Bellas Jalousie nach dem Fallschirmsprung angebracht habe, hat sie mich sogar Miss Heimwerkerin genannt. Solange ich nicht zu viel darüber grübele, müsste ich es hinbekommen.

Ich streife die Plastikverpackung ab, entrolle das Rollo auf der Lehne des Sessels und kippe lauter Plastikteile aus einer anderen Tüte. »Die müssen also am Fenster befestigt werden.«

»Der Musselinstoff ist genau richtig gegen die Morgensonne. Pass auf, dass du die Gebrauchsanweisung nicht verlierst.«

»Als würde die mir irgendwie weiterhelfen.« Während ich die Teile auf dem Couchtisch ausbreite und zu sortieren versuche, geht es doch nicht so schnell voran, wie ich gehofft hatte.

Tante Jo macht sich auf den Weg in die Küche. »Wollen wir nicht erst eine schöne Tasse Tee trinken und uns nachher darum kümmern?«

Aber auch sämtliche Reste der Brownies vom Sonntag aufzufuttern, macht es nicht besser. Als Cam und Barney später vorbeischauen, weiß ich immer noch nicht, wie die Teile anzubringen sind.

Barneys Miene hellt sich auf, als er die Teile sieht. »Oh, gut, es ist angekommen, und ihr habt schon mal losgelegt.«

Tante Jo schnieft pikiert. »Nie sehen Männer glücklicher aus als beim Anblick einer Werkzeugkiste.«

Das stimmt nicht ganz. Dad macht immer ein langes Gesicht, sobald Mum seine Werkzeugkiste holt. Das Kaufen der Werkzeuge bereitet ihm viel mehr Spaß, als sie zu benutzen, und Heimwerken gefällt ihm nur, wenn *er* die Idee dazu hatte. Aber das erwähne ich jetzt nicht. Wäre Barney früher aufgetaucht, hätte ich ihn weggeschickt. Nachdem sich gezeigt hat, dass ich es absolut nicht hinbekomme, muss ich seine Hilfe wohl annehmen.

Barney schaut sich neben mir die Sache genauer an. »Wenn wir diese Klammern umdrehen, passen sie.«

Wie habe ich den ganzen Nachmittag hier sitzen können, ohne das zu sehen? »Toll«, sage ich ironisch. Während ich ihm dabei zusehe, wie er die Teile aufsammelt, ein paar Werkzeuge in die Kiste wirft und sich auf den Weg zum Flur macht, bin ich froh, ihm die Sache überlassen zu können.

Im Türrahmen dreht er sich zu mir um. »Warum sitzt du noch da, Edie Browne? Du wolltest mir doch helfen.«

»Echt?« Sowenig ich mich auch auf meine Erinnerung verlassen kann, bin ich mir doch ziemlich sicher, dass wir keine derartige Vereinbarung getroffen haben.

»Nimm bitte das Rollo und das Tape mit.« Barney ist gleich wieder ganz der Kommandant. »Wenn du dich nicht beeilst, hänge ich es höchstwahrscheinlich am falschen Fenster auf.«

Ich hätte es als Scherz aufgefasst, wäre da wenigstens die kleinste Andeutung eines Lächelns gewesen. So aber ist es nur ein weiterer Punkt auf der Liste, die ich neulich auf dem Sofa liegend in Gedanken aufgestellt habe. *Zehn Dinge, die ich an dir hasse, Barney von den Scheunen* oder wie auch immer er sich nennt. Und ich bat im Stillen Heath Ledger um Verzeihung, für den wir damals geschwärmt haben. Na ja, immer noch gelegentlich, wenn wir wieder mal bedauern, dass er nicht mehr unter uns weilt. Aber mit meiner Liste feiere ich, dass ich wieder bis zehn zählen kann. *Bossy* steht schon drauf, und zwar an sechster Stelle. Gleich nach *superaufwühlend – wegen dieser Aktmodell-Sache*. Vergessen wir's schnell. Auf dem Weg die Treppe hinauf fällt mir ein, was an siebter Stelle stehen könnte. *Macht einen ganz wuschig*. Leider besitzt Barney auch noch diese melancholische Bad-Boy-Ausstrahlung eines Heath Ledger, genau wie die Grübchen, die sinnlichen

Lippen und die ungewöhnlich entzückend spitzen Zähne. Nicht dass ich von denen schon viel zu sehen bekommen hätte, da er meistens die Lippen zusammenpresst.

»Vergiss dies nicht, Barnabus.« Tante Jo hält ihm die Gebrauchsanweisung hin.

Barney zuckt mit den Schultern. »Alles klar, Josiebus, das Ding ist ziemlich nutzlos. Behaltet es für eure Nachmittagslesestunde.«

Ich nehme sie ihr ab und betrachte sie eingehend, um ihrem vorwurfsvollen Blick auszuweichen.

An die Nummer, die auf sieben folgt, setzen wir mal *arrogant und abstoßend hyperselbstbewusst*. Obwohl, das könnte schon irgendwo auf der Liste stehen. Denn, echt, es stimmt. Wie er am Tag meiner Ankunft hier umhermarschiert ist und mich herumkommandierte, das war kein falscher Eindruck; genau so ist er nämlich.

»Ist Edie beim Vorlesen nicht dabei?«, fragt Cam, der neben dem Sofa steht.

Tante Jo antwortet ihm: »Wir zwei machen heute ganz besondere Spiele. Und morgen lesen wir wieder, okay?«

Da ich aus der Sache nicht herauskomme, bleibt mir nur eines zu tun. Ich gebe Gas und laufe an Barney vorbei, zwei Stufen auf einmal nehmend, wobei ich darauf achte, dass er mitbekommt, wohin ich eile, denn ich will ihn ja nicht abhängen und wieder von vorn beginnen. Kaum zu glauben, wie viel Kraft man in den Beinen spürt, wenn die Alternative darin besteht, dass ein Mann direkt hinter dir die Treppe hinaufgeht und deinen Hintern in dem engen Audrey-Hepburn-Outfit wackeln sieht, das viel straffer sitzt als zu der Zeit, als du noch Vollzeit gearbeitet hast und öfter die Mittagspause ausfallen lassen musstest. Im Nu bin ich oben und stürme in mein Zimmer, wo ich rasch nach herumliegenden Slips und anderen Peinlichkeiten Ausschau halte. Ich schiebe einen Stapel

BHs vom Sessel und verstecke sie unter dem Bett. Mir fällt auf, dass das Bett superordentlich gemacht ist, weil ich versucht habe, Kissenfotos zu schießen. Ich habe ein bisschen davon geträumt, es vielleicht auf irgendwelche Katalogseiten zu schaffen. Allerdings will ich auf keinen Fall, dass Barney glaubt, ich hätte das Bett extra seinetwegen gemacht. Wenn ich mich einfach hineinfallen lasse, wird der Quilt zerknautscht und die Kissen am Kopfende purzeln durcheinander. Dann springe ich wieder auf – Problem gelöst. Als ich das Knarren seiner Schritte oben auf dem Treppenabsatz höre, werfe ich mich aufs Bett.

Okay, das war wohl ein bisschen zu viel Schwung, vielleicht auch, weil ich in Panik bin. Zuerst merke ich, dass das Bett ins Rutschen gerät. Ich habe Tante Jos Unterbett übersehen, das sie für die Etsy-Kunden ausgebreitet hat. Noch im Sprung wird mir klar, dass ich nicht aus dem Bett herausfedern werde. Stattdessen ist es wie der Aufprall auf einer Bobbahn. Ich schlittere auf der anderen Seite wieder herunter und krache mit der Nase gegen die Wand. Eingeklemmt zwischen der Rosengirlandentapete und der Fußleiste, die Beine noch auf dem Bett, bleibe ich liegen.

»Edie, was zum Geier?«

Für einen ganz kurzen Moment überlege ich, Barneys Fluchen an neunter Stelle auf die Liste zu setzen. Nur um mir zu beweisen, wie gelassen ich das alles hinnehme. Aber dann erinnere ich mich, wie gern ich selbst ordentlich fluche, also bleibt Nummer neun vorläufig offen.

Sein Ton wechselt von erstaunt zu besorgt. »Shit, bist du okay da unten?«

»Bestens.« Das kommt gedämpft heraus, weil mein Mund auf den Teppich gedrückt wird. »Wage es nicht zu lachen.« Erst nachdem ich mir richtig Mühe gegeben habe, das wie eine Drohung klingen zu lassen, fällt mir ein, dass diese Gefahr ja gar nicht besteht. Barneys Unfähigkeit zu lachen wäre ein guter neunter Platz auf meiner Liste.

Ein tiefer Laut entringt sich seiner Kehle, und ich drehe den Kopf. Tatsächlich kann ich ihn über den Rand des Quilts sehen. »Ich würde ja noch mehr lachen, wenn meine Füße sich nicht in, äh, Unterwäsche verfangen hätten.«

»In *was?*«

»Da ist dieser Wäschestapel. Es sieht ganz danach aus, als sei er unter das Bett geschoben worden.« Er bückt sich und zieht; prompt kommt mein Lieblings-BH, in den Farben Nude und Coffee frei und zischt ihm beinah ans Ohr. »Agent Provocateur 36 C. Sagt dir das etwas?« Es klingt, als würde er ein Lachen unterdrücken. »Okay, antworte nicht. Bleib da, wo du bist.«

»Mann, Barney, es ist nicht so, als hätte ich da großartig eine Wahl. Leg mein Zeug hin und zieh an meinen Beinen.«

Das Gute an Tante Jos Seide ist, dass sie auch auf dem Rückweg rutschig ist, nur dass Barney mich diesmal an den Knöcheln zieht. Im Nachhinein betrachtet hätte ich das Bett wohl so lassen sollen, wie es war. Barney wäre es ohnehin nicht aufgefallen. Er ist nicht gerade ein aufmerksamer Beobachter. Tatsächlich sieht er, während ich keuchend auf der zartlila Seide liege, weder mich noch das Bett an, sondern ist nach wie vor damit beschäftigt, seine Füße zu befreien.

Er wirft vier BHs aufs Bett, ehe er seine Füße freibekommt. »Wow, der reinste Unterwäscheladen. Aber ganz schön viele Riemen, in denen man sich verfangen kann.« So ganz wenig bekommt er offenbar doch nicht mit.

»Ich habe Zeug aussortiert.« Ich werde ihm nicht erklären, dass meine Unterwäscheschublade meine geheime Versicherung dagegen war, Marcus zu verlieren, und auch nicht, wie scharf er auf den Bondage-Luder-Look war. Denn gewirkt hat es ja offenkundig trotzdem nicht. Tatsächlich habe ich mein ganzes Geld verschwendet, und letztlich zeigte sich, dass Sex gar nicht seine größte Obsession war. Auch auf die Gefahr hin, dass es knickerig rüberkommt, aber ich trage die Sachen, obwohl ich Single bin und es mir egal ist, ob ich sexy aussehe oder nicht. Die Sachen haben schließlich Geld gekostet und sind überdies angenehm zu tragen.

Als ich aufrecht stehe, spielt da die Andeutung eines Lächelns um seine Lippen. »Da du wie eine Olympia-Sprinterin die Treppe hinaufgerannt bist, nehme ich an, dass mit deinen Beinen alles in Ordnung ist?« Eine weitere Bemerkung, auf die ich verzichten kann.

»Yap.«

»Dir ist aber schon klar, dass du vorsichtig mit versehentlichen Kopfstößen sein musst? Hast du dir den Kopf an der Wand gestoßen?« Er mustert mich und ist mir dabei so nah, dass ich seine Körperwärme wahrnehme.

»Nope.« So viele Fragen, fast wie in der Notaufnahme. Nebenbei bin ich froh, nie auf meine drei Sprüher Gucci Rush morgens verzichtet zu haben, auch wenn ich es selbst nicht riechen kann.

»Gut, wollen wir uns dann um das Rollo kümmern? Ist das da das Fenster?«

»Du musst das nicht tun.« Das muss gesagt werden.

»Ist mir durchaus bewusst.« Er sieht mir direkt in die Augen. »Anscheinend sind wir beide stark und unabhängig, Edie, aber manchmal darf man einfach nicht stur sein und sollte die angebotene Hilfe annehmen. Wie ich es mit Cam getan habe.«

»Stimmt, aber Leute lieben es, einem Kind zu helfen.« Für mich ist es etwas komplett anderes, Hilfe anzunehmen. »Besonders einem, dessen Mum nicht mit der Familie zusammenlebt.« Weiß der Geier, warum mir das herausrutscht und ich ihn stumm dränge, mir mehr zu erzählen.

»Cams Mum ist gestorben.«

Das nimmt mich mit, aber ich bin auch seltsam erleichtert. »Mist, das tut mir leid. Ich hatte keine Ahnung, dass du …« Das ist der falsche Zeitpunkt, um keine Worte mehr zu finden.

»Die Sache ist anders.« Er holt tief Luft. »Cams Eltern kamen beide bei einem Bootsunfall ums Leben. Ich bin sein Vormund, nicht sein Dad.«

»Oh, verdammt, armer Cam, das ist ja noch viel schlimmer.« Meine Ansichten über ihn, besonders, was seine vermeintliche Vaterrolle angeht, ändert sich schlagartig. Cam sieht aus wie eine kleinere Version von ihm, aber Barney ist wirklich ein Held, weil er die Elternrolle übernommen hat. Vermutlich hat er genauso viel zu kämpfen wie wir anderen alle. »Tut mir leid, das kam falsch rüber, aber ich hatte keine Ahnung.« Jetzt bereue ich es, über ihn geurteilt zu haben.

»Ich hatte es auch nicht gerade eilig, es dir zu erzählen, weil es toll war, mal jemanden zu haben, der Cam einfach nahm, wie er ist, und nicht nur als Kind gesehen hat, dem Tragisches widerfahren ist.« Schon sind die Sorgenfalten wieder in seinem Gesicht. »Das ist der Grund, weshalb ich viel um die Ohren habe und jede Unterstützung annehme, die ich kriegen kann.«

»Klar.« Ich bin in letzter Zeit ohnehin nicht die redegewandteste Person, selbst in den besten Momenten nicht, aber jetzt fehlen mir total die Worte.

»Ich weiß, es ist hart für dich, aber das Leben wird leichter, wenn du nicht ständig jede Hilfe abwehrst, Edie Browne. Hier geht es um ein Rollo und vier Schrauben. Keine große Sache.« Als wäre die Information über Cam nicht schon genug, sind diese tiefgründigen braunen Augen und das Verständnis in ihnen ernsthaft entwaffnend. »Wo möchtest du es also haben?« Er hält die Rollohalterungen an einen Fensterrahmen.

»Kann ich es mir aussuchen?« Ich bin mir nicht sicher, ob mir danach ist, eine Entscheidung zu treffen.

»Eigentlich nicht.« Er zieht die Nase kraus. »Ich wollte nur beeindruckend klingen, dabei ist es völliger Blödsinn. Genau betrachtet gibt es nur ein geeignetes Fenster dafür.«

Ich weiß nicht, warum ich das lustig finde, aber ich lache. »Dann wohl am besten dort.« Der Himmel hinter den kleinen Glasscheiben ist unglaublich blau, und in der Ferne schimmert das Meer. Das muss die Erklärung dafür sein, dass ich mich auf einmal leicht und beschwingt fühle.

Ich habe ewig auf Baustellen gearbeitet und bin den Anblick von Männern, die Löcher in Wände bohren, gewohnt. Umso alberner ist es, dass ich den Blick von Barney nicht abwenden kann, während er mit der Wasserwaage hantiert und die Stellen für die Schrauben markiert. Ich kann mich auch vom Anblick seines Bizeps, der unter den T-Shirt-Ärmeln hervorschaut, während er die Werkzeuge bereitlegt, nicht losreißen. Die einzige Erklärung wäre, dass es eine Art künstlerische Neugier ist, entstanden durch das lange Betrachten dieses Mannes beim Aktzeichnen. Die Bewegungen der Muskeln genau beobachten, bevor man eine gute Zeichnung anfertigen kann.

Er wischt die geringelten Holzspäne zur Seite. »Hast du häufig Anfälle?«

»Bitte?« Ich schnappe so erschrocken nach Luft, dass ich glatt meine ganze Faust eingeatmet hätte, hätte ich nicht gerade fest an meinem Daumengelenk gekaut. Ich brauche einen winzigen Moment, um aufzuhören, mich schuldig zu fühlen und mich zu fragen, was zum Geier ihn das angeht. Nur weil er Löcher in mein Schlafzimmerfenster bohrt, hat er noch lange nicht das Recht, mich über mein Privatleben auszufragen.

»Vielleicht hast du es vergessen, aber ich war am Sonntag hier. Ich habe gesehen, wie du zu Boden gegangen bist.« Er untersucht immer noch die Löcher, dann schraubt er die Halterungen an.

»Ich hatte davor nur einen.« Es fällt mir leichter zu antworten, weil ich mit seinem Rücken rede. Noch während ich überlege, was ich weiter sagen könnte, verblüfft mich, was tatsächlich herauskommt. »Damals im Oktober.«

»Das muss hart sein.«

»Was?«

»Es muss schwierig sein, nicht zu wissen, wann es passiert.« Er ruckelt an den Halterungen, um sie zu überprüfen, dann dreht er weitere Schrauben ein. »Ich meine, auf der Party waren ja Leute, die helfen konnten. Aber was, wenn ich dich nicht aufgefangen hätte? Oder noch schlimmer, wenn du ganz allein zu Hause gewesen wärst?«

Ja, ja, ja, ja. »Ehrlich gesagt, es ist wirklich ...« Verdammt beängstigend. Gehirnbetäubend und lähmend. Erschreckend genug, dass mir der kalte Schweiß ausbricht und ich nachts wach liege und grüble. »... schwierig.«

Er dreht sich zu mir um. »Du spielst es schon wieder herunter, Edie. Es ist okay, du musst es nicht vor mir verbergen, ich kann die Angst in deinen Augen sehen.«

»Es ist ...« Flüsternd gestehe ich: »Ich hasse es.« Da, es ist heraus. Er ist der erste Mensch, dem ich das gestanden habe.

»Am schlimmsten muss es sein, dass man nie allein sein darf. Josie ist ja reizend, aber früher oder später werdet ihr beide eure Unabhängigkeit wiederhaben wollen.« Nachdem er sich wieder zum Fenster umgedreht hat, klingt er nahtlos wieder nach einem Besserwisser.

»Wenn du irgendwelche Vorschläge hast, immer her damit.« Er wird mir keine machen können. Ich denke jeden Tag darüber nach und habe bisher keine Lösung gefunden. Wenn wir das Haus verkauft haben und Tante Jo weggezogen ist, muss ich mir jemand anderen suchen, mit dem ich zusammenwohnen kann. Oder, was am wahrscheinlichsten ist, ich muss zurück zu Mum und Dad ziehen. Ich versuche, nicht daran zu denken, dass ich vielleicht nie mehr allein leben kann.

»Überlasse es mir, ich arbeite daran.«

»Was soll das denn heißen?« Ich ärgere mich darüber, dass ich klinge, als sei es mir wichtig.

»Ich will nicht, dass du dir umsonst Hoffnungen machst, deshalb werde ich dir erst davon erzählen, wenn es funktioniert.«

»Das wäre mal was. Aber nichts im Leben ist kostenlos.« Das ist nicht richtig. »Kostet nichts?«

»Du meinst, glaube ich: Nichts ist umsonst, Edie Browne. Aber deine Formulierung gefällt mir auch.« Mit einem belustigten Ausdruck in den Augen dreht er sich zu mir um.

»Was also verlangst du für den Fall, dass es funktioniert?« Da melden sich anscheinend wieder die Schuldgefühle, aber ich muss ihn schließlich warnen. »Ich kann keine schwierigen Sachen.«

»Du bist hier diejenige mit den guten Ideen.« Diesmal gibt es keinen Zweifel – er lacht. »Im Ernst, du tust schon sehr viel für Cam, aber falls du noch eine gute Idee für meine Schäferwagen hast, werde ich nicht Nein sagen.«

Schäferwagen sind nicht mein Ding, trotzdem denke ich schon über seine nach, ihre langweilige Einrichtung und dass sie sicher leichter zu verkaufen wären mit einem Anstrich.

Er gibt mir das Ende des Tapes und zeigt auf die Halterungen. »Halte da mal fest, dann kann ich es ausmessen, und wir schneiden das Rollo auf die richtige Größe zu.«

Er lacht noch immer, aber als ich auf das Maßband starre, hört er auf.

»Edie? Alles in Ordnung? Ist dir schwindelig?«

»Nein, das ist es nicht.« Mein Blick klebt auf diesem Metallstreifen. »Es sind die Zahlen.« Mein Herz klopft.

»Na ja, ohne sie wäre es kein Maßband.« Er nickt geduldig, versteht jedoch nicht.

»Die Zahlen …« Ich kann kaum glauben, was ich sage. »Ich kenne sie. In letzter Zeit war ich ziemlich gut, wenn Tante Jo sie mir am Kühlschrank gezeigt hat. Aber dies ist das erste Mal, dass sie mir im Alltag begegnen, und sie sagen mir etwas.« Ich fahre mit dem Finger auf dem Maßband hin und her. »Drei, sieben, fünf, neun, eins.« Ich sehe ihn an.

»Bis hundert, nehme ich an?«

»Bis wohin?« Ich fühle mich wie mein Dad, sobald es im Fernsehen um Politik geht. Manchmal schaltet man einfach ab.

»Du weißt schon, zehn, zwanzig, dreißig, vierzig …«

Dreißig? Wenigstens finde ich da einen Bezug und sage lächelnd: »Ich bin Edie Browne, und ich bin zweiunddreißig.« Es kommt zusammenhängend heraus, weil es zu den ersten Informationen gehörte, mit denen Mum mich trainiert hat. »Geboren am neunundzwanzigsten November neunzehnhundertfünfundachtzig.«

»Wir werden eine Party an deinem Geburtstag feiern.«

Werden wir nicht, weil ich dann längst weg bin. Aber ehe ich auch nur daran denken kann, meine Arbeit wiederaufzunehmen, muss ich mit den Zahlen noch viel besser werden.

Er sieht mich erwartungsvoll an.

»Als ich das Maßband sah, dachte ich, es wäre okay, aber das ist es nicht.« Mein Herz pochte vor Aufregung, doch nun erkenne ich mutlos, wie viel ich immer noch nicht weiß.

»Edie, es sind nur ein paar Zahlen. Darauf kommt es nicht an.«

»Für mich schon.« Ich schlucke den Speichel herunter, der sich in meinem Hals ansammelt, und ärgere mich, dass ich so zerstreut bin. Außerdem muss ich dann meistens losheulen.

Barney stupst mich an und rollt das Maßband ein. »Vergiss das Messen. Du wolltest mir was über meine Firma sagen.«

Ich brauche einen Moment, um von den Zahlen umzuschalten, aber dann beschließe ich, ehrlich zu sein.

»Ich kann nicht behaupten, dass ich je etwas mit einem Haus auf Rädern im Sinn gehabt hätte.« Hoffentlich kommt bei ihm an, dass ich mit den Dingern absolut nichts anfangen kann. Immerhin trocknet dieses Thema meine Tränen. »Aber als ich deine sah, war ich verblüfft – möglicherweise auch enttäuscht –, dass es sich praktisch nur um Hüllen handelt.«

Barney verzieht das Gesicht. »Wir nennen sie Schäferwagen, aber es ist ein gut gehütetes Geheimnis, dass wir im Grunde Holzkisten verkaufen.«

»Das machst du ja auch toll. Aber was ist mit Kunden, die sich nicht vorstellen können, was aus diesen Holzkisten alles werden kann? Die übergehst du völlig.«

»Vielleicht hast du recht, Edie. Was schlägst du vor?«

»Wenn du Fotos hättest oder, noch besser, ein fertiges Beispiel, würdest du viel mehr Leute ansprechen. Es kommt doch immer auf das Ausstellungsstück an, denn mit dem weckst du das Kaufinteresse.«

»Ich bin Zimmermann mit einer einzigen Lieblingsfarbe – Schlachtschiffgrau.«

»Ist mir schon aufgefallen.« Ich grinse. »Ich will nicht behaupten, dass ich es besser hinbekomme, aber ich könnte mir was einfallen lassen zu Farben und Themen.«

»Gern, probieren wir es.«

Mein Lächeln erstirbt, als ich mich erinnere. »Ich bin keine Expertin. In meinem Job schnauze ich meistens Bauleute an.« Es hätte keinen Sinn, hier nicht ehrlich zu sein; für das Design waren andere Leute in der Firma zuständig.

»Wenn ich an deine Kissen denke.« Er deutet mit einem Grinsen zum Bett. »Wer *Und sie schliefen* auf ein Kissen und *glücklich bis ans Ende ihrer Tage* auf das andere schreiben kann, versteht deutlich mehr davon, Kunden anzusprechen, als ich.«

»Ahhh.« Mein stilles Stöhnen kommt viel zu laut heraus. Ich wollte nicht, dass er meine *Mr. and Mrs.*-Kissenversuche sieht. Womöglich glaubt er, das sei mein Geschmack und ich wünschte mir so etwas für mein Leben. »Die sind nicht für mich. Ich suche ganz bestimmt nicht verzweifelt Mr. Browne.«

»Das hast du mir schon am Tag deiner Ankunft gesagt und als wir geklettert sind.« Er lacht. Dass sein Lächeln diese Wirkung auf mich hat, war auch nicht geplant. Diese Grübchen in seinen Wangen, wenn sein Lächeln breiter wird, machen die Sache nicht besser. »Wenn du mir ein paar Ideen lieferst, streiche ich vielleicht dein Zimmer für dich. Wie wäre es damit?«

»Was?«, krächze ich.

»Diese Tapete muss dir doch zu schaffen machen. Ich bekomme jedenfalls Kopfschmerzen davon, und ich bin erst seit fünf Minuten im Zimmer.« Jetzt lacht er richtig. »Wenn sich dein Zustand bessern soll, müssen diese riesigen Blumen verschwinden, am besten sofort. Und wenn du es ruhig angehen lassen sollst, ist doch wohl nur sinnvoll, wenn ich die körperliche Arbeit erledige, während du dir Ideen für die Schäferwagen einfallen lässt. Ich nehme an, das wird dich nicht überanstrengen, oder?«

Die ganze Sache entgleitet mir rasend schnell – ich befinde mich wieder auf der Bobbahn. Ich gewähre dem Typen von nebenan Zugang zu meinem Schlafzimmer. Und nicht nur das, in einem Moment touretteartiger Schwäche biete ich ihm Hilfe dabei an, seine blöden Schäferwagen cool aussehen zu lassen. Das sind gleich zwei Sachen, die mich aus meiner Komfortzone zerren. Ganz abgesehen davon, dass ich wieder sehr hart mit der Tatsache konfrontiert wurde, meine mathematischen Kenntnisse deutlich zu verbessern. Könnte ich rückgängig machen, in welche Richtung die letzten zwei Minuten mein Leben gelenkt haben und bei den guten alten Rollos bleiben, würde ich das tun.

Übrigens gibt es eine Nummer zehn auf der Liste. Dieses Lächeln. Der reinste Killer. Glücklicherweise kommt es selten bis nie zum Einsatz. Wäre es nicht so, müsste ich auf der Stelle zurück nach Bath fliehen. Mit dem nächsten Uber-Taxi.

26. Kapitel

Tag 182: Mittwoch, 2. Mai
Periwinkle Cottage

Heroische Leistung: Vor Scham im Boden versinken und trotzdem Tee kochen

Männer in meinen Privaträumen? Kann ich nicht wirklich empfehlen. Aber wenn die Renovierung des Cottages dadurch voranschreitet, werde ich damit klarkommen

»Tee, zwei Stücke Zucker und etwas Shortbread.« Es ist frisch aus dem Ofen. Noch warm.

Während ich den Becher auf den Tisch in meinem Schlafzimmer stelle, bereite ich mich innerlich darauf vor, jeder Reaktion standzuhalten.

Barney schlürft einen Schluck Tee, und beim Abbeißen grinst er. »Ist das schottisches Shortbread? Du weißt, dass die Schotten Salz statt Zucker in ihrem Porridge bevorzugen?«

Das habe ich kommen sehen, deshalb habe ich mich bereits abgewandt. In den zwei Wochen, seit Barney zum ersten Mal mein Zimmer betreten hat, habe ich auch in anderen Belangen Vorkehrungen getroffen. Meine Klamotten sind sicher in ihren Schubladen, über denen außerdem Abdeckplane liegt. Überall sind Tante Jos geblümte Vorhänge vom Happy-Land ausgebreitet, deshalb kommt es mir schon weit weniger so vor, als wäre ich ein Teenager, der Jungs in seine Höhle lockt.

»Gute Arbeit. Ist es fast fertig?« Ich schaue aus dem Fenster. »Die See ist ganz grün und glitzerig.« Es ist eine Erwähnung wert, denn jetzt, wo die Tage heller werden, ändert sich das Meer jedes Mal, wenn ich hinsehe.

»Noch eine Schicht auf diesen beiden Wänden, dann bin ich fertig. Dieses neutrale Grau macht den Raum viel ruhiger.«

»Was drauf steht …«

Sein Lächeln wird breiter. »… ist auch drin.«

Ich habe meinen Teil der Abmachung ebenfalls eingehalten und an den Ideen für die Schäferwagen gearbeitet. Zuerst habe ich lauter unterschiedliche Fotos auf meinem Laptop gesammelt und sie anschließend zusammen mit Barney durchgesehen. Sein Grummeln und Brummeln verriet mir, was ihm gefiel und was nicht.

Also ignoriere ich vorübergehend mein Erschauern und versetze mich in die Schäferinnenperspektive. Prompt fallen mir Themen ein wie Wriggly Tin Man, Scandi Weave, Alles Wolle und Holz und Gärten sind grün – wenn nicht überall Blumen blühen. Ich habe mich nie mit den Luxuswohnungen identifiziert, die unsere Firma eingerichtet hat. Und für mein eigenes Badezimmer würde ich nie Marmor wählen. In meinem Job habe ich allerdings gerne damit gearbeitet. In meinen neuen beruhigenden vier Wänden und bei der Beschäftigung mit dem Design der Schäferwagen kann ich mir fast schon wieder vorstellen, meinen Beruf auszuüben.

Barney ist nicht der Einzige, der mit einer Farbrolle im Cottage herumläuft. Malcolm hat einen Vormittag gebraucht, um den Rasen mit seinem Akkumäher zu schneiden. Anschließend hat er uns davon überzeugt, ihn auch drinnen werkeln zu lassen. Leute, die mit solcher Hingabe arbeiten, findet man selten. Nicht viele hätten es geschafft, den Garten zeitschriftentauglich zu verschönern, und das zwischen zwei Tassen Tee, denn genau so schnell war er. Beth räumt ein, dass ihr Dad im Gegensatz zu meinem sehr penibel mit den Kanten und dem Aufräumen ist. Nachdem er uns erzählt hatte, dass er mit dem eigenen Laubsauger und Rasendünger da sei, war er sofort im Team.

Allerdings war es kein Scherz, dass er für seine Bemühungen etwas zu futtern wollte. Mit anderen Worten: Ich bekomme reichlich Übung im Backen. Da Malcolm an den meisten Tagen für eine gewisse Zeit hier ist, brauchten wir eine ganze Menge Gebäck. Hätten wir das alles im Ort kaufen müssen, wäre unser gesamtes Budget schon aufgebraucht.

Und wir machen nicht nur im Cottage Fortschritte. Nachdem ich in Plums Galerie eine Karte aufgehängt habe – wunderschön geschrieben von Tante Jo –, meldeten sich zahlreiche Interessenten. Weitere Schuppen wurden entrümpelt und gestrichen, und der Scheunenhof füllt sich langsam mit Leuten, die froh sind, etwas gefunden zu haben. Wobei wir sie darauf hingewiesen haben, dass es nur für wenige Wochen ist. Als George die Verträge, die sie unterschreiben mussten, durchgesehen hat, meinte er, dass sich Häuser am besten im Sommer verkaufen. Das peilen wir jetzt an.

Ich spüre eine feuchte Hundeschnauze am Knöchel und bücke mich, um den Hund zu tätscheln. »Möchte Robert etwas zu trinken?« So pingelig Tante Jo auch ist, was Hunde in den Zimmern betrifft, Robert folgt Barney überall hin.

Barney schaut lächelnd auf den kleinen Dackel. »Danke, aber er hat hier drüben Wasser.« Er sieht zu mir hoch. »Magst du Hunde?«

»Robert ist süß.« Während ich seine Ohren kraule, rollt er sich auf den Rücken, als hätte er verstanden, was ich gesagt habe. »Als Kind wollte ich immer einen Hund haben.« Tash und ich waren ganz verzweifelt, aber Mum meinte, es sei nicht fair, da sie den ganzen Tag arbeiten müsse. Der Trend, sich einen Hund anzuschaffen, hat Marcus nicht erreicht, was mich damals traurig machte. Aber so erbittert, wie wir um die

Aufteilung der Koffer zankten, möchte ich nicht wissen, wie wir uns erst bei einem Haustier aufgeführt hätten.

»Allergisch oder so bist du nicht?«

»Ich glaube nicht.«

»Würde Tante Jo denn einen Hund aufnehmen?«

»Sie wird schon gereizt, wenn ich vergesse, meine sauberen Stiefel am Gemüseregal abzustellen und in Hausschuhe zu schlüpfen. Hundehaare und dreckige Hundepfoten wären bestimmt zu viel für sie.«

Er zieht ein Gesicht. »Robert ist klein, aber in seiner Vorstellung besitzt er die Größe einer dänischen Dogge. Solange ich nicht meine Stimme erhebe oder mir zu viele Hoffnungen mache, wenn er gehorchen soll, kommen wir gut zurecht. Er hat Cam sehr geholfen, sich einzugewöhnen.«

»Es muss hart sein für Cam, oder?«

»Er hält sich ganz gut. Beth, Loella und die Kinder kümmern sich um ihn, und er kommt gerne hierher.« Seine Miene entspannt sich wieder. »Er mag dich und Tante Josie.«

»Wir mögen ihn auch.« Ich frage mich, wie lange er schon hier ist. »Er ist erst sechs.«

»Das vergesse ich immer.« Seine Lippen zucken.

»Und als Nächstes wird er sieben.«

Barney lacht. »Jetzt gibst du aber an, Edie Browne.«

Ich nehme das als Kompliment, obwohl mein Zählen besser werden muss.

»Eine Sache noch, wo du gerade da bist. Als ich nach unten ging, um mehr Farbe zu holen, unterhielt Josie sich mit jemandem am Laptop. Weißt du, mit wem?«

»Sie und meine Mum plaudern gern ewig, allerdings ist sie jetzt gerade in der Schule, also ist es wahrscheinlich Jean vom Happy-Land.« Das ist eine weitere Plaudertasche.

Barney blickt skeptisch. »Falls deine Mum nicht wie Dr. Dre klingt, würde ich darauf tippen, dass sie es nicht ist.«

»Dr. *wer*?«

»Das ist ein kalifornischer Rapper. Auf jeden Fall sprach sie mit einem Mann mit starkem amerikanischem Akzent, vermutlich der gleiche, mit dem sie gestern schon geskypt hat.«

»Aber sie kennt doch überhaupt keine Männer.«

»Es kann ja ganz harmlos sein, aber vielleicht willst du das lieber klären. Es gibt Typen, die freunden sich auf Facebook mit einsamen Frauen an, um deren Konto leer zu räumen.«

»Oh, Mist. Was mache ich nur?«

»Sie ist in ihrem Zimmer, fragen wir sie einfach.«

»Kommst du mit?« Jetzt stört mich seine Neugier schon viel weniger.

»Es wird nicht lange dauern. Wir sind ja bloß ein wenig besorgt.« Er schiebt die Farbwanne ein Stück weiter auf die Fensterbank.

In den paar Sekunden, die wir brauchen, um über den Flur zu gehen, ist der Yankee-Ton nicht zu überhören. Barney klopft an die Tür, und ich folge ihm hinein.

»Tante Jo?«

Wenn wir sie überrumpeln wollten, ist uns das gelungen. Sie sitzt am Tisch mit ihrem Laptop, den sie schnell zuklappt, als wir hereinkommen.

»Barnaby, Edie …«, ruft sie erschrocken aus und verstummt.

Barney spricht, bevor ich zu Wort kommen kann. »Verzeihung, wir wollten nicht stören.«

Tante Jo macht den Mund auf und zu wie ein Goldfisch. »Nein, ihr stört mich absolut nicht. Überhaupt nicht. Ich hab nur dagesessen … und meinen Dewdreamer aufgetragen. In meinem Alter kommt Schönheit nicht von selbst, da muss man einige Zeit für so was aufwenden.«

Ich zermartere mir das Hirn, wie wir wieder auf ihr Skypen mit unpassenden Leuten auf der anderen Seite des Ozeans zurückkommen.

Wieder ist Barney schneller. »Sorry, Josie.« Er entschuldigt sich immer noch. »Wir könnten schwören, dass du *Catastrophe* geschaut hast. Da spielt dieser wirklich witzige Amerikaner mit. Der ist so lustig, dass ich Edie gesagt habe, den muss sie sich schnell mal ansehen.«

Ich muss es Barney überlassen. Wahrscheinlich ist ein bisschen schwindeln besser, als sie gleich mit Fragen zu konfrontieren: *Mit wem zur Hölle sprichst du? Die wollen dich übers Ohr hauen und dein Bankkonto plündern.*

»*Catastrophe?*« Dass sie die Frage wiederholt, verrät nur, dass Tante Jo schuldig ist. »Tja, ich bin mir nicht sicher, ob ich von dieser Sendung schon mal gehört habe.« Ihr besorgter Gesichtsausdruck wechselt zu Bestürzung. »Und jetzt ist Robert hier.«

Barney bückt sich herunter, hebt ihn hoch und krault ihm den Kopf. »Ärger lässt nie lange auf sich warten, was, Robert? Gutes Timing allerdings. Ich wollte nämlich fragen, ob du dir mal überlegt hast, Josie, was für eine gute Gesellschaft ein Hund sein kann?«

»Absolut nicht.« Tante Jo weicht zurück, als Robert ihr die Wange abschlecken will. »Mavis Baxters Retrieverwelpe hat so viel Unterwäsche gefressen, dass der Tierarzt ihn operieren musste. Als sie ihn aufschnitten, haben sie sechs Minislips und ihre zwei besten Chantilly-Spitzen-Strings gefunden. Damit wäre ich in meinem Alter überfordert.«

Ich kann mir ein Grinsen nicht verkneifen. »Ich hoffe doch, sie hat die Teile zurückbekommen.« Ich habe keine Ahnung, warum wir über Hunde reden, wo wir doch hier sind, um Facebook-Heiratsschwindler zu entlarven. Aber wenigstens kennt Barney jetzt Tante Jos Einstellung zu Welpen.

Sie wendet sich an mich. »Du musst deine Unterwäsche in Sicherheit bringen, Edie.«

Barney grinst. »Ich habe sofort alle Dinge beseitigt, die er verschlucken könnte, als ich nach oben kam. Ich habe sogar unter dem Bett nachgesehen.«

Ich weiche seinem Blick aus. Selbst wenn ich schlagfertig darauf antworten könnte, würde ich es zu diesem Thema lassen.

Aber er macht weiter. »Eine andere Sache, die ich fragen wollte ... Ihr habt so viel Platz hier, habt ihr euch schon mal überlegt, zu vermieten? Vielleicht über Airbnb?«

Ich kann nicht glauben, dass er so weit vom Thema abkommt.

Tante Jo rümpft noch mehr die Nase als beim Anblick von Robert. »Mir gefällt die Vorstellung von Fremden im Haus nicht.« Mit Ausnahme von Barney und Malcolm offenbar.

»In dem Fall könntet ihr ja vielleicht zwei oder drei Schäferwagen aufstellen. Auf der Weide habt ihr reichlich Platz.«

»Barney!« War er nicht besorgt, sie könnte ausgenutzt werden? Ich hoffe, mein strengster Baustellen-Blick veranlasst ihn, den Mund zu halten.

»Was?« Er hebt protestierend die Stimme. »Ich mache Josie doch nur Vorschläge, wie sie ihr reales Leben verbessern kann, nicht ihr virtuelles. Es würde auch ihre finanziellen Probleme lösen. Bei diesem Blick aufs Meer würdest du im Nu Gewinn machen. Ich würde dir einen großzügigen Rabatt gewähren.«

Ich frage mich, welchen Teil von »Haus und Grundstück verkaufsfertig machen« er nicht verstanden hat. Ich eile durch den Raum, um Tante Jo die Ohren zuzuhalten. »Hör nicht auf ihn, er ist ...«

»Vernünftig? Kreativ? Konstruktiv?«

»Nein, das Wort, das ich suche, ist: irre.« Das musste gesagt werden. »Und hör auf, die Sätze für mich zu beenden.«

»Tut mir leid, ich wollte nur helfen.«

Tante Jo klingt gut gelaunt. »Ich weiß dein großzügiges Angebot zu schätzen, Barnaby, aber ich fürchte, ich muss vorerst ablehnen.« Ihre Nasenflügel beben, dann klatscht sie in die Hände. »Allerdings muss ich gestehen, dass du vorhin recht hattest. Ich habe tatsächlich mit einem Amerikaner gesprochen. Chester Charles war einer von Harrys engsten Geschäftspartnern.«

Ich bin erleichtert. »Er wollte nicht dein Geld?« Diesmal muss ich mich einfach einmischen, nur um sicherzugehen, dass sie keinem Gauner auf den Leim gegangen ist.

Sie stutzt. »Warum sollte er? Soweit ich weiß, ist er Millionär, möglicherweise sogar Milliardär.«

In dem Fall spielt das keine Rolle. »Gut zu wissen. Wie wäre es dann mit einer Tasse Tee?«

Barney lacht. »Danke, Edie, gute Idee. Ich nehme zwei Stücke Zucker, weißt du noch?« Apropos – der Becher, den ich ihm eben gebracht habe, dürfte noch nicht abgekühlt sein.

27. Kapitel

Tag 186: Sonntag, 6. Mai
Bank Holiday Weekend im Periwinkle Cottage

Heroische Leistung: Aufwachen als ich selbst – das ist alles

Als ich am Sonntag zu mir komme, fällt das frühe Tageslicht durch das Musselinrollo. Zum ersten Mal überhaupt denke ich nicht zerknirscht daran, wie ich vor dem Unfall war, um mich anschließend quälend langsam daran zu erinnern, wie sehr sich mein Leben verändert hat. Stattdessen gleite ich in den Tag, ganz ich selbst, so wie ich jetzt bin, und ich liebe die Ruhe und die Stille. Als ich die Augen ganz aufmache, fühle ich mich beim Blick über die schneeweiße Decke zu den mattgrauen Wänden, als würde ich in einer Wolke erwachen.

Weniger entspannt bin ich bei der Erinnerung daran, wie ich meine Arme um breite Schultern in einer weichen Jeansjacke schlinge, um mich für das perfekte Schlafzimmer zu bedanken. Es ist nur ein flüchtiger Gedanke, aber wäre es eine rein dankbare Umarmung gewesen, müsste ich wohl nicht weiter darüber grübeln.

Was Tante Jo angeht, lag ich offenbar falsch. Ich habe mich neulich nur angeschlichen, weil ich mir Sorgen gemacht habe; bisher habe ich noch nicht den richtigen Moment gefunden, um mich bei ihr zu entschuldigen. Als ich ihr die Einnahmequelle vorschlug, hatte ich nicht mit dieser Begeisterung gerechnet. Seitdem hat Tante Jo Loella beim Nähen der Quilts geholfen, und wenn wir an den Kissen für die Junggesellinnenpartys arbeiten, geht es nur darum, die Bestellung fertig zu bekommen, und nie um meine grobe Fehleinschätzung.

Barney schaut gefühlt hundert Mal am Tag vorbei. Zur Erinnerung: Ich arbeite an den großen Zahlen. Hundert steht jetzt in meinem Kopf für eine große Menge. Zum Beispiel, wie oft jemand nach oben in mein Zimmer läuft, um dem Anstrich den letzten Schliff zu geben. Malcolm ist fast genauso oft da und pflanzt irgendetwas im Garten ein. Aus irgendeinem Grund stört mich das weniger.

Aber jetzt ist Sonntag, und außer es mir mit meinem neuen E-Book gemütlich zu machen, habe ich nichts zu tun. *Poldark* ist leichte Lektüre, außerdem nicht zu dick, und es ist extra für erwachsene Leseanfänger geschrieben. Marcus war immer der Ansicht, ihm würde die Hauptrolle der TV-Serie zustehen, wenn er dunkelhaarig statt blond wäre. Ich habe nie irgendeine Ähnlichkeit feststellen können, aber was soll's, das Buch klingt spannend.

Doch zuerst muss ich mich mit Tante Jo gut stellen, deshalb mache ich, wenn auch widerstrebend, bei der Meditation mit. Tante Jo schwört, dass ich enorm davon profitieren würde, sobald ich aufhöre, mich innerlich dagegen zu sperren. Sie hat mir eine lange Liste von Mantras vorgelesen, in der Hoffnung, dass ich eines finde, das ich mir aufsagen kann, ohne dabei die Augen zu verdrehen. Gestern Abend vor dem Fernseher las sie *Neunundneunzig Wege zu einem neuen Ich*. Im Gegensatz zu den üblichen *Om Dumdidum Hum* hörte ich da Sachen wie: *Jeder Tag ist eine zweite Chance* oder *Wenn es regnet, finde eine Limone unter dem Regenbogen und gönn dir einen Gin Tonic.* Da wurde mir klar, dass alles ein Mantra sein kann, solange es für einen selbst funktioniert. Selbst das meiste von dem, was auf meiner Sprüche-Liste steht, könnte ich verwenden.

Ich will es mit *Das Leben ist besser mit Blaubeerkuchen* versuchen, aber dann fällt mir ein, dass ich Blaubeeren nicht mag, auch wenn ich sie im Augenblick gar nicht schmecken kann. Daher entscheide ich mich für *Ich bin eine starke, unabhängige Frau und brauche keinen Mann*, denn auch wenn es ein bisschen zu oft benutzt wird, scheint es heute ganz gut zu passen. Nachdem ich es so oft hergesagt habe, dass ich einen Krampf im Knöchel *und* in meiner rechten Pobacke bekomme, sind diese unangebrachten Gefühle wegen mangelnder Distanz zu gewissen Jeansjacken beseitigt.

Ich warte, bis Tante Jo ihren Porridgelöffel hingelegt hat, dann bringe ich aus der Küche ein Handtuch und eine Schüssel warmes Wasser und setze meinen Plan um, mich ernsthaft zu entschuldigen.

»Sooo, Zeit für ein wohltuendes und pflegendes Fußbad.«

»Was soll das?«

»Pediküre, Tante Jo.« Ich halte die Flasche Bank Holiday Surprise Treat hoch sowie eine Handvoll Wattepads. »Zuerst kommt der Nagellack runter.«

»Das ist nett.« Sie streift ihre Ballettschläppchen ab, hält mir den Fuß hin und zuckt zusammen, als die warme Flüssigkeit einen ihrer Zehen berührt. »Ich fand die Vorstellung immer spannend, mal als Kosmetikerin zu arbeiten.«

»Jetzt, wo du Geld verdienst, spricht nichts dagegen, dass du auch neue Geschäftszweige ausprobierst.« Ich knie auf dem Teppich und schaue hoch zu ihr. »Könnte abgefahren sein.« Ich rede, während ich reibe. »Stell dir vor, du bietest Pediküre für alle deine alten Freundinnen an.«

Sie lehnt sich zurück und schließt seufzend die Augen. »Ich weiß nicht, ob ich jemals nach Harpenden zurückkehren werde, Schätzchen.« Was weit von dem Plan abweicht, wie ich ihn verstanden habe, aber was soll's.

»Okay, nächster Fuß.« Ich stelle ihren Fuß in die Schüssel, gebe Fußpeeling in meine Hand und überlege, wie ich beginnen soll.

Sie nimmt meine Sinnspruch-Sammlung vom Tisch und fächert sich Luft zu. »Könntest du die Terrassentür ein Stückchen aufmachen, Herzchen? Mit meinen Füßen in diesem warmen Wasser überhitze ich.«

Ich stehe auf und tue, worum sie mich gebeten hat, dann setze ich mich wieder auf den Boden und nehme ihren Fuß. »Also, es tut mir echt leid, dass ich mich nach deinem Freund Chester erkundigt habe.«

Sie sinkt tiefer in die Sofapolster. »Da muss dir nichts leidtun, ich habe es schließlich verheimlicht. Er hat seine Frau verloren und ist ein wirklich guter Zuhörer.« Erneut seufzt sie. »Je mehr ich darüber nachdenke, wie oft ich mit ihm zwischen New York und hier geskypt habe, umso mehr kommt es mir wie Verrat vor.«

Ich fühle mich schlecht, weil ich sie dazu gebracht habe, das zu sagen. »Es ist keiner, falls dir das hilft.«

»Wahrscheinlich werde ich das in Zukunft nicht mehr so häufig machen.« Sie beißt sich auf die Lippe, und während ich weiter an ihrem Fuß arbeite, wackelt sie mit den Zehen. »Ich zeige meine Füße nicht oft, weil sie so krumm und verdreht sind von den vielen Jahren des Balletttanzens.«

»Das kommt vom Tanzen?« Das ist eine gute Möglichkeit, das Thema voranzutreiben.

»Es geht nicht nur um Tutus und rosa Schleifchen. Es macht die Füße kaputt und den Körper. Dennoch kann man nicht aufhören. Sobald man schwächelt, steht schon jemand bereit, um deinen Platz einzunehmen.«

»Das war dein Beruf, wie bei Margot?« Nachdem wir so oft gemeinsam gefrühstückt haben, kommt mir der Name leicht wie mein eigener über die Lippen.

»Eine Zeit lang. Dann lernte ich Harry kennen.« Sie verstummt, und wir kennen beide den Grund. Für ihn hat sie alles aufgegeben. So sind Frauen. Und jetzt ist er tot.

Ich trockne ihren Fuß ab und fange mit dem Nagelknipser und dem Hornhautschaber an. Plötzlich muss ich es aussprechen.

»Ich habe mich für die Arbeit und gegen Marcus entschieden.«

»Du musstest eine Wahl treffen?« Sie klingt überrascht.

»Er wollte ein Baby, aber ich war noch nicht bereit, meine Karriere aufzugeben.« Jetzt ist es heraus, und ich bin erst bei ihrem ersten Zeh.

»Aber ich dachte, ihr modernen Frauen würdet alles schaffen – hättest du nicht beides hinkriegen können?« Ihre Brauen ziehen sich zusammen.

»Wegen des neuen Jobs musste ich viel reisen und hatte viel Arbeit. Ich wollte erst ein paar Jahre Zeit, um mich im Beruf zu bewähren.« Jetzt seufze ich. »Kids standen als Nächstes auf Marcus' Lebensplan, und er wollte nicht warten. Er sah nur noch, dass er ohne Baby bei seinen Freunden ins Hintertreffen geriet. Für mich war das eine egoistische Einstellung, die meine Situation völlig außer Acht ließ.«

»Deshalb habt ihr euch zerstritten und getrennt?«

Ich nicke. Auf diese wenigen schlichten Sätze reduziert, verstehe ich auch nicht mehr, warum wir keinen Kompromiss gefunden haben.

»Vermisst du ihn?«

»Alles hat sich geändert, deshalb ist das schwer zu beantworten.« Ich vermag selbst nicht zu sagen, ob dieser Schmerz in mir damit zusammenhängt, dass ich ihn oder mich selbst verloren habe. Oder das prächtige Leben, das wir hatten. Eine weitere Sache, die ich für mich noch klären muss.

»Es klingt vielleicht seltsam, aber Marcus hatte möglicherweise recht. Bekommt man keine Kinder, solange man noch jung und fit ist, kann es schnell zu spät sein. Dann ist man plötzlich zu alt.«

Ich bin Edie Browne … »Ich bin erst zweiunddreißig, da habe ich doch noch massig Zeit?« Marcus kann unmöglich recht gehabt haben, oder?

»Wir haben es zu lange aufgeschoben, und als wir es schließlich versuchten, war es zu spät. Ich würde es nicht gern sehen, wenn es dir wie uns erginge.«

»Das tut mir sehr leid für euch.« Ich drücke ihren Fuß und tätschele ihr Knie.

»Irgendwann akzeptiert man es, aber erst ist es hart. Du solltest nichts übereilen. Wenn du wieder mit Marcus zusammen sein willst, musst du deinen Stolz überwinden.«

»Okay, ich werde darüber nachdenken.« Es ist eigenartig – als wir uns darüber stritten, schienen Kinder nur eine abstrakte Vorstellung zu sein. Viel unwahrscheinlicher als jetzt. Nachdem ich so viele Kinder hier durchs Cottage habe toben sehen und miterlebt habe, wie interessiert und schrullig sie sind, verstehe ich viel besser, warum so viele Leute welche wollen. Während ich ihren Fuß mit Minzbalsam einreibe, lächle ich sie für ihr freundliches Verständnis an. »Welche Farbe möchtest du?« Ich deute auf den Korb mit den kleinen Fläschchen.

»Ich nehme immer Peachy Pink.« Wieder wackelt sie mit den Zehen. »Harry mochte Dunkelrot.«

»Dann nehmen wir das?« Ich wähle ein Fläschchen, das die Farbe von reifen Pfirsichen hat. Ich schüttele es, suche ihre Hand zwischen den Sofakissen und drücke sie. »Harry hätte nichts dagegen. Du musst wieder anfangen zu leben.«

Ihre Augen glänzen, als sie schluckt. »Du aber auch, Edie.«

Ich nicke, doch für eine Weile ist mein Hals wie zugeschnürt. Während ich die seidige Farbe auf ihre Zehennägel auftrage, kämpfe ich gegen die Tränen. Bei der zweiten Schicht klopft jemand ans Fenster.

Ich brauche einen Moment, bis ich mich gefangen habe.

Rasch bringe ich meine Haare in Ordnung, aber die Stiefel, die ich dann vor mir sehe, gehören nicht Barney.

»Malcolm!« Tante Jo reagiert als Erste. »Sieh dir nicht meine knorrigen Füße an. Wir verwöhnen uns gerade ein bisschen.«

»Und führt Frauengespräche.« Er zieht ein Gesicht. »Ich bin vorbeigekommen, um die Stockrosen zu gießen, tut mir leid, ich konnte nicht umhin, mitzuhören.«

»Oje.« Tante Jo wird blass.

Malcolm lacht. »Keine Sorge, eure Geheimnisse sind bei mir sicher. Aber wenn ihr mich fragt – eine Fernbeziehung?« Er schnalzt mit der Zunge. »Total unbefriedigend.« Er wendet sich an mich. »Und Kinder sind großartig, lass dir nichts anderes erzählen.«

»Danke für diesen Hinweis.« Ich hoffe, mein Blick ist so finster wie Beths, damit er Tante Jo nicht noch mehr aufwühlt.

Malcolm schaut auf den Holzstapel, den er trägt. »Na gut, wie wäre es mit dem Ausflug der Gärtner am morgigen Feiertag, um euch beide ein bisschen auf andere Gedanken zu bringen? Wir besuchen einige schöne Cottagegärten in Rosehill und machen auf dem Rückweg eine Gaudi am Strand.«

»Eine was?«

Er lacht. »Wir haben Spaß. Und das ist bestimmt besser für euch beide, als zu Hause zu bleiben und euch wegen … äh … abwesender Freunde zu grämen.«

»Vielleicht kommen wir mal mit, wenn wir wieder Auto fahren.« Bis dahin werden wir längst nicht mehr hier sein, aber es ist eine gute Ausrede. Dann bemerke ich, wie enttäuscht Tante Jo aussieht. »Es sei denn, du nimmst uns mit, Malcolm? Wir könnten auch den Mini nehmen.«

Malcolms Lächeln wird breiter. »Gute Idee, Edie. Ich bin hier, um euch meine Dienste anzubieten. Ich verspreche, euch wieder nach Hause zu bringen, sobald ihr genug habt.«

Er ist Rettungssanitäter in Rente. In besseren Händen könnten wir gar nicht sein. Er legt die Bretter, die er trägt, auf den Tisch, zusammen mit einer Farbdose und einem zusammengerollten Seil.

»Malcolm! Was tust du?« Jeder andere hätte Tante Jos Sägespäne-Alarm schon viel früher ausgelöst.

»Die sind aus dem Schuppen. Ich habe sie auf die richtige Größe zugesägt und Löcher in die Ecken gebohrt. Edie muss sie jetzt nur noch in den passenden Farben von ihrer Liste anstreichen und Seilgriffe anbringen. Es ist eine Bestellung von einem Laden im Hafen. Die haben Loella angesprochen und wollen sie heute Abend abholen.« Als er Tante Jos erstaunten Gesichtsausdruck bemerkt, fügt er hinzu: »Keine Sorge, Edie hat einen Spitzenpreis ausgehandelt.«

Ich erkläre: »Loella und ich haben einige Läden aufgesucht und ihnen Beispiele gezeigt, auf gut Glück. Ich hatte keine Ahnung, dass die so schnell zugreifen würden.«

»Erst die Kissen für die Junggesellinnenparty, jetzt das.« Tante Jo strahlt. »Es läuft vielleicht doch richtig gut.«

Malcolms Blick fällt auf mein Buch. »Du wirst dir *Poldark* ein andermal vornehmen müssen. In Wirklichkeit sieht er auch gar nicht so gut aus, es liegt alles an den Kameraeinstellungen, wusstest du das?«

»Blödsinn, Beths Dad, du bist ja bloß eifersüchtig.« Ich kann das ganz unbeschwert von mir geben, weil ich innerlich jubiliere. Für jeden anderen mag es eine Kleinigkeit sein, aber diese Schilder sind etwas, was ich wirklich hinbekomme, natürlich mit ein bisschen Hilfe von Tante Jo. Für die Bestellungen bin ich fast ganz allein zuständig gewesen. Dieser Tag in meinem Leben kann kaum besser werden. Na schön, es geht nur um Buchstaben auf alten Brettern. Aber es bedeutet, ich bin gefragt und nützlich. Da ich so lange nutzlos war, gibt es kaum ein besseres Gefühl.

Er weicht zur Tür zurück. Wenn er schlau ist, verschwindet er, ehe Tante Jo ihn losschickt, um seinen Staubsauger wegen der Sägespäne zu holen.

»Punkt elf morgen, okay? Ich werde in meinem besten Wagen kommen, also seid bereit.«

Ich lache. »Wir können es kaum erwarten.« Und diesmal meine ich es ernst.

28. Kapitel

Tag 187: Montag, 7. Mai
Feiertagsausflug nach Rosehill

Heroische Leistung: Gaudi mit dem Gärtnerclub (bitte niemandem verraten)

Die Schilder zu malen war eine gute Gelegenheit, die Gedanken schweifen zu lassen. Nachdem ich auf meine Liste geschaut und die kürzesten Sprüche ausgewählt hatte, habe ich mich richtig konzentriert und sie mit Kreide auf die Bretter vorgeschrieben. Tante Jo hat sie auf eventuelle Fehler geprüft, dann habe ich die Buchstaben mit dem Pinsel und der Farbe nachgemalt, die ich gekauft hatte, um ein Schild für das Cottage anzufertigen.

Bleib wild! Salzig, aber süß, Du schaffst es! Strahle & Glänze, Erwarte UNGLAUBLICHES.

Irgendwie kommt es mir wichtig vor, dass es nicht bloß irgendwelche Worte sind, sondern meine, aus dem Herzen. Doch das Beste ist, dass ich sie selbst gut genug lesen konnte, um die Sprüche auszuwählen.

Psssst!, Grow Cactus – mit dem Bild einer süßen kleinen stacheligen Pflanze, *Dream BIG, … and chill, Mach Wellen, Frei wie …, Ich tu's für mich, Nie oder jetzt?*

Tante Jo weist mich darauf hin, dass die Reihenfolge des letzten Spruches ungewöhnlich ist. Aber schließlich entscheiden wir, dass es so besser ist, weil es einen noch mehr zum Nachdenken bringt.

Während des Malens habe ich über unser Gespräch während der Pediküre nachgedacht. Und ich muss da noch etwas klarstellen. Wenn ich behaupte, ich hätte nie daran gedacht, Kinder zu haben, stimmt das nicht ganz. Als ich mit Marcus zusammengelebt habe, kam mir manchmal durchaus dieser Gedanke, aber er verschwand schnell wieder. Manchmal, wenn ich an seinem Fernsehzimmer vorbeikam und auf dem Treppenabsatz stehen blieb, stellte ich mir vor, wie es wohl wäre, wenn es ein Kinderzimmer wäre. Wenn statt der Schreie von FIFA-Kommentatoren der gleichmäßige Atem eines kleinen Wesens darin zu hören sein würde.

Aber das lag irgendwie in ferner Zukunft, und natürlich erwähnte ich das Marcus gegenüber nie. Wahrscheinlich habe ich es mir selbst auch nicht eingestanden. Eines Tages sah ich zufällig wunderschönen hellgrauen Stoff mit kleinen weißen Sternen darauf – für Marcus stand fest, dass er einen Sohn bekommen würde – und nahm eine Probe mit. Ohne irgendeine konkrete Absicht. Ich dachte nur so vage, dass ich, sollte es mal passieren, solche Vorhänge für das Kinderzimmer wollen würde. Solche Dinge zu sammeln, wenn man sie sieht, erspart einem später viel Frust, wenn man sie nirgends mehr finden kann.

Es geschah ebenso halb bewusst wie meine Tagträumerei von Kursen für Einladungskarten bei Paper Moon. Es gab keine Eile. Ich habe mich in keinster Weise verzweifelt nach einem Heiratsantrag gesehnt, die Bilder waren vage und verschwommen, als würde ich sie durch mehrere Schichten Chiffon betrachten. Aber sie waren eben da. Ich hatte diese Gedanken. Manchmal existierten sie einfach als folgerichtiger Teil meiner Zukunft mit Marcus. Wie vieles damals, vor meiner Beförderung und vor unserem Streit, setzte ich das als selbstverständlich voraus. Ich habe geglaubt, alles würde sich fügen, wenn die Zeit dafür gekommen ist. Wie mir so völlig entgehen konnte, dass Marcus längst alles geplant hatte und das Baby sofort wollte, ist mir heute ein Rätsel. Jedenfalls habe ich *ihn* nie dabei ertappt, wie er mit verträumter Miene auf dem Treppenabsatz stand. Dann ist alles den Bach hinuntergegangen, und jetzt spielt es keine Rolle mehr. Nur dass Tante Jos Bemerkung gestern mich plötzlich nachdenklich gestimmt hat.

So viel zu Plänen für die Zukunft. Jedenfalls hätte ich es nie für möglich gehalten, mit einem Gartenverein unterwegs zu sein, bevor ich das Alter meines Dads erreicht habe, aber hier bin ich. Ich sitze hinten im Ford Granada von Beths Dad; der Wagen ist fast so alt wie Beth selbst.

Rosehill ist nicht weit weg, und während wir zwischen Hecken und Weiden von der dichter besiedelten Küste wegfahren, lässt Beths Dad uns seiner *Dad's Jukebox*-CD lauschen. Ihr wisst ja, wie Väter sind – sie drehen die Lautstärke auf, wenn ihnen ein Song gefällt. Bei *All Right Now* müssen wir uns die Ohren zuhalten, danach folgt der Lieblingssong meines eigenen Dads, Razorlights *America*. Beths Dad fordert uns genauso beharrlich wie mein Dad zum Mitsingen auf. Fragt mich nicht, warum, aber ich kenne noch den ganzen Text, und er hat so viel Spaß, dass er es gleich ein zweites Mal spielt. Im Nu ist die Fahrt vorbei, und wir halten vor einer hübschen Dorfwiese, umgeben von malerischen Cottages. Am Himmel sind nicht nur Bilderbuchwölkchen zu sehen, es ist auch brütend heiß. Während wir die Hauptstraße entlanggehen, vorbei an den kleinen Fenstern und hübschen Türen, wedele ich mir mit meinem *Love Saves the Day*-T-Shirt Luft zu, obwohl ich meinen Pullover schon ausgezogen und die Jeans hochgekrempelt habe. Das T-Shirt habe ich kurz vor dem großen Streit mit Marcus gekauft, und der Slogan ist bittersüß, weil an jenem Tag die Liebe gar nichts gerettet hat. Heute würde ich ein T-Shirt mit Sternen darauf wählen. Ich mein' ja nur.

Die ersten Gärten, die wir uns ansehen, sind klein und makellos, zwischen süßen, krummen und schiefen Steinhäusern und hinter wackligen Gartenmauern. Wir spähen in sehr gepflegte Gewächshäuser voller Tabletts mit Setzlingen, während Beth uns die Namen der Pflanzen aufzählt. Wir gehen zwischen Beeten mit Tulpen und Blauglöckchen, staunen über Kamelien und Herzblattlilien in schattigen Ecken.

Beth zeigt auf eine Kaskade kleiner blauer Blumen an einer Steinmauer. »Das ist eine *Clematis alpina*, auch Alpen-Waldrebe genannt. Die sind großartig, denn sie lieben Schatten und blühen das ganze Frühjahr hindurch.«

»Toll.« Ich bin so begeistert, dass ich mich selbst verblüffe. »Die Gärten sind schön wie Zimmer, nur draußen.«

»Pflanzen zu ziehen ist leichter, als du denkst, und es ist sehr gut für das innere Wohlbefinden. Du solltest es mal ausprobieren.« Sie sieht mich bedeutungsvoll an, was völlig sinnlos ist bei jemandem, bei dem es nicht mal die Pfadfinder-Sonnenblumensamen aus der Packung heraus geschafft haben. »Die nächste Station wird dir noch besser gefallen, denn dort gibt's Erfrischungen.«

Wir schauen uns das wirklich reizende, blass lavendelfarben gestrichene Gartenhaus von jemandem an, das flankiert ist von einer Kirschblütenpracht. Dann setzen wir uns auf einen mit Blüten bedeckten Rasen für den Tee mit Sahne, für den Cornwall berühmt ist. Die Scones sind riesig, fluffig und noch warm, und sie werden auf großen weißen Porzellantellern serviert, mit einem Klecks Clotted Cream und selbst gemachter Erdbeermarmelade. Der Tee ist stark und wird in dicken blau-weiß gestreiften Bechern gereicht.

Loella stupst mich an, als sie sich neben mir auf der karierten Wolldecke niederlässt, und deutet auf das beeindruckende Holzhaus. »Das ist übrigens von Barney, vom Kunden gestrichen.«

»Cool.« Es ist mehr als das, deshalb mache ich ein paar Fotos für meine Ideensammlung. Da sie ihn schon erwähnt hat, kann ich auch gleich fragen. »Wo ist er eigentlich?«

»Er ist auf irgendeiner sehr geheimnisvollen Mission.« Sie kratzt sich die Nase, nimmt ihr Scone und wendet sich dem Garten zu. »Wie war das noch – zuerst Marmelade und die Clotted Cream obendrauf oder erst die Clotted Cream und dann die Marmelade?«

Ihrem angedeuteten Augenzwinkern nach zu urteilen, weiß sie, dass es eine sehr kontrovers diskutierte Frage ist. Mein Magen knurrt zu stark, um darauf zu warten, bis jeder seine Meinung dazu geäußert hat. Also wähle ich den Kompromiss, indem ich Marmelade unter *und* auf die Clotted Cream streiche. Mia beobachtet mich dabei und macht es mir nach, dann machen es auch Tally und die anderen Kids.

Als wir fertig sind – einige haben zwei Portionen vertilgt – und die letzten Krümel mit den Finger von unseren Tellern aufpicken, klatscht Loella in die Hände, damit wir still sind. »Diese radikale und ultimative Variation von Marmelade – Clotted Cream – Marmelade wird als der Edie Browne Cornish Cream Tea in die Geschichte eingehen, erstmals gesehen auf dem Feiertagsausflug der St. Aidan Cottage Gardeners am letzten Montag im Mai.«

Ich weiß, dass sie nur Spaß macht, aber ich muss trotzdem grinsen und strahle innerlich wie die Nachmittagssonne. Allerdings komme ich nicht umhin, mich zu fragen, wie Edie aus Bath und Bristol sich wohl verhalten hätte. Ich bin mir nicht sicher, ob sie das alles verstanden hätte. Vielleicht wäre sie geschockt, dass mein zusammengeschrumpftes Leben mich derartig glücklich macht. Dann begreife ich – die hätte sich die Gärten gar nicht erst angesehen.

Auf dem Rückweg zum Meer ist es später Nachmittag und die Feiertagsausflügler werden weniger, obwohl die Sonne sich noch im hellblauen Wasser spiegelt. Wir finden einen Platz am Strand, am anderen Ende der Bucht, wo der Sand zerwühlt ist von einem Fußballspiel. Wieder breiten wir unsere Decken aus, und während sich die Erwachsenen aus der Kühlbox Bier und Coladosen nehmen, hüpfen die Kinder los und bauen eine Sandburg. Loella, Beths Dad und ich schlendern am Wasser entlang, auf der Suche nach Treibholz. Als wir mit schmerzenden Fingern und Armen durch den Sand zurückstapfen, hat jemand ein Netz aufgespannt. Während Beth und Morgan Feuer machen und Würstchen braten, spielen wir anderen dieses Spiel, bei dem mit den Händen ein Ball hin und her übers Netz geworfen wird. Hinter uns rauschen die Wellen mit der steigenden Flut näher heran. Im Gegensatz zu allen anderen Gepflogenheiten in St. Aidan scheint es bei diesem Spiel keine Regeln zu geben, sodass sich bald jeder im Gewinnerteam wähnt.

Später sitze ich wieder auf der Decke und plaudere mit Tante Jo, beiße in meinen Hot Dog und bin ganz damit beschäftigt, keinen Ketchup auf meine Jeans zu kleckern. Loella stupst mich sanft in die Rippen.

»Barney ist hier, und ich würde sagen, er kann seine Überraschung wohl kaum verstecken, oder?«

Ich blicke auf und verstehe sofort, was sie meint. Cam geht neben ihm, mit Robert, der manchmal in den Sandverwehungen zu verschwinden scheint, klein und braun und frech, wie er ist. Aber das Tier, das Barney hält, ist groß wie ein kleines Pony, und Barneys breitem Grinsen nach zu urteilen, freut er sich darüber.

»Du hast einen neuen Hund?« Während ich mir das ansehe, was wie ein schmutzig weißer Wischmopp auf vier staksigen Beinen aussieht, dessen Schwanz wild im Wind wedelt, zweifle ich plötzlich an meinem vorschnellen Urteil. Dann springt das Ding auf mich zu, bellt und fängt an, mein Gesicht abzulecken.

»Ich wollte gerade sagen: Edie, darf ich dir Dustin vorstellen, aber ich glaube, das hat er selbst schon getan.«

»Er mag Tomaten.« Ich halte mein Hot Dog außer Reichweite und wische mir mit der Hand das Kinn ab, in der Hoffnung, dass es nur Soße ist.

Der Hund lässt sich auf der Decke neben mir nieder, und Tante Jo flieht auf die nächste Decke. Barney, Cam und Robert quetschen sich auf den frei gewordenen Platz.

Tante Jo rutscht vorsichtshalber noch weiter weg. »Versprich mir, dass du ihn nicht zum Periwinkle Cottage mitbringst, Barney. Mein Staubsauger wird mit diesen riesigen sandigen Pfoten nicht fertigwerden.«

»Ich habe das Gefühl, ihn schon einmal gesehen zu haben.« Ich kraule seine Ohren und blicke in die braunen Hundeaugen. Irgendetwas kommt mir an diesem sanften weißen Fellgesicht bekannt vor.

»Er ist das Ebenbild des singenden Hundes in der Flash-Werbung, daher kennst du ihn wahrscheinlich.« Er sieht zu Tante Jo und hebt eine Braue. »Keine Sorge, der wird nur deine Wände bespritzen, wenn du ihn darum bittest.«

»Ich liebe diese Werbung.« Prompt trällert Beth los: *»Wo ist nur all der Dreck hin? Flash, ah-ha, wirkt Wunder …«*, und ich stimme in den Refrain ein.

»Also, was ist Dustin? Woher kommt er, und was hast du mit ihm vor?« Loella leistet ihren Beitrag, um St. Aidan auf den neuesten Stand zu bringen.

»Wenn das eine Frage nach seinem Stammbaum ist, lautet die Antwort: Seine Mum war ein Pudel, sein Dad ein Bobtail. Und sein voller Name lautet: Dustin Welly Boots, aber mit Dustin kommt er klar.«

»Ein Designermischling also?« Beth mag ihre eigenen Definitionen.

»Ich würde sagen, er war eher ein glückliches Versehen.

Er ist ein Assistenzhund, aber seine Besitzerin ist krank, deshalb bleibt er bei Cam und mir, bis sie beide wieder nach Hause können.«

»Du meinst, einer dieser Hunde, die ans Telefon gehen und Socken holen können?« Die habe ich im TV gesehen; die können sogar die Spülmaschine ausräumen und einem die Post bringen, wenn man im Rollstuhl sitzt.

»Wenn er eine solche Hilfe ist, dann gib ihn uns.« Loella und Beth nicken einander zu.

»Sorry, aber Assistenzhunde sind individuell für die Bedürfnisse ihres Besitzers ausgebildet. Du wirst deine Hausarbeiten weiter selbst erledigen müssen. Dustin macht auch nicht sauber.« Barney schenkt Beth ein Lächeln. »Ich habe eine Freundin, die als Trainerin für eine der karitativen Einrichtungen in Exeter arbeitet. Durch sie ist er zu uns gekommen.«

»Was kann er denn?« Als der Hund seinen Kopf auf meine Knie legt, kann ich mir kaum vorstellen, dass er etwas Anstrengenderes macht, als auf dem Sofa zu liegen.

»Dustins spezielle Fähigkeit besteht darin, Leute zu alarmieren, wenn sein Besitzer Hilfe benötigt, wenn er oder sie zum Beispiel gestürzt ist. Meistens ist er einfach nur ein guter Freund.«

Plötzlich bin ich hellwach. »Wenn ich einen solchen Hund hätte, müsste ich weniger Angst davor haben, allein zu sein.« Ich weiß nicht, warum ich nicht schon früher darauf gekommen bin. Wahrscheinlich weil ich an so viele andere Dinge denken musste.

Barney sieht mich an, als könnte er meine Gedanken lesen. »Stimmt, Edie. Wenn du Zeit mit Dustin verbringst, solange er hier ist, wirst du eine bessere Vorstellung davon bekommen. Ich glaube, ein Hund wie er wäre großartig für dich.«

»Guy Barnaby, aus welchem Hut auch immer du ihn gezaubert hast – gute Arbeit.« Loella boxt ihm freundschaftlich gegen den Arm.

»Zeit mit ihm verbringen?« Ich starre Barney an.

»Ich hatte gehofft, du könntest ab und zu mit ihm einen Spaziergang machen, solange er hier ist. Oder ihn bei uns besuchen, wenn wir unterwegs sind. Er ist viel mehr Bewegung gewohnt, als Cam und ich ihm verschaffen können.« Barneys Lächeln ist freundlich. »Sobald ihr euch besser kennengelernt habt, bekommst du dadurch vielleicht die Chance, mal wieder allein an den Strand zu gehen. Und noch besser – die arme Josie hat mal Pause. Ich habe euch beide am Strand gesehen; Josie kann ja kaum mit dir mithalten.« Es ist gut, dass das ein wenig von mir weglenkt.

Cam tippt mir auf den Arm. »Robert und ich wollen mitkommen. Barney meint, wir können jeden Tag alle zusammen am Strand spazieren gehen, wenn wir mit dem Lesen fertig sind.«

»Dann ist das eine Verabredung?«, frage ich lächelnd, während ich immer noch Dustins zotteligen Kopf kraule.

»Morgen, nach der Schule.«

»Abgemacht.«

»Wie steht's mit einem Hot Dog? Bitte sagt jetzt nicht, dass wir zu spät kommen.« Barney wechselt zu dringlicheren Angelegenheiten.

Ich bleibe mit Dustin zurück und lese mit Cam laut die Worte auf der Ketchupflasche, während ich mich frage, was dieser *Heinz* mit all dem zu tun hat. Ich warne Cam gerade, dass er sich am heißen Senf die Zunge verbrennen wird, als jemand eine Gitarre bringt. Erst als Barney stöhnt, begreife ich, dass die für ihn bestimmt ist.

»Am Lagerfeuer Gitarre spielen – Edie wird mich für ein solches Klischee halten.«

Allerdings. Es war schon hart genug, einen Ausflug mit den Gärtnerinnen zu machen. Wenn er jetzt anfängt, *Streets of London* zu spielen, muss ich vor lauter Scham ins nächste Taxi springen. Hot Dogs und Handball am Strand sind eine Sache. Und ja, ich gehe auf Festivals mit großen Bühnen. Aber gemeinsames Singen in Kleingruppen in der Öffentlichkeit ist zu viel für jede Version von Edie, die ich kenne. Selbst der Sonnenuntergang, der den ganzen Strand in sanftes goldenes Licht taucht, macht das nicht akzeptabel.

»Okay, morgen ist Schule, es bleibt also nur Zeit für ein paar Lieder.« Er hängt sich die Gitarre um, nimmt ein kleines Stück Plastik aus seiner Tasche und streicht mit dem Daumen über die Saiten. »Ich nehme Musikwünsche entgegen ...«

Sofort schreien alle durcheinander.

»Na schön, *Mamma Mia* sparen wir uns für die ABBA-Nacht auf.« Er stimmt die Gitarre. »Fangen wir an mit Loellas Lieblingssong.«

Eine Sekunde später legt er los mit *American Pie*, und dem Kreischen der Kids nach zu urteilen, hören sie das nicht zum ersten Mal. Es gibt eine Originalversion, die ewig dauert, und eine lange Version. Aber die St.-Aidan-Version, die Barney hier spielt, muss die längste der Welt sein, und zum Ende hin wird sie immer schneller. Und ehe ich mitbekomme, dass der Song zu Ende ist, hat er schon *A Crazy Little Thing Called Love* begonnen. Als er *Breakfast at Tiffany's* spielt, habe ich aufgehört, die Augen zu verdrehen, sondern staune, wie natürlich und entspannt er rüberkommt. Ich drehe mich zu Tante Jo um, die bei Beth und deren Dad sitzt. Alle wippen mit den Köpfen zur Musik. Ich tätschele Dustins Rücken und frage mich, wer Barney eigentlich ist. Dekorateur, Ersatz-Dad, Hundeflüsterer. Dann zieht er sich auch noch fürs Aktzeichnen aus und ist hier der Straßenmusiker, der sein Publikum mit einer alten Gitarre und einer Stimme begeistert, von der ich Gänsehaut bekomme.

»Okay, letzter Song.« Er sieht zu mir. »Nicht *zu* klischeehaft, Edie Browne?«

Was soll ich sagen? Letztlich entscheide ich mich für die ehrliche Antwort. »Es ist eher gute Laune am Strand.«

»Das nehme ich als Kompliment, obwohl es klingt, als käme es von deiner Sprüche-Liste.«

»Nein, ich schwöre, da steht es nicht.« Aber ich werde es gleich draufsetzen, sobald wir zu Hause sind.

»Also, ein Lied noch für die gute Laune am Strand.« Wieder rufen alle gleichzeitig, aber er stellt die Füße nebeneinander und schüttelt den Kopf. »Das suche ich selbst aus.«

Wenn er jetzt Dire Straits *Romeo and Juliet* spielt, fange ich womöglich an zu weinen. Aber ich habe Glück, er spielt es nicht. Als die ersten entspannten Töne erklingen und er mich mit hochgezogener Braue ansieht, erkenne ich den Song.

»Just a perfect day
Drink Sangria in the park
And then later
When it gets dark, we go home …«

Wahrscheinlich ist es wirklich das reinste Klischee, wie er gesagt hat, aber das verzeihe ich ihm. So übertrieben dies auch ist, ich liebe es trotzdem, und den lächelnden Gesichtern aller nach zu urteilen, geht es ihnen genauso.

»Oh it's such a perfect day,
I'm glad I spent it with you …«

Für den kleinsten Bruchteil einer Sekunde ist es, als würde er nur für mich singen. Als würde er irgendwie dieses warme Gefühl spüren, das mich unerklärlicherweise wie eine Decke umhüllt, während ich bei meinem dritten Hot Dog bin. Es ist natürlich Blödsinn, denn er war den größten Teil des Tages ja gar nicht dabei. Er ist gerade erst aufgetaucht, und es hat auch gar nichts mit ihm zu tun. Der Teil mit dem perfekten Tag betrifft nur mich. Ein Tag voller Blumen und Lachen. Dieser eine Augenblick im Sonnenuntergang, der weiche Sand unter mir, die sanfte Brandung. Ich, aber nicht allein, sondern unter Menschen, die sich umeinander kümmern und nur das Beste für ihren Nächsten wollen. Ein sommersprossiger Junge, der seine Hand auf mein Knie gelegt hat, ein schnarchender Hund, dessen Kopf auf meinem anderen Knie liegt. Es ist einer dieser Momente, in denen man sich wünscht, die Erde würde stillstehen, weil man nirgendwo anders sein will oder überhaupt anders sein. Denn ich bin zutiefst und wahrhaftig …

Zu meinem Entsetzen stelle ich fest, dass auch ich mitsinge.

29. Kapitel

Tag 198: Freitag, 18. Mai
Spaziergang am Strand

Heroische Leistung: Vernünftige Erklärungen für Zufälle finden (und sie dankbar annehmen, vorerst)

Das verschlafene St. Aidan mit seinen paar Geschäften und Cottages könnte kein größerer Kontrast sein zu den lauten Städten, die ich hinter mir gelassen habe. In Bath und Bristol gibt es zwar auch Parks und Bäume, aber es ist weitgehend ein Meer aus Dächern und Mauern und Schornsteinen und Fenstern und ewig lärmenden Straßen. Außerhalb der Saison, in einem kleinen Nest am Meer, in dem die meisten Häuser ohnehin nicht bewohnt sind, glaubte ich, wieder zu mir finden zu können. Hier sollte es nur das Rauschen der Wellen und die Schreie der Möwen geben, und das einzig Aufregende sollte eine abends noch geöffnete Pommesbude sein. Aber wenn ich geglaubt habe, meine Tage hier würden ruhig und ereignislos verlaufen, hätte ich kaum falscher liegen können.

Ich versuche den Unterschied zwischen damals und jetzt zu benennen. Denn eigentlich hätte mein früheres Leben, mit einem Haus, einem Partner und einem Vollzeitjob, zumindest theoretisch aufreibender sein müssen. Tatsächlich habe ich das Gefühl, jetzt viel mehr um die Ohren zu haben. Damals war alles weit vorausgeplant. Projekte, Urlaube und Wochenenden. Mein Terminkalender war voll mit Terminen längst nicht so entspannender Freizeitaktivitäten. Alles war perfekt getaktet. Und es gab zahlreiche Menschen in meinem Leben, aber immer in den genau festgelegten Momenten.

Auch wenn ich vielleicht nicht immer organisiert war, wussten wir stets Wochen im Voraus, wo wir wann zu Abend essen würden. Oberflächlich betrachtet war ich vielleicht ich selbst, habe gelächelt und herumgealbert. Bei genauerer Betrachtung sah die Sache aber wohl anders aus.

Ich habe mich darauf verlassen, dass mein Leben sicher ist. Ich muss zugeben, dass mir diese vermeintliche Gewissheit gefiel, die Dinge könnten nicht einfach drunter und drüber gehen. Bis zu dem Tag, an dem Marcus mit seinem Kinderwunsch kam, waren das einzig Unvorhersehbare in meinem Leben die Songs im Radio gewesen oder Krisen auf der Baustelle. Damals war das Ärgste, womit ich es zu tun bekam, falsche Griffe an den Küchenschubladen oder ein Hammer, der in eine Badewanne fiel, sodass wir eine neue bestellen mussten – na ja, ich würde sagen, superbusy wurde zu wundervoll überschaubar.

Und jetzt? Es gibt nicht so viele Leute wie damals und kaum Aufgaben – trotzdem ist mein Leben völlig chaotisch. Kaum jemand arbeitet im Büro, die Menschen hier verbringen viel mehr Zeit mit Plaudern, gemeinsamen Unternehmungen und gegenseitigen Besuchen in ihren Häusern und Gärten. Jeder ist für den anderen da, und genau das ist in gewisser Weise auch anstrengend. Es ist, als hätte man eine Familie von der Größe einer Kleinstadt um sich.

Wenn ich so darüber nachdenke, ist es schön, dass alle in St. Aidan so freundlich sind. Es ist erstaunlich, wie viel Anteilnahme und Hilfsbereitschaft uns entgegengebracht wird. Aber niemand plant mehr als einen oder gar zwei Tage voraus, wenn überhaupt. Die meiste Zeit blicken sie nicht weiter nach vorn als bis zur nächsten Tasse Tee. Wenn jemand eine Idee hat, wird sie sofort umgesetzt. Was von einer Sekunde bis zur nächsten geschieht, hängt von den neuesten Gedankenblitzen ab. Alles geschieht spontan, vom Ostereiersuchen bis zum Mitsingen zur Gitarre. Da ich eine geordnete Lebensführung gewohnt bin, ist das ein bisschen überwältigend. Hinzu kommt mein nach wie vor unklares Zeitgefühl. Ich kenne hell und dunkel und die Mahlzeiten, aber dazwischen ist die Zeit kaum fassbar für mich, sosehr ich mich auch bemühe.

Als Tante Jo und ich uns heute Morgen über ihren Kalender beugten, stellte sie fest, dass ich schon seit zwei Monaten hier bin. Nach so viel permanenter Spontaneität frage ich mich, wie es sein wird, wenn ich in mein geordnetes, sicheres Leben in Bath zurückkehre.

St. Aidan war leer, als ich hier ankam, doch jetzt herrscht Hochbetrieb. An den Wochenenden gibt es keine Parkplätze – nicht dass wir welche bräuchten –, und die kleinen Unternehmen laufen. Meine Holzschilder gehen weg wie warme Semmeln. Loella und Beth haben mir geholfen, einige meiner kalligrafischen Zeichnungen auszuwählen und sie als Postkarten drucken lassen. Plum hat mir einen eigenen Kartenständer zur Verfügung gestellt, um sie in der Galerie zu verkaufen. Einige habe ich als kleine Bilder eingerahmt. Die Bestellungen für die Kissen laufen ebenfalls, also gibt es immer etwas zu tun.

Jetzt, wo die Touristen da sind, zeigt Plum in der Galerie Ausstellungen, und die Kurse pausieren. Beiläufig erwähnte ich Loella gegenüber, dass es schade sei, dass Tante Jos Scheunen leer stünden. Am gleichen Nachmittag kam Morgan mit hübschen Tischen und Stühlen aus dem Harbourside Hotel. Es ist also offiziell, die Workshops werden hier stattfinden, bis Tante Jo das Haus verkauft hat oder die Saison zu Ende ist.

Als wäre mein Leben noch nicht ausgefüllt genug, kommen nun auch noch die Hundespaziergänge dazu, sobald Barney mit Dustin vor der Tür steht. Wegen meines unsicheren Zeitgefühls kommt es mir entgegen, mich nach seinen Zeiten zu richten. Würden wir feste Verabredungen treffen, hätte ich wahrscheinlich ständig Angst, sie zu verpassen. Letzte Woche sind wir zunächst mit Dustin und Robert spazieren gegangen, aber Dustin hat sich schnell eingewöhnt. Da er viel längere Beine hat, bekommt er zusätzliche Spaziergänge allein.

Die besten Spaziergänge aber sind die, bei denen Robert dabei ist und ich mich mit Cam unterhalten kann. Zum Glück liebt Dustin Fußball, deshalb werde ich richtig sportlich, wenn Barney, Dustin und ich unterwegs sind und renne den Strand rauf und runter, immer dem Ball hinterher. Mein Small Talk ist ohnehin schwach, aber in letzter Zeit ist meine Zunge wie festgeklebt, wenn ich mit Barney und dem Hund allein unterwegs bin. Aber wie Barney sagt, bekomme ich wenigstens Bewegung, und Tante Jo muss nicht mit. Mit Ausnahme von Ausflügen des Gartenclubs setzt sie keinen Fuß in den Sand. Sie geht ohnehin nicht gerne spazieren, auch wenn wir auf Asphalt und Kopfsteinpflaster bleiben.

Heute Morgen taucht Barney mit beiden Hunden auf. Im Wintergarten, wo wir unseren Kaffee trinken, ist es schon richtig heiß. Ich schnappe mir eine Strickjacke und ein Halstuch und bin draußen, ehe Tante Jo nervig werden kann wegen ihrer Sorge, was Dustin wohl mit ihrem frisch gestrichenen Gartenzaun anstellen könnte.

Bevor wir loskönnen, werde ich auf die übliche Weise zur Begrüßung von Dustin abgeschleckt und angebellt und angesprungen, dass mir das Herz überfließt. Dann bücke ich mich zu Robert herunter und bekomme das Gleiche noch mal eine Nummer kleiner. Auf dem Weg zur Straße gibt Barney mir Dustins Leine.

»Der arme alte Dustin. Josie kann sich nicht für ihn erwärmen, oder?«

»Hast du das denn für möglich gehalten?« Ich bin mir nicht sicher, warum das eine Rolle spielt. Ich gehe extra schnell, um ein wenig Abstand zwischen uns zu bringen, wobei ich versuche, es wie Dustins Idee aussehen zu lassen.

»Alle sind hingerissen von Dustin. Ich dachte, sie würde sich auch ein bisschen in ihn verlieben.« Barney und Robert rennen, um mit mir Schritt halten zu können. »Nicht so schnell, einer von uns hier hat kurze Beine.«

»Sorry, Dustin zieht.« Und manche Leute haben endlos lange Beine.

»Dustin zieht nie, er hat gelernt, bei Fuß zu gehen, Edie Browne. Du kannst den Morgen ja gar nicht richtig genießen, wenn du in diesem Tempo marschierst.«

Ich haue die Ausreden nur so heraus. »Ich bin es gewohnt, mit Tante Jo schnell zu gehen.« Es ist ihre Art, es möglichst rasch hinter sich zu bringen. »Es ist ja allgemein bekannt, wie angespannt sie immer ist.«

»Ach, und du nicht?«, kontert er.

Wäre ich nicht wütend, würde es mir mehr ausmachen, dass wir, mittlerweile auf dem Asphalt, dichter nebeneinander gehen, sodass sich unsere Schultern gelegentlich berühren. »Ich bin die am wenigsten angespannte Person, die ich kenne. Ich war schon immer locker.«

Er hustet in seine Faust. »Und ich bin Astronaut …«

Das klingt nach Ironie, aber ich kann mich nicht erinnern. »Was machen die nochmal?«

»Sie fliegen in Raketen um den Mond.« Er schließt die Augen. »Das hier hat nichts mit Raumfahrern zu tun, Edie. Ich will damit nur sagen, dass du von dir selbst überrascht wärst, wenn du ein wenig lockerer würdest.«

Das muss ausgerechnet jemand sagen, der wochenlang kaum ein Lächeln zustande bringt und in mir das Bedürfnis weckt, schnellstmöglich wieder in mein geordnetes Leben zurückzukehren. Mir bleibt ein Streit erspart, weil wir einem von Dustins zahlreichen Bewunderern begegnen. Dustin hat etwas von einem wedelnden Bär, weshalb nicht viele Leute auf der Straße an uns vorbeigehen, ohne auf ein Wort stehenzubleiben und ihn zu streicheln. Sobald wir den Ort erreicht haben, erübrigt es sich für mich, selbstbewusst und wortkarg zu sein.

Jetzt, wo die Tage heller und sonniger werden, stelle ich fest, wie gern ich am Strand bin. Oben im Cottage schaue ich immer hinaus, welche Farbe das Meer hat und ob es ruhig oder aufgewühlt ist. Auf dem Weg durch den Ort nach unten halte ich zwischen den Häusern Ausschau und liebe den Augenblick, wenn wir den Hafen erreichen und die Bucht schimmernd vor uns liegt wie jetzt.

Sobald wir den Hafen hinter uns haben, lassen wir die Hunde von der Leine, und sie rennen durch die Dünen und den Strand auf und ab, gefolgt von Barney. Ich bleibe zurück und überlege gerade, ob ich hinunter in den Sand springen kann oder lieber auf dem Hintern abwärts rutschen sollte, als Barney auftaucht.

»Soll ich helfen?«

Es ist das Gleiche wie an dem Tag, als wir segeln waren. Es ist nicht direkt eine Frage, denn im nächsten Moment sind meine Füße in der Luft, nur dass ich diesmal nicht in einer Pfütze im Boot lande, sondern wieder auf dem Boden stehe. Meine Brüste werden gegen seine Rippen gedrückt, und ich warte darauf, dass er einen Schritt zurückweicht, was er jedoch nicht tut. Stattdessen sieht er mich an, und aus der Nähe wirken diese braunen Augen sanfter. Hier stehe ich nun, lausche der Brandung und dem Klopfen seines Herzens – oder möglicherweise meines eigenen. Es ist einer dieser Momente, in denen die Welt stillzustehen scheint – genug Zeit für mich, um zu sehen, wie seine Lippen sich teilen, er den Kopf neigt;

und genug Zeit für meinen Magen, ganz flau zu werden, als Barney mir die Handgelenke auf die Schultern legt.

Seine Stimme ist leise. »Wir haben den Strand fast für uns allein.«

Seine Augen verschwimmen, und eine verrückte Sekunde lang könnte ich schwören, dass er mich küssen will. Das Schlimmste ist, ich bin bereit und erwarte die zärtliche, warme Berührung.

Aber dann atmet er hörbar aus und löst sich von mir. »Tut mir leid, ich war gerade in Gedanken.«

Ich drehe mich um und renne über den weichen Sand zur Wasserlinie, die von den Wellen wie Walknochen geformt ist. Von hier erstreckt sich das Meer unendlich weit. Der Wind weht in meine Ohren in dieser unglaublichen Bucht, die mich nicht vergessen lässt, wie schrecklich falsch ich das alles gedeutet habe. Ich drehe mich wieder um und plappere los. »Obwohl die Promenade nur ein paar Schritte entfernt ist, ist es hier am Strand viel schöner, mit der tosenden Brandung und den Wellen, die meine Füße fast mitziehen.«

Als er mich eingeholt hat, ärgere ich mich, weil ich mich vom Anblick seines Halses nicht losreißen kann, während er schluckt. »Ich nehme an, wir haben dich verwandelt?«

Ich betrachte den zurückweichenden Wellenschaum und den nassen Sand, um meine Verlegenheit zu überspielen. »Ich liebe die Gezeiten, die das Meer Tag für Tag kommen und gehen lassen. Wie das Wasser manchmal tiefblau ist und, wie gestern, türkisfarben. Und dass hier manchmal die Zeit stillzustehen scheint. Und zugleich ist da diese unbändige Energie, als würde es ewig so weitergehen.«

»Das interpretiere ich mal als ein Ja.«

»Das kannst du wohl. Und je länger ich hier bin, desto mehr Fragen tauchen auf.« Meine Schritte sind so groß, dass ich außer Atem bin. »Ich meine, woher kommt all der gischtige Schaum … und warum sind an manchen Tagen Schaumkronen da und an manchen nicht … und wie kommt es, dass Strandschnecken so in sich gedreht sind?«

Mein Plappern verrät, wie sehr mich das hier anstrengt. Wir sind ein gutes Stück die Bucht entlanggegangen, als ich einen Blick über die Schulter werfe und feststelle, dass ich mit mir selbst spreche. Barney ist nicht weitergegangen.

»Komm schon, du Schnecke!« Er ist so weit hinter mir, dass ich rufen muss.

Er ruft zurück: »Geht bis zu den Felsen, Robert und ich warten hier.«

Ich werde nicht nörgeln. Stattdessen werfe ich einen weiteren Stock für Dustin und reibe den Sand von der Muschel, die ich gerade aufgehoben habe. Während wir weiter den Strand entlanggehen, verdränge ich die letzten fünf Minuten, in der Hoffnung, nie wieder daran denken zu müssen. Manchmal ist es am besten, mit jemandem darüber zu lachen. In diesem Fall ist es mir derart peinlich, die Situation falsch eingeschätzt zu haben, dass ich es nicht einmal Bella erzählen werde. Ich mag mir ja selbst nicht einmal eingestehen, wie bereit ich war.

Eine kühle Brise bringt meinen Pferdeschwanz noch mehr durcheinander, als er ohnehin schon ist. Die gesprenkelten Farben des Wassers und die warme Sonne auf meinem Rücken erinnern mich an die Sommer, in denen Marcus und ich nach Devon fuhren. Seine Familie mietet dort seit seiner Kindheit jedes Jahr um die gleiche Zeit für zwei Wochen ein großes Ferienhaus, und wir sind irgendwann dazugestoßen. Es war alles sehr malerisch und idyllisch, kein Vergleich zu meiner Kindheit in einer Doppelhaushälfte. Es gab ein Hausboot und ein kleines Segelboot mit braunen Segeln, eine Haushälterin und Hummer, und sie haben ganze Fische über einer Feuerstelle im Garten gegrillt. Seine Mum hatte einen speziellen Fischkochtopf, und der Prosecco kam in Holzkisten vom Weinhändler statt aus dem Supermarkt. Obwohl sich alle wirklich zu freuen schienen, uns zu sehen, und obwohl sie lachten und es mir nicht übel nahmen, dass ich keine Austern probieren wollte, fühlte ich mich immer fehl am Platz. Es war das gleiche Gefühl wie in ihrem gepflegten Haus auf dem Land. In dem Jahr, als Tiddlywink geboren wurde, luden Marcus' Eltern mich endlich über Weihnachten mit allem Drum und Dran ein. Bella meinte: »Jetzt bist du drin, Mädchen! Her mit dem Kaminfeuer und den Canapés von Waitrose!« Aber ich sah mich außerstande, deshalb erklärte ich, Tash brauche meine Hilfe bei ihrem Weihnachtsfest, das wir schließlich dort verbrachten. Das war mein größter Fehler. Einen Mann mit einem Säugling zu konfrontieren, kann so oder so ausgehen. Ich hatte Pech. Rückblickend begreift man, woran eine Beziehung gescheitert ist. Erstaunlich auch, wie klar einem wird, was man eigentlich will, wenn man sich während eines Spazierganges am Strand weit zurückerinnert.

Als ich die Felsen erreiche und umkehre, ist Barney weit weg. Er sieht klein aus, wie er da im Sand sitzt, die Ellbogen auf die Knie gestützt. Aber ich weiß, dass er uns auch beobachtet, denn jedes Mal, wenn ich Dustins Stock hochhalte und so tue, als hätte ich nicht vorhin den größten Fehler meines Lebens begangen, winkt er uns zu. Irgendwann joggen Dustin und ich zurück. Der Hund steckt Barney die Nase ins Ohr und leckt es ab, dann überprüft er, ob Robert noch riecht wie vorhin. Dustin hechelt, und ich bin auch ein wenig außer Atem, aber ich frage trotzdem: »Ist alles in Ordnung? Warum bist du nicht mitgekommen?«

»Alles okay. Ich wollte, dass du und Dustin versucht, allein zu gehen. Wie war es?«

»Gut, die meiste Zeit hat er Stöcke gejagt.«

»Ich meinte, wie es für dich war.« Barneys Lippen zucken leicht. »Kamst du zurecht, allein dort draußen?«

»Ich war nicht allein.« In Ruhe nachdenken zu können, war herrlich. Man kann sich nie ganz den eigenen Gedanken hingeben, wenn jemand neben einem läuft.

»Das hatte ich gehofft. Wir machen das morgen noch einmal. Als ich vereinbart habe, dass Dustin bei mir bleibt, habe ich nicht zu hoffen gewagt, dass ihr so eine Beziehung zueinander aufbauen würdet. Wenn du einen Hund hättest, der speziell darauf trainiert wäre, sich um dich zu kümmern, würdest du dich noch sicherer fühlen.«

»Dann hast du ihn also für mich organisiert?«

»Na ja … äh, ja … und nein.« Sein Zögern verrät ihn.

»Aber warum?«

»Du bist jung und voller Energie. Wenn es eine Möglichkeit für dich gibt, deine Freiheit zurückzugewinnen, musst du es doch versuchen.« Das ist so nett und hoffnungsvoll, dass mir ganz warm ums Herz wird. Nur war das nicht meine Frage.

»Du kennst mich doch kaum.«

»Doch, das tue ich.« Die Fältchen in seinem Gesicht vertiefen sich. »Wie dem auch sei, es liegt uns Menschen in den Genen, uns gegenseitig zu helfen. Das hat unser Überleben gesichert.« Er stößt einen Seufzer aus. »Als ich anfangs Schwierigkeiten hatte, nachdem Cam zu mir gekommen war, halfen mir die Leute. Jetzt bin ich eben an der Reihe. Beim Helfen geht es nicht darum, etwas zurückzubekommen. Man gibt eher etwas weiter. Irgendwann wirst du jemandem helfen, der Hilfe braucht. Na ja, du bist schon für Cam da, aber du weißt, was ich meine.«

»Du machst dir ganz schön viele Gedanken.« Ich verkneife mir die Erwiderung, die mir auf der Zunge liegt.

»Du solltest nicht überbewerten, was ich hier tue. Du bist mit dem Hund von jemandem spazieren gegangen, und ich habe ein bisschen auf euch achtgegeben. Ich wollte dir nur zeigen, dass es Lösungen gibt für deinen Zustand und die ständige Gefahr, einen Anfall zu erleiden.«

»Was auch immer die Gründe waren, ich danke dir.« Jeden Moment werde ich in Tränen ausbrechen. Doch dann kommt Dustin mit seinem Stock im Maul angesprungen. Ich drücke mein Gesicht in sein zotteliges Fell und habe mich gleich wieder besser im Griff.

Barney steht auf, und als wir diesmal den Strand entlanggehen, auf die blauen und weißen Geländer der Uferbefestigung zu, empfinde ich reine Dankbarkeit. Ich will weder schnell vorauslaufen, noch ärgere ich mich über mich selbst. Als wir die breiten Steinstufen erreichen, die vom Strand hinaufführen, bleibe ich stehen, um eine weitere Muschel aufzuheben. Barney springt auf die Steine vor mir und dreht sich um.

»Es gibt noch etwas, bei dem ich auf deine Hilfe gehofft habe.«

»Ja?« Wenn er will, dass ich vorbeikomme und Dustin füttere, weil er und Cam heute Abend unterwegs sind, ist das kein Problem für mich.

»Ich will, dass du deine Ideen weiterentwickelst. Ich war so sehr damit beschäftigt, die Rohbauten der Wagen anzufertigen und die Firma in Gang zu bringen, dass mir das Offensichtliche entgangen ist. So, wie die Leute auf deine Bilder reagiert haben, könnten ein oder zwei Vorführwagen den Verkauf wirklich ankurbeln.«

»Cool, ich bin dabei. Du würdest wirklich davon profitieren, wenn du zwei Wagen einrichtest.« Insgeheim freue ich mich riesig, aber ich muss mich zusammenreißen. »Du musst bei Vorführwagen auch noch nicht aufhören.«

»Noch mehr?«

»Du fertigst bereits die Wagen nach Maß an; wenn du die Inneneinrichtung auch maßgefertigt anbieten könntest, würde das den Wert steigern.« Ich bin selbst verblüfft, wie sehr ich diesen Jargon noch draufhabe. Und ich bin in Fahrt. »Mal ehrlich, warum bei der Inneneinrichtung aufhören?

Das Äußere könnte ebenfalls nach individuellen Wünschen gestaltet werden. In einer deiner Scheunen ist sicher Platz für Extrateile, die Kunden für ihre Hütten auswählen könnten.«

»Wer immer behauptet hat, du seiest ein kreatives Genie, hat schwer untertrieben. Du hast gerade meine Unternehmensplanung auf Jahre hinaus gesichert.«

Ich verdrehe die Augen. »Blödsinn, Barney, das ist bloß gesunder Menschenverstand.« Vielleicht mit ein bisschen Strandmagie.

»Ich bin jedenfalls nicht selbst drauf gekommen, obwohl es so naheliegend ist.« Er schüttelt den Kopf. »Wichtiger aber ist, dass ich dir Arbeit anbieten möchte.«

»Arbeit? Einen Job?«, frage ich verblüfft.

Ein Lächeln huscht über sein Gesicht. »Willst du deine Ideen nicht verwirklicht sehen? Teilzeit, du könntest mit einer Stunde hier und da beginnen. Könntest du mit einem Vorführwagen anfangen?«

»Lackieren?« Ich nicke, und mein Magen schlägt Purzelbäume bei der Aussicht auf eine echte Beschäftigung.

»Die Flächen sind klein, es ist also vielleicht knifflig, aber sicher nicht zu ermüdend.« Seine Augen leuchten. »Wenn wir es richtig schick machen wollen, werde ich deine Hilfe bei der Inneneinrichtung brauchen. Und für die zusätzliche Ausstattung außen auch.«

Ich fühle mich zu schwach, um zu antworten.

Er registriert meine Verblüffung. »Sorry, da geht es gerade ein bisschen durch mit mir. Ich wollte dich nicht überfallen.«

»Über-*was*?« Wenn er vorhatte, mir Angst zu machen, hätte er das kaum besser hinbekommen können. Meine Füße sind auf halbem Weg die Treppe hinauf festgefroren.

»Hey, Edie Browne, beruhige dich.« Er bringt tatsächlich ein Lächeln zustande und überschlägt sich vor Freundlichkeit. »Lass mich noch mal von vorn anfangen – könntest du am Montagmorgen eine Stunde lang eine sehr hübsche Farbe auf ein winziges Stück Wand streichen?«

So formuliert ... »Ja, kann ich.« Prompt fällt mir alles ein, was ich fragen wollte. »Um wie viel Uhr? Wann?« Was soll ich anziehen? Welche Musik? Und ob ich meine eigenen Sandwiches mitbringen soll.

»Gehen wir es entspannt an. Nach dem Spaziergang mit Dustin und Robert wartet die Farbe deiner Wahl auf dich. Ich werde den ganzen Tag da sein. Ich besorge also auch die Brötchen, und sobald du dich bereit fühlst, kommst du mit einem Lächeln und im Overall vorbei.«

Offenbar hat er einen Plan. Das ist gut, denn eigentlich wollte ich nur am Strand spazieren und kehre nun mit einem neuen Job zurück. Wie der Typ, der einen Hügel hinaufgeht und einen Berg wieder herunterkommt. Na ja, nicht ganz, aber ihr wisst schon, was ich meine. Auch wenn ich sehr aufgeregt bin, beschließe ich doch, ihn lieber nicht zu umarmen und auf beide Wangen zu küssen. Ich hoffe nur, ich enttäusche ihn nicht.

30. Kapitel

Tag 212: Freitag, 1. Juni
Periwinkle Cottage

Heroische Leistung: Meine Arbeitskleidung ausfüllen (nicht so, wie ich gehofft hatte)

Wenn mir die vergangenen zwei Wochen etwas gezeigt haben, dann, dass nichts im Leben vorhersehbar ist. Da hatte ich erwartet, das Cottage zu streichen und die Schuppen. Stattdessen arbeite ich nun an Schäferwagen und stolpere über Kinder, die auf einmal alle Ferien haben. Ich meine, wann lernen die eigentlich, wenn sie kaum je in die Schule gehen? Ich muss wochentags, an den Wochenenden *und* in den Ferien lernen, um mit ihnen mithalten zu können.

Während ich in der ersten Woche mit Barney in seinen Scheunen arbeite, hat Tante Jo Zeit, sämtliche Kurse zu besuchen plus alle Mittagessen für die Über-Sechzigjährigen, was völlig anders ist, als die Bezeichnung vermuten lässt, denn diese Essen scheinen den ganzen Tag zu dauern. Trotzdem geht die Arbeit im Periwinkle Cottage voran, auch wenn ich nicht dort bin. Dank Malcolm, der seine Freunde vom Silver Surfers Club mitbringt, ist der Kuchenkonsum enorm angestiegen. Dafür verwandelt sich das Cottage Raum für Raum. Nachdem die Tapeten herunter sind, wirken die Zimmer gleich viel luftiger und freundlicher, vor allem aber neutral und vermarktbar.

Nach wie vor diskutiere ich mit Tante Jo über Farbkonzepte. Dass sie auf Kaugummifarben und Neonregenbogen steht, ist nicht gerade hilfreich. Wir rollen die alten Teppiche auf, lackieren die ollen Dielenböden, während die guten nur geschrubbt werden, streichen die meisten Wände weiß mit einem leichten Graustich, und allmählich bekommt das Cottage eine stilvolle Strandhausatmosphäre.

Was mich betrifft, ist es seltsam und ziemlich anstrengend, wieder jeden Tag »richtig« zu arbeiten. Viel mehr, als ich gedacht hatte. Dabei arbeite ich nie lange. Allerdings tut es wirklich gut, mal rauszukommen. Und ein Job, bei dem es Jammy Dodgers satt gibt – gute Kekswahl, danke, Barney –, kann nicht schlecht sein.

Dass die Hunde da sind und mir zusehen und mich aufheitern, kompensiert meine schmerzlich kurze Aufmerksamkeitsspanne. Barney muss entweder sehr verzweifelt oder ein Heiliger sein, denn wäre ich ein Arbeitgeber, hätte ich mir keinen Job gegeben. Schon komisch, wie wenig mangelnde Konzentrationsfähigkeit auffällt, wenn man nur am Haus herumwerkelt. Aber bei der Arbeit ist sie nicht zu verbergen. Zum Beispiel, wenn ich beim Streichen Pausen mache und im Obstgarten nach den Äpfeln schaue – sie wachsen übrigens gut, viele Bäume tragen schon Früchte. Die ersten Tage sind die schlimmsten. Ich verbringe viel Zeit damit, das Muster der apfelgrünen Blätter vor dem samtblauen Himmel zu betrachten und die Möwenschwärme hinter den Fischerbooten, wenn sie zurück in den Hafen tuckern. Aber nach einigen Tagen finde ich einen besseren Rhythmus und lerne, meine kurzen Pausen mit der Suche nach interessanten Extras für die Wagen zu füllen.

Wir beginnen mit dem Wriggly-Tin-Man-Wagen, bei dem die Außenseite das ist, was der Name verheißt, nämlich nacktes Wellblech. Barney hat ihn bereits in der Farbe des Sturmhimmels gestrichen, womit er nah genug an seiner Komfortzone geblieben ist. Die Fenster sind cremefarben. Drinnen fange ich damit an, die Wände cremeweiß zu streichen, füge einen Grauton bei den Einbauten hinzu und ein dunkleres Grau bei den Vorderseiten der Schränke.

In Loellas Stoffstapeln finde ich schöne grau-weiße geometrische Muster, aus denen Tante Jo Kissenbezüge näht, außerdem noch schlichte gelbe. Bei den Möbeln haben wir beschlossen, dass wieder aufgearbeitete besser zur Atmosphäre passen und kostengünstiger sind als neue, zumindest bis konkrete Bestellungen hereinkommen. Also schaue ich bei jedem vorbei und versuche überall etwas zusammenzuklauben. Barney gibt mir einen petrolfarbenen Quiltbezug, von Tante Jo borge ich mir zwei kleine Sessel im Fünfzigerjahre-Mahagonistil, die in Harrys Arbeitszimmer standen. Aus der Garage von Beths Dad nehme ich einen Couchtisch mit, für den Barney eine Tischplatte aus rohen Holzbrettern macht. Aus Tante Jos Scheune stammen alte Sturmlampen, und Beth leiht mir einen ihrer hohen Kerzenständer für innen sowie kürzere für die Treppenstufen. Dann leiht ihr Dad mir noch ein altes Buch über Zinnminen aus Cornwall, und ich finde Schwarz-Weiß-Aufnahmen von Minenarbeitern darin, die ich rahme. Mit zwei schwarz-weißen Liegestühlen für draußen und einer Solarlichterkette ist es fast geschafft. Zwei alte Milchkannen mit Malcolms weißen Blumen und einem kleinen Holzschild mit der Aufschrift *Tin Men live here*, und Barney ist glücklich. Wenn man bedenkt, dass ich kein Fan dieser Wagen bin, kann ich ganz zufrieden sein mit mir. Es ist nicht zu vergleichen mit den Standards von Zinc Inc, aber das gesprenkelte Licht, das durch die Blätter der Birnbäume fällt, und das schimmernde Meer in der Ferne machen das wett.

Als am Freitagmorgen, zum Ende meiner zweiten Woche, die Post kommt, haben Tante Jo und ich gerade unser Porridge gegessen und sitzen beim Kaffee draußen in der Sonne, während wir auf den heutigen Ansturm der Kinder warten. Beim Anblick des vertrauten Logos auf dem Minikatalog, den der Postbote mir übergibt, steigt meine Laune.

»Leah Lemon – diese Klamotten haben mir gefehlt.« Ich lese und erinnere mich gleichzeitig. Ich reiße die Plastikverpackung ab und freue mich besonders, dass dieser Katalog am Ende meiner ersten zwei Wochen im neuen Teilzeitjob gekommen ist.

»Deine hübschen Hosen stammen von dort, nicht wahr? Und deine Tops.« Tante Jo lehnt sich herüber. »Zehn Prozent Rabatt, Schätzchen, das bedeutet, die Kleidungsstücke kosten weniger als sonst.«

»Das ist gut.« Umso mehr Grund für mich, mir nach der langen Zeit ohne Shopping etwas zu gönnen.

»Wahrscheinlich weil du schon eine Weile nicht mehr dort bestellt hast. Die versuchen dich als Kundin zurückzugewinnen.«

»Eine Frau kann nie genug Caprihosen haben.« Das ist mein Mantra für diesen Tag, während ich durch die Seiten blättere. Das gilt auch für Sommer-Chinos. Vor allem, wenn eine Nummer größer als die, die ich oben in meinem Zimmer habe, mir ein bisschen mehr Platz zum Atmen lässt. Als ich auf ein leichtes, maßgeschneidertes Jackett und passende Hosen stoße, kribbelt es in meinem Bauch, wie wenn man als Teenager seinen Freund sieht. »Genau danach suche ich.« Ich habe zur Arbeit nie Anzüge getragen, aber diesen hatte ich mir letztes Jahr ausgesucht für schwierige Meetings. Er strahlt aus, dass man sich nichts gefallen lässt, ohne dass man darin aussieht, als nähme man sich selbst zu ernst. Leider war er in meiner Größe ausverkauft, als ich endlich die Beförderung bekam. Damals hatte ich mir vorgenommen, sofort einen zu kaufen, wenn es sie wieder gibt.

»Ein *Anzug* für die Arbeit?«

Ich habe keine Ahnung, warum Tante Jo so skeptisch klingt; meine Zeit hier verfliegt derartig schnell, dass ich im Nu wieder in Bath sein werde. Aber ich kann nichts erwidern, da Dustin auf mich zugerannt kommt und nach seiner stürmischen Begrüßung praktisch auf meinem Knie sitzt.

»Arbeitskleidung? Bestell bloß keine weiteren Overalls, wenn du nicht schmelzen willst. Auf uns kommt eine Hitzewelle zu.« Es ist typisch für Barney, der über die gekieste Fläche auf uns zukommt, sich gleich ins Gespräch einzuschalten. Nur ist er normalerweise näher am Kern der Sache als jetzt. »Ich wollte sagen, dass ich noch jede Menge Levi's mit zerrissenen Knien zu Hause habe. Wenn du welche abschneiden willst, um Shorts zum Anstreichen zu haben, sag einfach Bescheid.«

»Das wäre reizend, danke, Barney. Bermudas und T-Shirts sind doch viel luftiger als diese synthetischen Overalls.«

»Ich nehme an, sie werden dir passen.«

Hasst ihr es nicht auch, wenn Typen die gleiche Jeansgröße haben wie ihr? Als wäre es nicht schon schlimm genug, dass Tante Jo das Angebot für mich annimmt, mustert Barney auch noch meine Schenkel. Sehr unangenehm.

»Ich werde dir auch noch ein paar T-Shirts bringen.«

»Großartig, ich freue mich darauf.« Ich kann es kaum erwarten. Abgeschnittene Jeans aus der Nachbarschaft bringen es nur nicht ganz, wenn ich mein Herz an einen Anzug von Leah L verloren habe.

»Na bitte, Schätzchen. Sommershorts sind doch momentan viel nützlicher als Bürokleidung. Macht Lily Lemon auch Strandmode? Davon könntest du doch etwas bestellen, oder?«

»Oder ich lasse es erst einmal.« Ich versuche zu ignorieren, wie ernüchtert ich bin. Wenn das so weitergeht, werde ich bald nicht mehr auf der Verteilerliste von Leah L stehen, deshalb hake ich das Thema noch nicht ab. Nach der Arbeit werde ich erneut einen Blick in den Katalog werfen. *Nach der Arbeit* – schon erstaunlich, wie mich diese Worte aufbauen. Als wäre ich fast wieder ein ganzer Mensch.

»Da Tin Man's fertig ist – welchen Wagen nehmen wir uns als Nächstes vor?« Barney deutet auf Robert, der ihn fixiert. »Das heißt, nach dem Hundespaziergang.« Nachdem er den ersten Wagen fertig gesehen hat, will er, dass jeder ein bestimmtes Motto hat. Wir werden sehen, wie das läuft.

»Wir werden mit dem Blümchen-und-Pünktchen-Thema noch warten.« Ich habe Tapetensampler im Internet bestellt, und Tante Jo hat den ganzen Pub beim Über-Sechzig-Lunch gebeten, auch welche zu bestellen. Daher habe ich genug Tapete, um eine ganze Wand in einem der Wagen mit Blumenmuster zu tapezieren. Allerdings warten wir noch darauf, dass sie eintreffen.

»Wir können einen zum Thema Strand machen, weil es doch warm wird. The Seaside Stripes oder She Sells Sea Shells.« Barney reibt sich die Hände.

»Der gestreifte Stoff ist da.« Ich schaue zu Tante Jo, und sie nickt bereits. »Wenn du Zeit hast zu nähen?«

Barney legt den Kopf schief. »Wie sieht's mit den Möbeln für den Wagen aus? Nachdem wir alle Gartenhäuser und Schuppen in der Nachbarschaft geplündert haben, gibt's nicht mehr viel. Könnte sein, dass wir einkaufen gehen müssen.«

»Das ist mein Text, Barney.« Wow, ich habe schlagfertig gekontert, ganz ohne Anzug. Nur dass ich mir diesen Satz tatsächlich bis jetzt wegen des Borgens und Bettelns verkniffen hatte. »Was ist mit dieser Internet-Plattform mit den Happy Endings und den Geboten?« Ich beobachte, wie seine Augen sich kurz bewölken und dann wieder klar werden.

»Du meinst eBay?« Er verzieht das Gesicht. »Sorry, ich habe keine Zeit, dafür durchs Land zu fahren. Zuerst probieren wir es mal in richtigen Geschäften.«

»Du kennst welche?« Wäre ich in Bristol, wüsste ich genau die richtigen Läden, in denen man interessante aufgearbeitete Sachen finden kann, die nicht überteuert sind. Aber wir sind nicht in Bristol. Und es ist offensichtlich, dass wir für unsere Einkaufstour St. Aidan verlassen müssen. Ich habe mich daran gewöhnt, in Barneys Hof herumzuwerkeln, aber ich bin nicht bereit für eine längere Fahrt mit ihm aus dem Ort heraus. Selbst wenn der ganze Gartenclub mitkommen würde.

»Ich kriege Freundschaftspreise im Junkyard Warehouse in Falmouth. Wir könnten es dort versuchen. Cam ist heute mit Loella unterwegs, ich wäre also frei.«

»Falmouth?« Mit meiner Bemerkung vorhin mag ich schnell gewesen sein, aber hier muss ich gleich mehrere Dinge bedenken. Ich habe mich, was die Ortskenntnis betrifft, stets auf dieses Ding in meinem Wagen verlassen, aber ich bin mir sicher, dass Falmouth nicht in der Nähe liegt.

»Du musst nicht gleich entsetzt dreinschauen, Edie Browne. Wir fliegen nicht zum Mond, es ist nur fünfundvierzig Minuten von hier.«

»Etwa die Strecke zwischen Bristol und Bath, Schätzchen.« Dass Tante Jo solche Dinge für mich übersetzt, geschieht beinah automatisch. Abgesehen davon ist es nicht die Entfernung, die mir Sorge bereitet.

Barney lacht leise. »Definitiv kein Segeln oder Baumklettern. Wenn wir nach dem Spaziergang gleich starten, sind wir locker wieder zurück, bis Cam nach Hause kommt.«

»Dann wird es aber ein Tagesausflug?«

»Na ja, kommt auf deine Definition von Tagesausflug an.« Er lacht. »Und wie lange wir fürs Mittagessen brauchen. Wenn wir es machen wollen, sollten wir lieber aufbrechen, diese Schäferwagen richten sich nicht von selbst ein.« Jetzt redet er wieder Klartext. Die Arbeit muss erledigt werden.

Einer von uns muss die Zähne zusammenbeißen und die Sache angehen. Je eher, desto schneller haben wir es hinter uns.

»Alles klar, packen wir's an.« Dies ist ein Arbeitstag, ich bin Professionalität gewohnt, und es besteht kein Grund, diesen Ausflug als irgendetwas anderes zu sehen. Ins Auto steigen, finden, was wir brauchen, wieder nach Hause fahren. Wie schwer kann das sein? Marcus und ich haben monatelang nach Zeug gesucht, bis wir das Passende für sein Haus gefunden hatten. Allerdings ist es ja viel einfacher, wenn man nichts für sich selbst sucht. Falls jemand weiß, wieso das *Happy Friday*-Schild in meinem Kopf aufleuchtet, als ich Dustins Leine von Barney nehme, sagt mir bitte Bescheid. Schickt die Antwort per Postkarte an Edie Browne, Periwinkle Cottage. Denn ich bin mir ziemlich sicher, dass ich es nicht weiß.

31. Kapitel

Tag 212: Freitag, 1. Juni
Shoppen gewesen

Heroische Leistung: Ein Déjà-vu erleben – ich nehme an, das ist etwas Gutes (auch wenn es nur mit Sesseln zu tun hat)

Wie unbedeutend mein neuer Job auch sein mag – einen Tag rauszukommen ist ein weiterer Punkt auf meinem Weg zurück in die Normalität, also sollte ich mich freuen. Doch Arbeitsausflüge sind wie alles andere hier – es gibt die übliche, in der restlichen Welt gängige Version, und es gibt die St.-Aidan-Art. Zunächst wäre da mal das Transportmittel. Gar nicht unbedingt Barneys Pick-up als solcher, aber er muss erst einen Haufen von Cams Filzstiften wegräumen, leeres Muffinpapier, Roberts Weihnachtshundanzug und einen ganzen Stapel Wagenskizzen, bevor ich den Sitz überhaupt sehen kann. Und als ich endlich einsteige, stellt er sein Telefon laut.

»Welche Musik?« Das ist die erste Regel für erfolgreiche Arbeitsausflüge – darüber zu verhandeln, welche Musik gehört wird und wie laut, am besten gleich beim Einsteigen, wenn man nicht die ganze Zeit Shania Twain hören will. Nicht dass ich nörgele. Aber als ich in diesem Pick-up durchgeschüttelt werde, gegen den ein Baufahrzeug luxuriös wirkt, sehne ich mich doch ein bisschen nach meinem neuen Dienstwagen mit modernster Technologie.

»Der Soundtrack von *Bridget Jones*.«

»Äh … *echt*?«

»War Malcolms Vorschlag, wegen des Überraschungseffektes. Offenbar liebt den jede Frau, es sollte also entspannend wirken.« Er sieht mich grinsend von der Seite an. »Du musst zugeben, da gibt es eine Menge Ähnlichkeiten.« Die Pluspunkte dafür, dass er Frau gesagt hat statt Mädchen, sind sofort wieder ausradiert.

»Soll das heißen, ich bin wie Bridget?«

»Nicht so vornehm, denn dein West-Country-Akzent ist ziemlich stark, wenn du fluchst.«

»Du kannst mich mal, Barney von den Scheunen.«

»Ich weiß, dass dein Haar dunkler ist, aber der Rest – du trägst die Sonnenbrille auf dem Kopf, bist attraktiv und weißt es nicht, bist unfallgefährdet und du steckst voller unverwirklichtem Potenzial. Dann wäre da noch deine Vorliebe für Hasenohren. Genügt das? Du rümpfst sogar auf die gleiche Weise die Nase.«

Da gäbe es so viel zu widersprechen, dass ich es nicht einmal versuche. Darüber hinaus weiß ich nicht, was ich davon halten soll, dass er sich so gut mit Bridget Jones auskennt, um einen Vergleich anstellen zu können.

»Bridget war nicht krank.« Normalerweise ziehe ich den Krankheits-Trumpf nicht, aber hier mache ich eine Ausnahme, um ihn zum Schweigen zu bringen. Ich werde ihn auch nicht darauf aufmerksam machen, dass er ein paar offensichtliche Dinge bei diesem Vergleich vergessen hat: Wir sind beide Single, ähnlich gebaut und tragen unsere Hosen mindestens drei Nummern größer, als wir gerne hätten.

»Darüber definierst du dich, oder? Der Schlaganfall ist wirklich alles, was du siehst.« Er bläst die Wangen auf und lacht ungläubig. »Dabei schert das niemanden. Ja, wir sind rücksichtsvoll und kümmern uns. Aber wir sehen, was du kannst, nicht, was du nicht kannst. Weißt du, was die größte Ähnlichkeit zwischen dir und Bridget Jones ist? Dass du verdammt unglaublich bist, aber es, genau wie sie, nicht erkennst.«

»War's das?« Irgendwie gelingt es mir, meine heruntergeklappte Kinnlade zu reaktivieren, um diese Worte herauszubekommen. »Bist du fertig?«

»Noch nicht ganz.« Er trommelt mit den Fingern auf dem Lenkrad. »Von jetzt an konzentrieren wir uns auf die Dinge, die du gut kannst und vergessen den Rest. Einverstanden?«

»Ja, ich denke schon.« Um ehrlich zu sein, ich bin zu geschockt, um irgendetwas anderes zu sagen. Bisher war niemand derartig taktlos und offen genug, um so mit mir zu reden. Leider bin ich ein bisschen hin- und hergerissen. Einerseits bin ich wütend über diese Einmischung, andererseits höre ich zwischen den Vorwürfen die vielen Komplimente heraus, die er mir macht.

»Gut, in dem Fall lassen wir Robbie ein bisschen lauter singen.«

Während die Musik die Fahrerkabine erfüllt, lehne ich mich auf dem zerschrammten Kunststoffsitz zurück und lausche *Me an Mrs. Jones*. Bella wird vor Aufregung hüpfen, wenn ich ihr das später erzähle. Ich höre schon ihren Ausruf: »Attraktiv wie Bridget Jones? Das ist sexuelle Belästigung am Arbeitsplatz!« Tash würde nachsichtiger reagieren und die Sache differenzierter betrachten. Sagt man das so? Ich glaube schon.

Wie dem auch sei, anscheinend hat Barney gesagt, was er zu sagen hat, und ich habe mich irgendwie einverstanden erklärt. Die Fahrt geht weiter, und ich mache mich innerlich bereit. Den ganzen Strandspaziergang habe ich mich gedanklich vorbereitet auf Diskussionen über Themen wie: *Sind dekorative Milchkannen schon unser Limit an Kitsch?* – der Himmel stehe mir bei, falls nicht – und: *Sieht er seine Kunden eher bei albernen Mustern, esoterischem Schmuck oder bearbeitetem Schiefer?* Aber ich bekomme keine Chance, irgendwen mit ausgewählter Konversation zu beeindrucken, denn er kommentiert jeden Ort, durch den wir fahren. Und als wäre es noch nicht genug, mit diesem menschgewordenen Cornwall-Reiseführer durch die Gegend zu gondeln, haben wir ja auch noch die Hunde dabei. Dustin steckt seine Nase über den Sitz hinweg in mein Ohr und sabbert mir auf die Schulter, aber dieser Teil unserer Fahrt stört mich nicht.

Als wir endlich nach Falmouth hineintuckern, sind die Straßen verstopft. Während wir den Hafen erreichen, steht die Sonne hoch am Himmel und scheint auf das Kopfsteinpflaster. Die Fenster des Pick-ups sind runtergelassen, trotzdem werde ich gebacken, weil die Frontscheibe wie ein Treibhaus wirkt. Der Hafen hier ist genauso malerisch wie der von St. Aidan, aber größer und mit Industrieanlagen am Rand. Es gibt die schon vertrauten rosafarbenen und weißen Steinhäuser, und das Wasser mit den darauf schaukelnden Booten scheint sich endlos weit zu erstrecken. Vielleicht liegt es am funkelnden Licht des Hafens oder am aktuellen Song *Raining Men*, auf jeden Fall verfliegt meine schlechte Laune.

Barney scheint zu wissen, wohin er will, und braucht kein Navigationsgerät. Er steuert den Wagen zwischen den Gebäuden hindurch und hält hinter einem verwitterten großen Schuppen. Blinzelnd spähe ich zu dem Schild, aber Barney ist schneller: »*Vier Etagen wundervoller Müll. Willkommen bei The Junkyard.*«

Er sieht aus, als sei er sehr zufrieden mit sich, als er aus dem Wagen springt und die hintere Tür aufmacht. Dann pfeift er nach Dustin und hebt Robert behutsam heraus und lässt ihn über den Schotterparkplatz laufen. »Wir sollten die richtige Mischung aus Kitsch, stylish und gebraucht finden.«

Ich schiebe meine Sonnenbrille auf den Kopf, während wir uns dem Eingang nähern. »Glaubst du, dass es hier eine Toilette gibt?«

»Hinter dem Büro, erste Tür links.« Er hält uns allen die Eingangstür auf und zeigt zur Damentoilette.

Als ich wieder herauskomme, habe ich überprüft, dass mir die Grundierung nicht vom Gesicht auf mein Shell Top gerutscht ist. Ich gehe durch den riesigen Raum voller alter Möbel. Barney unterhält sich mit einem Typen mit mächtigen Muskeln und einem buschigen Bart. Wahrscheinlich ist das Licht zu gedämpft, als dass irgendwer bemerken könnte, wie gründlich ich meinen Lippenstift nachgezogen habe. Immerhin gibt es aber genug Licht, dass ich lauter originelle Sachen entdecken kann, die in die Schäferwagen passen.

»Edie Browne, komm, ich stelle dir Greg vor, der gerade seinen ersten Verkauf getätigt hat.«

»Was denn?« Da Barney aus St. Aidan stammt, habe ich nicht erwartet, dass er so schnell loslegt.

»Ich habe einen Restposten von zweihundert Liegestühlen gekauft.«

»Bist du dir da auch sicher?« Vier weitere Wagen, je zwei Liegestühle. Selbst wenn er beschließt, fünf Stühle pro Wagen zu nehmen, sind das bestimmt noch zu viele.

»Wahrscheinlich sind das hundertzweiundneunzig mehr, als wir im Augenblick brauchen, aber wie heißt es so schön: Die sind einfach zu gut, um sie nicht mitzunehmen. Greg liefert sie, und ich habe genug Platz bei mir oben, um sie zu lagern.«

»Okaaay.«

»Sobald du ein paar lustige Sprüche draufgemalt hast, werden die sich schnell zum zehnfachen Preis verkaufen. Ich sehe schon vor mir, wie die Kunden darin ein Nickerchen machen. Das ist unser zweites gemeinsames Projekt. Wenn wir in dem Tempo weitermachen, werden wir uns eine Steueroase wie die Cayman Islands suchen müssen.« Seine Lippen zucken. »Zurück zum realen Geschäft. Hast du schon etwas für die Wagen entdeckt?«

Als wäre ein gemeinsames Projekt nicht bereits genug. Andererseits sollte ich mich über eine weitere Möglichkeit, Geld zu verdienen, freuen. Während ich den Blick über die Sachen schweifen lasse, erinnert mich der im einfallenden Sonnenlicht tanzende Staub an all die Samstage, an denen Marcus und ich in Bristol die perfekten Sachen für sein Haus gesucht haben. Einmal sind wir ganz bis nach Glasgow für zwei Designer-Ledersessel gefahren, die ich zum Schnäppchenpreis bei eBay erstanden hatte. Ich kann mich noch daran erinnern, wie gut die extra große kalte Cola schmeckte, als wir auf dem Heimweg bei Burger King hielten. Wenn ich mich an diese ihr Whopper Meal Deal Double Decker mit Fritten futternde Person erinnere, fällt es mir schwer, mir vorzustellen, dass ich mich auf die Zukunft mit Marcus gefreut habe. Wie naiv ich damals war, vergnügt und hoffnungsvoll. Und innerhalb weniger Jahre ist alles zusammengebrochen. Damals aber waren wir noch ein Team. Marcus war für das Feilschen bei den Antiquitätenhändlern zuständig und ließ nicht locker, bis er einen Preis ausgehandelt hatte, den wir uns leisten konnten.

Wenn ich mit Barney nicht abgemacht hätte, dass ich nach vorne schaue statt zurück, würde ich mich darüber ärgern, dass ich diesen Biss verloren habe und nichts verhandeln kann, weil ich die Preise nicht verstehe. Ich muss es wohl oder übel Barney überlassen. Aber ein Mann, der gerade einen ganzen Schuppen voller Liegestühle erstanden hat, braucht wohl keine Hilfe beim Feilschen.

So toll es auch war, damals unbeschwert durchs Land zu fahren, würde ich doch nicht in diese Zeit zurück wollen, selbst wenn ich es könnte. Die Frage ist: Wäre ich lieber überoptimistisch, während vor mir doch nur der Verlust all dessen lag, was ich hatte? Oder ist es besser, bereits alles verloren und überwunden zu haben? Schon komisch, dass ich wieder oder immer noch nach Sesseln suche. Aber es ist leichter, das mit einer geerdeteren, realistischeren Perspektive zu tun. Allerdings ist der Tiefpunkt sicher nicht das Ziel vieler Leute. Doch wenn man dort einmal angekommen ist, findet man eine Gewissheit und Ruhe, von der man nichts geahnt hat. Es ist auf eigenartige Weise okay, denn von dort unten kann es nur noch aufwärtsgehen.

Ich merke, dass Barney mich beobachtet.

»Du siehst aus, als würdest du das öfter machen.«

»Mit meinem Ex, für das Haus, von dem ich dir erzählt habe.«

Barneys Brauen ziehen sich zusammen. »Was hast du beruflich gemacht?«

»Das habe ich dir auch erzählt. Ich habe Handwerker angeschrien.«

»Und was haben die gebaut?«

»Zuletzt habe ich große Renovierungen von exklusiven Apartments geleitet.«

»Wow, jetzt verstehe ich, warum Patchwork nach einem solchen Job nicht ganz dein Ding ist.« Er zwinkert mir zu. »Und weshalb ich mich gleich doppelt glücklich schätzen kann, dass du Schmuckstücke für die Wagen aussuchst. Wie sieht es aus, gibt es hier etwas Passendes?«

Da Barney mich erwartungsvoll ansieht, konzentriere ich mich wieder auf meine aktuelle Aufgabe.

»Wie wäre es damit?« Ich deute auf ein Regal. Es ist schlicht, aber nicht zu tief. »Gestrichen wird es hübsch aussehen. Aber bei genauerem Hinsehen das da auch … und das … und das.« Ich gehe die Reihe entlang und wähle Regale, Kommoden und Tische aus, die in einem großen Haus untergehen würden, aber perfekt für unsere Zwecke geeignet sind. Barney ist hinter mir und nickt, und Greg klebt rote Verkauft-Sticker an die Sachen und schreibt Zahlen auf die Preisschilder.

»Alles okay, Edie?«

»Er klebt Verkauft-Schilder auf, dabei haben wir uns noch gar nicht entschieden.« Irgendwie habe ich gedacht, wir würden über alles Infrage-Kommende sprechen, Barney würde sich am Kopf kratzen, sich wegen der Preise grämen, und dann würden wir unter allen Sachen die besten auswählen. »Willst du denn *alle*?«

»Dann müssen wir nicht noch mal herkommen.«

»Stimmt auch wieder.« Damit komme ich klar.

»Ich muss ehrlich sein. Ich kaufe nicht nur Zeug für die Wagen, an denen du arbeitest. Ich habe mir auch deine anderen Vorschläge zu Herzen genommen und lege mir einen Vorrat an Sachen zu, die ich weiterverkaufen könnte.«

»Du eröffnest einen Laden?«

»Da sind noch freie Schuppen beim Periwinkle Cottage. Nehmen wir mal an, ich miete sie, und du übernimmst die Einrichtung …« Seine Augen leuchten. »Wir werden ein Zentrum für die Inneneinrichtung von Gartenhäusern aufbauen.«

»Dir ist schon klar, dass das alles nur vorübergehend sein wird?«

»Sicher, wir können nicht für immer bleiben, aber für den Preis der Farbe finden wir heraus, ob so etwas praktikabel ist. Du könntest dort deine Schilder und die Liegestühle machen und Beth Laternen, Loella Quilts und Josie Kissen, zusammen mit allem anderen, was ihr organisiert habt.« Er schien sich alles bis ins Kleinste überlegt zu haben.

»Browne and Barnaby, ja?« Das ist ironisch gemeint.

»Klingt doch nicht schlecht.«

Mir fallen beinah die Augen aus dem Kopf, so weit habe ich sie aufgerissen. »Sag mir, dass das nur ein Witz ist.«

»Das Großartige daran ist, dass es erst der Anfang sein könnte. Diese hölzernen Rohbauten müssen nicht mit Achsen und Rädern versehen werden oder auf Betonsockeln stehen. Wir könnten es auch mal mit Baumhäusern versuchen.« Mittlerweile klingt er so aufgeregt, dass jemand ihn wieder auf die Erde zurückholen muss.

»Wie viele Leute nutzen denn wirklich ihre Baumhäuser?« Kaum zu glauben, dass ich Schäferwagen als Tiefpunkt betrachtet habe. Als Spielzeuge für reiche Leute sind Baumhäuser noch schlimmer. Als ich Barney Vorschläge gemacht habe, hatte ich nicht vor, so sehr mit in alles hineingezogen zu werden.

»Wenn die anständig gebaut und designed sind, werden die Leute sie lieben. Mit deinen Ideen und meinem Können als Zimmermann werden wir ein starkes Team sein. Du musst nur Bescheid sagen, Edie Browne. Ich merke, wie sehr du dich davor scheust, dein Talent auszuschöpfen, aber in diesem Fall werde ich nicht zulassen, dass du aufgibst.«

»Na großartig.« Es klingt ein wenig krächzend, weil es natürlich alles andere als großartig ist. Wenn ich Motivation brauchte, um zu Zinc Inc zurückzukehren, in die Zivilisation von Bath und die herrliche Komfortzone von Ruhestandswohnungen, dann habe ich sie mit der drohenden Aussicht auf Schäferbehausungen in den Bäumen gefunden.

»Wie dem auch sei, wir sollten lieber weitermachen.« Er stupst mich mit dem Ellbogen an. »Wir müssen noch die ganze Etage hier durchsehen, und oben sind die Sessel und Öfen. Eine Outdoor-Abteilung gibt es auch noch. Außerdem könnten wir noch bei ein oder zwei Bootsausrüstern vorbeischauen, wenn wir schon hier sind.«

»Sicher.« Meine Knie fühlen sich so schwach an wie mein Krächzen. Dieser Vormittag gehört zu den Momenten, in denen mir die Worte fehlen, um das Ausmaß des Desasters zu umschreiben, in dem ich mich plötzlich befinde. Die Situation ist mir dermaßen unangenehm, dass ich sofort einen Quilt-Kurs vorziehen würde. Wenn das hier passiert, sobald ich laut denke, muss ich nächstes Mal unbedingt den Mund halten. Ideen zu haben ist die eine Sache, aber in etwas verwickelt zu werden, ist etwas ganz anderes.

»Ich werde Greg losschicken, um Kaffee und Sandwiches zu holen. Du siehst aus, als bräuchtest du ein frühes Mittagessen.«

Das ist die beste Nachricht, seit ich St. Aidan verlassen habe.

32. Kapitel

Tag 226: Freitag, 15. Juni
Periwinkle Cottage

Heroischer Gedanke: Das Leben besteht aus Milliarden unendlich kleiner Fragmente, von denen die meisten ganz gewöhnlich sind. Doch ein- oder zweimal im Leben kommt es vor, dass man zurückblickt und einen außergewöhnlichen Moment entdeckt. Seine Bedeutsamkeit wiegt die Kürze auf. Es sind jene Momente, in denen sich die Richtung, in der dein Leben bisher verlaufen ist, für immer ändert.

Das Eigenartige war, dass ich, als Barney vorschlug, ich sollte mir keine Gedanken mehr wegen der Dinge machen, die ich nicht kann, nur zugestimmt habe, damit er Ruhe gibt. Ich hatte vor, nur so zu tun, als ob, und auch nur für diesen Tag, bis er es vergessen haben würde. Insgeheim hatte ich wohl Angst, nicht mehr wie früher zu werden, wenn ich aufhöre, mich daran zu erinnern, wie ich einst war. Das zu vergessen wäre, als würde ich die Wegbeschreibung zu mir selbst wegwerfen. Als würde ich dem Raumschiff hinterherwinken, das mich auf dem Alien-Planeten zurücklässt.

Was ich an diesem Tag zufällig entdeckte, war, dass ich sehr wohl eine Pause einlegen und aufhören konnte, mich selbst unter Druck zu setzen, ohne mein Ziel gleich völlig aus den Augen zu verlieren. Als ich ausblendete, was ich tun wollte, aber nicht konnte, hörte der quälende Druck auf, und ich war erleichtert. Auf einmal war da so viel neue Energie, dass ich mich gleich viel besser konzentrieren konnte. Vor allem fühlte ich mich leichter und viel freier.

Ich bin zwar nach wie vor entschlossen, wieder die zu werden, die ich einmal war. Aber die Frustrationen loszulassen hilft mir dabei, mich genau auf dieses Ziel zu fokussieren. Ich bin freier und kann bessere Fortschritte machen. Dank Barney komme ich meinem Ziel schneller näher, statt mich wie in Zeitlupe vorwärts zu bewegen. Wie Tante Jo treffend bemerkt, ist es exakt das, was sie mir seit meiner Ankunft hier gepredigt hat. Meine neue Einstellung passt zu ihren Mantras: »Alles, was du brauchst, ist Weizengrassaft und einen Fingerzeig in die richtige Richtung« sowie »Tanz einfach, so gut du kannst, dann schert es niemanden, wenn du mal fällst«. Wenn man noch nicht bereit ist, hört man einfach nicht hin.

An dem Tag, als wir nach Falmouth fuhren, muss Barney einen Glückstreffer gelandet haben. Seitdem habe ich meine Einstellung gefestigt. Ich tue all das, was ich bis jetzt gut kann und vergesse die Mühsal, die es mit sich bringt, wieder so sein zu wollen wie früher. Das heißt allerdings, ich werde nicht mehr ganz dieselbe sein wie damals, wenn ich eines Tages zu Zinc Inc zurückkehre. Ganz sicher jedenfalls werde ich nichts mehr als selbstverständlich voraussetzen.

Als wir uns an die Planung für die Renovierung des Badezimmers im Cottage machten, half ich bei der Auswahl der Fliesen, ließ mich jedoch nicht davon unterkriegen, dass ich keine Skizzen anfertigen konnte, wie sie am besten zusammenpassen würden. Wie bei den jüngsten Renovierungen kam der Fliesenleger auch von den Treffen der Über-Sechzigjährigen. Da scheint es jede Menge Handwerker im Ruhestand zu geben, die nach Beschäftigung suchen. Wäre ich alt genug, um an diesen Treffen teilzunehmen, ginge das hier rasanter voran.

Es ist mir nie gelungen, eine sinnvolle Liste der anstehenden Arbeiten im Periwinkle Cottage zu erstellen. Mit meinen neuen Regeln und da bereits viel Arbeit geleistet wurde, ist das wohl auch nicht mehr nötig. Tante Jo hat auch gesagt, wir kommen gut ohne klar. In St. Aidan machen sich die Leute keine Listen, sie tun einfach, was getan werden muss und was gerade ansteht.

Um zu zeigen, wie weit wir vorankommen, hat Tante Jo eine Karte von allen Zimmern im Cottage angefertigt, und sobald eines eingerichtet ist, male ich es farbig an. Sie hat auch eine Karte vom Scheunenhof gemacht, auf der ich die Namen der Leute in den einzelnen Schuppen eingetragen habe. Loellas Name ist mir verrutscht, das letzte l und das a sind auf der nächsten Zeile gelandet. Als sie es sah, schien es sie nicht zu stören – im Gegenteil, sie wirkte entzückt. Und mit meiner neuen lockeren Einstellung versuchte ich, es ebenso gelassen zu sehen. Was mir nicht ganz gelang – eigenartig, bei etwas so Unwichtigem. Da Barney die letzten beiden Schuppen als Verkaufsräume nutzt, sind jetzt alle Gebäude auf der Karte farbig ausgemalt.

Als er mit dem Tünchen begann, tauchte Beth mit alkoholfreiem Prosecco auf. Malcolm schnappte sich ein paar der Metalleimer, von denen wir etliche aus Falmouth mitgenommen haben, und brachte sie mit blauen und pinkfarbenen Blumen bepflanzt zurück. Loella bastelte eine Girlande aus einem Seil mit Filzwimpeln, die über die Tür gehängt wurde. Barney stellte einige der in Falmouth gekauften Stühle um einen Holztisch, um den sich alle zum Picknick mit Prosecco in der Sonne versammelten.

Was das Wetter angeht, hat die Hitze der vergangenen Woche sich in einen Glutofen verwandelt. Barneys abgetragene Jeans trafen in einem ordentlichen hohen Stapel und gebügelt ein, und Tante Jo meinte, sie dufteten nach dem gleichen Apfelblüten-Weichspüler, auf den sie auch schwört. Als es mir zu heiß im Overall wurde, schnitt ich die erste Jeans knapp über dem Knie ab. Um die Mittagszeit schnitt ich noch mehr ab, hörte dann aber auf, geschockt vom Anblick meiner Beine. Am Freitag war die Jeans so kurz, dass der Saum meines T-Shirts bis zu den Resten der Hosenbeine hinunterreichte. Mittlerweile war es mir egal, meine Beine zu zeigen. In dieser Woche machte ich mich auch über die T-Shirts mit der Schere her und verwandelte sie in Unterhemden. Während ich im Schatten von Barneys Schuppen die letzte Farbschicht auf einem Regal verstreiche, ist mir endlich nicht mehr zu heiß.

»Seit wann hast du Sommersprossen auf der Nase, Edie Browne?«

Ich bin froh, dass Cam fragt und nicht Barney, denn seit dem Bridget-Jones-Tag lässt Bella nicht mehr locker. Cam steht da mit seinem Schulranzen, und mir fallen seine Sommersprossen auf, die zahlreicher geworden sind.

»Soll ich dir etwas verraten, was niemand weiß?«

»Ein Geheimnis?« Seine Augen leuchten.

»Ich hab da immer Sommersprossen, aber die waren bisher unter meinem Make-up verborgen.« Vielleicht werde ich ein paar individuell gestaltete Liegestühle bei Etsy verkaufen, aber ich bin nicht reich genug, um kostbare Laura Geller zu verschwenden, wenn die Schminke in dieser Hitze eh verläuft. Nach einer Woche Kampf, Grundierung gegen Schweißrinnsale, habe ich beschlossen, ganz drauf zu verzichten, bis das Wetter kühler wird. Mit meinen Beinen verhält es sich ähnlich – wird es wieder kälter, werde ich aufhören, sie zu zeigen. Momentan ist es einfach zu verdammt heiß, um sich darum zu scheren.

»Was ist Make-up?« Ich vergesse leicht, dass in seinem Haushalt nur Männer wohnen.

Da Barney gerade im Türrahmen erscheint, hätte ich nichts dagegen, wenn er statt meiner antwortet. »Das ist wie Farbe im Gesicht, hauptsächlich von Mädchen benutzt, aber es ist völlig okay, wenn Jungs es auch benutzen.« Gegen diese Antwort würde Bella nichts einzuwenden haben.

»Bei Mias Party war mein Gesicht gestreift.« Cam nickt wie ein Experte.

»Weil du ein Tiger warst. Edies Gesichtsfarbe sieht eher aus wie rosige Wangen. Das tragen Erwachsene auf, um extra hübsch auszusehen.« Barney sieht zu mir, um sicherzugehen, dass er sich hier keinen Schnitzer erlaubt hat.

»Und heute werde ich ein Pirat sein.«

Barney nickt ihm bestätigend zu. »Deshalb ist er früher da. Wir wollen ein bestimmtes Boot angucken.«

»Kann Edie Browne mitkommen?«

Es folgt ein kurzes Schweigen. »Wenn sie möchte, kann sie gerne mitkommen.« Falls er einen Augenblick lang perplex war, hat er sich jetzt jedenfalls wieder perfekt im Griff. »Cams Dad hat jahrelang daran gearbeitet, bevor er …« Er verstummt, dann fährt er fort: »Es ist eine gute Gelegenheit, es Cam zu zeigen, weil es in der Nähe vor Anker liegt.«

»Und dann machen wir Bodyboarding im Meer, weil ich mein Fünfundzwanzig-Meter-Schwimmabzeichen geschafft habe.«

Barney macht ein erstauntes Gesicht. »Ein weiterer Schritt ins Erwachsenendasein, von dem ich noch nichts wusste! Es gibt einen Strand mit altersgerechten Wellen, also halten wir auf dem Rückweg dort an.« Er grinst Cam an. »Nicht vergessen, Freitagseis im Surf Shack. *Diesem* Ausflug kann man aber doch wohl schwer widerstehen, oder?«

Es entsteht eine Pause, wo meine Erwiderung kommen sollte und in der seine unausgesprochenen Erwartungen an mich mitschwingen. Ich habe nicht vergessen, was ich ihm zu verdanken habe. Nur Barneys Zuspruch und Ermutigung haben mir geholfen, dass es mir jetzt besser geht. Trotzdem wäge ich all das ab gegen meinen Wunsch, die Zeit mit ihm möglichst auf ein Minimum zu beschränken. Denn er ruft nach wie vor in mir dieses Bedürfnis hervor, lieber nicht mit ihm zusammen zu sein, bis ich ihm eine bessere Version von mir anbieten kann.

»Für mich ist der beste Teil das Eisessen«, bemerkt Cam.

»Wir alle lieben dieses Surfie-Eis«, schlage ich mich auf seine Seite.

»Ich wollte nur, dass du das verstehst.« Er wirft mir über Cams Kopf hinweg einen Blick zu, und das reicht, damit ich eine Entscheidung treffe. »Ich könnte die Unterstützung gebrauchen.«

»Wie viel Zeit habe ich, um mich fertig zu machen?«

»Wisch dir die Farbe von der Stirn, dann bist du startklar.«

»Legere Freitagskleidung also?« Prompt erinnere ich mich an den letzten Bootsausflug mit Barney. »Wir werden keine Schwimmwesten tragen?« Ich schaue an mir herunter, auf das zerschlissene Unterhemd und die Shorts. Legere Kleidung hier und in der Bürowelt sind nicht miteinander zu vergleichen.

»Es ist Penzance, nicht Monte Carlo. Am besten, wir gehen es entspannt an.« Er registriert mein verwirrtes Stirnrunzeln. »Und dieses Mal stechen wir auch nicht in See.«

»Gut.«

Daher überwinde ich meinen letzten Rest an Stolz und verlasse den Ort mehr oder weniger so, wie ich bin. Als ich in den Pick-up steige, trage ich eine saubere Version der Sachen, die ich vorhin anhatte. Außerdem habe ich Lippenstift aufgetragen und gehe in Flip-Flops, die ich mir in einem Billigladen im Hafen gekauft habe, um meine Roxys nicht bei der Arbeit zu ruinieren. Mein Tipp für Trips in Cornwall im Sommer – wenn man die Füße gegen das Armaturenbrett des Wagens stemmt, kleben die Beine nicht am Sitz fest. Und die Beine sehen viel schmaler aus, wenn sie hängen und sich nicht in der normalen Sitzposition befinden. Sämtliche Ähnlichkeiten zu Überlegungen, die Bridget Jones möglicherweise angestellt hätte, sind rein zufällig und haben nichts mit eventuellen Parallelen zwischen mir und ihr zu tun. Oder mit der Tatsache, dass Barney wieder den gleichen Soundtrack hört wie beim letzten Mal. Mit Cam laut *All by Myself* während der Fahrt mitzusingen, hat den Vorteil, dass ich das Lied zum ersten Mal seit Ewigkeiten zu Ende bringe, ohne dass mir Tränen übers Gesicht laufen. Dennoch denke ich unwillkürlich, dass der Captain-Jack-Sparrow-Soundtrack irgendwie passender gewesen wäre.

Als wir mit den Hunden im Hafen von Penzance aussteigen, mit seinen stolzen Steingebäuden und hübschen farbenfrohen Häuschen, die sich im dunkelbraunen Wasser des Hafenbeckens spiegeln, umspielt ein Lächeln Barneys Mundwinkel. »Wie findest du es?«

»Erkläre mir, was ich sehe, dann verrate ich es dir.« Ich betrachte eine Reihe von vertäuten Booten, die aussehen wie das, in dem wir zusammen hinausgefahren sind. Wir nähern uns der Kante der Kaimauer, und ich drücke fest Cams Hand.

»Das ist es.« Barney bleibt vor einem großen Boot stehen, und Cam und ich tauschen ungläubige Blicke.

Cams Augen leuchten auf. »Aber das ist ja ein *echtes* Piratenschiff.«

»Und es ist riesig … und prachtvoll.« Nicht dass ich Expertin wäre. Aber mit seinen hohen Masten könnte es nicht nur direkt aus einem historischen Drama stammen, es überragt auch alle anderen vertäut liegenden Boote.

Barney zuckt mit den Schultern. »Es ist eine Zwanzig-Meter-Ketsch.«

Cam meldet sich zu Wort. »Aber wo sind die Segel?«

»Wenn das Boot im Hafen liegt, sind sie zusammengerollt, andernfalls würde der Wind es aufs Meer hinaustreiben.«

Ich bin noch verwirrter als zuvor. »Können wir ein wenig Hintergrundwissen bekommen, bitte, Barney?«

»Als Cam kleiner war, haben sein Dad und ich Boote gebaut und sie ausgestattet. Die meisten waren moderner, aber in dieses hat Cams Dad seine ganze Freizeit gesteckt, bis Cam geboren wurde.«

Ich habe Mühe, das alles zu verstehen. »Und wo, bitte, war das?« Einfach nur *damals* reicht mir nicht.

»In der kleinen Schiffswerft, die uns gehörte, ein Stück weiter die Küste hinunter.« Er schaut lächelnd zu Cam hinunter. »Erinnerst du dich noch an Arnolds und Barnabys Werft? Die mit den hohen Steinsäulen am Tor, mit den Löwen obendrauf?«

Cam zieht die Nase kraus. »Ich hatte Angst vor den Löwen.«

Ich behalte mein Erstaunen darüber, dass ich ganz offensichtlich nicht die Einzige mit einem komplett anderen früheren Leben bin, vorerst im Zaum. Stattdessen betrachte ich das Boot. Auch ohne gesetzte Segel ist es beeindruckend mit seiner Holzkajüte, dem dunkelblau gestrichenen Rumpf, den hoch aufragenden Masten und dem Durcheinander an Takelage an Deck.

Barney stupst Cam an. »Kannst du den Namen am Bug lesen?«

Cam hebt die Stimme. »Cameron? Es hat den gleichen Namen wie ich.«

Ich bin gerührt. »Wow, wie besonders ist das denn?«

Barney drückt sanft Cams Schulter. »Das Boot heißt Cameron's Star. Daher haben deine Eltern deinen Namen.« Barney sieht mich an. »Es ist nicht immer leicht, einen bedeutungsvollen Weg zu finden, um für Cam eine Beziehung zu seiner Vergangenheit herzustellen.«

Ich schlucke. »Das dürfte dir diesmal gelungen sein.«

Cam hüpft auf und ab und zupft an Barneys T-Shirt. »Wie kommen wir auf das Boot?«

Ich starre die absurd lange und schmale und wacklige Gangway an. »Doch wohl sicher nicht damit, oder?«

Barneys Stimme bekommt einen entschlossenen Unterton. »Wir halten uns an den Seilen fest, richten den Blick geradeaus, und dann wird es schon klappen.«

Ich stöhne. »Da könnest du mich auch gleich auffordern, ins Hafenbecken zu springen. Halte lieber Dustin und Robert fest.«

Er lacht. »Du kannst froh sein. Hätte das Schiff weiter draußen geankert, hättest du mit einer Strickleiter an Bord klettern müssen, und zwar aus einem Beiboot.«

Cam streckt die Hand aus. »Komm, Edie, halt dich an mir fest. Es ist viel zu interessant, um nicht an Bord zu gehen.«

»Außerdem gibt es an Bord überall Sterne, die dein Dad geschnitzt hat«, sagt Barney und wendet sich dann an mich. »Tausend Sterne, Edie, das kannst du dir nicht entgehen lassen.«

Und er hat recht. Sobald wir auf dem soliden Holzdeck stehen, entdecke ich sie überall auf dem Boot. Sie winden sich den Mast hinauf, sind in die Ruder geschnitzt und in die Holzverkleidung neben der Treppe, die unter Deck führt. Und in den Kabinen thronen sie wie die Milchstraße an der Decke über den Kojen.

Barney sieht Cam lächelnd an. »Ich weiß noch, wie deine Mum auf deine Geburt gewartet hat. Dein Dad war sehr aufgeregt und wollte unbedingt die Sterne auf deinem Boot schnitzen. Er plante auch schon die Abenteuer, die ihr erleben würdet, wenn du älter wärst.« Er zeigt auf die dunkelblauen Tagesdecken, auf denen goldene Sterne prangen. »Und die hat deine Mum gemacht.«

Mir war nicht klar, dass es sich um etwas so Besonderes handeln würde.

Sein Lächeln ist eine Spur traurig, während er Cam zusieht, der in die Koje klettert und durch das sternförmige Bullauge späht. »Die Freunde deines Dads und ich kümmern uns jetzt um das Boot, aber eines Tages, wenn du alt genug bist, wird die Cameron's Star dir gehören, genau wie dein Dad es gewollt hat. Dann wirst du Piratentouren machen können. Klasse, oder?«

Cam steht mit großen Augen auf der Bettkante. »Kommt ihr mit, du und Edie?«

»Wenn du mich in deiner Crew haben möchtest, Cam, bin ich dabei.« Ich denke an Tiddlywink und Wilf, deren Zimmer bunt und vollgestopft sind, sodass Tash sich Tipps zur Bändigung des Chaos bei Instagram-Bloggern holt. Ich denke daran, dass Cam das mit seiner Mum und seinem Dad auch hätte haben sollen und dass sie nicht hier sind, um ihre Träume und Hoffnungen an ihn weiterzugeben.

Beim Anblick seines blassen und verwundbaren Nackens über dem schief sitzenden T-Shirt rührt er mich zutiefst. Er ist noch so klein und hat schon so viel durchmachen müssen. Am liebsten würde ich ihn in den Arm nehmen und fest drücken. Als er sich umdreht, kann ich nicht anders, als meine Hände nach ihm auszustrecken. »Soll ich dich herunterheben?« Er kommt auf mich zu und legt für einen Moment seine Hände um meinen Hals. Er ist warm in meinen Armen und wiegt fast nichts. Behutsam stelle ich ihn auf dem glänzenden Holzfußboden ab.

Er rennt aus der Kajüte, aber ich folge ihm erst, nachdem ich jede einzelne Falte in der Tagesdecke mit den Sternen glatt gestrichen habe. Ich putze mir die Nase und versuche mir vorzustellen, wie seine Mom sich gefühlt hat, als sie diese Vorhänge genäht hat. Cam und Barney warten an der Treppe auf mich.

»Sind alle bereit zum Bodyboarding?« Barney sieht mich erwartungsvoll an, während Cam hinauf und an Deck rennt.

»Im Wagen sind Handtuch und ein Neoprenanzug, Umkleidekabinen gibt es am Strand.«

»Du weißt aber schon, dass ich Wasser hasse?«

»Deshalb schwimmst du auch mit Cam. Es ist toll für ihn, sich vor jemandem beweisen zu können.«

»Ich bin also hier, weil ich unfähig bin?«

»Das Beste ist, dass du darüber lachst.« Er reibt sich die Stirn. »War nur ein Scherz. Wir mussten dich mitnehmen. Wir lächeln mehr, wenn wir mit dir zusammen sind.«

Gegen diese Art von Kompliment bin ich machtlos. Außerdem tut es insgeheim gut, gewollt zu werden. Irgendwie hat Barney ja auch recht. Die Cameron's Star gesehen zu haben, hat mich vieles besser verstehen lassen. Und jetzt, wo ich mehr über Cam weiß, fühle ich auch noch stärker mit ihm.

33. Kapitel

Tag 226: Freitag, 15. Juni
Zurück in St. Aidan

Heroische Leistung: Anfangen zu verstehen

Als wir endlich wieder zurück in St. Aidan sind, herrscht auf der Strandpromenade so viel Betrieb, dass Barney erst am Ende des Hafens einen Parkplatz findet. Cam und die Hunde laufen zwischen den Häusern hindurch und hinunter an den Strand. Barney und ich folgen ihnen, und ich muss etwas gestehen.

»Ich brauche eine Freitagszuckerdosis nach all dem.« Wahrscheinlich glaubt er, ich meine die Stunde, in der ich mich ins Meer geworfen habe und von den Wellen vom Surfbrett gespült worden bin, was viel mehr Spaß gemacht hat, als ich erwartet hatte. Wenn ich gewusst hätte, wie warm einem im Neoprenanzug wird, wäre ich vielleicht schon früher schwimmen gewesen. Aber ich brauche eher seelischen Trost.

Barney seufzt. »Cam ging mit seinen Eltern jeden Freitag ins Surf Shack. Das war Rachs und Bobbies Ritual, und Cam und ich haben es fortgeführt.«

Erneut zieht sich mein Magen zusammen. »Was ist passiert?«

Er schüttelt den Kopf. »Sie segelten beide, seit sie in Cams Alter waren, und kannten sich also aus. Eines Tages nahmen sie eines der schnellen Boote vom Liegeplatz, um eine neue Takelage auszuprobieren, die wir entworfen hatten. Das

Wetter schlug um, Rach war nicht gesichert und fiel über Bord. Bobbie sprang hinterher, um sie zu retten, und wir verloren sie beide.«

»Du lieber Himmel.«

»Wie die meisten Unfälle, war auch dieser vollkommen sinnlos. Bobbie und ich waren beste Freunde seit der Schulzeit. Nach dem Abschluss haben wir die heruntergekommene Werft gekauft und in den nächsten fünfzehn Jahren jede Stunde damit zugebracht, sie wieder aufzubauen. Nach dem Unfall habe ich überlegt, sie weiterzuführen, aber es war zu viel, weil ich mich auch um Cam kümmern musste. Als jemand mir ein gutes Angebot machte, nahm ich an.«

»Du hast deinen besten Freund und dein Unternehmen verloren.« Ich gebe mir in Gedanken selbst einen Tritt. »Das tut mir sehr leid.« Natürlich weiß er, was Schmerz ist, und der kummervolle Ausdruck in seinen Augen lässt mich mitfühlen.

»Es war hart. Bobbie und Rach hatten keine weiteren Familienangehörigen, deshalb erklärte ich mich bei Cams Geburt einverstanden, sein Vormund zu werden, sollte seinen Eltern etwas zustoßen. Natürlich habe ich nicht geglaubt, dass das eintreten würde.« Er beobachtet Dustin, der den Schaum einer auf den Strand brandenden Welle jagt. »Es war schrecklich, alles loszulassen, woran wir so hart gearbeitet hatten. Wir waren ein gut laufender Bootsbau mit Werft, und von einem Moment zum anderen stand ich mit einem Dreijährigen und ein paar verfallenen Schuppen da. Alles, was ich hatte, waren meine Fertigkeiten als Zimmermann.«

»Du wolltest nicht bei Booten bleiben?«

»Nach unserem Verlust habe ich es nicht einmal ertragen, eines anzusehen, geschweige denn, an einem zu arbeiten.« Er macht ein gequältes Gesicht. »Ich haben angefangen, die Gebäude entlang der Straße zu renovieren. Wir zogen hier ein und arbeiteten die ganze Zeit an ihnen. Eines Tages kamen

Beth und Loella vorbei, mit einem Foto von einem Schäferwagen. Am besten gefiel mir daran, dass man mit denen nicht segeln kann. Da tat sich für mich eine neue Perspektive auf, und es war genau das, was ich brauchte. Der Rest ist, wie es so schön heißt, Geschichte. Aber es war nie leicht.«

»Auch wegen Cam.« Kein Wunder, dass Loella und Beth ständig andeuten, wie toll Barney ist. »Hast du jemanden, der dir nahesteht und hilft?«

Er verzieht das Gesicht. »Zu der Zeit, als der Unfall passierte, war ich mit jemandem zusammen, aber sie blieb nicht. Cam kam für mich immer an erster Stelle, und jemand Neues hätte für keinen von uns gepasst.« Er tritt in den Sand. »Manchmal dreht Cam auf, dann wieder zieht er sich in sich zurück. Egal, wie viele Therapeuten wir aufsuchen, keiner bringt ihm seine Eltern zurück.«

»Es ist schwer für ihn.« Ich habe ein schlechtes Gewissen wegen meines anfänglichen Urteils über Barney. Dabei kümmert er sich aufopferungsvoll um Cam.

»Wir haben uns dieses Schicksal nicht ausgesucht, aber ich gebe mein Bestes für Cam. Ich bin vielleicht nur ein alleinstehender Mann, der keine Ahnung vom Elternsein hat. Aber ich gebe ihm all die Liebe, Zuwendung und Stabilität, die ich habe.« Er tritt gegen einen Stein. »Wenn die eigene Welt von einem Moment auf den anderen aus den Fugen gerät, wie es bei Cam der Fall war, weiß man nicht, wo man Trost findet und wer einem hilft. Ich meine, wer hätte gedacht, dass nebenan eine Bridget Jones wohnt, die ihn glauben lässt, er könne lesen und schreiben wie alle anderen, und die einen nie zur Neige gehenden Vorrat an Einhorn-Kuchen hat. Niemand hatte ihm je das Gefühl gegeben, etwas *so* Besonderes zu sein und gemocht zu werden. Ich bin dir unendlich dankbar, dass du in diesen vergangenen Monaten da warst und sein Leben so viel besser gemacht hast.«

Mein Hals ist wie zugeschnürt, und ich habe nicht einmal einen Ärmel, um mir die Nase abzuwischen, daher wische ich mir einfach mit dem Handrücken die Tränen ab. Gerade dachte ich, ich hätte meine Emotionen im Griff, und nun das. Nur dass ich dieses Mal nicht um meinetwillen weine und nicht grundlos. Ich weine wegen all dem, was Cam genommen worden ist, und um diesen wunderschönen Mann mit dem großen, großen Herzen, der verzweifelt versucht, dem Jungen das zu geben, was er braucht. Ich kann nur hoffen, dass Cam klarkommt und einen anderen Freund findet, bevor ich von hier weggehe. Denn das liegt in nicht mehr allzu ferner Zukunft. Auch Barney werde ich das in Erinnerung rufen müssen. Aber nicht jetzt.

»Kein Problem, jederzeit«, bringe ich schließlich heraus. »War nicht von Eiscreme die Rede?«

34. Kapitel

Tag 226: Freitag, 15. Juni
The Surf Shack

Heroische Leistung: Etwas Großes hinbekommen – aufgepasst!

»Als wir das letzte Mal zusammen an einem Freitag Eis essen waren, war es dunkel und der Strand verlassen.«

Während wir jetzt den Strand zum Surf Shack entlanggehen, sind wir uns näher, der Himmel ist noch hell, und die Stimmen der Leute um die Tische draußen wehen uns entgegen.

»Und du hast mit einem Stock in den Sand geschrieben, Edie Browne.« Das ist Cam, der sich zu Wort meldet, und er klingt missbilligend.

»Du auch«, erinnere ich ihn und muss darüber lachen, wie streng Kinder sein können. Rückblickend war das ein weiterer dieser Momente, in denen ich, eher versehentlich, etwas für mich Befreiendes tat. Da ich den ganzen Strand zum Schreiben hatte, war ich auf einmal nicht mehr verkrampft, und von da an fiel es mir leichter. Es fing an, Spaß zu machen. Schon merkwürdig, an die Zeit zu denken, als der Strand für mich noch neu war. Und jetzt komme ich jeden Tag her, und es fühlt sich an wie *mein* Strand.

Als Dustin auf mich zugerannt kommt, kollidiert er mit meinen Knien und bespritzt mich mit nassem Sand. Ich beuge mich herunter, um ihm den Stock aus dem Maul zu nehmen. Ich will den Stock gerade in Richtung Wasser werfen, da nimmt Barney ihn mir aus der Hand.

»Halt, nicht den Stift werfen, bevor wir einen Versuch unternommen haben.«

»Um der alten Zeiten willen?« Das ist ein Zeichen dafür, wie lange ich schon hier bin. Vielleicht ist gar nicht so viel Zeit vergangen, und wir klammern uns nur daran fest, versuchen eine Tradition einzuführen, wo es gar keine gibt, denn jeder ist auf seine Weise allein. Jeder wünscht sich, an einem anderen Ort zu sein, mit jemand anderem.

»Na komm, schreiben wir alle unsere Namen in den Sand.« Er reicht den Stock an Cam weiter. »Du fängst an.«

»Den vollständigen Namen? Cameron Michael Arnold?«

»Wenn du heute noch vor Mitternacht Eis willst, solltest du dich auf Cam beschränken.«

»So nennen wir dich ja nun mal«, springe ich Barney bei. »Wenn du ihn komplett hinschreibst, könnte es bis dahin dunkel werden.«

»C-a-m.« Er spricht die Buchstaben, während er sich konzentriert und den Stock in den Sand drückt. Dann richtet er sich auf und tritt grinsend einen Schritt zurück. »Da.«

Barney wirft mir den Stock zu. »Du bist dran, Edie – Browne musst du nicht schreiben, es gibt nämlich keine anderen Edies in St. Aidan.« Er macht ein nachdenkliches Gesicht. »Ich glaube, du bist eine Edie B. Wenn ich es mir recht überlege, solltest du damit die Schäferwagen, die du anmalst, signieren, außerdem deine Schilder und Bilder.«

»Danke, das gefällt mir. In einer langen Reihe oder untereinander?«

»Untereinander, würde ich sagen.«

»Gut.« Ich kratze meine Buchstaben unter Cams in meiner besten Schreibschrift, dann gebe ich den Stock an Barney weiter. »Okay, Dustin, kein Grund, Robert den Ball wegzunehmen. Du musst nicht mehr lange warten.«

Barney schreibt seinen Namen in großen schwungvollen

Buchstaben, tritt zurück und betrachtet sein Werk. »Nicht schlecht.«

»Eines noch.« Ich nehme mir den Stock wieder und zeichne ein paar zusätzliche Linien.

»Ein Kaktus? Weil du kratzbürstig bist oder trendy?« Barney lacht. »Zeichne eine Gitarre für mich – schade, dass ich meine nicht dabeihabe, wo ich doch weiß, wie sehr ihr Stadtleute ein Lied am Strand liebt, Edie B.«

Ich schüttele betont heftig den Kopf. »Cam, was möchtest du gezeichnet haben?«

»Eine Eiswaffel mit Erdbeersoße, wie auf meinem ersten Bild.«

»Nicht sehr überraschend.« Barney nimmt den Stock, zieht damit eine Linie bis zum Wasser und schleudert ihn dann ins Meer. Dustin rennt hinterher, während Cam und ich Steine nehmen und entlang der Linien legen. Als wir fertig sind, zieht Barney sein Handy aus der Tasche und hält es hoch.

»Okay, stellt euch zusammen und sagt *Käsepizza*, wir machen ein Selfie.«

»Käse-*was*?«

»Pizza – ein weiteres Geheimnis von St. Aidan, das einen zum Lachen bringt.«

»Wow, schräg.« Ich versuche meine Haare irgendwie in Ordnung zu bringen, während der stürmische Wind sie mir vom Kopf zu zerren versucht. Gleichzeitig muss ich mit einer Hand Robert und Dustin festhalten, den anderen Arm lege ich um Cam. Ich verspüre ein eigenartiges Gefühl, als wir alle eng zusammenrücken, um aufs Bild zu passen.

Im nächsten Moment ist es schon vorbei. Und als Barney mir das Display hinhält, erkenne ich uns darauf, in Shorts und gebräunt, mit Sommersprossen und wehenden T-Shirts, alle ausgelassen lachend. Drei Leute am Strand, drei Sekunden Glück, ehe der Wind es wieder davonträgt. Für mich ist es noch ein bisschen mehr, denn dies ist der Ausklang eines Tages, an dem ich tatsächlich froh bin, ich zu sein – auch wenn ich nicht ganz dort bin, wo ich sein sollte. Als wir wieder über den Strand hüpfen und laufen, kehren meine Gedanken zur Cameron's Star zurück und zu den Eltern, die Cam nie aufwachsen sehen werden. Mein Herz zieht sich zusammen bei dem Gedanken an unsere Namen im Sand, meiner zwischen Cams und Barneys, und ich frage mich, wie lange es wohl dauert, bis die Brandung sie und unsere Spuren weggespült hat.

Wir steigen die breiten Bahnschwellenstufen zum Surf Shack hinauf. Das Tageslicht schwindet, und die Lichterkette verströmt schon ihr gelbliches Licht. Cam und ich setzen uns, während die Hunde sich auf die Holzplanken legen. Barney sieht Cam an.

»Nimmst du das in letzter Zeit Übliche?«

»Was ist das?«

Sobald er richtig lächelt, erscheinen Grübchen auf seinen Wangen. »Das Einhorn spezial, weil das besser ist als Spiderman – es besteht aus Erdbeer-, Kirsch- und blauem Marshmallow-Eis mit Sahne und einem Himbeerhorn. Bitte, Barney. Und zwei Löffel, falls ich einen fallen lasse.« Nach dieser Aufzählung sieht er mich strahlend an. »Das solltest du auch nehmen.«

»Dann eben zwei Einhörner, mit extra Servietten, bitte.« Ich bin dermaßen begeistert dabei, dass ich mir kaum noch vorstellen kann, wie verzweifelt ich beim letzten Mal wegwollte. Hätte ich gewusst, dass es Einhorn-Eis gibt, wäre ich schon früher wieder mitgekommen.

Barney wartet drinnen, bis die Bestellung fertig ist, und als er die Gläser vor uns hinstellt, sind sie genauso riesig und voll wie bei meinem Besuch hier mit Tante Jo. Nur dass die Einhorn-Version auch noch so hübsch ist, mit ihren pinkfarbenen und violetten und türkisen Wirbeln, den Regenbogenstreuseln und gedrehten Waffeln. Unwillkürlich gebe ich ein Quietschen von mir, das mädchenhafter klingt als jemals beabsichtigt.

Bei derartig großen Eisbechern muss man sich schon konzentrieren, deshalb sind von mir für eine Weile nur Essgeräusche und genießerische Laute zu hören, etwa als ich unerwartet auf das pastellfarbene Baiser stoße. Nach der Hitze des Tages ist es angenehm, ein wenig zu frösteln, als das Eis meine Kehle hinunterrinnt. Als ich kurz innehalte, sehe ich, dass Barney ein Sludge löffelt.

»Was hast du denn da eigentlich?«

»Das ist ein Mix aus dem Echte-Kerle-Eisfach.« Er ignoriert mein Augenverdrehen. »Indian Pale Ale, Chili Chocolate, vierfach Espresso, Rocky Road und Root Beer.«

»Wow, sehr macho.«

»Das bestelle ich, wenn ich will, dass meine Stimme tiefer klingt.« Er lacht. »Nein, das war ein Scherz. Aber es macht einen wach. Probier mal.« Er nimmt einen Löffelvoll und hält ihn mir hin. »Oder nimm dir selbst, wenn dir das lieber ist.«

Seinen Löffel zu verweigern, würde viel mehr aus dieser Sache machen, als dran ist. Also beuge ich mich vor, nehme den Löffel und schiebe mir den gefrorenen Klumpen in den Mund. »Woahhh.«

»Magst du die Harte-Jungs-Mischung nicht?«

»Das ist ja ekelhaft.« Ich fasse meine Zunge an. »Was zur Hölle ist das?«

»Das ist Root Beer, einer der köstlichsten Geschmacksrichtungen für Männer ... und Frauen.« Je mehr ich mich schüttele, desto mehr lacht er. »Hergestellt aus Lakritz, Wintergrün, Stechwinde und Anis, neben anderen Zutaten.«

Während sein Grinsen breiter wird, merke ich, wie meine Augen größer werden, bis sie mir fast aus dem Kopf fallen.

»Edie? Stimmt etwas nicht? Shit, du bist nicht allergisch, oder? Sag mir, dass das kein anaphylaktischer Schock ist.«

Ich schüttele vehement den Kopf, weil ich kein Wort herausbekomme. Als es mir dann doch gelingt, klingt es rau und nach Schluchzen. »Ich habe es geschmeckt.«

»Edie kann nichts schmecken, weil sie sich den Kopf gebrochen hat.« Cam hüpft auf und ab. »Deshalb hat sie versalzene Cupcakes gemacht und ist auf ihrer Party umgefallen.«

»All die Zeit.« Ich tupfe und tupfe meine Augen ab, doch die Tränen laufen weiter.

»Dabei war es nur ein Scherz, als ich sagte, das Zeug macht einen wach. Ich freue mich für dich.« Wenn Barney mich umarmt, weiß er hoffentlich, dass ich sein T-Shirt einweichen werde. Den Weichspüler kann ich immer noch nicht riechen, vom Rest ganz zu schweigen. In diesem Fall ist es wohl gut, dass ich meinen Geruchssinn verloren habe.

»Darf sie jetzt *sämtliche* Eissorten kosten?« Cam widmet sich wieder seinem Eis, und er hält in jeder Hand einen Löffel.

»Das muss sie wohl.«

Cam bekommt glänzende Augen. »Ich mag es, mit dir auszugehen, Edie B.«

»Ich gehe auch gern mit dir aus, Cameron Michael Arnold.« Na bitte, super Gedächtnis.

35. Kapitel

Tag 239: Donnerstag, 28. Juni
Im Obstgarten in der Saltings Lane

Heroische Leistung: Ich vermute mal, niemand hat je zuvor SÄMTLICHE Eissorten im Surf Shack bei einem EINZIGEN Besuch probiert. Muss St.-Aidan-Rekord sein. Es war jedenfalls extrem heroisch im wahrsten Sinne des Wortes. (Ich mein' ja nur. Falls jemand das vermisst haben sollte.)

Es stimmt, was man sagt – wenn man auf etwas wartet, dauert es ewig. Wenn man gar nicht dran denkt oder sich, wie in meinem Fall, auf etwas anderes konzentriert, passiert das, was man herbeisehnt, viel schneller. Das gilt auch, wenn du kochst oder dein Postfach ständig checkst. Kaum hatte ich in Gedanken das Büro verlassen und nicht mehr ständig nachgeschaut, kam die E-Mail.

Was Geschmacksnoten betrifft, ist Root Beer nicht gerade dezent oder delikat. Bella meint, ich hätte den gleichen Effekt erzielen können, wenn ich Toilettenreiniger getrunken hätte. Aber wie auch immer es geschehen sein mag, es brauchte diese Intensität, damit ich wieder schmecken kann. Und das wiederum ermahnt mich aufs Neue, nicht aufzugeben. Dass dieser Traum wahr geworden ist, rechtfertigt die Verkostung jeder einzelnen Eissorte. Und nachdem ich alle probiert habe, kann ich anderes auch schmecken. Ich mochte Cupcakes immer schon lieber als rauchige Barbecue-Soße. Nehmt mich in eine Bar mit, und ich werde sirupartige Cocktails kippen, nicht Bier. Aber wenn nichts anderes zu haben ist, finde ich vielleicht Gefallen an diesen kerligen Aromen. Tash erzählte mir von Patienten, deren Zustand sich noch dreiundzwanzig Jahre nach einem Schlaganfall verbessert hat. Der Arzt, der mir zu Geduld und Hoffnung riet, wusste also, wovon er sprach.

Mein plötzlicher Fortschritt spornt mich auch in anderen Bereichen an. Endlich lese ich mein Quick Read zu Ende – Spoiler-Alarm: Poldark wird nie gefunden. Ich gebe dem Buch trotzdem fünf Sterne, weil alle anderen Charaktere ihr Happy End erleben, was sogar noch besser ist. Dann bestelle ich ein weiteres aus der gleichen Serie, mit dem Titel *Dead End Street*, was als ›Krimi, der Sie zum Schmunzeln und Erschauern bringt‹ angepriesen wird. Bis jetzt habe ich genug gelesen, um zu wissen, dass es in einer dieser Straßen spielt, aus der man nicht herauskommt, also eine andere als unsere hier. Aber zu spannenden oder lustigen Stellen bin ich noch nicht vorgedrungen.

Dann holt Tante Jo wieder Malcolm heran, mit lauter neuen Aufklebern für überall im Haus. Als wären diese *Kissen/Sofa/Kühlschrank*-Sticker noch nicht genug, wirft sie nun mit technischen Ausdrücken um sich wie: *Balken* und *Geländer* und *Ständerwand* und *Gewichtschnüre* und *Spritzschutz* und *Türschwellen* und *doppeltverglaste Fenster*. Sie ist so gründlich vorgegangen, dass ich an dem Abend beim Zähneputzen plötzlich die Aufkleber *Fugenmischung für Fliesen, Jack and Jill Badezimmer* sowie *gehärtetes Duschkabinenglas* an meinem Pyjamaoberteil entdecke, weil ich mich versehentlich gegen die Wand gelehnt habe, um mich von dem Schock der Euthymol-Zahnpasta zu erholen, die Barney mir gekauft hat.

In gewisser Hinsicht waren die vergangenen Monate, als hätte ich mich durch verschiedene Räume bewegt. Da war der erste Raum, als ich noch richtig verwirrt war, zu Hause mit Mum oder im Krankenhaus. Es bedeutete einen so großen Schritt, den Raum hinter mir zu lassen. Dann, bei meiner Ankunft hier, bildete der Wintergarten des Periwinkle Cottage das tägliche Zentrum. Jetzt ist es, als hätte sich diese Tür geschlossen und ich mich weiterbewegt. Der neue Raum ist größer, und das Thema sind der Obstgarten, die Schäferwagen und der Verkaufsraum im Scheunenhof. Mit so vielen Menschen hier und den Zimmerleuten ist es fast wie früher auf den Baustellen. Tante Jo muss sich jetzt nicht mehr ständig um mich kümmern und kann mit Malcolm und den anderen Über-Sechzigjährigen Ausflüge machen, denn bei Barney ist immer jemand da, den ich um Hilfe bitten könnte.

Und ich bin nicht die Einzige, die große Fortschritte macht. Malcolm hat Tante Jo dazu gebracht, wieder Auto zu fahren. Er hat sie abends mit zum B&Q-Parkplatz genommen, wenn ich zum Streichen bei Barney war, und mittlerweile kann sie vom Hafen hierher zurück fahren. Okay, er muss immer noch neben ihr sitzen und sie dirigieren, aber wenn sie wieder hinter dem Steuer sitzt, dann besteht für uns alle Hoffnung. Ich und mein kleines schönes schiefergraues Auto sind vielleicht auch bald wieder unterwegs. Ich halte inne, um still die Faust zu ballen und Wünsche ins Universum zu senden, um alle vorbeiziehenden Einhörner und Märchenfeen zu erhaschen. *Bitte, bitte, lass mich wieder fahren können.* Es gab Zeiten, da habe ich daran gezweifelt, ob das je wieder passieren wird. Aber so, wie es momentan läuft, bin ich überzeugt: Wenn man ausreichend an sich selbst glaubt, ist alles möglich.

Was die Schäferwagen betrifft, ist die Version *Seaside Stripe* fertig, bis hin zu dem blau-weißen Rettungsring, der neben der Tür hängt. Und im Schatten des aufgearbeiteten, von den Apfelbäumen hängenden Segels stehen die ersten Liegestühle, auf deren Leinwandbespannung in schwungvollen Buchstaben *Sail away* und *Captain's Chair* prangt. Damit es authentischer wirkt, stehen Hummertöpfe daneben, und auf einer Wäscheleine hängen gestreifte Handtücher.

Auf meiner Root-Beer-Welle der Begeisterung begebe ich mich zum nächsten Wagen. Barney hat ihn bereits außen in einem wundervollen Altrosa gestrichen, und weil es der mit den etwas ausgeflippten Mustern werden soll, haben wir schon eine Girlande an der Dachlinie aufgehängt. Die Holzwände innen habe ich in der Farbe klumpiger Sahne gestrichen und Sessel mit rot karierten Leinenbezügen ausgewählt, die noch im Verkaufsraum stehen. Heute habe ich meine Tapetenproben und einen kleinen Eimer Kleister dabei, den ich mir von einem Maler im Periwinkle Cottage geschnorrt habe. Ich halte im Schatten der Apfelbäume inne, denn das Meer schimmert in einem wundervollen hellen Türkis, und ich liebe die Stille.

Obwohl ich im Obstgarten bin, kann Barney mich vom Hof aus im Auge behalten. Außerdem bin ich auch nicht ganz allein, denn dank Barneys Idee, dass ich Dustin sein Futter gebe, lässt der Hund mich erst aus den Augen, nachdem ich ihm abends seine letzte Mahlzeit serviert habe. Nachdem er die gefressen hat, legt er sich auf den Teppich neben der Haustür. Tagsüber folgt er mir überall hin und ist mir dabei meistens so nah, dass er auf meine Shorts sabbert. Manchmal kommt er mir so intelligent vor, dass ich fast damit rechne, gleich einen Satz von ihm zu hören. Obwohl die Zeit für seine Abendmahlzeit sich nie ändert, scheint er unbeirrt zu fürchten, ich könnte ihn vergessen. Wenn ich also von Stille rede, dann von einer, in der immer noch Dustins Schnauben und Schnüffeln zu hören ist. Einige seiner Laute klingen so gefühlvoll, dass es mir schwerfällt, ihn für einen Hund zu halten und nicht für einen Menschen.

Während ich durch die pinkfarbenen, gelben und roten Tapeten blättere und sie in kleinere Stücke schneide, bin ich schon ganz aufgeregt. Ich nehme den Pinsel und lasse ihn durch den Kleister gleiten. Eines von Tante Jos Tabletts benutze ich dabei als Tapeziertisch. Das erste Stück klebe ich oben an die hintere Wand der Hütte. Ich habe so viel Spaß, während sich das Muster vergrößert, dass ich das Knarren der Holzstufe vor dem Eingang nicht höre. Erst als Dustin gedämpft bellt, ahne ich, dass Barney im Türrahmen steht.

»Bist du beschäftigt?«

»Ich arbeite nur an meiner Klebewand.«

»Du weißt schon, dass die Stücke alle unterschiedlich sind?« Da ist ein Zucken um seine Mundwinkel. »Es sieht ziemlich cool aus.«

»Danke.« Ich betrachte das Flickwerk aus Rosen und anderen Blumen und Punkten, die überall in der Hütte auftauchen. Es ist verblüffend und hübsch zugleich, wie ich begeistert feststelle. »Wie kann ich helfen?«

»Ich habe gerade einen Anruf von einem Paar erhalten, das gern diesen Wagen von dir gezeigt bekommen möchte. Ich habe vorgeschlagen, dass sie sich die Wagen ansehen, die schon fertig sind, aber anscheinend wollen sie nur rosa.«

»Solange denen Kleister nichts ausmacht, habe ich kein Problem damit.« Ich wedele grinsend mit dem Quast. Bei Zinc Inc ging es anstrengenden Kunden um Luxusfragen, und Jake war entspannt und geduldig genug, um mit ihnen klarzukommen. Das hat uns übrige Mitarbeiter entlastet. Jeder konnte seine eigene Story von Albtraumkunden erzählen, aber hier in St. Aidan hätte ich nicht mit solchen Leuten gerechnet.

»Könntest du ihnen auch die Verkaufsräume zeigen?«

Aus seinem Mund klingt das vornehmer, als es ist, denn wir haben die Räume in den vergangenen Wochen nur nebenbei eingerichtet. Einer gleicht der kleineren Version von The Junkyard, in dem Sachen stehen, die restauriert werden müssen. In einem anderen stapelt sich stilvolles und originelles Zeug, das für den Verkauf aufbereitet ist.

»Gut, dann schick sie her, sobald sie eingetroffen sind.« Kein Grund zur Sorge, diese Leute sind sicher nicht ernsthaft interessiert, sonst würde er selbst mit ihnen sprechen.

»Du könntest ruhig mehr …«

»Mehr was?«

»Begeisterung aufbringen. Als würdest du wirklich an das Produkt glauben, das wir herstellen.«

»Wirklich?« Ich klinge wohl ein wenig erschrocken, da er überraschend nah an der Wahrheit ist.

Er reibt sich stirnrunzelnd den Kopf. »Ich weiß nicht, warum, wo du es doch so gut hinbekommst, aber manchmal glaube ich, du magst Schäferwagen eigentlich nicht.«

Ich muss heftig schlucken, und gleichzeitig fällt mir der Quast aus der Hand. »Ach, verdammt …«

»Ist das wegen des Kleisters oder weil ich ins Schwarze getroffen habe?« Er sieht mich durchdringend an, während er mir den Quast gibt.

Ich sollte lieber gestehen. »Wo ich herkomme, stehen Schäferwagen für reiche Stadtmenschen, die das einfache Leben spielen.« Meine Vorbehalte gegen sinnlosen Reichtum ausführen zu müssen, hilft mir, sie selbst besser zu verstehen. »Es geht diesen Ignoranten nur um den Schein. Keine angenehme Szene.«

»Das sagt ausgerechnet jemand vom Planeten Bristol und Bath. Interessant.«

»Hier ist es doch nicht anders. Auch hier versuchen die Leute Glück zu kaufen, und du drehst ihnen Träume an, die niemals in Erfüllung gehen.« So betrachtet kann ich es kaum glauben, dass ich genau dafür arbeite. Aber diese Wagen anzustreichen ist eine Sache, sie zu verkaufen eine völlig andere.

»Edie Browne, das klingt ja, als hieltest du mich für einen Scharlatan und Betrüger.« Sein Grinsen verrät, dass er meine Argumentation eher amüsant findet, als sich darüber zu ärgern. »Vielleicht haben die Leute hier weniger Geld, aber ich finde nicht, dass sie unrealistische Vorstellungen haben, was das Produkt angeht. Die Menschen in St. Aidan nehmen ihr Glück selbst in die Hand, so sieht's aus.«

»Okay.« Ein skeptisches Gesicht kann ich trotzdem nicht verhindern.

»Klar, sie geben Geld aus, aber auf kreative Weise. Die meisten unserer Kunden kaufen sich einen Platz, der ihr Leben verbessert.« So gesehen ist es ja fast akzeptabel.

»Diese Worte werde ich mir für Mrs. und Mr. Pink merken.«

»Du wirst nicht lange warten müssen.« Er wirft einen Blick über die Schulter. »Und da sind sie auch schon.«

»Verdammt, das hättest du auch gleich sagen können.« Ich zupfe an meiner schlabbrigen Jeansshorts und wünschte, ich hätte den Lippenstift noch rechtzeitig nachziehen können. »Was ist mit dem winzig kleinen Problem, dass ich beschissen aussehe?« Smart und präsentabel ist jedenfalls Lichtjahre entfernt.

»Keine Sorge, du siehst gut aus. Das Shirt hat genau die richtige Mischung aus rebellisch und stylish-elegant.«

»Wieso, was heißt das?« Als ich es nach unserem Spaziergang am Strand angezogen habe, war ich zu sehr in Eile, um das Logo zu lesen.

»Luxure, Fierté, Gloutonnerie …« Erneut bilden sich kleine Fältchen um seine Augen. *»Lust, Stolz, Völlerei* – gehören zu den sieben Todsünden, steht halt nur auf Französisch da.«

»Ach, und das ist die passende Arbeitskleidung, ja?« Mir bleibt nicht einmal die Zeit, um es andersherum anzuziehen.

»Ich find's in Ordnung.« Er macht sich lachend auf den Weg zurück in den Obstgarten. »Komm, ich stelle dich vor.«

Ich folge ihm die Stufen hinunter und sehe das Pärchen, das unsicher durch das Gras stakst und mich stark an meine Mum und meinen Dad erinnert, wie sie in zehn Jahren aussehen werden. Ich fange an zu lächeln und vergesse sämtliche Vorbehalte gegenüber launischen Kunden.

»Mary und Jim wohnen mit ihren beiden Müttern zusammen, weshalb sie gern einen Rückzugsort in ihrem Garten hätten.« Barney dreht sich zu mir um. »Das ist Edie. Sie wird Ihnen zeigen, wie weit wir mit dem kunterbunten Wagen sind, für den Sie sich interessieren. Anschließend wird sie Ihnen unsere Verkaufsräume zeigen, damit Sie eine Vorstellung davon bekommen, wie der Wagen eingerichtet werden kann.«

»Hallo, schön, Sie kennenzulernen.« Ich räuspere mich. »Ich glaube, mit ›kunterbunt‹ meint Barney Gänseblümchen und Punkte oder umgekehrt.« Wie soll das klappen, wenn wir uns schon wegen des Namens nicht einigen können? »Hier entlang.« Ich steige die Stufen wieder hinauf, doch Mary bleibt zurück.

»Gehören die Wimpel mit dazu?«

»Mit allem, was Sie möchten.«

»Siehst du, Jim, dagegen kannst du nichts sagen.« So wie Mary zuerst mich anlächelt und anschließend den Kopf über Jim schüttelt, erinnert sie mich an meine Mum, wenn sie Verschönerungen an unserem Haus vornehmen will. Und wenn Jim so stur ist wie mein Dad, werden die beiden auf Jahre nichts anschaffen. Was wiederum den Druck von mir nimmt. Mary ist längst überzeugt, aber ich weiß, dass ich Jim nie und nimmer zum Kauf bewegen kann, egal, was ich mache.

Ich bitte die beiden hinein, und wir müssen zunächst mal Dustin begrüßen. Es ist traurig zu sehen, wie angetan Mary von der Patchworkwand ist, weil ich weiß, dass Jim ihr keinesfalls zustimmen wird. Als Mary nachher in den Verkaufsräumen die Sessel mit den rot karierten Bezügen ausprobiert, sich den hellblauen Vorhangstoff ansieht und die gepunkteten Kissen berührt, fühle ich zutiefst mit ihr. Als sie die Schränke auf- und zumacht, die ich auf die eine Seite gestellt habe, und die blütenförmigen Aussparungen im Bücherregal begutachtet, muss ich fast nach meinem Taschentuch greifen.

Am Ende kauft sie eine von Beths Laternen und ein paar Duftkerzen, und ich bringe sie zu Barney, damit sie bei ihm bezahlen können. Sie winken mir nach, als ich mit Dustin in den Obstgarten zurückgehe. Wenn alle Kunden so nett sind wie diese zwei, führe ich sie liebend gern den ganzen Tag herum. Allerdings würde Barney dann pleitegehen, weil niemand etwas kauft.

Nach einigen weiteren Stücken für meine Patchworkwand merke ich, dass mir der Kleister ausgeht. Auf dem Weg zum Periwinkle Cottage für Nachschub schwenke ich den Eimer in Barneys Richtung, damit er weiß, wohin Dustin und ich gehen. Jim und Mary stehen immer noch bei ihm. Während ich den Kleister anrühre, plaudere ich mit dem Maler, und als ich mich auf den Rückweg mache, fahren Mary und Jim gerade erst los. Als wir die Schäferwagen erreichen, schnuppert Dustin an den Baumstämmen, und ich schwinge meinen jetzt vollen Eimer. Zu meiner Überraschung sitzt Barney auf den Stufen der rosafarbenen Hütte.

»Noch mehr Kunden?« Wenn ich in dem Tempo weitermache, wird das Tapetenmuster Tage dauern.

»Besser noch, Edie B.« Er steht auf und hebt die Hand, um mich abzuklatschen, und ich schlage automatisch ein. Dann umarmt er Dustin kurz. »Herzlichen Glückwunsch, du hast gerade deinen ersten Verkauf getätigt.«

»Ich habe WAS?« Ich weiche einen Schritt zurück, damit ich sein Gesicht besser erkennen und entscheiden kann, ob er das ernst meint.

»Mary und Jim haben soeben …« Während ich ihnen hinterherblicke, reißt er die Augen weit auf. »Vorsicht, Edie …«

Als ich erkenne, dass er mich vor dem Holzstamm hinter mir warnen will, ist es schon zu spät. Meine Füße sind bereits dagegengestoßen, mein Gleichgewicht ist weg und ich stürze nach hinten. Schlimmer ist, dass der Kleistereimer einen hohen Bogen beschreibt, weil ich wild mit den Armen rudere. Der Kleister fliegt heraus und bekommt ein Eigenleben, während er himmelwärts strebt wie wild gewordenes Ektoplasma. Ich lande auf dem Rücken im Gras und sehe den Kleister herabsausen, bis er auf mich niederklatscht und den Großteil meines Körpers bedeckt.

»Heilige Scheiße!« Ich kratze mir die Schmiere aus den Augen und puste sie aus meinem Mund. Unter meinem Kopf spüre ich etwas Warmes, Weiches, das sich bewegt. »Dustin? Oh nein!« Verzweifelt versuche ich aufzustehen und mein Gewicht von ihm herunterzunehmen. »Habe ich ihn umgebracht?« Aber da sehe ich weißes Fell vor mir, und schon wieder wird Kleister verspritzt, weil Dustin sich schüttelt und wie verrückt bellend zwischen Barney und mir hin und her läuft.

»Ist gut, Dustin, beruhige dich. Edie ist okay, du hast deinen Job gut gemacht.« Als Barney sich zu mir herunterbeugt, hört das Bellen allmählich auf. »Prima, Dustin, das war sehr gut.« Er sieht mich an. »Tja, ich würde sagen, er macht noch zu viel Lärm, um tot zu sein.«

»Ein Glück.« Ich rubbele Dustins Kopf, und als er mir die Nase ins Ohr steckt, lege ich den Arm um ihn und drücke seinen hechelnden Körper an mich.

»Du hast Dustin nicht zerquetscht. Er ist hinter dich gesprungen, als du gestürzt bist. Er hat dafür gesorgt, dass du nicht mit dem Kopf aufknallst, indem er dich mit seinem Körper davor bewahrt hat.«

»Wow.« Ich schlucke die aufsteigenden Tränen der Rührung herunter.

Barneys Hand liegt auf meiner Schulter, und er sieht mich lächelnd an. »Er ist dazu ausgebildet, seine Besitzerin zu retten, sobald sie einen Anfall hat. Als du dich aufgesetzt hast und er merkte, dass es kein Anfall ist, hat er versucht, meine Aufmerksamkeit zu gewinnen, damit ich helfe.«

»Wow, das ist erstaunlich.«

»Es schien mir falsch zu sein, ihn zu testen, wo er doch nicht dein Hund ist. Aber es ist gut, jetzt zufällig herausgefunden zu haben, dass er dich schützen wird, wann immer es nötig ist.« Barney verkneift sich ein Grinsen. »Hätten wir es allerdings früher ausprobiert, hätten wir uns die Kleisterexplosion sparen können.«

Ich schmiege trotz des Kleisters mein Gesicht an Dustins Seite. »Nach diesem Vorfall wird Tante Jo ihn nebenan hereinlassen.«

»Ihr müsst beide duschen, bevor ihr auch nur in die Nähe des Periwinkle Cottage kommen dürft. Ich nehme an, Dustin hat seit seiner Ankunft ein Auge auf dein Bett geworfen. Seine heldenhafte Tat ist seine Art, den Deal zu besiegeln.« Barney nimmt seine Hand von meinem Arm und fängt an zu lachen. »Verdammt, bist du klebrig. Warte, ich hole dir ein Handtuch von der Leine.«

»Tut mir leid, dass ich damit ein Ausstellungsstück ruiniere.«

»Du kannst so viele ruinieren, wie du willst, du hast gerade die Villa Kunterbunt verkauft. Darüber sprachen wir übrigens, bevor du gestolpert bist.«

»Einen rosafarbenen Wagen?«

»Voll ausgestattet, mit genug Extras, um den ganzen Garten zu füllen.«

»Unfassbar.« Selbst ich weiß, dass das klasse ist. »Aber wie?«

»Mary und Jim waren begeistert von dem, was du ihnen gezeigt hast. Vor allem aber gefiel ihnen, dass du sie nicht gedrängt hast.«

»Ich war sicher, Jim sei dagegen.«

»War er auch, aber du hast ihm gezeigt, dass ihr Leben besser sein wird mit einem Wagen als Rückzugsort.«

Den Punkt kann ich nicht für mich verbuchen. »Diese Idee habe ich von dir.«

»Du hast nur eingeflochten, worüber wir gesprochen haben, und dadurch haben die beiden erkannt, dass ein Wagen in ihrer Situation eine wunderbare Sache wäre. Ich habe dich beobachtet. Du schaffst es auf großartige Weise, dass die Kunden sich wohlfühlen und entspannt sind. Und du bringst sie dazu, dass sie dir zuhören.« Da ist ein Leuchten in seinen Augen, das ich vorher noch nicht gesehen habe. »Wenn ich den Kunden etwas über die Konstruktion erzähle und du über die Inneneinrichtung, ist das unser Erfolgsrezept für die Zukunft.«

Wäre er Jake in einem unserer Bilanz-Meetings, würde er mich für meine wunderbare Kommunikation mit den Kunden loben. Aber ich bezweifle, dass es etwas Derartiges in St. Aidan gibt. Ich will irgendetwas Begeistertes von mir geben, aber dann stolpere ich über sein letztes Wort. Wenn »Zukunft« groß und dauerhaft klingt, dann deshalb, weil sie das ist. Wichtiger ist jedoch, dass meine Zukunft nicht hier liegt, sondern ganz woanders. Das hier ist nur ein weiterer Raum, durch den ich mich bewege, und schon sehr bald werde ich die Tür hinter mir schließen. Der Abschnitt in meinem Kalender, der für St. Aidan vorgesehen ist, ist mittlerweile winzig.

Das Merkwürdige ist: Nach meiner Ankunft hier hatte ich eine Zeit lang Zweifel, ob ich je wieder so werden würde, wie ich war. Ich hatte dieses entmutigende Gefühl, nie wieder gut genug sein zu können. Dank Barney hat sich das geändert, und ich kriege langsam die Kurve. Ich weiß, dass ich mich zuerst gesträubt habe, aber die Arbeit an den Wagen hat mich weitergebracht. Sie hat mir das Selbstbewusstsein gegeben, es schon irgendwie hinzubekommen, wenn ich die Dinge auf meine Weise tue. Er hat mich bei der Inneneinrichtung machen lassen, wie ich es mir gewünscht habe, und ich habe gemerkt, dass ich kreativer bin, als ich dachte. Mir fallen immer noch all die Details auf, und das war genau das, worauf Jake sich verlassen hat. Und heute wurde mir klar, dass ich zwar wenig Kontrolle über meine Worte habe und von meiner alten Schlagfertigkeit weit entfernt bin, aber nach wie vor eine Verbindung zu den Menschen herstellen kann. Ich kann die wichtigen Dinge rüberbringen. Was fehlt, ist die Schaumschlägerei, aber die zählt ohnehin nicht. Echt, wenn ich einen Schäferwagen an einen Mann verkaufen kann, der gar nicht die Absicht hatte, einen zu kaufen, bin ich auf dem richtigen Weg. Ich will mich nicht loben, aber heute Morgen habe ich möglicherweise mein Ticket zurück nach Bath und Bristol gelöst. Und je mehr mir das bewusst wird, umso beschwingter fühle ich mich.

»Du weißt schon, dass ich nur den Sommer über hier sein werde.«

»Der Sommer hat gerade erst begonnen.« Er zieht die Nase ein bisschen hoch. »Wenn du glaubst, jetzt sei viel Betrieb in St. Aidan, dann warte mal ab. Wenn die Saison richtig losgeht, weißt du, was Touristentrubel bedeutet.«

»Dann fahre ich nach Hause zurück.« Das war immer der Plan. Erst der Geburtstag meiner Mum – ich will bei ihrer Party dabei sein – und kurz danach endet meine Auszeit vom Job.

»In St. Aidan ist immer Sommer, Edie Browne.« Er stutzt. »Klingt wie eine Songzeile.«

»Bitte hol nicht deine Gitarre.«

»Sorry, aber der Verkauf eines Wagens ist der beste Anlass.« Er gibt ein tiefes Lachen von sich. »Ich nehme Wünsche entgegen.«

»Du bist zu klebrig zum Spielen.« Ich muss an diesen Tag am Strand denken, als Dustin zum ersten Mal dabei war. Wie Barneys Stimme und der Text von *Perfect Day* dem Augenblick tatsächlich etwas Perfektes verliehen, das so nie wiederkommen wird. Es wäre falsch, darauf zu hoffen, dass sich das wiederholt.

Ich gleite in die Wirklichkeit zurück – natürlich habe ich keine Lust, mir das verdammte Gitarrengeschrammel anzuhören. Wieso habe ich überhaupt geschwankt? Je eher ich von hier wegkomme, desto besser.

»Pech für dich.« Er steht auf, nimmt ein Handtuch und wirft es mir zu. »So verrückt es auch klingt, aber Cam und ich hatten ein bisschen gehofft, du würdest für immer bleiben.«

Einen kurzen Moment wird mir flau, und ich habe keine Luft mehr in den Lungen. Dann atme ich tief ein und nehme mich zusammen. »Aber ich muss weg, ich gehöre woanders hin. Es war purer Zufall, dass ich überhaupt hierhergekommen bin.« Sosehr ich mich auch in das Schimmern des Meeres verliebt habe und in die Gewissheit, dass diese Wellen für alle Zeiten auf den Strand rauschen werden, ist St. Aidan doch der letzte Ort, an dem ich freiwillig gelandet wäre. Ironischerweise war es ausgerechnet Barneys Hilfe, unsere langen Spaziergänge und die Herausforderungen der Arbeit, die mich wieder fit gemacht haben. Ohne all das wäre ich nicht dort, wo ich heute bin. Von Tag zu Tag fühle ich mich mehr wie ein normal funktionierender Mensch. Barney hat mir den Schlüssel gegeben, mit dem ich mein Gefängnis aufschließen kann, und sobald diese Tür weit genug offen steht, bin ich weg.

Dann wird Tante Jo auch verschwinden. Ohne sie könnte ich ohnehin nicht bleiben, und das Cottage ist fast fertig renoviert. Nicht mehr lange, und die Makler werden kommen. Meine Aufgabe ist erledigt. Hoffentlich kann ich dort weitermachen, wo ich aufgehört habe, oder zumindest beinah dort. Niemand soll den Unterschied merken, wenn ich meinen Platz in Bath wieder einnehme. Mit ein paar St.-Aidan-Schummeleien und meinem frisch entdeckten Talent, über Umwege zum Ziel zu gelangen, werde ich es bestimmt hinbekommen.

»Sorry, ich sollte dir das nicht auferlegen. Es ist okay, wir schaffen das schon.« Barney hält mir die Hand hin und hilft mir auf. Die Fältchen in seinem Gesicht verraten mir, dass überhaupt nichts okay ist. »Na los, ihr beide braucht einen Wasserschlauch.«

Während Dustin und ich im Sprühregen diamantener Tropfen im Sonnenlicht stehen und das Wasser so eisig ist, dass mir die Luft wegbleibt, nagen zwei Dinge an mir. Erstens war ich vor wenigen Augenblicken noch wütend. Jetzt ist das komplett verflogen. Zweitens: Ich denke an zu Hause, das mir wahnsinnig weit weg vorkommt. Und was für eine riesige Veränderung es sein wird, wenn ich wieder dort bin. Das muss die Erklärung dafür sein, weshalb ich mir bei der Gestalt, die gerade über die Straße geht, irgendwie einbilde, sie sähe aus wie Marcus. Denn wenn ich nach Hause komme, wird er absolut keine Rolle mehr spielen.

36. Kapitel

Tag 239: Donnerstag, 28. Juni
Im Obstgarten in der Saltings Lane.
Der nächste Abschnitt …

Heroische Leistung: Dustin shampoonieren (der sich derartig windet, dass ich mir ganz bestimmt nie einen Job in einem Hundesalon suchen werde)

»Wie viele T-Shirts mit Todsünden vorne drauf hast du?«

Als ich das Periwinkle Cottage betrat, um zu duschen und mir frische Sachen anzuziehen, betrachtete ich meinen Stapel sauberer Shirts genauer. Ich entdeckte hellblaue und khakifarbene mit dem gleichen Logo. Jetzt bin ich wieder im Obstgarten, mit neuem Kleister, aber bevor ich mit dem rosafarbenen Wagen weitermache, will ich diese Frage klären.

»Vielleicht sechs. Oder mehr?« Barney zuckt verlegen mit den Schultern. »Sieben, glaube ich. Das war Beths und Loellas Idee, Weihnachten vor zwei Jahren. Sie fanden es lustig, mich auf diese nicht sehr subtile Weise dazu aufzufordern, mehr auszugehen und wilder zu sein. Jedes Päckchen enthielt ein T-Shirt in einer anderen Farbe, aber mit dem gleichen Schriftzug.«

»Ihr feiert *zusammen* Weihnachten, mit *Geschenken* von *allen*?«

»Ihr nicht?«

Das tue ich zwar, aber mit Mum und Dad und Tash und Brian und Tiddlywink und Wilf – und Marcus, als wir noch zusammen waren. Weihnachten zu feiern ist etwas anderes, als mit lauter Leuten aus der Nachbarschaft zusammen zu sein. Es ist nicht die Verblüffung darüber, *wie* er feiert – ich kann eher nicht glauben, dass das Prinzip des Wichtelns noch nicht in St. Aidan angekommen ist. Angesichts seiner verwirrten Miene verzichte ich auf nähere Erläuterungen. »Hast du dir die Aufforderung zu Herzen genommen?«

»Was glaubst du?«, gibt er neckend zurück. »Ich wäre wohl kaum ein so cooler Typ, wenn nicht.«

Bella würde sein Lächeln nicht als neckend, sondern als sexy einstufen und ihn wegen unpassender Körpersprache am Arbeitsplatz abmahnen. Aber verdammt, ich habe schließlich damit angefangen, deshalb muss ich da auch irgendwie wieder rauskommen.

»O-kay, dann mache ich mich mal lieber an die Arbeit.«

»Apropos.« Er räuspert sich. »Mary und Jim haben es übrigens eilig.«

»Dafür sind sie aber ziemlich lange geblieben.« Ich mein' ja bloß; er hat es bestimmt falsch verstanden.

»Deswegen haben wir ja so lange miteinander gesprochen. Sie haben angeboten, einen Zuschlag für sofortige Lieferung zu zahlen. Würdest du das hinbekommen?«

Ich stutze, da ich nicht ganz verstehe. »Was denn liefern?«

»Na ja, wenn wir uns ranhalten, ist dieser Wagen Anfang nächster Woche fertig, und die zwei können ihn haben. Sie würden morgen gern wiederkommen, um die letzten Details zu besprechen und deinen Rat wegen der Farben zu hören.«

»Du willst das Ausstellungsstück verkaufen?«

»Nur wenn du einverstanden bist. Die zwei sind ein so nettes Paar, und auf diese Weise kommen sie am schnellsten an ihren Wagen. Keine Sorge, wir können gleich den nächsten machen, und der wird auch rosa.«

»Toll.« Finde ich gar nicht. »In dem Fall muss ich wirklich weitermachen.«

»Hättest du Lust, am Wochenende ein paar Möbel zu streichen, damit wir das schaffen?« Er grinst schief und fügt hinzu: »Doppelte Bezahlung, außerdem sorge ich für Kuchen am Sonntag, Edie B.«

»Das will ich dir auch geraten haben.«

Als ich mit meinem Eimer die Stufen hinaufsteige, um mein Patchwork weiter zu gestalten, bin ich zufrieden mit meiner schlagfertigen Bemerkung. Es sind Barneys Wagen, und welche er verkaufen will, kann mir egal sein. Und ich freue mich wirklich, dass Mary und Jim das bekommen, was sie wollen.

Wenn man davon absieht, dass ich auf Einhörner und Flamingos stehe, habe ich mit Rosa eigentlich nichts am Hut. Ich meine, echt, ich würde Urban Industrial jederzeit kitschigen Blumenmustern vorziehen. Aber jetzt, wo ich wieder im Wagen bin, hat der Blick aus dem kleinen Fenster aufs Meer, zwischen den Ästen der Obstbäume hindurch, durchaus Charme. Mir ist klar, dass die Wagen beweglich sind und der Ausblick nicht dazugehört, also ist das ein bisschen idiotisch. Aber das hereinfallende Licht verströmt eine angenehm ruhige Atmosphäre und betont das Durcheinander der Muster, sodass es weniger kitschig wirkt.

Was will ich damit sagen? Nur dass ich sehr entspannt bin, während ich hier sitze, mit dem Quast und den in der Brise tanzenden Schatten der Blätter, bei Radiomusik der Achtziger und meinen Tapetenrechtecken. Ich überlege mir dabei, wie hübsch die Regale aussehen würden, wenn ich sie apfelgrün streiche – oder vielleicht in blassestem Rosa. Für jemanden, der noch im März nichts damit hätte anfangen können, ja sogar die Flucht ergriffen hätte, genieße ich den Moment schon sehr. So unwahrscheinlich es ist, aber Edie Browne spürt die Liebe hier. Fragt mich bitte nicht, für welche Version von mir das gilt, denn mit jedem weiteren Tag verschwimmen die Grenzen mehr.

Ich bin auf den Knien und schneide meine Stücke für die letzte Reihe zurecht, als Dustin mit dem Schwanz auf den abgeschliffenen Holzfußboden klopft. Er hebt den Kopf, und da höre ich Tante Jo durch den Garten plaudernd näher kommen. Ihr strahlendes Gesicht taucht im Türrahmen auf, und ihr Lächeln ist noch glücklicher als sonst. Schon eigenartig, wenn man bedenkt, dass es noch nicht allzu lange her ist, dass sie gar nicht gelächelt hat.

»Da ist jemand Besonderes, der dich sehen will, Schätzchen.« Das ist nichts Ungewöhnliches. Sie schaut öfters vorbei, um ihren neuen Freundinnen vom Lunchclub oder den Bastelkursen die Wagen zu zeigen. Wer auch immer es ist, sie erzählt ihnen stets die gleiche Geschichte.

»Wunderbar, kommt rein und seht euch um.« Ich lege den Quast aus der Hand. Sie wird genauso begeistert sein wie ich, wenn sie sieht, was aus den Tapetenproben, die sie für mich gesammelt hat, geworden ist.

»Vielleicht möchtest du die Augen schließen, denn es ist eine große Überraschung.« Das ist jetzt aber seltsam; Dustins tiefes Knurren verrät mir, dass es sich um einen Mann handelt, und zwar einen, den er nicht kennt.

»Ach, das geht in Ordnung.« Wenn sie eine Lokalprominenz vom Lunchclub mitgebracht hat, hoffe ich nur, dass ich die Person erkenne. Ant und Dec kenne ich oder Piers Morgan, und Graham Norton. Bei jemand anderem müsste ich überlegen. Leute nicht zu erkennen, die sich für berühmt halten, ist peinlich. Doch als ich mich umdrehe, erlebe ich den unangenehmsten Moment ever.

»Hallo, Edie.«

Der Wagen schwankt leicht, als sie eintreten, und unmittelbar bevor Dustin loslegt, genügen diese mit tiefer Stimme gesprochenen Worte hinter Tante Jo, und mir wird flau.

»M-M-Marcus ...?« Mein Herz fängt an zu pochen, und

mir wird schlecht. *Was zur Hölle?* Die Welt scheint stillzustehen. Obwohl wir getrennt sind, sollte ich wegen der vielen glücklichen Jahre, die wir miteinander verbracht haben, einfach aufspringen und von ihm in die Arme geschlossen werden. Stattdessen bin ich wie erstarrt, dass er wie aus dem Nichts hier auftaucht. Spontane Umarmungen funktionieren nur deshalb, weil sie eben genau das sind: spontan. Wenn man zögert, verrutschen sie ins Peinliche. Als ich mich wieder ausreichend im Griff habe, um Dustin am Halsband festzuhalten, ist der Moment längst verstrichen. Statt einer herzlichen, ja vielleicht stürmischen Umarmung scheint sich eine unsichtbare Kluft in den hellen Bodenbrettern aufgetan zu haben.

»Was zum Geier ist denn mit dir passiert?« Marcus fährt sich durch die Haare, die so tadellos frisiert sind, dass sie stets richtig fallen. »Nach allem, was Bella mir erzählt hat, habe ich mit einem Hauch Bohemienne gerechnet, aber nicht mit einer totalen Hippie-Braut. Blasse Haut ist in, nicht gebräunte. Wusstest du das? Ich habe Gratisproben von UV-Faktor-90-Sonnencreme im Büro. Hätte ich gewusst, dass du dich derartig gehen lässt, hätte ich dir Sunblocker geschickt.«

»Ich freue mich auch, dich zu sehen.« Ich hatte ganz vergessen, wie sehr Marcus einen überrumpeln kann, aber ich sehe, dass der Schock für beide Seiten gilt. Marcus trägt zwar Freizeitkleidung, doch wirken seine dunkelblaue J-Crew-Shorts und das dazu passende braun gestreifte Poloshirt noch steifer als in meiner Erinnerung. Allmählich bin ich mir sicher, mein Essen bei mir behalten zu können, daher frage ich: »Was machst du …« Ich will nicht so klingen, als nähme ich an, er sei meinetwegen hier. »… in St. Aidan?«

»Erinnerst du dich an Devon?« Er schenkt mir sein charmantestes Lächeln, auf das ich nicht eingehe. Außerdem muss ich daran denken, dass er sich wahrscheinlich in seinem Lieblings-*Eau de Toilette* von Christian Dior gebadet hat und anziehend duftet. »Ich bin hier wegen der üblichen Woche mit alten Freunden.«

»Ach das.« Ich nicke nachdrücklich und hoffe, er bemerkt mein Erschauern nicht bei der Erinnerung an die jährliche Woche, in der wir alle eine Hütte am Fluss gemietet und Meeresfrüchte gefuttert haben. Gleichzeitig muss ich unweigerlich nostalgisch an die Nächte denken, in denen nur wir zwei am Strand lagen und in den Sternenhimmel geschaut haben, mit nach Sommer duftender Haut und einer leichten Brise in den Haaren.

»Diesmal haben sie ein Boot gemietet und waren seit Samstag jeden Tag draußen. Aber laut Wettervorhersage soll es heute ein bisschen stürmisch werden, deshalb dachte ich, ich schaue mal bei dir vorbei.«

Er ist seit Ewigkeiten hier, besucht mich aber nur deshalb, weil er heute nicht mit seiner verdammten Yacht rausfahren kann. Er will nicht seekrank werden, nur deshalb ist er hier, und mein pochendes Herz sollte diese Botschaft langsam aufnehmen. Allerdings ist das Herzklopfen eher auf Nervosität als auf irgendetwas anderes zurückzuführen. Erneut knarren die Stufen, und Dustins Schwanz klopft wedelnd gegen meine Beine. Ratet, wer im Türrahmen erscheint.

»Ich habe Dustin bellen gehört.« Barney kommt herein. In seinen dunklen, gewellten Haaren hängen Sägespäne, und auf seinen verschränkten Unterarmen liegt Holzstaub. Neben Marcus mit seinen akkurat gestutzten Koteletten wirkt Barney anziehend rau und wild. Im Funkeln seiner Augen liegt jene Coolness, über die er vorhin gescherzt hat. »Ist alles okay hier?«

»Keine Sorge, Barney, Edie geht es gut, und ist das nicht gemütlich?« Tante Jo strahlt, doch die beiden Männer scheinen absurd viel Platz einzunehmen; der Wagen wirkt auf einmal extrem überfüllt. »Dies ist Marcus, einer von Edies Freunden von zu Hause. Er ist unerwartet zu Besuch gekommen, deshalb habe ich ihn mit herübergenommen. Ich hoffe, du hast nichts dagegen, dass wir Edie bei der Arbeit stören.«

Aus irgendeinem Grund bin ich froh, dass sie Marcus weniger bedeutungsvoll klingen lässt, als er einst war und hervorhebt, dass er uneingeladen aufgekreuzt ist.

»Was treibst du dich eigentlich ausgerechnet in einem Schäferwagen herum, Edes? Wir alle wissen doch, dass du nur Baumhäuser noch mehr verachtest.« Marcus rümpft die Nase, während er sich umsieht. »Und diese Blumenmuster. Als wärst du von einem Alien besessen. Ist diese Persönlichkeitsveränderung auf die Krankheit zurückzuführen, oder wurdest du von Cornwell-Zombies angegriffen?«

So fühlt es sich also an, wenn all deine Geheimnisse mit einem einzigen Atemzug ausgeplaudert werden. Ich bin froh, dass ich es selbst schon früher gestanden habe, sonst würde Barney jetzt wohl noch baffer dreinschauen. Klar, ich war nie der größte Fan, aber nachdem ich alles so schön beklebt habe, reagiere ich wie eine Bärenmutter, die ihre Jungen verteidigt. Früher hatte ich tatsächlich diese Einstellung, die Marcus mir zuschreibt, jetzt aber würde ich ihm für diese Gemeinheit am liebsten das Gesicht zerkratzen.

»Stimmt schon, es ist ein anderer Bereich des Marktes als der, mit dem ich früher zu tun hatte.« Keine Ahnung, wie das rüberkommt, wo ich doch eigentlich sagen wollte: *Leck mich, Marcus!* »Zumindest ist es redliche Arbeit.«

Weit entfernt davon, den Rückzug anzutreten, hellt sich Marcus' Miene auf. »Das ist meine Edie – gehandicapt, aber resolut.« Im nächsten Moment hat er die unsichtbare Kluft zwischen uns überwunden und legt den Arm um mich. »Als wir unser Haus eingerichtet haben, musste es ganz Industrial Style sein. Da wäre sie nicht mal in die Nähe von Blumen gekommen. Aber an einem Ort wie diesem, der Lichtjahre vom Puls der Zeit entfernt ist, dürfte das ganz gut passen.«

Keine Ahnung, warum ich starr werde vor Verlegenheit, wo Marcus doch nur die Wahrheit sagt über die Vergangenheit. Aber es sind die beleidigenden Äußerungen und die Art, wie er den Arm um mich gelegt hat.

Barney schnuppert. »Was rieche ich?« Eine klasse Erwiderung, mit der er einfach über Marcus' Seitenhieb auf St. Aidan hinweggeht.

Ich zucke mit den Schultern. »Mich musst du nicht fragen.«

Tante Jo schnuppert jetzt auch, dann erscheint ein Lächeln auf ihrem Gesicht. »Wenn du das Männerparfüm meinst, ist es wahrscheinlich mein Lieblingsduft von Malcolm, Le Male von Jean Paul Gaultier. Die Flasche ist wie ein Körper geformt. Raus damit, wer benutzt es?« Das ist eine dieser Fragen, auf die wir alle die Antwort kennen. Und wenn Barney derjenige ist, der fragt, kann er das Parfüm nicht benutzt haben.

»Schuldig im Sinne der Anklage.« Marcus hebt die Hände.

Also doch kein Dior. Das andere soll angeblich hilfreich sein, um jemanden ins Bett zu bekommen. Das lässt sich demnach so oder so deuten. Typisch für das immer wieder verblüffende St. Aidan, dass Malcolm es auch benutzt. Noch seltsamer ist allerdings, dass Tante Jo weiß, wie die Flasche aussieht.

»Malcolm ist der Dad meiner Freundin. Er ist im Club der Über-Sechzigjährigen.« Marcus' Brauen schießen vor Entsetzen in die Höhe, und allein dafür hat sich dieser letzte Satz gelohnt.

»Eine Überraschung nach der anderen heute. Zuerst sehe ich dich ausgerechnet in schnuckligen Wohnwagen arbeiten, Edie, und nun höre ich auch noch von Senioren, die Jean Paul G. benutzen.« Marcus schüttelt lachend den Kopf. »Nun, wir können nicht den ganzen Tag hier stehen und gepunktete Tapeten bewundern oder über Männerkosmetik sprechen. Du könntest früher Feierabend machen, Edie. Ich hatte gehofft, wir könnten irgendwo die Küste entlang etwas mit besserer Atmosphäre finden, wo ich dich zum Essen einladen kann. Ich wusste nicht, dass du arbeitest. Ehrlich gesagt hatte ich vorgehabt, dich das ganze Wochenende zu entführen.«

Ich schaue zu Barney, dessen Miene aussieht, als wäre gerade eine dunkle Gewitterwolke darüber hinweggezogen.

»Deine Entscheidung, Edie«, sagt er. »Wie auch immer sie ausfällt, ich werde sie akzeptieren.«

»Wir könnten uns ein Spa gönnen, um dich wieder in Form zu bringen.« Marcus setzt sein überzeugendes Lächeln auf. Während ich überlege, was zum Geier ich darauf antworten soll, höre ich vertraute Klänge aus dem Radio. Marcus lächelt noch breiter. »Coldplay. *Viva la Vida* – sie spielen unseren Song, Edie.«

»Merkwürdig.« Da ist dieses ein wenig boshafte Funkeln in Barneys Augen. »Wie man sich irren kann. Monatelang dachten wir, Edies Lieblingssong sei *All by Myself.*«

»Inzwischen müsste Edie Ihnen doch erzählt haben, dass sie für Chris Martin schwärmt. Es ist seine Schuld, dass sie auf blond und schlank steht.« Marcus blickt auf sein Handgelenk, dann wieder zu mir. »Können wir dann, Edes?«

Er scheint überzeugt davon zu sein, dass ich mitkomme. Wer weiß, warum, aber während er auf das Glas seiner neuesten Rolex klopft, kann ich bloß an seine Uhrensammlung denken. Wie viele Reihen voll er davon hat, alle in speziellen Boxen. Und dass wir einige besonders schöne sicherheitshalber im Kleiderschrank aufbewahren mussten. Und wie komisch ich es immer fand, dass er überzeugt davon war, Chris Martin ähnlich zu sehen, wo das doch überhaupt nicht stimmt.

»Mach dir keine Sorgen wegen Dustin, Schätzchen. Ich kann die Spaziergänge für dich machen«, versichert Tante Jo mir, sieht mich dabei jedoch auf ihre typisch durchdringende Art an. »Du und Marcus, ihr habt euch sicher viel zu erzählen.«

»Der Hund gehört dir?« Marcus sieht erneut geschockt aus. »Seit wann wolltest du denn einen Hund?«

»Das ist eine lange Geschichte. Dinge ändern sich.« Vor allem ist es falsch von ihm, hier einfach aufzulaufen und zu glauben, wir könnten nahtlos dort weitermachen, wo wir aufgehört haben. Wenn er vorher angerufen hätte oder vor meinem Gespräch mit Barney gekommen wäre, hätte ich mitgehen können. Doch so, wie die Dinge liegen, würden Mary und Jim ihren Wagen nicht bekommen, wenn ich über das Wochenende verschwinde, egal, ob Barney mir freigibt oder nicht. Hier steht unser Ruf auf dem Spiel. Meine Loyalität gehört dieser Firma. »Tut mir leid, Marcus, ich kann nicht mit, wir haben einen Abgabetermin.«

»Da soll ein Scherz sein, oder?« Schon wegen seiner schrill werdenden Stimme hat es sich gelohnt, dass ich das gesagt habe. »Du klebst *Blümchentapeten* in einen *Schäferwagen*. Was ist daran dringend?«

»Ich muss Kunden treffen und eine Bestellung fertig bekommen.« Seine Reaktion festigt meine Überzeugung, dass dies genau das ist, was ich lieber tun möchte.

»Du behauptest also, du kannst bis Sonntag nicht mal einen Kaffee einschieben? Ich habe wichtige Dinge mit dir zu besprechen.«

»Das muss warten, bis ich wieder zu Hause bin.« Ich vermeide jeden Blickkontakt mit Tante Jo, weil ich weiß, sie findet mich störrisch, da ich ihn abblitzen lasse. Vermutlich hält sie es für eine glückliche Fügung, dass Marcus aufgetaucht ist und mir so doch noch die Chance auf ein Happy End winkt.

Und ich schlage es aus. Es ist nicht so, als hätte ich über das, was sie vor einer Weile gesagt hat, nicht nachgedacht. Aber Marcus ist auf seinem Terrain viel netter. Hier vor Barney höhnische Bemerkungen zu machen und den Macho zu spielen, lässt ihn nicht gut dastehen. Und wenn er wirklich etwas Bedeutsames zu sagen hat, wird er auch noch ein paar Wochen auf mich warten können.

Wäre er damals nur ein klein wenig flexibler gewesen, hätte unser Leben sich völlig anders entwickelt. Das habe ich inzwischen begriffen. Nicht dass ich ihm in irgendeiner Weise die Schuld gebe. Aber hätten wir uns nicht getrennt, hätte ich niemals den Fallschirmsprung machen müssen, um der Welt – und wohl auch ihm – zu beweisen, wie super ich alleine zurechtkomme.

»Gut, wie du willst. Wir sehen uns dann in Bath.« Marcus ist schon halb die Stufen hinunter, als er zögert und sich noch einmal umdreht. »Entgeht mir hier eigentlich etwas? Wann hast du je ein gemeinsames Essen abgelehnt oder gar ein Wochenende in einem Wellness-Hotel? Was verheimlichst du mir?«

»Was … *was*?«

»All diese Herzen und Blumen und diese kuscheligen Wagen … Das hätte ich gleich sehen müssen. Ihr zwei seid ein Paar, oder?«

»Verdammt, nein.« Er könnte nicht falscher liegen. Ich werfe Barney einen verärgerten Blick zu und tippe ihm auf den Arm, denn er könnte mir ruhig beistehen, statt gedankenverloren aufs Meer hinauszublicken.

»Absolut nicht. Ich habe keine Ahnung, wie du darauf … äh, kommst, aber es stimmt nicht.«

Marcus kneift die Augen zusammen. »Und was hat es mit diesen Partnerlook-T-Shirts auf sich?«

»Was?« Erst jetzt erkenne ich mit Schrecken, was Barney da anhat.

»Arbeitskleidung.« Barney verzieht keine Miene. »Sie wissen, was die Logos bedeuten? Die sieben Todsünden, auf Französisch. Es ist ironisch, nebenbei bemerkt.«

»Selbstverständlich kenne ich die, ich habe moderne europäische Sprachen studiert, Herr im Himmel.« Marcus klingt wie ein Vollidiot und ist offenbar entschlossen, das letzte Wort zu haben. »Viel zu kultiviert für ein Fischerdorf, und mit Wohnwagen hat es ja wohl auch eher nichts zu tun. Wenn du und dieser Poldark hier einen kreativen Tipp zur Vermarktung braucht, Edie, weißt du ja, wo du mich finden kannst.«

Wir alle schauen Marcus hinterher, der zwischen den Birnbäumen hindurch zur Straße geht.

»Na, jedenfalls danke, Edie B. Du hast auf drei Tage Luxus verzichtet, um hier zu arbeiten. Das bedeutet mir viel. Mary und Jim werden dir sehr dankbar sein.« Barney räuspert sich. »Wir alle, um genau zu sein.«

»Jederzeit.« Ich habe etwas zugesagt und bin Profi. Eine andere Entscheidung hätte ich gar nicht treffen können. Ich hoffe nur, dass niemand glaubt, es stecke ein anderer Grund als die Fertigstellung des Wagens dahinter. Ich mache den Mund auf und wieder zu, während ich mich frage, wie ich das klarstellen soll, und höre schon wieder vertraute Klänge aus dem Radio.

»It's Raining Men.« Tante Jo strahlt übers ganze Gesicht. »Wie lustig ist das denn? Die spielen heute *alle* deine Songs, Edie.« Sie wendet sich an Barney. »Und du musst zugeben, besser als mit Poldark verglichen zu werden, geht's doch gar nicht.«

Irgendwie vibriert der Wagen immer noch, als ich mich an Barney wende. »Arbeitskleidung?«

»Was denn?« Barneys Grinsen ist so breit wie die Bucht von St. Aidan. »Es gibt sieben von den Dingern, da kommt es nun mal vor, dass wir an manchen Tagen beide eines tragen. Das ist unvermeidbar.«

»Ja, ja, wer's glaubt.«

Was meine Schlagfertigkeit angeht, bin ich fast wieder zurück im Spiel.

37. Kapitel

Tag 292: Montag, 20. August
Eine Nacht unterwegs

Heroische Leistung: Der letzte Punkt auf meiner Liste

Die nächsten Wochen vergehen wie im Nebel, zum Teil wegen der Hitze, vor allem aber wegen meiner verschmierten Sonnenbrillengläser. Es ist schön, dass nun alle welche tragen, nicht nur ich. Aber sooft ich sie auch putze, ständig sind die Gläser mit einem Mix aus Schweiß, Sandkörnern, Sonnencreme und Donutzucker verschmiert. Und meistens alle vier Brillen gleichzeitig. Die Sonnencreme kommt von Marcus, der gleich *alle* Sonnenschutzfaktoren in einer riesigen gefütterten Versandtasche geschickt hat, kaum dass er wieder zu Hause war, zusammen mit einer Nachricht. Die krakelige Schrift auf dem Firmenpapier verriet, wie sehr er in Eile gewesen ist, da hätte es gar keinen Aufkleber *Eilzustellung* gebraucht. Alle haben mitgeholfen, das Gekritzel zu entziffern, doch am Ende konnten nicht einmal die Kalligrafie-Expertinnen die Worte lesen. Daher habe ich keine Ahnung, was Marcus geschrieben hat oder was er damit bezwecken will.

Abgesehen davon ist es natürlich sehr ermutigend, dass meine Handschrift inzwischen besser ist als seine. Ich schickte eine Postkarte zurück und achtete darauf, dass *Danke für die Sonnencreme, war nett, dich wiederzusehen, Edie x* sehr sauber geschrieben ist. Mittlerweile kommen die Buchstaben, ohne dass ich nachdenken muss, aber in diesem Fall brauchte ich etliche Versuche, bis es meiner Vorstellung entsprach. Gut, dass Plum mir Rabatt auf ihre Ansichtskarten von der Bucht gewährt. Loella fand, ich hätte ihm eine von meinen eigenen Karten schicken sollen, aber ich wollte mich nicht dem Vorwurf aussetzen, knauserig oder freakig zu sein, oder wie auch immer er mich genannt hat.

Was den Donutzucker auf meinen Brillengläsern angeht, liegt das an den vielen Ständen in den Straßen des Ortes und im Hafen, an denen ich bei meinen täglichen Hundespaziergängen vorbeikomme. Sie alle bieten Kostproben für Erstprobierer und Einheimische an. Ob es nun Dizzy Doughberries, Fat Bottoms' Sugar Shed, Heavenly Holes oder irgendwelche anderen köstlich klingenden Namen sind – ich kann einfach nicht dran vorbeigehen.

Der Sommer wäre kein Sommer ohne das ständige Echo von Tennisbällen. Tante Jo ist ein großer Fan, und wenn sie nicht gerade zum Lunch weg ist, hört man permanent das rhythmische Geräusch der Bälle in Wimbledon aus den offenen Terrassentüren. Als die ersten Teppichverleger auftauchen, nähern wir uns dem Limit ihres kleinen Budgets.

Dann beginnen die Schulferien, und auf einmal wird uns klar, wie die scherzhaften Bemerkungen über Massen von Urlaubern gemeint waren. Vorher waren es hauptsächlich die Wochenenden gewesen, an denen die Parkplätze am Strand voll waren, aber jetzt ist es jeden Tag so. An manchen Tagen kann man kaum noch den Sand zwischen all den Handtüchern sehen.

Alle Kinder aus der Gegend begleiten uns bei unseren Morgenspaziergängen mit den Hunden, um ins Wasser zu springen. Wenn wir vom Strand wieder zu Hause sind, rennen die Kinder den ganzen Tag zwischen dem Obstgarten, dem Scheunenhof und Tante Jos Cottage hin und her. Alle bis auf Cam. Der folgt meistens Dustin, und der Hund wiederum entfernt sich selten außer Sabberreichweite von mir.

Das Periwinkle Cottage ist eines dieser Projekte, bei denen auf einmal alles gleichzeitig fertig wird. Erst sieht es noch aus, als würde es ewig dauern. Tante Jo poliert die neuen Badezimmerfliesen und die Wasserhähne, bis sie stärker glänzen als in der Putzmittelwerbung. Die Türen sind noch in der Scheune, wo sie ihren letzten Anstrich erhalten, die Happy-Valley-Möbel werden bei Barney untergestellt, und wir stolpern über die zweite Welle von Teppichverlegern, während wir die Sachen hereinbringen, die ich aus dem Ausstellungsraum der Schäferhütten geborgt habe.

Ehe ich michs versehe, verteilt Tante Jo überall ihre selbst genähten Kissen auf den Sofas und den Sesseln, und ich husche umher und dekoriere hier mit Treibholzstücken und dort mit Muschelketten. Barney bohrt Löcher, damit wir mein selbst gebasteltes *Periwinkle Cottage*-Schild aufhängen können. Und im Scheunenhof haben Loella und Beth über allen Türen Wimpelgirlanden aufgehängt, damit es extra fröhlich aussieht.

Im Garten des Cottages verbringt Malcolm jede Minute damit, den Rasen zu sprengen und zu mähen und die Kanten zu trimmen, und in den Blumentöpfen blüht die reinste Farbenpracht. Es ist der einzige Rasen in St. Aidan, der trotz der sengenden Sonne nicht verbrannt ist, sondern so grün schimmert, als wäre er gar nicht echt.

An einem Spätnachmittag, als wir letzte Hand anlegen, taucht Loella mit der Neuigkeit auf, dass eine Freundin, die ein Luxusrefugium besitzt, eine Stornierung für eine bereits bezahlte Buchung erhalten hat. Wir bekommen das Angebot, für eine Nacht kostenlos am Strand zu zelten, ein paar Meilen von hier entfernt. Für alle anderen ist die Sache klar. Für mich ist es ein für meine Zeit in St. Aidan typisch spontanes Ding, auf das ich verzichten kann.

Loella schaut auf ihr Smartphone. »Es ist schon Teezeit.

Ich verspreche, du bist vor dem Frühstück wieder zurück, Edie B.« Sie drückt die Kissen auf Tante Jos Sofa und wedelt in meine Richtung mit dem Zeigefinger. »Bring dein Schwimmzeug und deine Zahnbürste mit – und wenn es sein muss, deinen Lippenstift. Ich hole dich in zehn Minuten ab. Du teilst dir das Zelt mit uns.«

Kurz darauf sind wir entlang der Küste unterwegs und gehen schließlich zwischen entzückenden hellbraunen Tipis hindurch, die mit kleinen Lichtern geschmückt sind, und hinaus auf den hellen Sand einer kleinen privaten Bucht.

Loella hat jedes Recht, begeistert auszusehen. »Siehst du, Edie, es ist genauso toll, wie ich gesagt habe.«

Das muss ich ihr lassen. »Stimmt. Ich hatte schon vergessen, wie herrlich es an einem leeren Strand ist.«

»Das ist der Nachteil, wenn man in einem Ferienort wohnt. Es kommt einem nicht in den Sinn, auch mal wegzufahren.«

Ich will sie schon daran erinnern, dass ich in einigen Tagen zur Geburtstagsparty meiner Mum fahren werde, aber da taucht Cam auf und nimmt meine Hand. Zusammen mit Dustin, der um uns herumspringt, gehen wir ans Wasser.

Wir schwimmen und planschen mit unseren Boards im flachen Wasser, erkunden die natürlichen Felsenbecken am Rand der Bucht und spielen eine Runde Beachvolleyball, während die Männer auf dem Gasgrill bei den Zelten das Abendessen zubereiten. Dank des sehr zivilisierten Verbots von Lärm und offenem Feuer wird das Singen am Lagerfeuer durch das Verbuddeln von Barney ersetzt. Hinterher entspannen wir uns alle auf den Luxusliegen und schauen uns den Sonnenuntergang an. Die ersten Sterne funkeln am rauchblauen Himmel, und wir zählen sie immer noch, als es schon ganz dunkel ist und das Meer den hellen Mondschein reflektiert.

Beth ist die Erste, die sich regt. »Tja, das war der Rest Champagner.« Die anderen haben gleich mehrere Flaschen geleert, seit wir hier sind. »Da können wir jetzt ebenso gut ausprobieren, ob die Betten tatsächlich so bequem sind, wie sie aussehen.«

Ich gehe und lasse sie die kleineren Kinder ins Bett bringen. Mia und ich duschen kurz gegenüber dem Toilettenblock. Als wir mit unseren Zahnbürsten auf dem Rückweg zu den Tipis sind, hat das Kinderkreischen aufgehört. Loella steckt den Kopf aus einem der Zelte heraus.

Leise sagt sie: »Hey, ich hoffe, ihr habt nichts gegen eine kleine Planänderung.«

»Welche?«

»Cam wollte bei mir schlafen und liegt jetzt in deinem Bett.«

»Na schön … und?«

»Würdest du dann in Cams Bett schlafen?«

Bei BARNEY? Irgendwie schaffe ich es, nicht meine Zunge zu verschlucken. »Okay.« Das bringe ich nur heiser heraus, aber ich hoffe, sie ist zu beschwipst, um es zu merken. Ich will nicht mehr aus der Sache machen, als dran ist. Wir sind schließlich alle erwachsen, warum sollte ich also nicht mit einem Freund im selben Zelt schlafen? Solange ich meine nicht jugendfreien Gedanken strikt unter Kontrolle habe …

Sie drückt meine Hand. »Danke, Barney wird dir sehr dankbar sein. Cam hat noch nie irgendwo übernachten wollen. Wir sollten es ihm daher unbedingt ermöglichen, wenn er es schon von sich aus möchte.«

Das ist mir bei Tash auch aufgefallen. Die Verantwortung von Eltern macht sie derartig besorgt, dass diese Sorge alles andere verdrängt. Für normales Erwachsenenverhalten, das diese Kids ja erst möglich gemacht hat, ist kein Platz mehr. Das wahre Wunder ist, dass sie überhaupt mehr als ein Kind haben. Und da diese ständige elterliche Sorge bei Barney, der unerwartet Ersatzvater wurde, noch ausgeprägter ist, werde ich vor ihm absolut sicher sein. Er wird sich nur Gedanken um Cam machen. Also kann ich beruhigt sein.

Auf Zehenspitzen schleiche ich zwischen den schwingenden Lichterketten hindurch, und als ich Barneys Tipi erreiche, lächelt er mich aus dem Halbdunkel an. Er liegt auf einem gestreiften Teppich am Eingang.

»Danke dafür.« Er wirft einen Blick hinter sich ins Zelt. »Wir haben tolle Betten, aber Cam und ich haben beschlossen, dass wir lieber draußen unter den Sternen schlafen.«

»Er wollte unbedingt tauschen. Ich hatte eine Campingliege aus dem Krieg.« Lachend schaue ich an ihm vorbei zu den zwei großen alten Betten voller Kissen. »Mir ist überall recht, ich bin erledigt.« Das war ich tatsächlich, aber jetzt nicht mehr. Ich war nie wacher.

»Setz dich.« Er klopft neben sich auf den Boden. »Du bist also fast fertig mit dem Cottage und auch mit dem Schäferwagen. Ich nehme an, du kannst eine Pause gebrauchen.«

»Kann sein.« Wir bewegen uns auf sicherem, neutralem Boden. Ich setze mich auf den weichen Teppich und registriere sein T-Shirt und die tief auf den Hüften sitzende Jeans, die unten aufgekrempelt ist. »Solange noch Möbel zu streichen sind, mache ich damit weiter, wenn ich von meinem Trip nach Bath zurück bin.« Beschäftigt zu sein, lenkt mich ab von der Unsicherheit über das, was als Nächstes kommt. »Ich bin ein bisschen nervös, wieder nach Hause zu kommen.«

»Dazu besteht kein Grund. So wie du hier mit den Kunden umgehst, wirst du Zinc Inc im Sturm erobern.«

»Das hoffe ich.« Jake nächste Woche zu treffen, ist der große Test, auf den ich hinarbeite.

»Nicht viele Menschen wissen, wie das ist, wenn man alles verliert, worauf man gesetzt hat.« Er klingt traurig. »Oder wie viel Mut dazugehört, neu anzufangen und sich zurückzukämpfen.«

Ich fühle mit ihm. »Du kennst das, weil du deine Werft verloren hast. Und du bist erfolgreich zurückgekommen.«

»Erst durch deine Hilfe ist meine Firma in Schwung gekommen.« Er nickt. »Aber dies ist dein Moment, nicht meiner. Jetzt, wo du wieder an dich glaubst, kannst du alles schaffen. Dein Talent wird dir alles ermöglichen.« Er seufzt. »Wenn ich mir überlege, wie du bei deiner Ankunft in unserer Straße warst, hast du wirklich viel erreicht.«

»Das habe ich alles dir zu verdanken. Ich habe deinen Rat beherzigt und mir keine Gedanken mehr gemacht. Ich habe die neue Richtung ausprobiert, die du vorgeschlagen hast. Jetzt steht nur noch ein Punkt auf meiner To-do-Liste …« Wow, musste mir das rausrutschen? Bella erinnert mich ständig daran, dass ich immer noch nicht herumgeknutscht habe, geschweige denn mit jemandem geschlafen. Das Kribbeln im Bauch, das Barneys Nähe zuverlässig bei mir auslöst, zeigt mir allerdings, dass in dem Bereich alles in Ordnung ist. Trotzdem drängt sie mich, ich solle es herausfinden.

»Was steht denn noch auf der Liste?« Er klingt interessiert.

»Mit Delfinen schwimmen.« Ich bin froh, dass mir das so schnell einfällt, zumal es geschwindelt ist.

»Blödsinn, du hasst Wasser. Ich könnte die ganze Nacht raten, allerdings habe ich da eine Ahnung …« Er klingt amüsiert und stupst mich mit dem Ellbogen an. »Wenn du eine Prinzessin bist und auf einen Frosch zum Küssen wartest, sag nur Bescheid. Ich bin sehr gern bereit, dir da weiterzuhelfen.«

»Echt? Das würdest du tun?« Ich habe mir das so oft vorgestellt, dass es jetzt fast unwirklich ist.

»Ich behaupte nicht, Experte auf dem Gebiet zu sein. Ich bin schon länger aus dem Spiel als du. Aber ich würde mein Bestes geben bei jeder Herausforderung, vor die du mich stellst.«

Mein Herz pocht heftig. »Ich muss es wohl mit jemandem tun … irgendwann … und da wäre es natürlich hilfreich, wenn es da … äh … gegenseitige Anziehung gäbe …«

»Das wäre ja schon mal gegeben.« Er streicht mit dem Finger über meinen Arm und sieht, wie ich zusammenzucke. »Das Problem läge wohl eher darin, zu wissen, wann man aufhören soll. Aber wir haben diese Nacht. Wir könnten sie als Geschenk betrachten.«

Ich spüre die Wärme seines Oberschenkels, der gegen meinen drückt. »Nur ein Mal …« Ich lehne mich zu ihm hinüber und fahre mit dem Finger über seinen Unterarm, seinen muskulösen Bizeps und unter sein T-Shirt. »Wir werden nie mehr darüber sprechen …« Meine Hand liegt an seinem Hinterkopf, und als ich die Finger in seine Haare wühle und ihn zu mir heranziehe, komme ich mir vor wie ein Flittchen, aber es ist mir egal. »… mit niemandem … nicht einmal, wenn wir allein sind.«

Sein Atem ist warm auf meinen Lippen. »Hör auf zu reden, Edie B., und probier das mal …«

Als seine Lippen meine berühren, höre ich auf zu atmen und heiße seinen wundervoll warmen Mund willkommen. Dann scheint mein Körper zu explodieren, und obwohl meine Augen fest zugekniffen sind, sehe ich Sterne, strahlend weiß am schwarzen Samthimmel. Das ferne Rauschen der Wellen, die milde Nachtluft auf unserer Haut und das Gefühl, dass die Zeit stehen bleibt. Ganz langsam lösen sich unsere Lippen voneinander.

»Und?« Barneys Stimme ist tief und rau. »Wie war das? Du hast doch das Knistern gespürt, oder?«

Hätte ich in eine Steckdose gefasst, mein Körper könnte nicht stärker vibrieren als jetzt. Aber es ist zu gut, um aufzuhören. »Vielleicht sollten wir das gleich noch mal versuchen … nur um sicherzugehen?«

Es ist eine dieser Nächte, die wie aus dem Nichts passieren, und es fühlt sich himmlisch an. Um sechs wache ich auf, weil mir fast die Blase platzt, und mir fällt ein, dass es beim Zelten keine Toiletten drinnen gibt. Also marschiere ich zum Toilettenblock, und als ich Minuten später zurückkomme, kriecht Cam gerade neben Barney unter die Decke.

38. Kapitel

Tag 297: Samstag, 25. August
Saltings Lane

Heroische Leistung: Wimpelgirlanden für einen ganzen Garten in einen winzigen Koffer hineinbekommen – auf geht's! – und mich fühlen wie eine lebendige Pop-up-Party (nach all der Mühe hoffe ich doch sehr, dass das Buffet gut ist, denn darauf freue ich mich am meisten)
Also her mit dem Geburtstagskuchen und den kleinen Windbeuteln … ich mein' ja nur.
Bin gar nicht so aufgeregt, nach Hause zu kommen, aber waaaaahhhh …

Und dann sind wir schon wieder zurück. Loella hatte recht, wir waren so kurz weg, dass es sich anfühlt, als sei dieser Campingausflug nie passiert. Barney hat bisher zu seinem Wort gestanden. Manchmal habe ich das Gefühl, das alles nur geträumt zu haben, obwohl ich es hundertmal pro Stunde in meinem Kopf Revue passieren lasse. Mindestens.

Dann ist das Cottage auf einmal wirklich fertig. Jeder aus dem Scheunenhof wischt seine nackten Füße an der nagelneuen Fußmatte ab, tapst durchs Haus, bewundert die offene Atmosphäre und staunt über die teuer aussehende, grau gestrichene Küche mit den neuen Hartholzarbeitsplatten. Obwohl alle wissen, dass ein Käufer das Ende der vorübergehenden Werkstätten im Scheunenhof bedeutet, ringen sie sich doch ein Lächeln ab, machen uns Komplimente über die großartigen Veränderungen und wünschen uns Glück.

Nicht viel später sind die Freunde weg, und der Makler macht sich Notizen und Fotos mit seinem iPad®.

Während der gesamten letzten Renovierungsphase habe ich per Facebook Mitteilungen von Jake von Zinc Inc erhalten. Es fing an mit Nahaufnahmen. Ein Detail eines superleganten Badezimmerschranks. Küchenschubladenseitenteile aus Glas. Ausgeflippte Toilettenkabinen von der Renovierung einer Bar in der Stadt. Lauter Sachen, von denen er weiß, dass sie mich begeistern, weil das Design fantastisch ist. Beängstigend, wie gut er mich kennt.

Da es um den Job geht, will ich mich von meiner besten Seite zeigen. Deshalb fertige ich mit den Kids eine lange Liste von Worten an, mit denen ich meine Antworten anreichern kann. *Klasse, toll, super, wow, stark, brillant, perfekt, fabelhaft, der absolute Hammer.* Nur so zum Spaß und weil Beth mir beigebracht hat, auch noch den letzten kreativen Tropfen aus einer Idee zu quetschen, male ich einen Stapel Schilder mit diesen Worten. Ehe ich weiß, wie mir geschieht, gibt Plum mir einen eigenen Sprüche-Ständer, und die Schilder verkaufen sich wie blöde in der Galerie und am Stand im Hafen. Bei Etsy auch. Tatsächlich konkurrieren sie mit meinen anderen Bestsellern – Liegestühlen, auf denen *Katzenschlummer* und *Hundemüde* steht, dazu Schablonenaufdrucke von einer Katze und einem Robert-Hund. Beth und Tante Jo kümmern sich um die Verkäufe, auch wegen der nötigen Steuerformulare. Natürlich weiß ich, dass wir mitten in der Saison sind, und wir verkaufen nicht annähernd so viel, dass es Marcus beeindrucken würde. Trotzdem freue ich mich, wie viel Geld wir mit ein paar alten Holzstücken, gebrauchten Liegestühlen und gemalten Worten einnehmen.

Jake schickt weiterhin Fotos, und als er irgendwann etwas

dazu schreibt, fällt es mir wegen der vielen Bilder kaum auf. Als er mir die Entwurfspläne für den Umbau einer Mühle zuschickt, bin ich zuerst erschrocken, dann aufgeregt, und schließlich kann ich es kaum noch erwarten, in meinen echten Job und in ein richtiges Büro zurückzukehren. Der Sommer ist fast vorbei, und es ist bald Zeit für mich, dorthin zurückzugehen, woher ich komme. Wahrscheinlich dank Barneys Ermutigungen fühle ich mich dazu in einer Weise bereit, die ich mir nicht hätte vorstellen können.

»Tja, wir haben es geschafft.«

Tante Jo und ich stehen draußen auf der Straße, und während wir auf unsere Mitfahrgelegenheit am frühen Morgen warten, muss ich sie noch einmal feierlich umarmen. Im Frühjahr schien der vor uns liegende Berg an Arbeit kaum bewältigbar zu sein. Es war unmöglich, sich vorzustellen, dass wir jemals an diesen Punkt gelangen könnten. Aber hier sind wir. Das Cottage sieht wundervoll aus und ist auf dem Markt, und sobald Tante Jo einen Käufer gefunden hat, ist ihre Zukunft gesichert, wo auch immer sie die verbringen möchte. Und ich bin genesen und kann in mein altes Leben zurück, um dort weiterzumachen, wo ich aufgehört habe.

»Wir müssen zugeben, dass die Seeluft uns beiden gutgetan hat.«

»Auf jeden Fall, Häschen.« Abgesehen von ihrem üblichen pinkfarbenen Lippenstift sieht Tante Jo nicht mehr aus wie die Frau, die mir am Tag meiner Ankunft begegnet ist. Nicht nur, dass sie jetzt lacht und lächelt, sie trägt auch richtige Kleidung statt Harrys Pyjamas. Dank der Nimm-zwei-zahle-eins-Angebote und der köstlichen klebrigen Toffee-Puddings im Yellow Canary sieht sie auch nicht mehr klapprig aus.

Es ist nicht nur die Seeluft, es sind auch die Menschen hier, die uns beigestanden haben. Und sosehr ich mich danach sehne, wieder nach Hause zu kommen – dieser Aufenthalt war schließlich von Anfang an nur für eine kurze Zeit geplant –, ist da eine gewisse Traurigkeit, diesen Ort und die vielen neu gefundenen Freunde wieder verlassen zu müssen.

Aber noch nehmen wir nicht endgültig Abschied. Sicher, wir stehen hier mit unseren Rollkoffern und warten darauf, dass Malcolm in seinem Ford Granada kommt und uns nach Bath fährt. Aber es handelt sich nur um einen kurzen Trip zum sechzigsten Geburtstag meiner Mum. Ich bin trotzdem schon ganz aufgeregt bei der Vorstellung, bald durch die breiten, eleganten Straßen zu meinem Büro zu laufen. Ein warmes Gefühl breitet sich in mir aus bei der Erinnerung an die schönen und vertrauten hellen Steinhäuser, und erst da wird mir klar, wie sehr ich das vermisst habe. Malcolm und Tante Jo bleiben ein oder zwei Nächte über die Feiertage, aber ich werde etwas länger bleiben. Ich werde mit Jake reden, einen Krankenhaustermin absolvieren und ein bisschen Stadtluft schnuppern, die mir auch gefehlt hat. Danach fahre ich mit dem Zug wieder hierher, um die letzten zwei Wochen bei Tante Jo zu verbringen.

Barney und Loella sind schon mit den Hunden und den Kids am Strand, daher fahren wir ohne Abschiedskomitee. Seit Dustin mich gerettet hat, obwohl ich gar nicht gerettet werden musste, schläft er an meinen Knien, und tagsüber ist Cam bei uns. Zum ersten Mal seit Ewigkeiten ohne die beiden an meiner Seite hier zu stehen, ist ein schreckliches Gefühl. Als hätte ich etwas verloren.

Manche Dinge ändern sich jedoch nie. Mums kitschige neonfarbene Reisetasche ist mir immer noch peinlich. Heute ist es sogar noch schlimmer als bei meiner Ankunft, weil die Sonne scheint und die Tasche prall gefüllt ist, wegen der vielen Wimpel darin, mit denen ich den Garten meiner Eltern schmücken will. Aber was soll's, uns sieht ja keiner. Außer Reggie, dem Postboten, der in diesem Augenblick schlitternd vor uns anhält.

»Passt auf eure Zehen auf, Ladys. Hier, bitte sehr.« Er reicht uns die Briefe durch das offene Fenster seines kleinen roten Postautos. »Auf dem Absender steht Bradleys, das sind dann sicher deine Verkaufsunterlagen, Josie. Ich habe mir die Maklerfotos online angesehen. Ihr habt da echt Wunder bewirkt. Da kommen bestimmt einige Interessenten am Wochenende.« Er blickt kritisch auf die Taschen. »Ihr verreist doch nicht ausgerechnet heute, oder?«

»Das passt schon.« Tante Jo winkt ab. »Der Makler kümmert sich um die Besichtigungen, solange wir in Bath sind.«

»Na, dann viel Glück und gute Reise.« Er lacht und legt knirschend den Gang ein. »So viel, wie heute auf den Straßen los ist, würde es mich nicht wundern, wenn ihr es verkauft habt, bevor ihr überhaupt da seid.«

»Danke und bis bald.« Während ich die Staubwolke betrachte, die der Wagen auf dem Weg zu Barneys Haus aufwirbelt, versuche ich mich daran zu erinnern, wie das war, Briefe von jemandem gebracht zu bekommen, der sich nicht bis ins Kleinste für mein Leben interessiert. Aber vielleicht bin ich unfair; Tony, der Postmann bei Zinc Inc, blieb auch meistens auf einen kurzen Plausch, auch wenn es ihm dabei um Sadies Süßigkeitenschublade ging. Mir bleibt keine Zeit, weiter darüber nachzudenken, denn das Auto des Paketboten rumpelt auf uns zu.

»Hi, Seth.«

Er springt aus dem Wagen. »Das ist mal eine Reisetasche, die man nicht leicht übersieht«, meint er mit Blick auf mein Gepäck. »Bitte hier unterschreiben.«

Ich kritzele mit dem Fingernagel etwas auf sein kleines Display, während Tante Jo das Paket nimmt, und als der Lieferwagen in den Scheunenhof einbiegt, macht sie ein verblüfftes Gesicht.

»Alles in Ordnung, Tante Jo?«

»Das wird es sein, wenn du das hier aufgemacht hast.« Sie drückt mir das Päckchen in die Hände. »Ich habe nicht damit gerechnet, dass es noch rechtzeitig eintrifft ... schau nicht auf das Etikett.«

»Aber ...« Ich stutze. »Das ist Leah Lemon.«

»Ich sagte doch, nicht hinsehen, aber jetzt ist es eh egal. Es ist nur eine Kleinigkeit ...«

»Das ist nicht klein, sondern groß.« Ich reiße das Päckchen auf und öffne die weiße flache Schachtel darin. Fasziniert und zutiefst gerührt streiche ich über den weichen Stoff.

»Kein Geschenk der Welt könnte groß genug sein, um dir angemessen für alles, was du für mich getan hast, zu danken, Herzchen. Ich hoffe, du findest es nützlich.« Trotz meines Jaulens fährt Tante Jo fort: »Es ist für deine Rückkehr in den Job gedacht.«

Gerührt drücke ich sie an mich. »Es ist der Anzug, den ich so gern wollte, oder?«

»Ja, das ist er.« Sie nickt und schnieft, während wir uns auf der Straße umarmen und Tränen über unsere Gesichter laufen. Schließlich greift sie in die Tasche. »Wir benehmen uns wirklich albern.« Sie hat für jeden von uns ein Taschentuch, und wir putzen uns die Nase.

»Ich danke dir so sehr, ein tolleres Geschenk habe ich noch nie bekommen.« Halb lache, halb weine ich. »Ich hoffe nur, unsere Wimperntusche ist tränenfest.«

Das bringt Tante Jo zum Lachen. »Als der Katalog kam, habe ich nicht geglaubt, dass du es zurück in deinen Job schaffen würdest. Jetzt glaube ich es.« Sie schnieft erneut vernehmlich. »Es ist ja auch nicht nur all das, was du für mich getan hast. Ich bin stolz auf das, was du erreicht und überwunden hast, Edie. Es macht mich glücklich, ihn dir zu schenken.«

Es bleibt keine Zeit, noch etwas zu sagen, weil ein weiterer Lieferwagen hält. Der Fahrer öffnet die Hecktüren und holt ein Schild heraus. Ich verspüre ein flaues Gefühl.

»Sieh nur, Tante Jo, er stellt das Schild auf.«

Fast rechne ich damit, dass Barney herauskommt und verkündet, er solle nicht die Straße versperren. Aber das tut er nicht, weil er ja am Strand ist. Wir schauen schweigend zu, während der Fahrer den Pfahl mit einem Hammer in den Boden rammt und dann das klassische dunkelblaue Zu-verkaufen-Schild daran befestigt. Dann nagelt er noch ein kleineres fest.

Ich versuche es zu lesen. *»… Cottage … 4 Schlafzimmer … Meerblick … Nebengebäude … enormes Po…Po…«*

»Potenzial, Schätzchen.«

»Natürlich.« Das Schild scheint es jetzt Wirklichkeit werden zu lassen. Real und sehr endgültig. Ich ergreife Tante Jos Hand und spüre, dass sie zittert. »Ist alles in Ordnung mit dir?«

»Muss ja.« Sie atmet seufzend aus. »Ich kann mir ein Haus dieser Größe für mich allein unmöglich vorstellen, mal abgesehen von allem anderen.«

Irgendwie habe ich angesichts unserer Eile, endlich fertig zu werden und dem neuesten Plan – dass nämlich Tante Jo näher zu meiner Mum zieht – ganz aus dem Blick verloren, wie schwer es sein muss, diese letzte Verbindung zu Harry loszulassen. Wie sehr sich das hier für uns wie ein Zuhause anfühlt. Und wie sehr ich das Meer liebe, auch wenn das nicht für Tante Jo gilt.

»Neustarts für uns beide«, sage ich. Nur dass das totaler Blödsinn ist, denn sie zieht ein zweites Mal um, während ich das machen werde, was ich seit Monaten vermisst habe. Für mich dürfte es also weitaus leichter sein. »Keine Sorge, wir werden alle da sein, um dir zu helfen.«

Die Tür des Lieferwagens wird zugeworfen, und er fährt davon. Unwillkürlich muss ich daran denken, dass auch zu Barneys Obstgarten und Scheunenhof eine Tür für mich zufällt. Ich kann gut nachvollziehen, wie es Tante Jo ergeht, denn für einen Moment möchte ich auch am liebsten umkehren. Bleiben, wo es sicher ist. Was absolut lächerlich ist, wenn man bedenkt, was ich in den vergangenen Monaten alles getan habe, um endlich fortzukönnen.

Ich hole den Spiegel aus meiner Tasche. »Lippenstift?«

Wir sind mit der Reparatur unseres Make-ups beschäftigt, als Malcolms Wagen auftaucht. Malcolm hält vor uns, steigt aus und läuft prompt gegen das Schild. Kopfschüttelnd öffnet er den Kofferraum.

Sobald wir alle an Bord sind, wendet er den Wagen und reibt sich die Hände.

»Okay, Bath, wir kommen.« Für jemanden, der in einen Wochenendausflug startet, könnte er kaum weniger begeistert klingen. Erst in Bodmin erkundigt er sich, ob wir Beths *Dad's Jukebox*-CD hören wollen.

»Oh, Lynyrd Skynyrd, *Free Bird*, das ist gut.« Tante Jo erkennt den ersten Track sofort. Sie dreht sich um und reicht mir einen dicken Umschlag. »Wo es jetzt nicht mehr so kurvig ist, schau dir das mal an, Schätzchen.«

Während ich die Augen schließe, mir den Gitarrensound anhöre und den Text, der von jemandem handelt, der gehen muss, sehe ich ein Bild von Barney hinter meinen Lidern, wie er auf der obersten Stufe vor einem der Wagen sitzt, die zerschrammte Gitarre auf den zerrissenen Hosenbeinen seiner Jeans, mit unrasierten Wangen, und Cam irgendwo neben sich.

Ich hoffe so sehr, dass ich ihnen nicht zu viel genommen habe und ihnen auch etwas geben konnte, wo ich selbst doch so unglaublich von meiner Zeit im Obstgarten und Scheunenhof profitiert habe. Ich weiß ja, dass er einen ganzen Garten voller wunderschön gestalteter Schäferwagen hat und mehr Bestellungen, als er sich je erträumt hätte. Trotzdem werde ich dieses unangenehme Gefühl nicht los, einen Job nicht zu Ende gebracht zu haben; dass ich mehr hätte tun können.

Dann kommt *Old Fashioned Lover Boy*, gefolgt von Razorlight und *America*, und es ist, als säße ich in Dads Wagen, nicht in Malcolms. Ich lehne mich in den Veloursssitz zurück, ziehe die Broschüre aus dem Umschlag, den Tante Jo mir gereicht hat und blättere durch die scharfkantigen Seiten.

Die schöne schwarze Schrift ist die gleiche, die Sadie für Zinc-Inc-Dokumente verwendet, und ich betrachte den Druck so intensiv, dass er zu verschwimmen beginnt. Es ist komisch, weil die Buchstaben wie alte Freunde aussehen, aber jetzt sind wir auf der Straße, auf der Schnellstraße und ich stolpere immer noch über die ersten Worte. Ich sortiere die Teile, wie Cam und ich es geübt haben, und bei den ersten paar Wörtern klappt es auch, aber danach nicht mehr.

Wir sehen die Hinweisschilder für Bristol, als Tante Jos Handy klingelt. Es ist der Makler, der ihr berichtet, dass bereits ein Kaufangebot für das Cottage samt aller Nebengebäude vorliegt. Also muss ich mir die Details wohl gar nicht mehr genauer ansehen.

39. Kapitel

Tag 298: Sonntag, 26. August
Zurück in Bath

Heroische Leistung: Meinen Weg nach Hause finden (endlich). Nur das

Als wir uns dem Haus meiner Eltern nähern, verschwinden die Felder, und die Außenbezirke von Bath beginnen. Während wir an schweren Lastwagen, Lagerhäusern und Fabriken vorbeifahren, die ich seit Monaten nicht gesehen habe, spüre ich schon das Vibrieren der Stadt. Dann verlassen wir die Schnellstraße und kurven durch die Straßen von Bath, in denen mir die blassen Steinfassaden, die ewig gleichen Fenster und grauen Schieferdächer, unterbrochen von den hohen Kirchturmspitzen, sehr vertraut sind. Nach dem gemütlichen kleinen St. Aidan kommt mir alles riesig vor. Aber je mehr wir uns dem Ziel nähern, desto mehr kleinere, heimeligere Backsteinhäuser mit gepflegten Gärten, Doppelgaragen und Auffahrten tauchen auf. Und als wir vor der Nummer sechsundzwanzig halten, ist es, als sei ich nie weg gewesen.

Mum hat sich extra schick gemacht und umarmt uns zur Begrüßung. Sie empfängt uns am Vordereingang statt hinten auf der Veranda. Ich bin mir nicht sicher, ob ihre Fönfrisur, das Joules-T-Shirt und der neue hellrosa Lippenstift der Tatsache geschuldet sind, dass ihrem Alter eine neue Null hinzugefügt worden ist oder weil Tante Jo mit ihrem eigenen Fahrer gekommen ist. Dad braucht gefühlt drei Sekunden, um Malcolm ein Bier in die Hand zu drücken und ihn mit in seinen Schuppen zu nehmen. Was Mum die Gelegenheit gibt, uns Frauen die Menüliste vorzutragen – die seitenlang ist. Außerdem zählt sie Tante Jo Wohnungen in der Nähe auf, die eventuell für sie infrage kommen. So ist Mum, sie hat alle neuen Entwicklungen in einer zehnminütigen Fahrt abgecheckt und Besichtigungen vereinbart.

Es ist komisch, wenn man nach Hause kommt und es nicht wiedererkennt. Ich hoffe nur, Dad gesteht Malcolm, dass es bei uns nicht immer so picobello aussieht, sonst bekommt er noch einen völlig falschen Eindruck. Mum und Dad haben sich mächtig ins Zeug gelegt; sämtliche Möbel drinnen sind an die Wände gerückt, und draußen steht der Garten voller geliehener Gartenstühle. Abgesehen von den Wohnungsbesichtigungen mit Tante Jo und der Abholung der gigantischen Schokoladengeburtstagstorte, sind wir alle mit den weiteren Vorbereitungen der Party beschäftigt. Als wir an diesem Abend unser Takeaway vom Thai-Restaurant auf der Terrasse genießen, ist der Garten mit Wimpeln geschmückt. Und als wir uns auf den geborgten Liegen entspannen, testen alle außer mir den Alkohol für die Party, und Tante Jo ist so gut wie die neue Besitzerin einer Wohnung um die Ecke. Sie hat Stuckverzierungen, einen Balkon, von dem aus man auf den Park blickt und lauter Geschäfte in der Nähe, inklusive eines Veggie-Shops, der so trendy ist, dass man nur mit eigenen Taschen einkaufen kann – was könnte Tante Jo an der Wohnung nicht gefallen?

Vor dem Schlafengehen klatschen Mum und ich uns ab – Job erledigt!

Der Vorteil des Alkoholverzichts ist, dass man keinen Kater bekommt. Als ich am nächsten Morgen aufwache, ist das Licht nicht so hell, wie ich es gewohnt war, und in den ersten Sekunden ist es auch schön, nicht das ferne Rauschen der Wellen zu hören, sondern das Brummen der Busse und den Rasenmäher nebenan. Ich habe Zeit, in meinem kleinen grauen Zimmer zu sitzen, durchzuatmen und vor mich hin zu murmeln: »Bald bin ich wieder dabei, es geht los, der Job wird toll sein.« Das sage ich gleich ein paar Mal, bis ich Dad grummelnd auf dem Weg ins Badezimmer höre.

Unten überrasche ich Mum, indem ich für alle Porridge zubereite, was, wie sie mir versichert, das schönste Geburtstagsgeschenk überhaupt sei. Es genügt wohl, wenn ich erwähne, dass niemand so aussieht, als könnte er sein Porridge an diesem Morgen selbst zubereiten. Nach einigen Tassen grünen Tees schaltet Tante Jo den Herd an und fängt an, Pasteten zu backen. Malcolm zählt die Kerzen, die ich auf die Torte stecke, und ein singender Feuerwehrmann steht als Geburtstagsscherz von Mums Bauch-Beine-Po-Kurs vor der Tür. Dann tauchen Tash, Brian, Tiddlywink und Wilf mit Blumen und selbst gemalten Karten auf; der Kleber ist noch feucht und backt prompt an Dads neuem M&J-Sweatshirt fest, und damit geht die Party los.

Es ist einer dieser Nachmittage, die wie im Fluge vorbeirauschen, und ich vertilge mein Körpergewicht in Brie-und-Cranberry-Windbeuteln und Mini-Käse-Soufflés. Der Garten ist voller Leute, und es sind so viele von Mums Freunden da, die ich seit Ewigkeiten nicht gesehen habe, dass ich die ganze Zeit plaudere und den Desserttisch ganz vergesse. Erst nach dem Kuchen und den Toasts – bei denen ich mich strikt an Holunderlimonade halte, um das mal klarzustellen – lade ich mir einen Teller mit Erdbeeren und Schokowindbeuteln und Mousse au Chocolat für mich und Tiddlywink voll. Wir lümmeln uns ins Gras neben Malcolm, Mum und Tante Jo.

»Das ist ein großartiger Start in dein neues gesellschaftliches Leben, Tante Jo«, sage ich grinsend und gebe Tiddlywink eine Erdbeere. Ich wünschte, Malcolm würde sich besser amüsieren, aber ich kann gut nachvollziehen, dass er überwältigt von der Stadt ist.

»Ich wurde bereits gefragt, ob ich nicht dem Buchclub beitreten möchte.« Tante Jo tut so, als müsste sie einen Krümel von ihrem Kleid schnippen und sieht dabei sehr zufrieden aus. »Und Bauch-Beine-Po und die Rachmaninow-Gesellschaft haben auch angefragt.«

»Du musst ja nicht überall mitmachen.« Ich zwinkere ihr zu. »Denk dran, dir Zeit fürs Aktzeichnen freizuhalten.«

»Es wäre eine Schande, die Staffeleien nicht zu benutzen.« Sie lächelt mir zu. »Wenn du möchtest, können wir zusammen hingehen, Schätzchen. Und wenn du je eine Pause von deiner Mum und deinem Dad brauchst, kannst du jederzeit bei mir wohnen. Ich habe zwei Schlafzimmer.«

»Danke, Tante Jo.« Ich drücke ihre Hand. Sie ist sehr umsichtig, denn sie hat natürlich recht – auf lange Sicht wird es einfacher sein, bei ihr zu wohnen als bei meinen Eltern.

»Da fällt mir ein …« Mum räuspert sich und schaut ungewohnt zögerlich drein. »Ich wollte es dir erzählen. Ich habe Marcus gesagt, dass er heute Nachmittag vorbeikommen kann, er wird also vielleicht nachher auftauchen.«

»Du hast *was* getan?« Mir bleibt fast der Windbeutel im Hals stecken, und ich vergewissere mich schnell, dass Tiddlywink sich nicht erschreckt hat. Ich frage mich, wie meine Mutter den Sprung von Tante Jos neuer Wohnung zu meinem Ex geschafft hat. »Warum zur Hölle hast du das getan?«

»Er kam Freitag mit Blumen für meinen Geburtstag. Da schien es gemein zu sein, ihn nicht einzuladen.«

Wie macht er das bloß? Na ja, ihr Geburtstag war wahrscheinlich noch im Kalender seines Smartphones vermerkt. Aber alles andere? Ich kann mich nicht daran erinnern, jemals Blumen von ihm bekommen zu haben. Allerdings bin ich mir nicht sicher, ob er es wirklich nie getan hat oder ob ich es bloß vergessen habe.

»Nun, du wirst ihn ausladen müssen.« Zumindest das weiß ich genau.

»Sei doch nicht albern, Edie. Das wäre unhöflich.«

»Und meinen Ex zu deiner Party einzuladen, ist es nicht?«

»Ich weiß, ihr seid nicht mehr zusammen, aber irgendwie gehört er doch auch zur Familie. In den letzten Monaten ist er öfters mit Rosen aufgetaucht. Es interessiert ihn immer noch, wie es dir geht.« Meiner Mum ist offenbar nicht klar, dass wir aufhören müssen, in der Vergangenheit zu leben. »Wie dem auch sei, er hat sich mehr oder weniger selbst eingeladen.«

»Das sieht ihm ähnlich.« Tash, die gerade dabei ist, mit einer Serviette Schokoglasur aus Wilfs Ohr zu kratzen, beobachtet mich.

»Keine Sorge, Edie, du weißt doch, wie er ist. Wenn er jetzt noch nicht hier ist, hat er vermutlich eine bessere Einladung bekommen.« Tash steht auf und schlüpft in ihre Flip-Flops. »Hast du einen Moment Zeit? Ich muss Wilfs Windel wechseln und könnte Hilfe gebrauchen.«

»Bin gleich wieder da, Tiddlywink.« Wir wissen beide, dass Tash das sehr gut allein schafft und mich bloß weglotsen will, damit die Lage sich beruhigt. Eigentlich lasse ich meinen Pudding nicht gern allein, doch da noch genug davon auf dem Tisch steht, gebe ich Mum meine Schale und folge Tash Richtung hintere Veranda.

Wir kommen an der Garderobe vorbei, und Tash hat schon die Hand auf der Klinke der Küchentür, als sie innehält und zur offenen Haustür schaut. »Apropos schlechtes Timing. Das hat uns gerade noch gefehlt.«

»Was ... warum?«

»Ich kann's dir nicht schonend beibringen. Da kommt Marcus. Er steigt gerade aus seinem Wagen.« Sie sieht mich fragend an. »Soll ich ihn wegschicken? Gib mir fünf Sekunden, und er ist verschwunden.«

»Nein, ist schon gut.«

Einerseits würde ich mich gern im Schrank verstecken, andererseits weiß ich, dass ich das hinter mich bringen muss. Ich gehe zur Tür und sehe die vertrauten blonden Haare. Sie haben die Farbe von schmutzigem Sand, jetzt, wo ich den Strand so gut kenne. Dann rufe ich: »Marcus!« Er dreht sich überrascht um.

»Edes, soll ich reinkommen?«

»Nein, bleib da, ich komme raus zu dir.«

»Bist du dir sicher?«, fragt Tash mit leiser Stimme. »Brauchst du Beistand?«

Ich schüttele den Kopf.

»Ich werde am Fenster sein. Falls du Unterstützung willst, Edie, musst du nur winken, und ich komme.«

»Danke.« Ich drücke leicht betäubt ihre Hand. Wer weiß, vielleicht ist das der beste Zustand, um diese Situation anzugehen.

Als ich beim Ende der Auffahrt ankomme, ist der Kofferraum von Marcus' Wagen immer noch offen. Er hält mir eine Dose hin.

»Lust auf ein kaltes Bier?«

»Ich bin jetzt eine alkoholfreie Zone.«

»Oh, sorry, ich habe nicht nachgedacht.« Er holt aus der Coca-Cola-Kühlbox, die ich ihm für Partys geschenkt habe, zwei Flaschen Cola und macht den Kofferraum zu. »Hast du was dagegen, wenn wir uns hier kurz unterhalten, bevor wir zu den anderen gehen?«

»Nein.« Ich wähle einen Platz an der Gartenmauer zwischen den Büschen mit den roten und violetten Blüten, an dem wir uns als Kinder gern versteckt haben. Als ich mich darauf niederlasse, ist die Mauer unter meinem Hintern angenehm warm von der Sonne. Das war unser Lieblingsplatz, als wir noch Kaugummi kauten und Rollerskates fuhren und meine Mum ärgerten, weil wir mit violetten Wildäpfeln auf den Weg schrieben.

»Wie geht es dir?« Marcus stellt sich neben mich. »Ist es gut, wieder zu Hause zu sein?«

»Großartig, danke.« Hier, auf vertrautem Boden, ist es viel leichter, mit ihm zu reden. »Wenn ich das nächste Mal hier bin, werde ich wieder arbeiten.«

»Du kommst also tatsächlich zurück?« Er betrachtet eingehend mein Gesicht, auf der Suche nach irgendwelchen Hinweisen. »Es gibt also niemanden, der dich veranlassen könnte, dort zu bleiben?«

»Ja, ich komme zurück, und es gibt niemanden.« Ich verspüre ganz kurz ein seltsames Gefühl bei der Erinnerung an meinen Testlauf mit Barney. Aber mehr war es ja nicht. Ich muss es vergessen und nach vorne schauen.

»Wie geht es dir denn nun wirklich – wenn wir mal diese rosafarbenen Wohnwagen, die T-Shirts mit Logo in fremder Sprache und den ewigen Ausblick aufs Meer weglassen?« Sein Adamsapfel hüpft. »Du kannst ehrlich zu mir sein, Edes.«

»Manchmal ist es schwer.« Ich zucke mit den Schultern und staune darüber, wie er es schafft, mir das zu entlocken. Aber es stimmt – die Details zu Tante Jos Haus zu lesen war schwieriger, als einen ganzen Krimi zu schaffen. »Diese nervigen langen Wörter.«

»Da ist ja nichts Neues.« Er stupst mich sanft mit dem Ellbogen in die Rippen und lacht. »Du warst nie gut in Rechtschreibung. Wenn es länger war als ein Schimpfwort, musstest du es googeln. Klingt für mich, als sei alles wieder beim Alten.«

»Mensch, Marcus.«

»Wir können es ebenso gut beim Namen nennen.« Er legt mir den Arm um die Schultern und drückt mich an sich.

»Mach nicht so ein gekränktes Gesicht, es ist nicht wichtig. Jeder mochte dich immer für deinen wunderbaren Pudding und deine Art, uns mit irgendwelchem Blödsinn aufzuziehen, nicht für deine intellektuelle Konversation.« Er bläst die Wangen auf. »Weißt du, allein zu Hause zu sitzen und FIFA zu spielen, ist der Traum eines jeden Kerls. Aber nur für eine Woche, alles darüber hinaus ist die Hölle. Du hast mir wirklich gefehlt, Edes.«

Ich schüttele den Kopf.

»Hier mache ich eine Pause, damit du sagen kannst, dass ich dir auch gefehlt habe.« Er zieht die Brauen zusammen. »Hab ich doch, oder?«

»Hm, schon …« Und nein. Ich kann ihm schlecht gestehen, dass es mir vor allem um das Haus leidgetan hat, soweit ich mich erinnere. »Hin und wieder …« Ich sehe sein entsetztes Gesicht. »Es gab viel, worüber ich nachdenken musste.«

»Tut mir leid, ich weiß.« Er schürzt die Lippen. »Aber da wir einander sehr vermisst haben, könnten wir es doch noch mal versuchen.«

Marcus ist nie direkt, deshalb frage ich vorsichtshalber nach. »Wie würde das funktionieren?«

Er grinst, als sei die Sache klar. »Na ja, offenbar bist du noch nicht fit für deinen superanspruchsvollen Job, daher könnten wir zu Plan B wechseln.«

»Plan *was*?«

»Die Familie. Ich meine, Kate und Will haben jetzt drei Kinder, wir sind also meilenweit im Rückstand. Es ist der perfekte Zeitpunkt, eine Auszeit von der Karriere zu nehmen.«

»Du bist aber ziemlich …« Ausgerechnet jetzt fällt mir das passende Wort nicht ein.

»Du meinst voreilig?« Er zuckt mit den Schultern, als ich bestätigend nicke. »Überhaupt nicht. Ich bin einfach nur kreativ, darin bin ich gut, weißt du noch?«

»Natürlich.« Sollte ich wohl, er erinnert jeden oft genug daran.

»Du könntest dich um die Kinder kümmern und später wieder in den Beruf einsteigen. Ich warte sogar, bis du karrieretechnisch alles geklärt hast, wenn du darauf bestehst.«

»Ich … ich weiß nicht, was ich sagen soll.« Sicher, ich habe gedanklich mit dieser Idee gespielt, aber jetzt geschieht das alles so plötzlich, dass ich mich überrumpelt fühle.

»Du könntest mich loben, was für eine brillante Idee das ist. Denk an unser Haus, voller Kinder, sogar einen oder zwei Hunde, wenn es sein muss. Eine wundervolle Vorstellung.«

»Ja, stimmt.« Ich hatte diese Vorstellung auch einmal, nach dem Gespräch mit Tante Jo. Und ein ganzer Sommer mit den Kids in St. Aidan hat mir gezeigt, wie gern ich mit ihnen zusammen bin.

Marcus unterbricht meine Gedankengänge. »Wir müssten ein größeres Haus haben, vielleicht auf dem Land.«

»Mach mal halblang. Als Nächstes versprichst du mir noch ein Pony.«

»Wenn das unsere Kinder glücklich macht, warum nicht?« Er klingt derartig begeistert und aufrichtig, dass er mich fast überzeugt.

»Aber …« Da ist etwas, was mich zurückhält.

»Ich weiß, dass du es auch willst, Edes. Sieh nur, was ich gefunden habe.« Er zieht ein winziges Stück grauen Stoff aus der Hosentasche, und mir wird flau im Magen. »Es klemmte hinter dem Spiegel in meinem Spielzimmer … ich nehme an, die Stoffproben fürs Kinderzimmer sollten mir nicht bei meinen Computerspielen helfen, oder?«

»Okay.« Ich lege die Hände auf meinen Kopf. Offenbar muss ich mit der Wahrheit heraus. Wenn ich gewollt hätte, dass er meine geheimen Wunschträume nicht herausfindet, hätte ich den Beweis besser verstecken müssen. »Die Sterne sind von mir.«

»Siehst du, wir sind uns wieder einig.« Er reckt triumphierend die Faust. »Ich weiß, dass du nie mehr so sein wirst, wie du früher warst, aber das akzeptiere ich.«

»O-okay.«

»Ist das ein Ja?« Wieder sind seine Arme um mich, und diesmal drückt er mich noch fester. »Warum legen wir nicht gleich los mit der Gründung unserer Familie?«

»Ehrlich gesagt …«

»Sag nichts mehr. Nimm dir so viel Zeit, wie du brauchst.« Er küsst mich sachte. »Ab jetzt gehen wir es sehr langsam an. Ist mir nur recht. Ich werde ohnehin in Bulgarien sein.«

»Bulgarien?«

»Zwei Wochen offline und abstinent. Es handelt sich um ein Experiment, eine geniale Kreativ-Konferenz, mein neuestes Werbegeschenk. Ich werde im Nu wieder zurück sein.« Er schaut auf seine aktuelle Uhr. »Hey, wie findest du die? Sie ist so schmal, dass sie praktisch kaum vorhanden ist.« Er stutzt. »Wo ist deine Uhr?«

Ich blicke auf mein leeres Handgelenk, und mein Mut sinkt. »Oh, die habe ich im Badezimmer vergessen.« Und zwar bei Tante Jo, schon vor Monaten, aber das muss er ja nicht erfahren.

»Das ist gut. Die hat nämlich einen ganz schönen Batzen Geld gekostet. Ich wäre sehr enttäuscht, wenn du sie verloren hättest.« Er grinst und sieht erneut auf seine Uhr. »Wow, wenn ich deiner Mum nicht bald die Kiste Champagner überreiche und mich auf den Weg mache, verpasse ich mein Flugzeug.«

Er läuft los und kramt auf dem Rücksitz seines Wagens. Tash kommt auf die Auffahrt, Wilf auf dem Arm, während Tiddlywink neben ihr hüpft.

»Alles in Ordnung hier draußen? Du hast gewinkt, und dann sah ich, wie Marcus dich küsst …« In ihren geweiteten Augen lese ich die Zweifel.

»Es war nur ein Küsschen.« Das nicht einmal meinen Lippenstift auf die Probe gestellt hat; es hätte also ebenso gut ein Luftkuss sein können.

»Alles ganz ausgezeichnet«, verkündet Marcus, der mit der Kiste Champagner im Arm auf uns zukommt. »Edes und ich hatten ein äußerst konstruktives Gespräch. Du wirst mich demnächst häufiger sehen.« Diese Andeutung samt vielsagend erhobener Braue ist unnötig, weil er es ja praktisch schon verraten hat. Er wendet sich an mich und hält die Kiste hoch. »Na schön, bring mich zum Geburtstagskind, dann bin ich weg.«

Ich starre ihn an, und alles fügt sich zusammen. Klar, er ist smart und gutaussehend, und obendrein erfolgreich. Er verkörpert alles, was ich früher geliebt habe. Aber ich weiß auch, dass ich mich unter Wert verkaufe, wenn ich wieder mit ihm zusammenkomme. Denn selbst wenn wir die Kinder haben werden, nach denen er sich sehnt, ist seine Liebe an so viele Klauseln und Bedingungen geknüpft, dass ich mich immer wie sein Trostpreis fühlen würde.

Doch in diesem kurzen Moment, in dem mir all das klar wird, begreife ich noch etwas anderes: Dass ich keine Familie wollte, hatte gar nichts mit dem Job zu tun. Meine kalten Füße damals *und* heute kommen daher, dass Marcus nicht der Richtige ist.

»Ich weiß, du hast es eilig, aber bevor du gehst …« Ich hole tief Luft und sage die Worte langsam, damit er sie auch wirklich versteht. »Ich werde nicht wieder bei dir einziehen.«

Er sieht mich vorwurfsvoll an und stellt die Champagnerkiste ab. »Du hast dir noch gar keine Zeit für deine Entscheidung genommen.«

Ich bin mir nicht sicher, ob ich Marcus schon je panisch erlebt habe. »Ich hätte gern Kinder, Marcus, aber mit jemandem, der mich so liebt, wie ich bin. Nicht mit jemandem, der sich wünscht, ich wäre anders.«

»Meine Güte, wie kommst du denn darauf? Dies ist das wirkliche Leben, nicht der Summer of sixty-nine.« Während er die Stimme hebt, tritt er gleichzeitig gegen den hinteren Reifen seines Wagens.

»Damit es klar ist: Ich sage danke, aber nein, danke. Ich will nicht wieder mit dir zusammen sein.«

Er sieht mich misstrauisch an. »In Wahrheit geht es darum, dass du lieber Kinder mit diesem Aidan-Turner-Doppelgänger willst. Glaubst du, er wird ein besserer Dad sein als ich?«

»Du liegst vollkommen falsch.« Ich kann mich nicht erinnern, dass Marcus je ein solches Gespür gehabt hat. Egal, auch wenn er heute der Wahrheit ziemlich nah gekommen ist, werde ich es ihm nicht auf die Nase binden. Oder mir selbst eingestehen.

Er schüttelt den Kopf und öffnet die Wagentür. »Na schön. Ruf mich an, sobald du zur Vernunft gekommen bist, dann reden wir weiter.«

»Ich werde nicht …« Er wirft die Tür zu und fährt schon los, während ich noch rede: »… nicht anrufen … oder meine Meinung ändern.«

»Yeah, Edie!« Tash boxt mich scherzhaft in die Seite, legt mir den Arm um die Schultern und sieht mich bewundernd an. »Egal, wie gut du etwas gemacht hattest, er hat es immer geschafft, dich trotzdem unterzubuttern. Also, klasse, dass du's ihm mal gezeigt hast.«

Ich grinse Tiddlywink an und beuge mich vor, um eine Blütenknospe platzen zu lassen. »Er war ständig so von oben herab zu mir, und das will ich nicht mehr.«

Tash lächelt. »Du hast dich verändert.«

»Und was heißt das?«

»Nur, dass dir der Mut zu so etwas gefehlt hat, bevor du nach Cornwall gegangen bist.«

»Da hatte ich ihn schon verlassen«, erinnere ich sie.

»Aber wir alle haben geglaubt, du würdest sofort zu ihm zurückkehren, wenn er dich darum bittet.« Sie hebt die Brauen, und ihr Lächeln wird breiter, als ihr Blick auf die Kiste am Boden fällt. »Tadellose Planung. Du hast den Champagner *und* ihm eine Abfuhr erteilt.« Sie zwinkert mir zu. »Schön zu sehen, dass meine kleine Schwester ihr Leben endlich auf die Reihe bekommt.«

Ich habe keine Ahnung, warum sie das jetzt sagt, aber es ist das erstes Mal, und ich höre es gern.

40. Kapitel

Tag 300: Dienstag, 28. August
In der Stadt

Heroische Leistung: Quadratur des Kreises, den ich eigentlich schließen sollte
(Okay, das ist ein bisschen übertrieben – weiß ich denn überhaupt, was die Quadratur des Kreises ist? Wahrscheinlich nicht. Habe ich es je gewusst? Auch eher nein. Donuts spielen eine Rolle, und sie sind ja auch kreisrund. Mein' ja nur.)

Wenn man den Adrenalinkick eines großen, sonnigen Ereignisses erlebt hat, ist es ganz normal, dass sich die Tage nach einem Wetterumschwung weniger toll anfühlen. Nach der ersten Heimkehrfreude, der Party und dem Umstand, dass ich Marcus den Laufpass gegeben habe, werde ich daran erinnert, wie trostlos die Straßen in der Stadt unter Regenwolken aussehen können. Würde ich nach vielversprechenden Zeichen für meine Rückkehr Ausschau gehalten, ich würde nicht fündig werden. Denn es gibt sie nirgends. Gut, dass ich nicht suche.

Bella hat mich zum Lunch mitgenommen, und sobald wir aus dem Wagen gestiegen sind, rennen wir über den nassen Gehsteig, weichen einer Wasserwand aus, als ein Bus durch eine Pfütze fährt, und steuern die Ampel neben unserem Lieblingsrestaurant für die Mittagszeit an.

»Monatelang ist es brütend heiß, und kaum bist du zurück, schüttet es wie aus Eimern.« Bella hakt sich bei mir unter und muss wegen des Verkehrslärms um uns herum fast schreien. »Keine Sorge, es ist nur ein Schauer. Bald scheint die Sonne wieder. Außerdem ist es eine gute Gelegenheit, deinen hübschen Flamingo-Schirm zu benutzen. Alles okay?«

Während die Autos vorbeidonnern, ducke ich mich unter den Regenschirm und wünschte, ich könnte mir die Ohren zuhalten.

»Es ist sehr laut.« Der Vergleich mit dem Rauschen der Brandung hinkt. Ist es stürmisch, sind die Wellen lauter als Donnerschläge. Außerdem habe ich ohnehin nicht vor, ein Cornwall-Landei zu werden. Was in St. Aidan gewesen ist, gehört dorthin, Punkt. Auch wenn ich hier schreien muss, weil alles andere um mich herum derartig laut ist, bin ich doch freudig erregt. »Aber es ist schön, wieder zurück zu sein.«

»Toll, dass du da bist. Komm.« Sie zerrt mich auf die Straße. »Das grüne Männchen da oben bedeutet, dass wir gehen dürfen.«

»Und das rote Männchen bedeutet Stopp.« Das weiß ich alles noch, auch wenn ich für viele andere Dinge Zeit brauche. Ich fühle mich wie bei unserem ersten Ausflug nach London, als wir Teenager waren. Damals brachten wir nur deshalb den Mut auf, die Oxford Street zu überqueren, weil wir auf der anderen Straßenseite Topshop sehen konnten. Ich muss lachen. »Ich bin froh, dass ich dich zur Unterstützung hier habe.« Gut ist auch, dass Jake vorgeschlagen hat, wir sollten uns später im Coffeeshop treffen und zusammen zum Zinc-Inc-Gebäude gehen.

»Jederzeit«, erwidert Bella. »An regnerischen Tagen ist es mittags überall voll, und die Touristen sind auch noch da.«

Als wir in den Schutz des Sugar Sugar Coffee Emporium gelangen und das Wasser zwischen meinen nackten Zehen schwappt, ärgere ich mich, dass ich Pantoletten statt Stiefeletten angezogen habe. Wir rennen an den verlassenen Tischen draußen vorbei und erreichen die hohen Glasscheiben mit der goldenen Schrift.

»Heute ist nichts mit draußen sitzen.«

»Dafür haben sie uns ausnahmsweise unseren Lieblingstisch am Fenster reserviert. Dein Willkommensgeschenk.« Bella hat allen Grund, zufrieden mit sich auszusehen, denn Mittagsreservierungen bei Sugar Sugar gibt es normalerweise nicht. Wir schütteln unsere Schirme an der Tür aus und gehen an der Schlange der wartenden Gäste vorbei, um uns an den einen freien Tisch mit blau karierter Tischdecke zu setzen. »Wahrscheinlich ist das Geschäft eingebrochen, als du nicht mehr herkamst, deshalb freuen sie sich, dass du wieder da bist. Heute lade ich dich ein – nimmst du das Übliche?«

»Wenn du meinst?« Ich nehme ihr Kopfnicken zur Kenntnis.

»Zwei große Latte und zwei extra große Stücke Pekannusstörtchen, bitte.« Sie lächelt die Kellnerin an, die an unseren Tisch gekommen ist, einen Bestellblock in der Hand, dann wendet sie sich wieder an mich. »Du wirst Freitag doch noch da sein, oder? Wir gehen es ruhig an, trinken etwas nach der Arbeit mit der Clique und führen dich dann sachte wieder ins Stadtleben ein.«

Es klingt sehr verlockend, und sie hat wieder recht; es wäre schön, die Leute von früher wiederzutreffen, die ich lange nicht gesehen habe. Es besteht keine Eile, nach St. Aidan zurückzukehren, trotzdem bin ich hin- und hergerissen. Ich kann noch mein ganzes Leben mit meinen Freundinnen ausgehen, aber mir bleiben nicht mehr viele Freitagabende zum Eisessen im Strandcafé mit Cam. Bei dem Gedanken daran verspüre ich ein Ziehen in der Brust. Ich greife in meine Handtasche, um meinen Lippenstift aufzufrischen, bevor der Kaffee kommt, und um meine Sonnenbrille aufzusetzen. Es muss das erste Mal seit Monaten sein, dass ich sie nicht trage.

Während ich in St. Aidan an Regentagen gut darauf verzichten konnte, ist das hier in Bath wichtiger. Die Leute achten auf so was, deshalb habe ich sie eingesteckt. Vorher wäre es mir egal gewesen, aber ich fühle mich momentan wie die Neue in der Schule, die unbedingt wieder dazugehören will.

»Sonnenbrille?« Bella deutet auf die Brille auf der Tischdecke, während ich meine Lippen schminke. »Dein Optimismus gefällt mir.«

»Ich hoffe, der Kuchen ist richtig gut.« Ich bin eigentlich stets ehrlich zu Bella, aber es ist schwierig, die Sonnenbrille zu erklären, wenn das Stück Himmel, das wir durch die Fenster erkennen können, fast schwarz wie Kohle ist.

»Du wirst nicht lange warten müssen.« Sie grinst, als die Kellnerin zu uns kommt und die Sachen vom Tablett ablädt. Nachdem sie verschwunden ist, beugt Bella sich vor und senkt die Stimme. »Beim Essen kannst du mir erzählen, wie es Marcus, unserem Lieblingsüberraschungsgast, so geht.«

Ich brauche erst ein paar Bissen von dem köstlichen fluffigen Gebäck und den Karamellbröseln, bevor ich antworten kann.

»Er ist einsam und ansonsten wie immer.«

»Heiß, attraktiv, mit gelegentlichen idiotischen Anwandlungen, die wir ihm stets vergeben, und dauernd unterwegs zu angesagteren Orten?« Sie lacht, weil wir beide wissen, dass die Beschreibung ziemlich genau zutrifft.

»Nur dass er diesmal vorgeschlagen hat, wir sollten wieder zusammenkommen und ein Kind bekommen.«

»Im Ernst? Ist es das, was du willst?«

Ich stöhne. »Na ja, unsere Küche habe ich schon vermisst …«

»Edie Browne, das ist ja wohl kein Grund.«

Ich schiebe mir ein Stück Gebäck in den Mund. »Ich war von mir selbst verblüfft, dass ich gesagt habe, wohin er sich sein Angebot stecken kann – so nett ich konnte.«

»Puh, da bin ich aber froh.«

»Als wir noch zusammen waren, hat er mir dauernd erklärt, ich solle ›mich ranhalten‹, also würde ich jetzt erst recht nicht mehr mithalten können. Ich hatte diese Vision, in der er mir meilenweit voraus ist in allem und ich ihn nur noch als kleinen Punkt am Horizont wahrnehme.«

Sie zieht die Mundwinkel nach unten. »Es ist traurig, aber für dein Selbstbewusstsein war er nie gut. Es ist super, dass du nicht nachgegeben hast.«

»Ich habe ihm gesagt, ich bin kein Trostpreis und will nicht, dass er mich als zweitbeste Wahl nimmt. Doch je mehr ich darüber nachdenke, desto klarer wird mir, dass *er* für *mich* die zweite Wahl war. In all den Jahren habe ich alles getan, worum er mich gebeten hat. Auf den Instagram-Fotos sah unser Leben perfekt aus, dabei war ich nie so ganz das, was er wollte.«

»Wir verdienen es, so geliebt zu werden, wie wir sind, Edie. Weniger lohnt sich nicht.«

»Da hast du verdammt recht.«

»Ich nehme an, Marcus hielt dem Vergleich nicht stand?« Da ist ein freches Funkeln in ihren Augen. »Deine sündige Nacht in der Jurte hat dich letztlich doch ruiniert.«

»Shit, Bella, das ist es nicht. Außerdem handelte es sich eher um ein Tipi.«

»Vergiss das verdammte Zelt, es geht ums Prinzip – wenn du einmal Hendrick's gekostet hast, begnügst du dich nicht mehr mit 08/15-Gin.«

»Egal, was soll's. Ich trinke weder noch.«

»Musst du aber wohl – hast du es nicht selbst ›spektakulär‹ genannt?«

»So was kommt nicht nur in Bath vor, auch in Cornwall haben die Leute One-Night-Stands.«

»Ach, echt?« Bella sieht tatsächlich verblüfft aus. »Und was ist mit den Bildern, die du gezeichnet hast?«

»Er lässt sich eben sehr gut zeichnen, aber deshalb hat er noch lange keinen Platz für eine Beziehung in seinem Leben. Das war uns beiden klar. Es geht nicht bloß darum, dass ich hier bin und er dort. Cornwall ist verrückt. Ich habe meine geistige Gesundheit zurückgewonnen, meinen Terminplaner und einen Neuanfang.«

»Das ist alles?«

»Wenn Jake mich noch haben will.«

Ich wische die Krümel von meiner frisch gebügelten weißen Bluse, und meine Freude darüber, in der Stadt unterwegs zu sein, weicht einer gewissen Nervosität hinsichtlich der Arbeit. Dabei bin ich ganz nah dran, in meinen alten Job zurückzukehren. Auch wenn ich beunruhigt wegen meiner Lesefähigkeit bin, sollte ich nicht in Panik geraten. Wenn ich cool bleibe, schaffe ich es.

»Jake liebt, was du tust. Hat er immer.« Bella rümpft die Nase. »Ich glaube nicht, dass sich das ändert. Er wird dich wieder in den Job bringen.« Sie kneift die Augen zusammen. »Wenn es das ist, was du willst?«

»Warum sollte ich das nicht wollen? Alle meine Freunde und meine Familie hier zu verlassen, um im Nirgendwo namens St. Aidan zu weilen und mich jede einzelne Stunde auf meine Genesung zu konzentrieren – das habe ich nur getan, um bis hierherzukommen. Ich bin nur noch wenige Minuten von meinem letzten großen Schritt entfernt, dem Treffen mit Jake. Dann schließt sich für mich der Kreis.«

»Was du durchgemacht hast, hat dich nicht verändert?« Sie zuckt mit den Schultern. »Durch schwere Zeiten gewinnt man oft eine neue Perspektive. Menschen setzen danach manchmal neue Prioritäten. Auch wenn du das mit deinem sexy Schäfer nicht wahrhaben willst, hast du dich ja vielleicht ins Meer verliebt?«

Es ist nicht das erste Mal, dass ich Sehnsucht nach dem

Blick aufs Meer bis zum Horizont habe, nach dem Rauschen der Brandung. Das Zwitschern der Finken auf Mums Vogelhäuschen ist kein Ersatz für die Schreie der Möwen in der Bucht.

Ich stoße einen Seufzer aus. »Es ist ein wundervoller Ort, aber meine Zeit dort war nur ein Intermezzo. Es hat seine Wirkung getan, und nun bin ich wieder hier, wo ich sein sollte. Wo ich sein *will.*« Es ist weder Platz für Veränderungen noch für Zweifel, deshalb sage ich das mit dem entsprechenden Nachdruck. »Allerdings rede ich jetzt mehr mit Kindern.« Wenn sie sich schon fragt, inwiefern mich mein Aufenthalt dort verändert hat, kann ich das ja getrost erwähnen. Aber als ich an Cams Sommersprossen denke, verspüre ich das schon vertraute Ziehen in meiner Brust. »Und wegen der Bräune muss ich weniger Make-up auftragen ...«

»Du siehst wirklich anders aus. Entspannter. Und vielleicht auch glücklicher?« Bellas Lächeln hinter ihrem Törtchen wird noch breiter, als sie meine entsetzte Miene sieht. »Anders, aber noch immer klasse. Und deine Haare sind deutlich länger.«

»In St. Aidan war kein Geld für Friseurbesuche übrig.« Ich trinke einen Schluck Kaffee und wische mir den Schaum vom Mund. Bevor ich wieder in den Job einsteige, brauche ich dringend eine optische Generalüberholung. Wie meine alles andere als perfekten Nägel beweisen, war es sehr leicht, in schlechte Gewohnheiten zurückzufallen und sich gehen zu lassen. Ich gebe dem heißen Sommer die Schuld, aber ich habe meine Schönheitspflege wirklich vernachlässigt, und das gilt auch für meine Kleidung. Nach Monaten am Strand bin ich wie die Verkörperung meines Mach-mal-locker-Schildes. Ich kann nur hoffen, dass Jake in der Hinsicht weniger aufmerksam ist als Bella.

Während ich mich in dem Café umschaue, in dem das Stimmengewirr zur Mittagszeit lauter wird, stelle ich erstaunt fest, dass alle gekleidet sind, als hätten sie sich besondere Mühe gegeben. Alle tragen saubere, neue, stylishe Outfits, und die Frisuren sind tauglich für Fotos in Hochglanzmagazinen. Trotzdem werde ich den Anzug, den ich von Tante Jo bekommen habe, für später aufbewahren. In St. Aidan würde sich niemand darum scheren, ob ich ein T-Shirt aus dem letzten Jahr trage oder ob meine Caprihose für die Mode dieses Herbstes einen Tick zu lang ist. Die Seidenbluse würden sie dort aber wohl für übertrieben halten. Irgendwie bringe ich es hier in Bath nicht. Seit wann sind nackte Knöchel dermaßen angesagt? Ich war Monate weg, nicht Jahre, aber sämtliche Hosen scheinen ein gewaltiges Stück eingelaufen zu sein. Und dann sind die auch alle so furchtbar weit.

Ich wende mich von umherschwirrenden Kellnerinnen ab und blicke nach draußen. Hinter den vorbeieilenden Passanten scheint der Verkehr zu verschwimmen. Hätte ich gewusst, wie überwältigend die permanente Bewegung sein würde, hätte ich Bella gebeten, uns einen Tisch etwas abseits zu organisieren, damit ich mich aus einer gewissen Distanz an die hektische Betriebsamkeit gewöhnen kann. Früher haben wir um diese Aussicht gekämpft, aber heute ist mir der Trubel unangenehm. Ich war den ganzen Sommer draußen, wo Platz unbegrenzt ist und die Geräusche davonschweben. Hier drin vibriert mein Kopf vom Tellergeklapper und dem Stühlerücken auf dem Betonboden.

Versteht mich nicht falsch, ich bin superfroh, hier zu sein. Ich kann es kaum erwarten, die Atmosphäre der Bars, der großen offenen Plätze und der Cafés wieder in mich aufzunehmen. Es dauert anscheinend nur ein kleines bisschen, bis ich mich an den Trubel gewöhnt habe. Und gerade jetzt wäre es ganz schön, eine Auszeit nehmen zu können; vielleicht unter dem Tisch zu verschwinden und dazu ein paar von Tante Jos Mantras aufzusagen. Wären wir in St. Aidan, würde niemand auf mich achten. Hier würde man mich wegen eines solchen Verhaltens vermutlich einsperren. Daher schließe ich nur die Augen und murmele die Sinnspruch-Mantras still vor mich hin: *Iss mehr Erdbeereis … gut Ding will Weile haben … zu viele Waffeln kann man gar nicht futtern … ich tue das für mich … möge jeden Tag die Sonne scheinen … bitte, bitte, bitte lass mich zu Zinc Inc zurückkehren …*

»Edie?« Bella streckt die Hand über den Tisch aus und tippt mich gegen den Arm. »Jake ist hier.«

»Ein bisschen zu früh. Ich hoffe, ich störe euer Geplauder nicht.«

Ich öffne die Augen beim Klang der vertrauten, belustigten Stimme. Ich kann gerade noch Luft holen, ehe er mich hoch- und in eine seiner herzlichen Umarmungen zieht. Als ich meine Wange von seiner Jacke löse, sehe ich, dass er seine eigene engagierte Kellnerin im Schlepptau hat. Das zeigt, wie oft er hier ist und Kuchen verdrückt.

»Ich habe uns eine weitere Runde Kaffee bestellt, und ich hoffe, ihr habt Appetit auf Donuts.« Er deutet auf die Platte, die die Kellnerin auf den Tisch stellt und die voll beladen mit diesen Teilen ist. Jake lächelt mir zu und setzt sich mit dem Rücken zum Fenster. »Kein Druck. Wir müssen nicht alle zwölf hier aufessen, wir können auch welche mit ins Büro nehmen.« Er nimmt sich einen Donut, der von Schokolade und Nüssen trieft, und legt eine Mappe auf den Tisch. »Das ist unser jüngstes erfolgreiches Angebot. Ich dachte, du willst es dir später vielleicht ansehen. Aber lass uns zuerst die wichtigen Dinge klären. Du siehst großartig aus, Edie. Erzähl mir, wie es dir ergangen ist und welchen Donut du möchtest?«

»Mir geht's gut, *wirklich* gut.« Ich greife nach dem nächstbesten glasierten Teil und denke bange an meinen Lippenstift.

»Direkt der pinkfarbene.« Jake reibt sich bereits über Nummer zwei die Hände und grinst. »Gut gemacht, du hast deinen ersten Test bestanden. Ich war schon ein wenig besorgt, dass Cornwall dich verändert haben könnte. Freut mich zu sehen, dass es nicht so ist.«

»Test?« Shit. Ich habe überhaupt nicht nachgedacht. Dann bemerke ich seinen Blick. »Du nimmst mich auf den Arm, oder?«

»Du hast ja keine Ahnung, wie sehr ich mich freue, dich wiederzusehen, sonst würdest du das nicht fragen.«

Ich schaue auf die Mappe, die über Kopf liegt, und versuche trotzdem, die Worte vorne drauf zu entziffern. D-A-S … Das. Dem Himmel sei Dank, es fängt mit einem Wort an, das ich noch kenne. Anspannung erfasst mich, weil das zweite Wort länger ist. H-A-F-E-N-P-R-O-J-E-K-T. Was, wenn ich es nicht lesen kann? Jake scherzt vielleicht, trotzdem bin ich hier auf die Probe gestellt. Wenn ich nicht einmal lesen kann, was auf der Mappe steht, besteht keine Chance darauf, dass ich meinen Job zurückbekomme.

»Wie vielversprechend ist das, Edie? Erst ein Donut-Berg, und jetzt hat es auch noch aufgehört zu regnen. Jede Minute wird die Sonne wieder hervorkommen.« Bella zeigt lachend auf die Straße. »Ein besseres ›Willkommen zu Hause‹ gibt's nicht.«

Der Himmel über Jake ist immer noch grau. Doch noch während ich hinsehe, reißt die Wolkendecke auf, und die Sonnenstrahlen treffen auf eine Pfütze. Von einem Moment zum anderen verwandelt sich das Wasser auf den Straßen von glänzendem Braun zu einem einzigen Funkeln. Ich blinzle wegen des plötzlichen grellen Lichts, das in meinen Augen ein schwarzes Loch erzeugt, und bemerke einen Regenbogenschein um Jakes Kopf. Ich strecke die Hand nach meiner Sonnenbrille aus, kann sie aber irgendwie nicht erreichen.

»Alles okay, Edie?« Bellas Hand landet auf meiner, und als ich sie ansehe, ist da außer den schwarzen Punkten vor meinen Augen auch um ihren Kopf ein Regenbogenschimmer. »Brauchst du deine Sonnenbrille?«

»Edie?« Jakes Stimme hallt, als käme sie von weit her.

»Da steht Hafen …« Auf einmal ist es klar in meinem Kopf. »Hafen und noch was … Projekt, das ist es.«

Dann dreht sich der Raum, und die Decke neigt sich. Wenn ich die Worte auf der Mappe lesen kann, reicht das vielleicht, um zurechtzukommen. Und während der Betonboden auf mein Gesicht zurast, kann ich nur daran denken, wie weh es tun wird und wie sehr ich wünschte, Dustin wäre hier, um seinen Kopf schnell unter meinen zu schieben.

41. Kapitel

Tag 304: Samstag, 1. September
Im Wohnzimmer meiner Mum

Heroische Leistung: Dracula zitieren – ja, echt

Wie mein Dad stets sagt: »Wir lernen aus unseren Fehlern, nicht aus den Erfolgen.« Als Fahrlehrer muss er das wissen. Allerdings ist es schon ein bisschen schräg, mit Zitaten aus einem Vampirbuch seine erfolglosen Schülerinnen und Schüler aufzumuntern. Für mich gibt es zwei Arten, die vergangenen Tage zu betrachten. Wenn ich aus meinen Fehlern lerne, müsste ich jetzt über mehr Wissen verfügen als zu Beginn der Woche. Allerdings hätte ich es, nach allem, was ich durchgemacht habe, von vornherein besser wissen müssen. Ich hätte besser aufpassen sollen.

Das Leben kann so kompliziert sein. Jeder weiß doch, dass, je mehr man sich auf ein Ereignis freut, es umso weniger wahrscheinlich ist, dass es einem wirklich Spaß macht. Ich wollte so gern zurück nach Bath – aber wie oft gehen große Erwartungen tatsächlich in Erfüllung? Meine Ohnmacht im Sugar Sugar vor meinem Boss, dem ich mich doch beweisen wollte, war ein geradezu episches Versagen. Noch dazu war es meine eigene Schuld. Ich hätte es langsamer angehen lassen sollen. Das Problem war nur, dass ich geglaubt habe, ich könnte die Stadt wieder im Sturm erobern. Wäre ich nicht so forsch gewesen und hätte es stattdessen mit kleinen Schritten versucht, hätte die Sache vielleicht anders ausgesehen. Aber ich wollte mit voller Kraft vorauspreschen und bin auf der Nase gelandet. Mal wieder.

Wenn die vergangenen Monate mich eines gelehrt haben, dann, wieder aufzustehen. Ich bin nicht wütend, nicht gedemütigt. Ich schüttele es ab und mache weiter.

In gewisser Hinsicht war der Krankenhaustermin gut. Durch diese Gänge mit Linoleumboden zu gehen, in Wartebuchten zu sitzen und all diese kranken Leute zu sehen, hielt wenig Überraschendes bereit. Die Ärzte stellten meine Medikamente neu ein und erklärten mir, ich würde nicht so bald Auto fahren. Aber im Gegensatz zum letzten Jahr wusste ich diesmal genau, dass ich nicht hierher gehöre. Ich war nur zu Besuch und verschwand schnell wieder.

Ich habe es nicht bis Freitag zurück nach St. Aidan geschafft, und mit den Mädels bin ich auch nicht ausgegangen. Dafür beherzige ich meinen eigenen Rat und gehe die Dinge langsam an, achte mehr auf mich, indem ich noch ein paar Tage bei Mum und Dad bleibe. Und mich mit der Tatsache anfreunde, dass ich gefeuert werde. Weshalb meine Mum jetzt gerade Jake ins Wohnzimmer geführt hat und ihm einen großen Becher Tee in die Hand drückt.

»Laut dem Arzt ist Edie im Café ohnmächtig geworden, weil sie überfordert war.« Meine Mum lädt Jake ein großes Stück Marmelade-Creme-Kuchen auf den Teller und erklärt ihm dankenswerterweise meine Situation. »Offenbar handelt es sich glücklicherweise nicht um etwas, was regelmäßig auftritt.«

»Mit den Donuts hatte es nichts zu tun«, werfe ich ein, um meine Mum daran zu erinnern, dass ich hier bin.

»Puh, dann sind es letztlich ja gute Nachrichten.« Jake lehnt sich in Mums neueste gestreifte Kissen und grinst mich vom Ledersofa aus an. »Ich bin froh, dass du okay bist. Das ist die Hauptsache.«

»Und danke, dass du Edie diese hübschen Blumen mitgebracht hast.« Mum lächelt Jake zu und geht zur Küche. Mit Blumen meint sie den halben Blumenladen statt eines simplen Straußes. »Wenn ihr mich nicht mehr braucht, stelle ich die mal ins Wasser.«

Ich warte, bis sie leise die Tür hinter sich zugemacht hat, dann ziehe ich die Beine hoch und fange an. »Ich bin noch gar nicht dazu gekommen, mich danach zu erkundigen, wie es allen in der Firma geht.«

Jake macht ein vages Gesicht. »Wie immer, mehr oder weniger. Wir haben jede Menge zu tun, es gibt einen neuen Auszubildenden namens Jack, und Sadie hatte endlich ein Date mit Tony, dem Postboten.«

»Wenn es der gleiche Tony ist, der sich immer über ihre Schokoladenschublade hergemacht hat, ist das fantastisch.«

»Ja, es hat Monate und vierhundert Minimarsriegel gedauert, aber am Ende hat sie ihn bekommen.«

»Aber *mag* sie ihn auch? Ich weiß, wie wählerisch sie ist, wenn es um Männer geht.«

»Jedenfalls genug für ein zweites Date und den Kauf von sexy Unterwäsche.« Jake überlegt und beißt von seinem Kuchen ab. »Sie hat hohe Ansprüche.«

»Ihr fehlt mir alle so.« Wehmut überkommt mich angesichts all der schrägen Bürogeschichten, die ich verpasst habe.

»Was mich zum Grund meines Besuches zurückbringt. Ich bin nämlich nicht nur hier, um den Samstagnachmittag mit Kuchenfuttern zu verbringen.«

»Du bist hier wegen des Wagens.« Es war supernett von ihm, mir den Wagen so lange zu überlassen, aber da ich noch lange nicht werde fahren können, muss ich ihn natürlich abgeben.

»Eigentlich wollte ich mit dir über stressfreie Methoden sprechen, wie du in den Job zurückkehren kannst.« Er grinst.

»Kein Druck, aber wie fandest du das Angebot für das Hafenprojekt?«

Die Akte liegt auf dem Tisch, und als mein Blick darauffällt, schwindet meine Zuversicht. Ich atme schwer aus. »Es war schrecklich, Jake. Ehrlich, ich habe kaum ein Wort verstanden.« Deswegen weiß ich auch, dass es hoffnungslos ist.

Er blickt skeptisch. »Mist, jetzt sag nicht, du hast versucht, es zu lesen? Ich habe es dir nur gegeben, weil ich gehofft hatte, dass die Fotos dich daran erinnern, wie sehr du uns vermisst hast.«

Ich stöhne. »Das sagst du mir jetzt. Ich habe mich die ganze Woche damit herumgequält.«

Er lächelt schuldbewusst, reibt sich aber die Hände, als meine er es ernst. »Du musst vor nichts Angst haben. Wir fangen mit einer Stunde pro Tag an und bauen es langsam aus. Es wird genauso sein wie bei deiner Einstellung. Wir schauen, was dir am ehesten liegt, und machen von da aus weiter. Vor allem aber werden wir es in den ersten Monaten sachte angehen.«

»Okay.« Ich sage das zwar, aber in meinem Kopf ruft eine Stimme: »Neeeiiin!«

»Wir stehen alle hinter dir. Sadie hat angeboten, dich jeden Tag abzuholen, und sie wird dich überall hinfahren und dir zur Seite stehen. Wir nehmen deinen Wagen heute mit, dann kann sie sich schon daran gewöhnen.«

Ich stutze. »Du schickst den Wagen nicht zurück?«

Er wirkt erstaunt. »Warum sollte ich? Du wirst ihn für den Job brauchen.« Er wirft ein Magazin auf den Tisch. »Deine erste Aufgabe besteht darin, dir das hier reinzuziehen.«

Hoffentlich nicht noch mehr technische Sachen. Ich schaue genauer hin und erkenne Cheryls lächelndes Gesicht. *»Closer?«*

Er nickt. »Sadie hat mir gedroht, mich zu zerquetschen, wenn du am ersten Tag ins Auto steigst, ohne den neuesten

Klatsch über jedes einzelne Mitglied des Beckham-Haushaltes zu kennen und nicht bewaffnet bist mit genügend Twix-Riegeln, um damit das Handschuhfach zu füllen.«

Genau deshalb liebe ich Zinc Inc so sehr. »Wenn ich massenhaft Schokolade dabeihabe und weiß, wo Katie Price, Ant und Dec detoxen, ist alles gut?«

»So einfach ist es. Du hast mich fast fünfzehn Jahre bei Verstand gehalten. Was immer nötig ist, um dich zurückzubekommen, werde ich tun.« Er hebt die linke Braue. »Ich nehme an, wir werden auch Inneneinrichtungen für Schäferwagen ins Programm nehmen.«

Verdammt. »Wer zur Hölle hat dir denn davon erzählt?«

»Deine Mutter hat es vielleicht erwähnt, ganz beiläufig.« Er schaut zur Küchentür. »Das ist ein enormer Wachstumsmarkt. Warum sollten wir das nicht probieren, nachdem du einen beeindruckenden Start hingelegt hast?«

Ich kann nicht glauben, dass ich das höre »Weil … weil … weil …« Weil es ist, als würden zwei Paralleluniversen kollidieren. Und darum geht's ja wohl bei Parallelen – die treffen sich nie. Und was die Worte *Barnaby and Browne* angeht, war es ohnehin nie Wirklichkeit.

»Ich sage nicht, dass du es musst, ich will damit lediglich zum Ausdruck bringen, dass Zinc Inc ganz bestimmt einen Weg finden wird, um deine neuesten Talente zu nutzen.« Seine Augen leuchten. »Vergiss Projektmanagerin. Creative Director passt viel besser zu dir.«

Ich kreische entsetzt. »Creative Director von *was*?«

»Unserer neuen Gartenhausabteilung. Lass dich nicht täuschen, es sind nur Holzboxen, im Grunde das Gleiche, was du monatelang in Cornwall gemacht hast.« Er grinst. »Ich wusste immer, dass es dir liegt, mit Kunden und Design zu arbeiten. Umso wütender hat es mich gemacht, dass ich nicht als Erster daran gedacht habe. Und Sadie kann es kaum erwarten.«

Ich schüttele den Kopf, um mir nicht anmerken zu lassen, dass Barney genau das Gleiche über die Wagen gesagt hat. »Manchmal bist du unglaublich, Jake. Weißt du das?«

»Unglaublich, aber auch unwiderstehlich, hoffe ich.« Er stößt einen Seufzer aus. »Niemand hat deinen Blick fürs Detail, und die Handwerker arbeiten für niemanden so gut wie für dich. Wir können dich nicht gehen lassen, du musst zu uns zurückkommen.«

Da kann ich wohl kaum Nein sagen. »Okay, ich werde es versuchen.«

Wenn ich daran denke, was für eine große Sache ich daraus gemacht habe, zu Zinc Inc zurückzukehren – und am Ende ist es nicht komplizierter als Scarlett Moffatt und ein paar Schokoriegel.

Aber Schäferwagen? Das ist eine weitere Sache, für die ich Cornwall dankbar sein muss. Als ich davon sprach, dass sich für mich der Kreis schließt, habe ich dabei ganz bestimmt nicht an die gedacht.

42. Kapitel

Tag 308: Mittwoch, 5. September
Zurück in St. Aidan

Heroische Leistung: Da ist eine Lücke; mit anderen Worten: nichts

»Es soll sich ja auch anders anfühlen, Edie. Die Ferien sind vorbei.«

Als Tante Jo und ich am Morgen nach meiner Rückkehr in ihrem Wohnzimmer sitzen, ist nicht bloß der Wind ein bisschen kühl. Die Straße ist leer, und das Meer sieht aus wie gebürsteter Stahl. Die Kinder sind alle in der Schule, und die Mütter räumen das Chaos nach sechs Wochen Ferien auf, deshalb ist der Scheunenhof ebenfalls verlassen.

»Ich habe das hier alles mehr vermisst, als ich gedacht hätte – wie die See ihre Farbe wechselt, der weite Himmel, die Wolken, das Licht, in dem alles erstrahlt …« Selbst nach zehn Tagen in Bath bin ich immer noch aufgewacht und habe auf das Rauschen der Wellen gelauscht.

Tante Jo nickt. »Wir können ja immer zu Besuch kommen.«

Ich seufze. »Wenn wir nächstes Jahr wiederkommen, sind wir Touristen. Es wird enttäuschend sein, weil es sich ganz anders anfühlen wird.« Jedes Mal, wenn ich das Verkauft-Schild durchs Fenster sehe, gibt es mir einen Stich, weil es so endgültig ist. Wir sind beide zu den Orten unterwegs, zu denen wir das ganze Jahr über gewollt haben. Ich habe sogar noch zusätzliche Motivation, weil ich weiß, dass es einen

Platz bei Zinc Inc für mich gibt. Das ändert jedoch nichts daran, dass sich dieser Teil auf eine Weise traurig anfühlt, die ich nicht vorhergesehen habe. Ich sehne mich jetzt schon nach den Böen am Meer, obwohl ich noch hier bin. »Hast du Barney heute gesehen?« Insgeheim hatte ich gehofft, er würde beim Frühstück zu einem Hundespaziergang auftauchen.

»Er war tatsächlich hier, als du noch geschlafen hast.« Sie verlagert ihr Gewicht und starrt angestrengt auf ihre Pumps. »Er meinte, es gebe nichts für dich zu streichen, da die Räume bald geräumt würden. Er hat Dustin draußen gelassen, wegen der Teppiche, und Cam ist bei einem Nachmittagskurs angemeldet, deshalb kommt er auch nicht vorbei.«

»Du hast recht, was die Veränderungen angeht.« Ich versuche das Gefühl, ich hätte einen Tritt in den Bauch bekommen, zu ignorieren.

»Barney und Cam wirkten anfangs ein bisschen aufgeschmissen ohne dich, Schätzchen.«

Ich kann mir eine schnippische Antwort nicht verkneifen: »Na, wie gut, dass sie so schnell darüber hinweggekommen sind.« Ich weiß, dass es schwer für Cam ist, aber offenbar hat sich die Lücke, die ich hinterlassen habe, schon wieder geschlossen. Das Gute daran ist, dass mir dadurch die erneute Verlegenheit wegen der Campingnacht erspart bleibt. »Wie dem auch sei, wo ist Malcolm eigentlich?« Zumindest mit ihm können wir weiter rechnen.

Aber Tante Jo schnieft pikiert. »Seit der Party deiner Mum habe ich ihn kaum gesehen.« Sie schaut gequält auf. »Er hat sich um den Garten gekümmert, aber er ist nicht zum Kuchen hereingekommen. Oder zum Lunch.«

»Hat Dad es mit dem Bier übertrieben?«

»Das war es nicht. Malcolm ist einfach kein Stadtmensch, es war dumm von mir, ihn mitzunehmen.« Sie macht einen Schmollmund und legt die Stirn in Falten. »Das ist völlig normal. Genauso war es in Harpenden. Wenn man wegzieht, lassen manche Leute einen fallen wie eine heiße Kartoffel.«

Das bezweifle ich gar nicht, nur hätte ich Malcolm ganz anders eingeschätzt. Barney auch. Zwei Menschen, von denen ich fest geglaubt habe, dass sie zu uns stehen. Außerdem hat Malcolm doch *uns* nach Bath gebracht, nicht andersherum.

»Dann bleiben nur noch du und ich.« So verletzt und weggestoßen ich mich auch fühle, will ich meine letzten Tage in Freiheit nicht herumsitzen und Trübsal blasen. »Wie wäre es, wenn wir uns etwas für das Wohnzimmer in deiner neuen Wohnung einfallen lassen?«

Ihre Miene hellt sich auf. »Das Cottage ist jetzt wunderschön, aber wie ein Zuhause hat es sich nie angefühlt.«

»Wir werden dafür sorgen, dass das bei deiner neuen Wohnung anders ist.« Ich setze mich neben sie und gebe ihr den Laptop. »Sehen wir uns mal Sofas an.«

Sie sieht mich stolz an. »Ich hatte noch nie ein Zimmer, das von einem Creative Director eingerichtet wurde.«

Ich lache. »Noch habe ich den Posten nicht.« Und ich weiß bereits, dass schicke Großstadtkunden anspruchsvoller sein werden als die Kunden hier.

»Aber bald, und das allein zählt.« Sie tätschelt meine Hand. »Alle freuen sich für dich.«

»Es wissen schon alle?« Ich bin mir nicht sicher, warum ich das frage.

»Warum sollten sie nicht?«

Es ist einer dieser Momente, in denen dein Laptop weiß, was du kaufen willst, bevor du es selbst weißt. Nur Sekunden, nachdem Tante Jo ihn aufgeklappt hat, erscheint das perfekte Sofa auf dem Bildschirm. Altrosa Samt. Absolut in und mit kuscheligen Kissen. Dazu mit einem Sommerschlussverkauf-Schild versehen, das es praktisch unwiderstehlich macht.

»Das ist es!« Ihre Augen glänzen. »Ich bin hin und weg!«

»Toller Preis, schöner Bezug, sehr modern. Die Fenster vom Neptune Shop in Bath waren voller Grau und dezentem Rosa.«

Sie wird ganz aufgeregt. »Es gibt einen Rabatt, wenn man es sich sofort liefern lässt. Wenn ich jetzt bestelle, ist es morgen um diese Zeit da.« So ist Tante Jo. Es für die neue Wohnung aufzubewahren, würde nie funktionieren. Ich werde akzeptieren, dass ihre neue Einrichtung sich an dem Sofa orientieren wird.

»Bestell auch Wandfarbe in Rosa. Du bist ja noch ein paar Wochen hier, also werden wir dir bis zum Umzug ein Zimmer einrichten, das dir wirklich gefällt.«

»Danke, mein Häschen, das ist so viel besser, als still herumzusitzen.« Sie tippt schon in die Suchmaschine. »Wonach suchen wir als Nächstes?«

Wenn ich mit einem Auge zur Terrassentür schaue und mit dem anderen auf den Bildschirm, dann nur, weil ich es gewohnt bin, dass Leute hier vorbeikommen. Cam, meine ich. Aber der kommt nicht.

Das war also der Mittwoch.

43. Kapitel

Tag 310: Freitag, 7. September
Zurück in St. Aidan

Heroische Leistung: Zählt ein rosafarbenes Sofa?
(Ich habe es gar nicht ausgesucht, aber es ist wirklich megaschön.)

Donnerstag kommt das Sofa. Wie schön auch immer es auf dem Foto aussah – in echt ist es noch schöner.

Nachdem wir den Karton entfernt und es aufgestellt haben, schließt Tante Jo die Augen und setzt sich. »Das ist so bequem, ich könnte den ganzen Tag hier sitzen.« Sie streckt die Arme aus und streicht über den Samt.

»Gute Wahl, Tante Jo, es ist toll.« Es ist die Sorte Sofa, von der man am liebsten gleich zwei möchte. Aber ich riskiere lieber nicht, das laut auszusprechen.

Sie hebt die Nase. »Wie schade, dass außer uns niemand da ist, um es zu testen.«

Auch wenn ich ihr zustimme, werde ich das nicht laut sagen.

»Wollen wir uns vom Sofa aus *Schwanensee* anschauen?« Da hat sie noch nie Nein gesagt.

Doch diesmal runzelt sie nur die Stirn. »Weißt du, Häschen, es sind die Menschen, oder? Die Menschen sind wichtig, nicht die Orte. Oder der Blödsinn, den man sich im Fernsehen ansieht, um sich die Zeit zu vertreiben.« Der Seufzer, den sie ausstößt, scheint gar nicht mehr enden zu wollen, und als sie den Blick vom Fenster abwendet, sieht sie wehmütig aus. »Mit der Zufriedenheit ist es komisch. Manchmal weiß man erst, dass man glücklich war, wenn man es nicht mehr ist.«

Ich überlege, was ich Positives dazu sagen kann. »Deshalb muss man zupacken und darf nicht mehr loslassen, wenn einem das Glück begegnet.«

Sie tupft sich die Nase mit einem Taschentuch. »Du hast recht. Ich werde daran denken.«

»Gute Freunde und super Sofas kann man nicht toppen.« Ich will nicht, dass Tränen kullern, deshalb schiebe ich *Giselle* in den DVD-Player und drücke die Start-Taste. »Wir suchen nachher etwas aus dem Scheunenhof aus, da treffen wir bestimmt jemanden, der dein neues Sofa bewundert.«

Aber als wir später dort auftauchen, ist niemand da. Einer von Barneys Mitarbeitern trägt den kleinen Schrank, den Tante Jo ausgesucht hat und den ich für sie streichen soll.

Freitagnachmittag hat das Schränkchen schon drei Schichten Farbe, und das Rosa erinnert Tante Jo so sehr an ihre alten Ballettschuhe, dass sie nach oben geht und sie heraussucht. Wir hängen sie an die Wand und binden die Seidenbänder nachlässig zu Schleifen. Unterdessen denke ich an Bella und Co., wie sie nach der Arbeit die Bars in Bath besuchen, während ich hier bin. Als ich mich für Einhorn-Eis in St. Aidan entschied und gegen einen Abend mit den Mädels in der Stadt, habe ich wohl zu viel für selbstverständlich gehalten.

»Hast du Lust auf einen Freitagabendausflug zur Strandcafé, wo man Eis essen kann?«

Tante Jo, die es sich mit einem Buch an einem Ende des Sofas bequem gemacht hat, sieht auf. »Das habt ihr immer gemacht, oder?« Wie können zehn kurze Tage Abwesenheit so viel ändern? Ich mag es nicht, dass es sich bereits wie Vergangenheit anfühlt und dass Tante Jo traurig ist.

»Ich lade dich zum Eis ein.« Ich finde ein Blatt Papier, schreibe diese Worte darauf, zeichne einen Kaktus und einen großen Eisbecher und falte das Blatt. »Mir bleibt nicht mehr viel Zeit hier, deshalb will ich ausgehen. Ich will Cam nicht aufregen, deshalb gebe ich den Zettel nebenan ab und überlasse Barney die Entscheidung, ob sie kommen wollen.« Ich fordere mein Glück heraus. »Du könntest doch einen solchen Zettel bei Malcolm abgeben.«

»Ich weiß nicht.«

Draußen verlässt mich unterwegs fast der Mut, deshalb renne ich und bin wieder zurück, bevor Tante Jo umgeblättert hat. Da sie nach wie vor ruhig auf dem Sofa sitzt, ist sie wohl weniger verzweifelt als ich.

»Hast du kein langes *Schwanensee*-Ballettkleid?« Ich versuche, nicht an die Einladung zu denken, die jetzt draußen vor Barneys großer Glastür liegt, beschwert mit einer von Beths Laternen.

Tante Jo antwortet: »Nur zwei, die sind im Kleiderschrank und schon ziemlich zerschlissen.«

»Geh und hol sie, und bring auch die alten Programme aus deinem Schreibtisch mit.« Was immer nötig ist, um sie aufzuheitern, ich werde es tun. »Das Haus ist verkauft, also was soll's. Gönnen wir dir und Periwinkle ein Tanz-Styling.«

Als ich loslaufe, um zu sehen, was ich an rosafarbenen und grauen Sachen noch im Scheunenhof finden kann, habe ich meine Nachricht schon vergessen. Na ja, das stimmt nicht ganz, aber statt jede Sekunde denke ich nur noch alle zwei Sekunden daran. Beim Klang der tiefen Stimme erschrecke ich daher derartig, dass ich die Kissen hochwerfe, die ich gerade neu zu arrangieren versucht habe.

Barney hält Robert unterm Arm, aber er bückt sich, um das Schaffellkissen, das auf seinem Stiefel gelandet ist, aufzuheben. »Ich dachte, ihr seid hier fertig?«

Ich betrachte seine Bartstoppeln und erinnere mich genau, wie sie sich an meinen Handflächen angefühlt haben. Und ich erinnere mich daran, wie eingefallen seine Wangen waren und wie abgehärmt er aussah, als ich fortging.

»Wir ändern ein wenig – mehr Rosa und Grau.«

Um seine Augen bilden sich die kleinen Fältchen. »Was macht Miss Havishams Kleid an der Wand?«

»Das ist Tante Jos Sterbender-Schwan-Kleid, damit sie sich mehr wie zu Hause fühlt.« Ich kraule Robert, der mich anzuspringen versucht; Barney hält ihn jedoch fest. »Setz dich. Du bist der erste Besucher, der das neue Sofa benutzen darf.« Wenn er einen Witz über tote Vögel reißt, kann er gleich wieder verschwinden. Aber dann bemerke ich den gekränkten Ausdruck in seinen Augen.

»Ich kann nicht bleiben.« Er legt Roberts Leine auf den Couchtisch, setzt sich, nach wie vor den Hund in den Armen haltend, und zeigt mir meine Nachricht. »Da gibt es ein paar Dinge, die ich klarstellen muss.«

»Okay.« Mein Mund ist trocken. »Der Surf Shack hat geschlossen.«

»Tut mir leid, Edie, aber Cam verliert gerade einen weiteren Menschen, der ihm wichtig ist. Ich habe es mir nicht leicht gemacht mit dieser Entscheidung. Er akzeptiert es langsam, dass du nicht mehr da bist, deshalb ist es besser, wir bleiben auf Distanz.«

»Oh, in Ordnung.« Das ist es ganz und gar nicht. Ich fühle mich, als hätte er mein Herz mit einer Axt gespalten. Allerdings verstehe ich ihn. »Und der Rest?«

»Wegen des Zeltens …«

»Oh, das.« In mir krampft sich alles zusammen, während ich darauf warte, dass er weiterspricht.

»Es war eine wundervolle Nacht.«

Da kann ich nicht widersprechen. »Die beste.«

»Aber mehr ist da nicht. Ich erwarte nicht, dass da noch mehr kommt.«

»Ich ... freue mich, dass du das sagst.«

»Ich meine, keiner von uns beiden ist in einer Situation ...«

Ich bin froh, dass er es dabei belässt. »Nein, sind wir nicht. Gut, dass du es ansprichst, sonst hätte ich es getan.« Ich weiß nicht, was dieses Ziehen in meiner Brust zu bedeuten hat. »Wenn das alles ist ... dann lasse ich dich jetzt gehen?«

Im nächsten Moment ist er schon aufgestanden und hat das Zimmer durchquert, schneller, als ich sagen kann: »Geh.« An der Terrassentür bleibt er jedoch noch einmal stehen. »Das ist ein sehr bequemes Sofa.« Er seufzt wehmütig. »Wie schade. Die Zuckerfee, das wäre doch ein Thema für einen der Schäferwagen.« Ehe er endgültig verschwindet, fügt er noch hinzu: »Aber tote Vögel und der Wohlfühlfaktor, wie passt das zusammen? Sag noch Tschüss, bevor du abreist.«

Und dann ist er weg, und Tante Jo schneit herein. »War das Barney? Er kann doch nicht einfach wieder gehen. Er muss das Sofa ausprobieren.«

»Er hat ihm fünf Sterne gegeben.«

»Ist alles in Ordnung mit dir?« Tante Jo wartet meine Antwort nicht ab, sondern geht zum Tisch. »Warum hat er Roberts Leine nicht mitgenommen?«

»Ich weiß es nicht.« Die Antwort gilt für beide Fragen.

»Du solltest sie ihm schnell bringen. Er wird die Leine brauchen.«

»Kannst du das nicht machen?«

Sie schnappt sich ihr Buch. »Es ist besser, wenn du das machst, ich lese derweil mein Kapitel zu Ende.«

»Na schön.« Finde ich allerdings überhaupt nicht. Er hätte mir kaum deutlicher zu verstehen geben können, dass er mich nicht mehr in seiner Nähe haben will.

»Zieh dir eine Strickjacke über und erledige es jetzt, Schätzchen, dann bist du ganz schnell wieder hier.«

Schon komisch, von jemandem gesagt zu bekommen, was ich tun soll, den ich seit meiner Kindheit kenne, und genau deshalb mache ich es. Kurz darauf bin ich unterwegs, und der Wind pfeift durch meine Strickjacke. Dabei sollte ich bockig sein und auf meinem Standpunkt beharren und im Haus bleiben. Ich renne, dann ist es vielleicht, als wäre ich gar nicht weg gewesen. Leichter wäre es natürlich, wenn der Mann, den ich suche, sich noch in Sichtweite befände. Am Ende des Scheunenhofes entdecke ich Loella im Türrahmen ihres Schuppens und verlangsame meine Schritte.

»Hast du Barney gesehen?«

Sie zeigt mit dem Daumen über die Schulter und grinst. »Da lang.«

Ich gehe die Straße weiter, und als ich auf Barneys Grundstück gelange, sehe ich ihn an dem riesigen Outdoor-Tisch stehen. Ich renne zu ihm, und er dreht sich in dem Moment um, als ich mit der Leine wedele, ein wenig außer Atem.

»Die hast du vergessen.«

»Stimmt. Danke, dass du sie mir gebracht hast.« Er nimmt mir die Leine ab und hält sie hoch. »Die hätten wir ganz schön vermisst, was, Robert?«

Die Welt scheint für einen kurzen Augenblick stillzustehen. Ich sollte mich schleunigst wieder auf den Weg machen. Im Nu wäre ich zurück im Cottage. Doch der Augenblick verstreicht, und ich stehe nach wie vor da. Betrachte die von den roten, reifen Äpfeln schweren Äste der Obstbäume und die dunkelgraue See mit den weißen Schaumkronen.

Dann kommt Robert aus der offenen Tür, die Nase in die Luft gereckt, Schwanz erhoben, und marschiert direkt zu seiner Leine. Er macht ein paar Schritte auf Barneys Hand zu, biegt aber ab, als er mich entdeckt und kommt angerannt. Ich bücke mich und mache mich bereit, das Gewicht des Dackels in vollem Lauf aufzufangen, als plötzlich ein lautes Kläffen einsetzt. Im nächsten Moment rast ein irrer weißer Blitz von der Tür auf mich zu.

»Dustin?«

Mit zwei mächtigen Sätzen ist er bei mir und bremst vor mir ab, dass der Schotter fliegt. Er wartet, bis ich Robert aufgefangen habe und auf dem Hintern sitze, erst dann stürzt auch er sich in meine Arme, allerdings sehr behutsam. Er schnuppert an meinen Ohren und reibt seinen Fellkopf an meinem. Und als ich die Beine ausstrecke, setzt er sich auf meine Oberschenkel und lehnt sich mit seinem ganzen Gewicht an mich.

»Du hast mir gefehlt, Dustin.« Ich drücke mein Gesicht an seinen Hals und umarme ihn, wobei ich mir die Tränen aus den Augenwinkeln wischen muss. Robert wird von mir ein paarmal extra getätschelt, aber er springt aufgeregt bellend um uns herum.

Und dann hallt ein Aufschrei durch die Nachmittagssonne.

»Edie Browne? Edie Browne! EDIE BROWNE!« Cam rennt zu mir, wirft sich mir in die Arme und hämmert mit seinen kleinen Fäusten auf mich ein. »Du bist es, du bist hier, du bist zurückgekommen!«

Ich schließe die Arme um ihn und drücke ihn fest an mich. Als ich ihn endlich wieder loslasse, lache und weine ich gleichzeitig, und wir fallen um zu einem Haufen. Irgendwo in dem Durcheinander aus Hundepfoten und sich windenden Körpern ist so viel Liebe und Wärme, dass ich benommen und wacklig auf den Beinen bin, als ich wieder stehe.

Barney hält kopfschüttelnd Roberts Leine hoch. »Wenn ihr damit fertig seid, euch am Boden zu wälzen, möchte dann jemand auf einen Spaziergang mitkommen?«

»Ich dachte, du willst nicht …«

»Dafür ist es ja nun ein bisschen zu spät. Es sind nur zwei weitere Wochen, also sollten wir sie genießen.«

»Das ist nur zu wahr.« Meine Gedanken wirbeln durcheinander. Ich bin keine große Planerin, aber ich darf Tante Jo nicht vergessen. Wieder ertönt ein Ruf, und diesmal ist es Loella, die auf uns zukommt. Ihre Haremshose mit Zebramuster weht im Wind.

»Hey, wie geht es unserer Lieblingswanderin? Sind die Straßen in Bath wirklich mit Gold gepflastert? Und was zum Geier habt ihr mit Malcolm dort angestellt? Seit er zurück ist, ist er unruhig wie ein Elefant mit Ekzem, aber hinaus bekommen wir ihn nicht.« Sie legt mir den Arm um die Schultern und drückt mich. »Irgendwelche Pläne für den Rest deines Aufenthaltes?«

»Jetzt, wo du es erwähnst …« Ich improvisiere einfach. »Wie wäre es mit einem Scheunenhoffest übernächsten Samstag?« Das ist mein vorletzter Tag hier, aber egal. »Ein großes Fest der Kunsthandwerker St. Aidans zum Abschluss der Saison und ein Dankeschön für eure Hilfe.«

Loella drückt mich fester. »Edie B., deine Idee gefällt mir.«

»Ein Fest, das ist super! Und der Ort wird noch voller September-Touristen sein.« Das ist Beth, die sich ebenfalls zu uns gesellt. »Gibt's auch Bier?«

»Warum nicht? Wir können daraus machen, was wir wollen.«

Beth bläst die Wangen auf. »Vielleicht bekommen wir damit Dad endlich wieder aus dem Haus.«

Loella hüpft bereits vor Freude. »Edie B., deine geniale Seite hat sich wieder gemeldet! Wir erzählen es gleich allen.«

Ich habe einfach geredet, ohne nachzudenken. Aber zwei Tage Stille im Scheunenhof und die Vorstellung, dass alle nach und nach verschwinden, war einfach zu deprimierend. Es mag egoistisch sein, aber auf diese Weise herrscht wenigstens noch für eine Weile Betrieb dort. Wir können weinerlich herumsitzen, oder wir können mit einem Knall gehen. Und ich weiß, was mir lieber ist.

Aber eins nach dem anderen, zuerst gehen wir mal an den Strand. Und wenn ich sehr viel Glück habe, springt auch noch ein Eis dabei heraus.

44. Kapitel

Tag 324: Freitag, 21. September
Zurück in St. Aidan

Heroische Leistung: Am Seil hängen. Das musste ja sein, oder?

»Wirst du mir erklären, warum ich hier an einer Felswand hänge?«

Das bin ich, und ich rede mit Barney. Aber jetzt muss ich erst mal berichten, was in der Zwischenzeit passiert ist.

Im Rest der Welt dauern die Vorbereitungen für ein Kunsthandwerkfest Monate, aber in St. Aidan, der Hauptstadt der Spontaneität sind zwei Wochen mehr als genug. Wie üblich haben Loella und Beth unfassbar schnell losgelegt und Stände vergeben und im Nu gibt es auch eine Scheunenfest-Facebook-Seite, die Kids haben Poster und Flyer gemacht, und alle im Ort wissen Bescheid. Sogar einen Bericht in der Lokalzeitung und einen Spot im Radio bei Pirate FM gab es.

Im Wesentlichen geht es bei dem Fest darum, dass alle Werkstätten im Scheunenhof geöffnet sind und es zusätzlich noch Stände gibt, auch in der großen Scheune, wo außerdem Tee ausgeschenkt wird. Barney stellt seine Wagen auf der Weide hinter der Scheune aus, und die Roaring Waves Brauerei kommt mit einem ihrer Bierwagen. Ein paar von Barneys Farmerfreunden haben Heuballen zum Sitzen vorbeigebracht, und die Wimpel, die zuletzt auf Mums Party zu sehen waren, hängen kreuz und quer über dem Hof.

Wenn ich schon behutsam mit Barney und Cam umgehe, ist das nichts im Vergleich zu dem Tanz auf rohen Eiern, den wir alle mit Malcolm veranstalten. Erst als wir verkündeten, dass Tante Jo für den Nachmittagstee zuständig ist, konnten wir ihn aus dem Haus locken, damit er sie zum Club der Über-Sechzigjährigen fuhr, wo sie Helfer finden wollte. Es half auch, dass es im Yellow Canary jetzt die Herbstkarte gibt. Nach drei Portionen Treacle Tart und karamellisiertem Apple Crumble war Malcolm nachgiebig genug, um sich für einen Nachmittag Tischabräumen einzutragen und Tante Jo wenigstens schon mal ein kleines bisschen das zu verzeihen, was sie nicht ändern kann – dass sie wegzieht.

Wir alle kennen seine Einstellung zu Fernbeziehungen, und die beiden scheinen zusammen tatsächlich glücklicher zu sein als getrennt. Es wäre wirklich schade, wenn sie ihre Differenzen nicht beilegen und einen Kompromiss finden könnten. Aber wenn sie weder bereit sind, miteinander noch mit anderen darüber zu sprechen, kann man ihnen kaum helfen.

Ich muss zugeben, dass ich ihre Situation nachvollziehen kann, denn ich tue mich mit Barney ebenfalls schwer. Seit unserer ersten Begegnung hat er mich nach und nach für sich gewonnen. Nur ist es ein himmelweiter Unterschied, ob es mit jemandem knistert oder ob man darüber hinaus feststellt, wie wundervoll jemand ist, sodass man unweigerlich tiefere Gefühle entwickelt. Der nächste Wendepunkt kommt, wenn man merkt, wie gern man mit diesem Menschen zusammen ist und sich eine Leere in einem auftut, sobald der Mensch nicht da ist. Und zu all dem verspürt man auch noch ein von Fantasien und Faszination genährtes Verlangen. Gleichzeitig weiß man tief im Herzen, dass man diesen Menschen niemals haben kann, weil er einfach außerhalb jeder Reichweite ist. Man übt sich darin, das zu akzeptieren und das Beste aus den Momenten zu machen, die man zusammen hat.

Dann geschieht das Undenkbare, und der ganze Mist fliegt einem um die Ohren. Ich kam einigermaßen zurecht mit der Situation, bis wir uns geküsst haben. Jetzt ist es natürlich qualvoller, weil ich das, was ich nicht haben kann, genauer kenne. Barney hat stets klargemacht, dass Cam für ihn absoluten Vorrang hat; das ist eine große Verantwortung, die nicht durch eine Beziehung beeinträchtigt werden darf.

Es wird mir das Herz brechen, von hier fortzugehen. Aber es wäre schier unmöglich, zu bleiben und gleichzeitig zu wissen, dass ich Barney nicht haben kann. Hätte ich nicht so viel mit den Vorbereitungen für das Fest zu tun, wären meine letzten Tage hier noch schlimmer.

Und ja, ich bin immer noch naiv. Als Barney am Tag vor dem Festival aufkreuzt und fragt: »Hey, Edie B., wenn ich verspreche, dass es weder Bodyboarding noch einen Bootsausflug geben wird, kann ich dich dann entführen?«, frage ich nicht mal nach, sondern folge ihm wie ein verdammter Lemming. Und das hat mich hierhergeführt.

»Okay, Fuß auf den Felsen und lehn dich nach hinten ins Seil. Finde deinen Schwerpunkt, Edie.«

»Geh mir weg mit Schwerpunkten, Barney, und erzähl mir lieber, was das hier eigentlich soll.« Warum er in Bergsteigergeschirr und mit einem Helm auf dem Kopf immer noch verdammt sexy aussieht, ist ein weiteres Mysterium.

Er lacht neben mir. »Da gibt es nicht nur einen Grund, sondern viele. Einer davon ist, dir zu beweisen, wie weit du inzwischen gekommen bist.«

»Was? Du schubst mich von einer Klippe, um mir das zu beweisen?«

»Ich habe dich nicht geschubst, du hast dich freiwillig abgestoßen.«

»Ich habe geschrien«, erinnere ich ihn. Prompt hauen mich wieder seine Grübchen um bei diesem ironischen Lächeln.

»Es war mehr ein lautes Rufen, und dann hattest du es auch schon geschafft.« Er grinst mich direkt an. »Ich wollte dich nur hier heraufbringen, damit du dich an den Tag am Fluss erinnerst. Und sieh dir an, was du jetzt alles kannst.«

»Mensch, wenn du mich dazu bringst, dass ich schlottere, verkrampfe ich wieder. Das mit dem Baumstamm war schrecklich.«

»Und doch hast du es am Ende geschafft. Das Interessante ist, dass du zusammen mit deinem Selbstvertrauen auch deinen Mut wiedergefunden hast.« Er überschätzt mich maßlos.

»Ich seile mich ab, Barney. Wir sind Seite an Seite, und du erklärst mir, was ich tun muss. Wir baumeln hier nur und bewegen uns Stück für Stück abwärts. Das hier ist keine beknackte Schlucht mit einem reißenden Fluss, der uns ins Meer spülen würde. Genau genommen ist es so, als wäre ich per Helikopter von diesem Baumstamm gerettet worden.«

»Okay, Edie, du hast gewonnen. Immerhin bringst du mich zum Lachen.«

»Du mich auch.« Ich meine nicht die Witze, sondern einfach dieses beschwingte Gefühl, sobald ich in seiner Nähe bin.

Er wirft mir einen dieser komischen Seitenblicke zu. »Hauptsächlich habe ich dich wegen des Ausblicks aufs Meer hierhergebracht.«

Wir drehen uns um und blicken auf das weite Meer, das die Farbe eines dunklen Topas angenommen hat. Ich muss zugeben, es ist eine spektakuläre Aussicht. »Das Blau ist so tief heute wie das Kobaltblau im Malkasten.«

»Ich will, dass du dich an diese Aussicht erinnerst … damit du dir wünschst, zurückzukommen.«

»Du willst, dass ich zurückkomme?« Meine Stimme ist hoch vor Erstaunen.

»Du hattest doch nicht vor, uns ganz zu vergessen, oder?« Er wirft mir einen Was-zur-Hölle-Blick zu. »Es klingt grässlich, aber insgeheim hatte ich gehofft, du könntest nicht wieder bei Zinc Inc anfangen.«

»Wirklich?« Meine Stimme ist noch höher.

»Pure Selbstsucht. Ich hatte diese alberne Vorstellung, dass du in dem Fall lieber hier bei mir und Cam bleiben würdest. Wir haben reichlich Platz, hatten wir schon immer, und zu wenig Leute, um ihn zu füllen. Das Barnaby-and-Browne-Ding machen.«

»Weihnachten.« Meine Knie geben nach, und ich verliere die Balance und die Fassung und drehe mich in den Felsen, um gleich darauf davon abzuprallen.

»Alles klar bei dir?« Er sieht mich fragend an. »Nein, du hast vollkommen recht. Hierzubleiben, ist das Letzte, was du willst. Es ist eine schreckliche Idee, meine dümmste in dieser Woche. Vergiss, dass ich es erwähnt habe.« Er schüttelt den Kopf. »Wir haben dich eben sehr vermisst, und wir *werden* dich vermissen. Sehr.«

»Ihr habt mir auch gefehlt.« Jetzt ist es heraus. »Ihr *beide*.«

Er drückt meine Hand. »Ich weiß, welche Anstrengungen du unternommen hast, um zu Inc Zinc zurückkehren zu können. Und du bist die Königin der Schäferwagen. Mit den Gartenlauben toppst du es noch.«

Da ist so viel Liebe in diesen braunen Augen, dass es mir die Kehle zuschnürt. »Ohne dich hätte ich das nicht geschafft, Barney.«

»Unsinn, der Erfolg gehört dir ganz allein.« Er schiebt seinen Helm zurecht. »Da gibt es etwas, was ich dich fragen wollte …«

Mein Magen macht einen Purzelbaum. »Ja …?« Wenn er mich fragt, ob ich bleiben will, werde ich ohne Umschweife Ja sagen.

»Dürfen Cam und ich dich nach Bath bringen?«

»Äh, klar.« Ich bin dermaßen perplex, dass ich fast durch mein Geschirr rutsche.

»Ich weiß, dass deine Familie zum Fest kommt, aber auf diese Weise sehen Cam und ich, wohin du eigentlich ziehst. Irgendwie ist es einfacher, wenn er von dir weggeht, als wenn du von hier wegfährst.«

»Großartig.« Hätte ich mir denken können, dass er sich die für Cam beste Art des Abschieds überlegt. Wäre ich stärker und weniger mit mir selbst beschäftigt, hätte ich wohl auch daran gedacht.

»Und vielleicht können wir dich ja mal besuchen?«

Ich halte immer noch seine Hand. »Unbedingt.«

»Wollen wir dann runter und dich auf festen Boden bringen?«

Ich habe das Gefühl, als wäre ich schon auf dem Boden gelandet. Selbst wenn er seine Einladung nicht zurückgezogen hätte, bevor er sie überhaupt richtig ausgesprochen hat, könnte ich unmöglich hierbleiben. Mit diesem flauen Gefühl im Magen, sobald er auftaucht? Das würde nicht funktionieren. Was das flaue Gefühl betrifft – je eher ich wieder in Bath bin, desto besser.

45. Kapitel

Tag 325: Samstag, 22. September
Das Scheunenhoffest

Heroische Leistung: Die gebührt ganz Tante Jo

»Für den blauen Himmel können wir uns bei Mum bedanken, sie hat Cornwall noch nie anders gesehen.« Ich plaudere am Samstagmorgen mit Loella am Tisch vor ihrer Werkstatttür. Jedes Mal, wenn mir einfällt, dass dies mein letzter voller Tag hier ist, wird mir flau im Magen. Hätte ich nicht noch eine Million Dinge zu erledigen, und wären da nicht Cam und Dustin, die mich ablenken, würde ich mir die Augen aus dem Kopf heulen.

Loella schaut von den regenbogenfarbenen Stoffen auf, die sie ordnet. »Deine Mum und Josie gleichen sich wie ein Ei dem anderen.«

Die beiden stehen lachend ein Stück weiter zusammen. »Mein ganzes Leben lang habe ich keine Ähnlichkeit gesehen, aber jetzt, wo Tante Jo ein wenig mehr Kurven bekommen hat, gebe ich dir recht. Es ist echt verrückt, dass meine Familie aus Bath nun auch hier herumläuft.«

Beth schaut hinter ihren Laternen hervor. »Malcolm hat deinen Dad mitgenommen; die beiden räumen die Tische vor der großen Scheune ab und verkosten die Roaring-Wave-Biere. Die meisten Kids helfen ihnen, daher werden wir einen herrlich ruhigen Tag haben.« Sie zwinkert mir zu. »Wie steht's mit dir? Ich hörte, Barney hat wieder versucht, dich zu begeistern?«

Loella wirft mir einen Seitenblick zu. »Welche Mühen der arme Kerl auf sich nimmt – gehst du bitte wenigstens mit ihm aus?«

»Das will er doch gar nicht.«

Loella gibt ein falsches Husten in ihre Hand von sich. »Sagt wer?«

»Er findet, eine Freundin zu haben, sei Cam gegenüber nicht fair.«

»Du bist nicht irgendeine Freundin, du bist Edie B.« Sie deutet auf Cam, der am Boden sitzt und ein Piratenversteck aus Steinchen und Stöckchen baut. Dustin beobachtet ihn dabei aufmerksam. »Außerdem ist Cam bei dir und die beiden Hunde auch. Mehr gibt es dazu nicht zu sagen.«

Was immer die anderen glauben, für mich gelten keine Ausnahmeregeln. »Es kam zweimal zur Sprache, seit ich wieder hier bin. Er hat es mir unmissverständlich klargemacht. Ich werde zurück nach Bath gehen, daran gibt es nichts zu rütteln. Aber keine Sorge. Ich habe Barney geholfen, damit seine Ausstellungsstücke heute gut aussehen.« Die schönsten haben wir draußen aufgestellt, und Loellas Älteste und deren Freundin werden sich um den Verkauf kümmern. Wenn jemand Fragen hat, werden sie mich oder Barney dazuholen. »Barney hat auf der Weide Wagen aufgestellt und sich ins Büro zurückgezogen, sodass ich mich in Ruhe umschauen kann.«

Beth hebt den Zeigefinger. »Wenn du den Karamellbonbonstand findest, muss du unbedingt nach denen mit Pfefferminz- und Eukalyptusgeschmack fragen.«

»Mach ich. Aber erst werde ich am Tisch sitzen und alles auf mich wirken lassen. Ich kann es nicht fassen, wie schön alles geworden ist.« In der Mitte des Scheunenhofes sind Tischreihen aufgebaut, auf denen Blumenvasen mit rosa, gelben, orangefarbenen und violetten Blumen stehen, alle von Malcolms Gartenfreunden gespendet.

Loella nickt. »Du hast dich wirklich selbst übertroffen, Edie B.«

Ich lache. »Ihr zwei aber auch.«

Beth meint: »Und denk dran, nachher wird getanzt.«

»Ja.« Möglicherweise muss ich gerade dann los und mein Gepäck bereit machen.

Am späten Nachmittag nimmt Tante Jo mich zur Seite. »Schätzchen, ich muss mit dir reden.« Sie drückt mir einen Himbeer-Muffin von der Größe meines Kopfes in die Hand, ermahnt Dustin, still zu sein und zieht mich auf die Weide, wo sie mich drängt, mich auf einen Strohballen zu setzen.

»Wenn es um den Sand geht, den Dustin im Wintergarten hinterlassen hat, verspreche ich, ihn wegzufegen, bevor ich aufbreche.«

»Vergiss den Sand, Edie.« Das kann sie unmöglich ernst meinen. »Ich wollte mich für heute bei dir bedanken und dir sagen, wie wundervoll alles geworden ist.«

Der Strohballen fühlt sich warm an, außerdem ist es an diesem Tag das erste Mal, dass ich sitze; jedes Mal, als ich es wollte, musste ich irgendwo hin.

»Du hattest recht, als du gesagt hast, dass es um die Menschen geht, Tante Jo. Alle haben daran mitgewirkt, dass der heutige Tag so wunderbar ist.« Immer, wenn mir jemand fröhlich zuwinkt oder mich drückt, wird die Traurigkeit von einem warmen Gefühl überlagert. Und das Fest ist so lebendig. Ferne Gitarrenklänge sind zu hören, und nach wie vor sind sehr viele Besucher da. In der Scheune gibt es für sie Tee und Kuchen, und auf der Weide sitzen sie im Gras und genießen die warme Septembersonne bei einem Bier.

Tante Jo räuspert sich. »Ich habe meine Meinung geändert. St. Aidan fühlt sich doch wie mein Zuhause an.« Sie schlägt die Beine übereinander, streicht ihre gestreifte Schürze glatt und fummelt an einem ihrer Glitzerpumps herum. »Deine Renovierung des Wohnzimmers hat Wunder gewirkt.«

Ich lächle. »Keine Sorge, deine neue Wohnung machen wir genauso gemütlich.«

»Nein, Häschen, du verstehst nicht.« Sie legt mir sacht die Hand auf den Arm. »Was ich damit sagen will, ist, dass ich doch nicht nach Bath ziehen will. Ich habe mich entschlossen, hierzubleiben.«

Ich brauche einen Moment, bis ich das verarbeitet habe. »Wie soll das gehen?«

»Ich will das Cottage behalten.« Sie strahlt, als hätte sie nicht eben alles weggewischt, worauf wir in den vergangenen Monaten hingearbeitet haben. »Ich hatte gehofft, dass du vielleicht eine Idee hast, was mit den Nebengebäuden passieren soll. Du bist schließlich diejenige mit den guten Ideen.«

»Klar.«

Sie räuspert sich. »Malcolm hat sich einverstanden erklärt, bei mir einzuziehen.«

Ich verschlucke mich fast. »War das *sein* Vorschlag?«

»Nein, ich habe deinen Rat befolgt und ihn gefragt.«

»Bitte?«

»Na, du hast mir doch erklärt, dass Frauen heutzutage fragen, also habe ich es getan. Ein starkes Gefühl.«

»Wow.« Seit wann hört Tante Jo auf mich?

Sie bemerkt, dass mein Blick zum Bierpavillon geht. »Mit zu viel Bier hat es jedenfalls nichts zu tun. Wir haben heute Morgen darüber gesprochen, bevor der Wagen von der Brauerei kam.«

Ich komme aus dem Staunen nicht heraus. »Großartig, Tante Jo! Weiter so!«

Ihr Lächeln wird ein wenig schwächer. »Meinst du, es wäre okay für Harry?«

Ich nicke vehement und fühle mit ihr. »Ich bin sicher, er würde es verstehen. Vor allem aber würde ihm gefallen, dass du hierbleibst.«

»Ich habe den Makler schon angerufen und ihm gesagt, dass aus dem Verkauf nichts wird.« Und wieder strahlt sie. »Deinen anderen Rat habe ich also auch beherzigt.«

»Was habe ich damit zu tun?« Ich erinnere mich nur, ihr gesagt zu haben, der Stuck in der Wohnung in Bath passe grandios zu ihr. Aber das war mehr ein Scherz.

»Du hast gesagt, ich soll das Glück festhalten, wenn es sich zeigt.«

Verdammt. »Stimmt.«

»Tja, das habe ich getan. Kann ich nur empfehlen. Solltest du selbst auch versuchen, Schätzchen.«

Es ist schwer, ihr zu widersprechen, wenn sie einen mit diesen glänzenden Augen ansieht. »Nun, George wird dir sicher helfen.«

»Aber …?« Sie lässt nicht locker.

»Vielleicht bietest du Bed & Breakfast an. Wir haben mal darüber gesprochen.«

»Und …?«

»Und den Scheunenhof könntest du weiter betreiben …« Erst allmählich begreife ich, welche Tragweite das nicht nur für sie, sondern auch für alle anderen hat. »Dann muss niemand gehen, und alles kann so weiterlaufen wie jetzt. Ich weiß, wir haben für den Anfang Gegenleistungen akzeptiert, aber wenn das Projekt sich etabliert, wirst du ein ständiges Einkommen haben. Dazu dürfte das Fest heute auch beitragen. Loella und Beth könnten die Leitung übernehmen und eine Kooperative der Kunsthandwerkerinnen gründen.« Ich umarme sie. »Das wäre einfach wunderbar für alle und auch für dich.«

»Das hört sich gut an.«

Finde ich auch. »Dann könntest du die große Scheune verkaufen, um noch etwas Geld hereinzubekommen.« Ich schaue in die Runde der Kunsthandwerkerinnen, die wochenweise gemietet haben, und bezweifle, dass eine von ihnen so viel Geld hat. Ich stupse Tante Jo am Arm an. »Aber wir sind hier schließlich in St. Aidan – es wird sich schon etwas ergeben, weil es immer so ist. Malcolm ist ein großartiger Mann, ihr werdet wunderbar füreinander sein.«

Ich umarme sie noch einmal, denn ich freue mich aufrichtig für sie. Ein Teil von mir wünscht sich, ich könnte auch bleiben. Warum hat Tante Jo den Mut, ihre Zukunft zu gestalten, während ich wegen meiner völlig durcheinander bin?

»Danke, ich wusste, du würdest wissen, was zu tun ist. Jetzt, wo wir einen Plan haben, kann ich Malcolm suchen, und dann können wir es Beth und deiner Mum sagen.«

»Ich esse diesen Muffin noch auf und komme nach.«

Während ich den Himbeer-Muffin mampfe, ist mir klar, dass sich diese »vertrauliche« Neuigkeit innerhalb kürzester Zeit herumgesprochen haben wird. Ich bin verblüfft, dass ein rosafarbenes Sofa so viel mehr verändert hat als nur Tante Jos Wohnzimmer.

46. Kapitel

Tag 325: Samstag, 22. September
Die After-Party nach dem Fest

Heroische Leistung: Sehen, wie Tante Jo ihr Glück festhält. Und Barney zum Tanzen auffordern

Es gibt keinen bestimmten Punkt, an dem das Fest offiziell zu Ende ist. Einige Leute verschwinden, aber die meisten sitzen noch auf der Weide und blicken aufs Meer. Der Himmel verfärbt sich erst türkis, dann pink, dann orange, und die Lichterketten gehen an. Mum und Dad führen zusammen mit Tash und Malcolm die Kinder herum, die Kerzen und Laternen anzünden. Tante Jo folgt ihnen mit Tiddlywink und Wilf. Der riesige Outdoor-Grill glüht bereits, die Scheune ist für den Tanz geräumt, und als die Musik einsetzt, gehe ich Richtung Straße, aber Loella fängt mich ab.

»Wohin wollen Sie denn, Mrs?«

»Ich muss noch fertig packen.« Eigentlich habe ich nur die Jeans und das Sieben-Sünden-T-Shirt nicht eingepackt, weil ich diese Sachen morgen anziehen will, aber etwas Besseres fällt mir nicht ein.

»Netter Versuch.« Natürlich glaubt sie mir nicht. »Wir haben für sanftes Licht gesorgt, die Musik ist nicht zu laut, und wir haben die kitschigsten Partysongs ausgesucht, zu denen du tanzen kannst.« Sie klingt schon ein bisschen verzweifelt. »Du darfst jetzt nicht einfach gehen. Außerdem haben wir später noch etwas Besonderes für dich.«

Cam und Mia tauchen auf, und die anderen Kinder tanzen um uns herum, hängen an unseren Armen und ziehen uns zur Scheune. Wir gehen durch das riesige offene Tor, und ich sehe die in pastellfarbenes Licht getauchten Wände. Morgan wirbelt Beth sacht über die Tanzfläche zu den klirrenden Gitarrenklängen von *Baby I Love You*.

Ich sehe Loella an. »Mein Dad wird in seinem Element sein.«

»St.-Aidan-Discos sind nichts für Weicheier. Für die nächsten Songs brauchst du extra Medizin.« Sie stupst mich grinsend in die Rippen. »Los, wir tanzen, und wenn wir nicht mehr können, holen wir uns was zu essen.«

Bei den ersten Takten des nächsten Songs stutze ich. »Ist das nicht …«

»Was für eine Disco wäre das wohl ohne *Let's do the Time Warp*? Danach kommt *Bohemian Rhapsody*, da singen wir alle mit, und anschließend flippen wir aus bei *Jump* und *Common People*, und ich hoffe, du bist bereit für die komplette S Club 7's Playlist.« Sie lacht. »Bist du startklar zum Feiern?«

Wie sich zeigt, ist das eine weitere dieser Fragen, auf die keine Antwort nötig ist. Es wird der größte Spaß, den ich hatte, seit … tja, wer weiß?

Meine Mum und Dad kommen mit Malcolm und Tante Jo herein. Als Malcolm Tante Jo auf die Tanzfläche führt, ist es, als würde ich ihr tatsächlich bei ihrem Neuanfang zusehen. Sie wird nicht aufhören, Onkel Harry zu vermissen, aber sie und Malcolm haben einander zu viel zu geben, um jeder für sich allein zu bleiben. Jetzt, wo sie sich gefunden haben, verdienen sie auch, das Leben gemeinsam zu genießen. Es bleibt jedoch keine Zeit, um rührselig zu werden, denn als Nächstes kommt *There's a Ghost in My House*, und praktisch alle in der Scheune flippen aus und springen herum. Malcolm und Tante Jo schreien den Text und recken wie alle anderen die Fäuste.

Ich tanze und lächle vor mich hin, und überall sind bekannte Gesichter um mich herum und lächeln auch. Die Kinder toben, und jedes Mal, wenn ein Song endet, will ich mich am liebsten erschöpft hinsetzen. Aber beim nächsten Lied muss ich doch wieder tanzen. Wir alle werden getragen von der Begeisterung. Ich geb's zu, es könnte der beste Abend sein, den ich je hatte. Verratet es nur niemandem.

Und die ganze Zeit – na ja, nicht die *ganze* Zeit, so traurig bin ich nun auch wieder nicht – halte ich Ausschau nach Barney. Als ich schließlich völlig fertig bin, stelle ich fest, dass nicht alle tanzen. Anders ist die Menge draußen vor der Scheune um den glühenden Grill herum nicht zu erklären. Barney ist anscheinend kein großer Tänzer. Tja, was soll's. Ich wische mir den Schweiß aus dem Gesicht und streiche die Haare zurück, ganz außer Atem nach *Smells Like Teen Spirit*. Auf einmal sehe ich, dass die Tanzfläche leer ist. Cam tippt meinen Ellbogen an.

»Du musst mit nach draußen kommen, es ist Zeit für deine Überraschung.«

Barney taucht hinter ihm auf. »Wir haben alle zusammen etwas gemacht, was du dir ansehen sollst. Angesichts der Neuigkeiten musste ich es allerdings noch aktualisieren. Deswegen konnte ich nicht herkommen.«

»Was …?« Ich puste seitlich, um meine Wangen zu kühlen, die bestimmt ganz rot sind, und fahre mir durch die zerwühlten Haare.

Als wir hinaustreten ins gedämpfte Licht vor der Scheune, verstummt die Musik, und ich vergesse, meine Haare weiter zu fluffen. In der Mitte der Weide ist eine Leinwand. Tante Jo und Mum und Dad sitzen davor auf einer der Gartenbänke, umgeben von Leuten, die entweder stehen oder auf Decken im Gras oder auf Liegestühlen sitzen. Als wir die Bank erreichen, schaut Tante Jo lächelnd zu mir hoch und klopft auf den freien Platz neben sich.

»Komm, Häschen, Zeit, sich zu setzen.«

Cam rutscht neben mir auf die Bank, während Dustin sich an mein Bein lehnt und den Kopf auf meine Knie legt. Barney tritt nach vorn und räuspert sich.

»Also, Edie B., du bist vor einigen Monaten hier aufgetaucht und hast sofort Eindruck hinterlassen. Immerhin hatte bis dahin noch nie jemand dem Schuldirektor eine blutige Nase durch einen Schuss mit einem Fußball verpasst.«

Er hält inne, während alle Anwesenden lachen. Loella und Beth stoßen Jubelrufe aus, und auf der anderen Seite der Weide deutet Mr. Wagstaff seinen Sturz an.

Dann macht Barney weiter. »Du hast dich sehr verändert seit deiner Ankunft, Edie, aber dank deiner inzwischen schon legendären Geistesblitze hast du uns auch ganz schön wachgerüttelt. Der Scheunenhof hat vielen von uns die Chance gegeben, unsere Flügel auszubreiten und die Schritte zu wagen, zu denen wir andernfalls vielleicht nicht den Mut gehabt hätten. Außerdem sind es wunderbare Neuigkeiten, dass der Scheunenhof weiterhin existieren wird.« Jetzt sieht er mich direkt an. »Du hast meine Schäferwagen verwandelt und meine Auftragsbücher randvoll gefüllt, Edie. Vor allem aber hast du uns alle mit deiner Liebe berührt, mit deinem Lachen und deinem wunderbaren Lächeln. Um dir noch einmal zu zeigen, was du in den vergangenen Monaten getan hast und als unsere Art, Danke zu sagen, haben wir eine kleine Bildermontage deiner besten Momente angefertigt.« Er hebt eine Braue. »Beth hat darauf bestanden, dass ich es erwähne – die Fotos haben alle beigesteuert, aber der Soundtrack ist von Malcolm.«

Als Freddie Mercury mit *Good Old Fashioned Lover Boy* loslegt, sieht Beth mich an und schüttelt den Kopf. Dann erscheinen die Überschriften auf dem Bildschirm, und Tante Jo drückt fest meine Hand.

EDIE BROWNE (mit e am Ende) und ihre HEROISCHEN LEISTUNGEN in ST. AIDAN

Und plötzlich bin ich auf der Leinwand zu sehen, mit viel kürzeren Haaren und sehr viel Lippenstift, wie ich am Strand fast vom Wind weggepustet werde. Das nächste Bild zeigt mich auf Tante Jos Sofa vor ihrer Dschungeltapete, während wir uns *Schwanensee* ansehen.

»Du liebe Zeit, ich hatte schon ganz vergessen, wie hässlich diese Tapete war.« Loella ist hinter uns und spricht aus, was alle denken. Dann folgt ein Foto von Tante Jo und mir, wie wir uns hinter den Tintenfässern im Kalligrafie-Kurs über riesige Muffins hermachen. Und so geht es immer weiter, als würde jeder unserer Augenblicke hier, gute und schlechte, noch einmal dort auf der Leinwand gezeigt werden. Ich, wie ich mir auf dem Fußballplatz den Matsch aus dem Gesicht wische; wir in unseren Osterhasenkostümen im Scheunenhof oder wir beim Erdbeerpunsch an dem Tag, als wir zum ersten Mal Barneys Scheunen gesehen haben. Wir in Rosehill mit dem Gartenclub beim Betrachten von Kletterpflanzen und wie wir Tapeten in unseren Schutzanzügen abreißen. Als Fotos von Cam und mir beim Lesen gezeigt werden und wie wir unseren Einhorn-Kuchen essen, stupst er mich in die Seite und grinst. Dann lachen wir alle, als ein Foto von Loella erscheint, die gerade meine schrecklichen Cupcakes kostet und dabei das Gesicht verzieht. Und sah ich wirklich so verträumt aus, als Barney am Lagerfeuer am Strand Gitarre gespielt hat? Als die Musik zu *I Love to Boogie* wechselt, sieht man mich und Tante Jo mit unseren Staffeleien beim Aktzeichnen und danach mit allen Kids in unserem Wintergarten. Und während die Bilder auf der Leinwand vorbeiziehen, weichen Schock und Überraschung der ehrfürchtigen Bewunderung dafür, dass so viele Menschen sich zusammengetan haben, um das hier mit ihren Fotos zu ermöglichen. Überlagert wird das alles von der Liebe und Wärme, die ich um mich herum spüre.

Viele weitere Bilder folgen, und dann ist Tante Jos Auto zu sehen, das die Hauswand gerammt hat, und Tante Jo sieht aus wie ein Model, wie sie auf der Motorhaube hockt, mit ihren glitzernden Pumps. Dann die Schuppen im Scheunenhof, das Sommer-Barbecue, die Hundespaziergänge mit den Kids in der Bucht. Irgendwann wechselt die Musik zu Razorlight mit *America*, und wieder verzieht Beth das Gesicht. Dann sehen wir die Schäferwagen im Obstgarten, die nagelneuen Badezimmer und die Küche im Periwinkle Cottage, und Malcolm, der im Garten die Blumen gießt. Mary und Jim vor ihrem Schäferwagen in ihrem Garten, Barney und ich auf den Stufen des Wagens namens Beside the Seaside und ich, wie ich in The Junkyard Möbel anschaue und später grinsend letzte Hand an unsere Ausstellungsstücke lege. Und das sind immer noch nicht alle Fotos. Es geht weiter. Cam und ich bei Cameron's Star, im Surf Shack mit Eisbechern so groß wie wir selbst, ich und Barney am Strand, als wir unsere Namen in den Sand schreiben und ein Selfie schießen. Dann sind Tante Jo und ich mit traurigen Gesichtern zu sehen, draußen an der Straße, wo das Verkauft-Schild steht, dann ich, an der Klippe hängend, und zum Schluss Fotos vom Fest sowie ein Bild von mir und Dustin auf den Stufen eines Schäferwagens sitzend. Irgendwer muss die Reset-Taste gedrückt haben, denn danach geht es von vorne los.

»Wenn man es auf diese Weise betrachtet, war deine Zeit hier für jeden ziemlich toll.« Barney grinst und kommt zu uns. Er gibt mir eine Flasche alkoholfreies Bier und zwinkert mir zu. Meine Eltern verabschieden sich. Tante Jo drückt meine Hand erneut.

Loella beugt sich von hinten zu uns herunter. »Ich hole euch mal ein paar Hot Dogs.«

Ich wische mir die Tränen aus den Augen und versuche etwas zu sagen. Mir fließt das Herz über. Aber da ist noch etwas. Diese Fotos zu betrachten, hat mir klargemacht: Dies ist jetzt mein Zuhause, hier bin ich glücklich. Wichtiger ist jedoch, dass ich den Mut finde, Barney meine Gefühle zu gestehen. Wenn Tante Jo es konnte, kann ich es auch.

»Ich muss mit dir reden, Barney von den Scheunen.«

»Hier, nimm meine Jacke.« Er legt sie mir um die Schultern, und sie fühlt sich weich und warm an. Ich spüre seine Hüfte an meiner, als er sich neben mich setzt, und höre ihn tief einatmen. »Und?«

»Du tanzt also nicht?« Irgendwo muss ich anfangen.

»Das verrate ich dir nicht.« Er deutet zur Leinwand, auf der immer noch die Fotos vorbeiziehen. »Ich habe diese Diashow vorhin vorbereitet und wollte mich für die langsamen Songs aufsparen. Die werden erst später gespielt.«

»Verstehe.« Ich schlucke.

»Und was gibt es nun?«

Ich hole tief Luft, denke an mein *Nie oder jetzt?*-Schild und lege los. »Ich weiß, du willst keine Freundin, und ich habe dich gezwungen, mit mir zu schlafen …« Mir ist klar, wie es aus mir heraussprudelt, aber ich kann es nicht aufhalten. »Aber ich habe Tante Jo den Rat gegeben, dass wir zupacken müssen, wenn uns das Schicksal etwas Gutes schickt. Bei ihr hat es funktioniert, und es wäre feige von mir, wenn ich mich jetzt drücken und nicht den Mut finden würde …«

Er legt mir seine Hand aufs Bein. »Langsam …«

»Ich weiß, dass ich eigentlich fortgehen wollte …«

»Sekunde mal. Soweit ich mich erinnere, wurde ich nicht zum Sex gezwungen, im Gegenteil. Und wer behauptet, dass ich keine Freundin will?«

»Ist doch so, oder?«

»Wenn es die Richtige ist, könnte ich eine Ausnahme machen.«

»Das sagst du mir jetzt?«

Die Wangengrübchen erscheinen. »Es schien bisher keinen Sinn zu haben, dir das zu gestehen.«

»Na ja, ich bin praktisch über dich hergefallen beim Zelten.«

Er zuckt mit den Schultern. »Ich habe das anders in Erinnerung. Egal, du hast mir gesagt, es sei eine einmalige Sache.«

»Na ja, es ist folgendermaßen …« Ich muss zum Thema zurück. »Als ich deine wundervolle Diashow gesehen habe, wurde mir bewusst, dass ich hierhergehöre. Und falls du das Gleiche empfindest wie ich, muss ich das Glück mit beiden Händen packen, ehe es mir entwischt.« Noch immer habe ich es nicht ausgesprochen.

»Edie B. …«

»Und wenn es das Letzte ist, was ich tue, bevor ich gehe, aber ich muss es dir sagen – keine Ahnung, wann und wie, aber ich habe mich in dich verliebt, Barney.«

Er stößt einen vernehmlichen Seufzer aus. »Ich kann dir gar nicht sagen, wie glücklich ich bin, das zu hören.«

»Ehrlich?«

»Meine kühnsten Träume sind gerade wahr geworden.« Er zieht die Mundwinkel nach unten. »Wenn das jetzt die Zeit für Geständnisse ist, bin ich nun an der Reihe – ich war gleich vom ersten Tag an in dich verliebt.«

Shit. »Im Ernst?«

»Na ja, ich steige nicht für jeden, der in einem Fenster feststeckt, eine Leiter hinauf oder helfe beim Tapetenabreißen oder fahre mit der Person im Boot raus in die Bucht. Aber ich konnte nichts dagegen tun. Sosehr ich auch der Ansicht war, dass ich mich lieber von dir fernhalten sollte, ich hab es nicht geschafft.« Er legt mir den Arm um die Schulter und drückt mich an seine Brust. »Ich muss schon sagen, Cam hat einen ausgezeichneten Geschmack, was Freundinnen angeht. Und je besser ich dich kennengelernt habe, umso mehr Zeit wollte ich mit dir verbringen.«

»Dann habt ihr Platz für mich in eurem Leben, du und Cam?«

»Wir könnten es auf einen Versuch ankommen lassen.« Er lacht, dann fährt er in ernstem Ton fort: »Ehrlich, Edie, Cam und ich hätten dich liebend gern bei uns. Aber es muss auch für dich passen.«

»Die ganze Geschichte ist für mich … es ist mir bei der Diashow bewusst geworden … St. Aidan ist absolut der Ort, an dem ich sein will. Es ist wunderschön hier, besonders wenn man es an einer Klippe hängend betrachtet.« Ich sehe ihn lächelnd an und streichle seine Wange.

»Freut mich, dass dir das gefallen hat.« Er erwidert mein Lächeln und küsst meine Handfläche.

»Aber es sind nicht nur die hübschen Cottages, das Meer und die Spaziergänge am Strand. Ich liebe die Menschen hier. Sie haben mich ins Herz geschlossen und ich sie. Ich verstehe gar nicht, wie mir das jetzt erst klar werden konnte. Vor allem aber will ich mit dir und Cam zusammen sein.« Ich blicke ihm in die Augen und schmelze dahin. »Wenn du also doch eine Freundin suchst, würde ich mich gern auf diese Stelle bewerben.«

Seine Lippen zucken, und er schmiegt seine Wange an meine Schläfe. »Edie B., du bist die erstaunlichste Frau, und ich liebe dich sehr.«

»Ich bin nicht halb so erstaunlich wie du.«

Er holt tief Luft, sodass ich spüre, wie sein Brustkorb sich weitet. »Aber … und das ist ein großes Aber … du hast in den letzten sechs Monaten das Unmögliche versucht und es geschafft. Und nun winkt dir ein toller Job. Welcher Mann würde dich davon abhalten wollen?«

»Einer, der mich liebt und mit mir zusammen sein will?« Das sollte überzeugt und mutig klingen, stattdessen hört es sich peinlich schwach an.

Er schüttelt wieder den Kopf. »Du bist wundervoll, Edie, das habe ich bereits gesagt. Und deshalb hast du deine Chance verdient, zu glänzen. Du hast es verdient, in deinen Job zurückzukehren und nach Bath, um herauszufinden, wie es dir gefällt. Andernfalls würdest du dich unter Wert verkaufen.«

Meine Stimme ist hoch, denn ich kann nicht glauben, was ich da höre. »Du forderst mich auf, zu Zinc Inc zurückzukehren?«

Obwohl ich gereizt klinge, bleibt Barney geduldig. »Du hast deinen Job dort geliebt. Hierzubleiben mag dir jetzt wie eine Wahl vorkommen, aber es ist eher ein Verzicht. Jetzt einen Rückzieher zu machen, ist, als nähme man den Zug nach London und stiege in Reading aus. In einigen Jahren bereust du es vielleicht, dich für die leichtere Option entschieden zu haben. Um uns allen gegenüber fair zu sein, musst du nach Bath zurückkehren und sehen, ob es dir gefällt. Erst dann kannst du eine Entscheidung treffen.«

Ich seufze. »Das ist hart, Guy Barnaby, aber ich kann deine Argumente verstehen. Es ist ein weiser Rat.« Wer würde schon in Reading aus dem Zug steigen?

»Cam und ich werden hier auf dich warten. Wenn du dich am Ende nicht für uns entscheidest, ist das auch in Ordnung. Es bedeutet dann nur, dass es für niemanden von uns richtig gewesen wäre.«

»Dann heißt das auch, dass du nicht wieder mit mir schlafen wirst?«

Das bringt ihn zum Lachen. »Ich habe nicht gesagt, dass ich nicht alles einsetzen werde, dich in deiner Wahl zu beeinflussen. Einschließlich meines Körpers.«

»In dem Fall …«

»Sollten wir es vielleicht tun.« Er lehnt sich an mich. »Aber es gibt etwas Wichtigeres, was ich zuerst tun will.«

Flüchtig frage ich mich, ob er das Essen meint, das Loella bringen will. Aber dann liegen seine Lippen auf meinen, und seine Zunge sucht meine, und die Welt scheint stillzustehen.

Erst nach einer ganzen Weile lösen wir uns voneinander, und er atmet mir ins Ohr. »Ich bewege mich hier auf einer schmalen Linie. Einerseits will ich vor deinen Eltern diskret sein, andererseits habe ich Lust, dir die Kleider vom Leib zu reißen.«

Daher ist es kein schlechtes Timing, als Loella in diesem Moment mit den Hot Dogs auftaucht. Diesmal gelingt es mir zu essen, ohne alles auf Barney zu verteilen. Hinterher lasse ich meine Hand über die sinnliche nackte Haut zwischen seinem T-Shirt und seiner Hose und hinein in seine Gesäßtasche gleiten. Ich habe mich sehr lange nach diesen Berührungen gesehnt, daher fällt es mir schwer, jetzt wieder loszulassen.

Dann hören wir, wie in der Scheune die langsamen Songs gespielt werden. Na schön, wenn ich auf etwas Abgefahrenes wie *Purple Rain* von Prince oder *Someone Like You* von Adele oder etwas Romantisches wie *All By Myself* gehofft habe, bekomme ich es nicht. Das hier ist St. Aidan, also muss es kitschig sein, laut außerdem und allgemein übertrieben. *Lady in Red* wäre schlimmer gewesen; wenn *I Don't Want to Miss a Thing* unser Lied wird, ist das völlig in Ordnung.

Wir sind ein bisschen nervös und halten einander anfangs auf Armeslänge, stolpern fast über Dustin, der irgendwie immer noch da ist, lächeln Beth über Malcolms Schulter zu und werfen Cam lachend Blicke zu. Bei meinem ersten Tanz habe ich auch nicht erwartet, meinem Dad zuzuwinken. Nach einigen unsicheren Bewegungen erwacht das gleiche Verlangen wie beim Zelten, und im nächsten Moment bin ich an den aufregendsten Körper im Südwesten, wenn nicht der ganzen Welt, geschmiegt.

Ich erinnere mich, wie Marcus und ich einmal zu Beginn des Studiums in seinem Cabrio in einem Dorf hielten, um ein Schild zu finden, das uns sagt, wo wir sind. In einer Auffahrt stand ein vollgepackter Wagen, und ein Teenager an der Haustür heulte, weil er nicht zur Uni gebracht werden wollte. Später habe ich mich immer wieder gefragt, ob dieser Teenager daheim geblieben oder doch gefahren ist und schon einen Tag später jede Menge Spaß auf einer wilden Party hatte.

Ich denke an diesen Tag, während Barney und ich uns über die Tanzfläche bewegen, im sanften apricotfarbenen Licht. Ich stelle mich auf Zehenspitzen, um ihm etwas ins Ohr zu flüstern. »Ich will nicht fort …« Ich sage das kaum hörbar, doch in meinem Kopf heule ich es beinah so laut heraus wie dieser unglückliche Teenager damals.

Seine Antwort ist wie der Wind vom Meer. »Dann sieh einfach zu, dass du dich für uns entscheidest und komm bald zurück.«

Wie sich herausstellt, habe ich meine letzte Nacht im Periwinkle Cottage verbracht, ohne mir darüber bewusst zu sein. Denn Samstagnacht verbringe ich bei Barney in seinem großen Doppelbett mit der schlachtschiffgrauen Bettwäsche, in seinem weitläufigen schlachtschiffgrauen Schlafzimmer. Und am nächsten Morgen kommt Cam herein, um mir eine Geschichte vorzulesen, und dann genießen wir ein ausgiebiges, träges Frühstück an der offenen Küchentür, schauen aufs Meer hinaus und lauschen den Schreien der Möwen weit unten. Hinterher laden wir meine gelben und lila Taschen in Barneys Pick-up, verabschieden uns von den anderen und fahren nach Bath.

47. Kapitel

Tag 360: Samstag, 27. Oktober
Fünf Meilen östlich von Salisbury

Heroische Leistung: Ein weiterer Fallschirmsprung

»Es ist offiziell, wir müssen verrückt sein, dass wir das noch einmal machen«, murmelt Bella und verdreht die Augen, während wir durchs Flugzeug nach hinten stolpern.

Ich gebe ein Stöhnen von mir. »Wenigstens haben wir diesmal Teppichboden.« Zwanzig Pfund extra für diese Luxusversion schienen mir eine gute Idee zu sein, nur macht es die ganze Sache letztlich doch nicht weniger beängstigend.

»Schließ einfach die Augen und denk an deine Hunde.«

Bella ist der einzige Mensch, der einen Flughelm aufsetzen und damit klasse aussehen kann. Diesmal machen wir es nicht nur für uns. Wir haben beide eine Spenden-Seite – Bella springt für junge Menschen, die einen Schlaganfall erlitten haben, ich springe für Assistenzhunde. Es kann nie genug Dustins auf der Welt geben, auch wenn ich gerade wünschte, ich wäre irgendwo anders.

Dan tippt mir auf die Schulter. »Komm, Edie, los geht's.«

So schön der Teppichboden im Flugzeugrumpf sein mag, vor mir ist das klaffende Loch, wo vorher die Luke war. Dann erwischt uns der Sog, und wir werden hinausgesaugt.

Der Luftstrom zerrt an meinen Wangen und ist derartig stark, dass ich kaum atmen kann. Ich falle einfach nur und schreie. Schreie und falle. Irgendwie gelingt es mir, Arme und

Beine auszustrecken. Es ist kälter als in meiner Erinnerung, und ich schreie lauter und lauter. Und keuche. Und das Patchwork aus Feldern und Weiden rast auf uns zu. Wir müssen stoppen, schnell, sonst sterben wir.

Dann drehen wir uns, und Bella winkt mir im Fallen zu. Diesmal weiß ich, dass ich mit meinen flatternden Wangen genauso komisch aussehe wie sie.

Beim letzten Mal, als ich das getan habe, liebte ich mein Leben, aber jetzt liebe ich es, zu leben. Jeder Augenblick ist kostbar, und ich bin dankbar für jeden Tag. Allein deswegen möchte ich nichts am vergangenen Jahr ändern.

Dann, als es sich schon wie eine Ewigkeit anfühlt, gibt es einen Ruck, der Luftstrom versiegt, und ich hänge. Alles verlangsamt sich, ich höre auf zu schreien. Mein Gesicht fühlt sich immer noch wie betäubt an, aber meine Wangen werden nicht mehr nach hinten gerissen. Über uns ist der blaue Fallschirm aufgespannt, und ich erwarte den wohltuenden Aufprall und dieses Gefühl, für immer unverwundbar zu sein.

Aber seit dem vergangenen Jahr weiß ich, dass ich meinen größten Sprung auf der Erde gemacht habe: Ich habe gelernt, an mich selbst zu glauben, stark zu sein und mich so anzunehmen, wie ich bin. Dank der Unterstützung der Menschen, die mich lieben, kann ich alles sein, was ich will. Alles tun, was ich will. Sein, wo immer ich sein will. Während des Abwärtsgleitens könnte es mir nicht klarer vor Augen stehen – die Wahl, die ich getroffen habe, ist die richtige. Es ist die einzige für mich.

Unter uns sehe ich die silbrig in der Sonne glänzende, sich dahinschlängelnde Straße, die kleine Schachtel, die die Fallschirmsprung-Zentrale ist. Loellas Pick-up auf dem Parkplatz. Tante Jo und Malcolm auf Picknickstühlen neben Sadie und der Crew von Zinc Inc. Tash und meine Mum und Dad, die beim Sektpavillon stehen, und Tiddlywink und Wilf, die zu mir hinaufzeigen.

Dann kommt der Boden sehr schnell auf uns zu, und ich höre Dans Stimme erneut, während er meinen Kopf an seine Brust drückt. »Okay, heb deine Beine, wir sind fast unten.«

Einen heftigen Aufprall später taumeln wir vorwärts. Dann berühren auch meine Füße den Boden, und Leute klopfen mir auf den Rücken, während sie vorbeirennen, um den Fallschirm einzusammeln. Schwankend stehe ich da und höre ein lautes Juhu, und Bella landet neben mir.

Dan klinkt mich los und zwinkert mir zu. »Nächstes Jahr wieder um die gleiche Zeit?«

»Unbedingt.« Aber ich blicke schon an ihm vorbei, weil Beth, Loella und die Kids angerannt kommen, angeführt von Cam und Dustin. Und als sie sich an meine Beine werfen, ruft Cam: »Du hast es getan! Du hast es *wirklich* getan, du bist echt aus einem Flugzeug gesprungen!«

Eine tiefere, sanfte Stimme neben mir sagt: »Gut gemacht, Edie B.«

Als Barney mich in seine Arme schließt, auf eine Weise, die mich bis ins tiefste Innere berührt und wärmt, geht mir ganz kurz durch den Kopf, dass ich Colin Firth, wäre er denn hier, keines Blickes würdigen würde.

Barney wirbelt mich herum, und ich habe nicht mehr den geringsten Zweifel, wohin ich gehöre.

Dann lässt er mich wieder herunter, und ich sehe ihm in die Augen, umfasse sein Gesicht mit beiden Händen und streiche ihm die Haare aus der Stirn. »Selber gut gemacht, Barney von den Scheunen. Wie sieht's aus, nimmst du mich mit nach Hause?«

Die kleinen Lachfältchen erscheinen in seinen Augenwinkeln. »Nach St. Aidan?«

Ich grinse. »Mein Probemonat ist um, und ich weiß jetzt, dass ich zu dir und Cam gehöre. Wenn das für dich okay ist.«

Dieses umwerfende Lächeln breitet sich auf seinem Gesicht aus. »Könnte gar nicht besser sein, Edie B.«

PS

Als alles begann, sprach ich von Neuanfängen und dass sie zeitlich schwer zu fassen sind, und ich wollte verzweifelt wieder dorthin zurück, wo ich vorher war und mein bisheriges Leben fortsetzen. Damals war mir das noch nicht klar, aber an jenem Tag, als ich das Periwinkle Cottage gesucht habe, fing bereits ein ganz neues, anderes Leben für mich an. Was ganz gut zeigt, worin die Schwierigkeit mit Neuanfängen liegt.

Nachdem ich nach St. Aidan zurückgezogen bin, haben Barney und ich sofort *Barnaby and Browne* gegründet. Ich habe meinen Mut zusammengenommen und bin bei Barney und Cam eingezogen. Dustins Besitzerin kommt in ein Pflegeheim, sodass der Hund auch bei uns bleibt – nachts schläft er in meinen Kniekehlen und tagsüber weicht er mir nicht von der Seite.

Malcolm wohnt jetzt bei Tante Jo, und sie haben schon Blumenkästen vor den Fenstern. Im Scheunenhof findet nun samstags immer ein Verkauf statt. Eine weitere glückliche Wendung war, dass Cams Treuhänder die große Scheune von Tante Jo gekauft und *Barnaby and Browne* einen Mietvertrag dort unterschrieben haben, der gültig ist, bis Cam erwachsen ist. Und noch mehr gute Neuigkeiten: St. Aidan ist Zinc Incs Außenposten in Cornwall geworden; wir entwerfen und bauen den ersten Schäferwagen für einen ihrer Kunden, mit der Aussicht auf viele weitere Aufträge.

Irgendwann habe ich aufgehört, die Tage zu zählen, weil es nicht mehr wichtig ist.

Bei meinem ersten Fallschirmsprung bestand mein Glück noch in einem geordneten Leben. Doch die Art von Glück, die ich in St. Aidan und mit Barney und Cam gefunden habe, ist wilder und intensiver. Es ist ein unerwartetes Glück, überraschend, voller Energie und auch ein bisschen chaotisch. Riesig wie der Ozean und verlässlich wie die Gezeiten. Vor allem aber ist es echt. Und es ist wundervoll.

Ich kann mir keinen besseren Anfang und kein besseres Ende wünschen.

Dank

Ein großes Dankeschön … an meine Lektorin Charlotte Ledger für ihre Inspiration, Unterstützung, Brillanz und ihre umfassende Liebenswürdigkeit. Dies ist unser zehntes Buch zusammen, und es ist eine wundervolle Reise. Dank auch an Kimberley Young und an das Team bei HarperCollins für das fantastische Cover, die Kompetenz und die Unterstützung. Dank an meine Agentin Amanda Preston für ihre Wärme und Klugheit, ihre Vision und Ermutigung, ihre geistreichen Ideen und superschnellen Antworten. Egal, ob ich in mein Teehandtuch heule, durch die Küche tanze oder bei Veranstaltungen in London bin – sie ist immer da für mich.

Dank schulde ich meinen schreibenden Freunden überall auf der Welt und den wunderbaren Buch-Bloggern, die meine Bücher anpreisen. Dank allen meinen Facebook-Freunden. Besonderer Dank gilt Naomi Priestly, die mir zwischen ihren Schichten auf einer Station für Schlaganfallpatienten mit medizinischem Rat half.

Dank geht an meine wunderbaren Leserinnen und Leser … diese Bücher sind für euch, danke, dass sie euch gefallen – ich liebe es, von euch zu hören und euch zu treffen.

Zu guter Letzt eine große Umarmung an meine Familie, weil sie mich stets angefeuert hat. Ein dickes Dankeschön an meinen eigenen Helden Phil … danke, dass du nie zulässt, dass ich aufgebe.